北岳风·中国原创长篇小说

玉香

曹向荣 / 著

山西出版传媒集团
北岳文艺出版社

图书在版编目(CIP)数据

玉香 / 曹向荣著. —太原：北岳文艺出版社，2018.1

ISBN 978-7-5378-5414-6

Ⅰ.①玉… Ⅱ.①曹… Ⅲ.①长篇小说—中国—当代 Ⅳ.①I247.5

中国版本图书馆 CIP 数据核字（2017）第 266686 号

书　　名	玉香
著　　者	曹向荣
责任编辑	史晋鸿
装帧设计	张永文
出版发行	山西出版传媒集团·北岳文艺出版社
地　　址	山西省太原市并州南路 57 号
邮　　编	030012
电　　话	0351-5628696（发行部）
	0351-5628688（总编办）
传　　真	0351-5628680
网　　址	http://www.bywy.com
E-mail	bywycbs@163.com
经 销 商	新华书店
印刷装订	山西人民印刷有限责任公司
开　　本	710mm×1000mm　1/16
字　　数	269 千字
印　　张	18.75
版　　次	2018 年 1 月第 1 版
印　　次	2018 年 1 月山西第 1 次印刷
书　　号	ISBN 978-7-5378-5414-6
定　　价	42.00 元

《三晋百部长篇小说文库》组织机构

策划
杜学文　张明旺　王宇鸿　梁宝印

专家审读小组
主任:杨占平
副主任:续小强
成员:吕新　晋原平　张石山　王西兰
　　　毛守仁　王春林　孟绍勇　王保忠

编辑出版办公室
主任:杨占平
副主任:续小强
成　员:古卫红　陈学清　闫珊珊　王保忠　潘培江

题材的选择与艺术的精神（代序）

——关于《北岳风·中国原创长篇小说》系列丛书

杨占平

  由山西省委宣传部指导，山西省作家协会和山西出版传媒集团主持，北岳文艺出版社编辑出版的《三晋百部长篇小说文库》，是一项意义深远、里程碑式的文化德政工程，也是当代山西文学史上规模较大的一项文学基础建设工程，更是展示山西文化实力、文学魅力的自信工程。

  山西长篇小说创作，在当代中国长篇小说格局中占有重要位置，是山西作为文化、文学大省的重要标志之一。以赵树理、马烽等为骨干的"山药蛋派"作家，在长篇小说创作上成绩显著，新时期以成一、李锐、柯云路等为主将的"晋军"作家，代表作也都是长篇小说。从张平的长篇小说《抉择》获"茅盾文学奖"为标志的山西第三次创作高潮，到以刘慈欣、葛水平、李骏虎等为代表的一批中青年作家频频摘得国内外文学大奖，都进一步巩固了山西长篇小说创作作为中国文学重镇的地位。近年来，一批充满朝气、富有理想、敢于探索的生机勃勃的80、90后作家，也都有长篇小说新作问世，表明山西长篇小说创作后继有人。

  《三晋百部长篇小说文库》出版工程，坚持正确的方向，务实创新，去伪存真，从2014年启动，三年来具体实施，已经出版了赵树理、马烽、成一等作家的近三十部经典力作，唐晋、浦歌等中青年作家的原创作品近十部。可以说，这些作品比较全面、客观、真实地反映了近百年山西长篇小说创作轨迹，集中展示了山西长篇小说创作实力,在文学界和广大读者中产生了良好的影响。

在实际运作中,有一个环节是公开征集原创长篇小说,作家们出乎意料地踊跃,三年时间竟有一百多部作品应征,作者都是山西省内的老中青作家,显示出大家创作长篇小说的积极性。这么多作品经过专家组的认真审读,只能有十几部入选原创作品之中出版,还有不少作品质量已经达到正常出版水平,却离《三晋百部长篇小说文库》的原创要求有一些距离。为了尊重广大作家的创作热情和付出的努力,专家组经过充分讨论,提出可以将这些达到正常出版水平的作品,以《北岳风·中国原创长篇小说》系列丛书方式出版。省作协党组同意了这个建议,于是,第一批共十部长篇小说入选,经过规范化审读和编辑程序,现在,这套书将出版发行。

一

创作最能体现作家对某一个社会进程生活经历深刻思考和昭示作家艺术追求的长篇小说,是每一位踏上文学写作道路者的良好愿望;而文学史家、批评家和阅读界对某一位作家的成就和价值的评估,长篇小说无疑是重要的一个尺度和参照依据;后代人们评价某个历史时期的文学成就高低,也是要看那个时期是否有一批高质量的长篇小说。因此,近些年来,山西大多数在中、短篇创作上有过一定业绩的作家,都转入了长篇小说的构筑。据有关资料介绍,仅就进入新世纪以来的十多年,每年全国出版或发表的长篇小说大约有近千部,山西省也有几十部。从数量上看,是改革开放以来最为活跃和创纪录的时期;从作者队伍看,中年作家是主力,老作家中也有不少新贡献,青年作家则初露锋芒。

我认为,长篇小说创作出现这种繁荣现象,应该说是文学创作内部发展规律的必然走向。当然,读者对文学的热情逐渐减退和各种文娱形式的兴盛,也促使作家们不必再追赶阅读写短平快作品而沉下来做长篇大活。从创作内部发展规律分析,经过"文革"十多年的严重摧残,使得整个文艺创作园地一派凋零;进入新时期以后,随着社会政策的拨乱反正,作家们爆发出前所未有的热情,显示了十分旺盛的活力,大家多年积蓄的生活感受汹涌喷发,短篇小说自然首先得宠，成为作家们表现形式的最好选择。几年过去后，作家们似乎感觉到短篇小说难以将他们对人性的深层思考和对探索艺术的愿望全部承载，于是，中篇小说以从未有过的显赫登上文坛，为作家们纷飞的思绪和艺术创新的热情提供了最佳工具，也为读者逐步增长的阅读要求提供了机会。随着文学作品在文艺形式中一枝独秀的局面开始衰微，同时，作家们经过十来年的左冲右突，把过去的体验大都宣泄于尽，探索新的艺术表现方法的热情也告一段落，意识到认真地思考一些社会问题和确立自己艺术风格的时候到了，而这种"思考"和"确定"的结果，非长篇小说表现不行，所以，长篇小说创作开始走俏。从20世纪90年代至今，假如你碰到任何一位有过一段创作经历的小说作家，询问他的创作计划，无疑，都会以正在写长篇作答。

从外部条件分析，读者经过十几年的时间，对阅读文学作品的热情逐渐减弱，只当作一种业余生活的消遣方式。随着科技的发展和社会的进步，尤其是互联网横空出世后，娱乐形式越来越丰富多彩，人们的注意力被分散，阅读文学作品一家独大的局面不复存在。再加上现代生活节奏加快，市场经济冲击着一切领域，人们都在为了生计奔波，休闲或余暇时间只想轻松愉快一些，而阅读小说是很难做到这一点的，尤其是新潮小说中所追求的深沉、探索、寓含、意识流、时空交叉等等，让许多读者感觉不是在消遣娱乐而是增加疲惫。另一方面，随着人们观念的改变和与国际交流的加强，大多数人的主动参与意识不断增强，被动地接受作家的思想已经让他们不喜欢，他们也要参与创作，比如风靡一时的卡拉OK、网络小说，就是因为给人们提供了参与自娱的条件，所以倍受欢迎。这些外部条件虽然不是专门为对付文学作品而出现的，但是，它们对作家的自尊、清高、以我为中心等多年形成的意识，却是一个不小的打击，作家的崇高地位开始动摇，职业的优越性转向了危机感。如此，促使作家们开始冷静地思考文学的热情减退之后，创作应当采取什么对策，进而认识到应该从艺术的角度多表现些人生、历史的实在内容，让读者在为了消遣娱乐而阅读文学作品的同时，也不无某种生活的启示。长篇小说的基本属性契合了作家的意愿和社会发展的要求，因此，也就从中、短篇转到了长篇创作。

二

1. 题材丰富多彩

选择何种题材进行创作，是每一位长篇小说家进入写作前必须有的程序。近年来，一些作家和理论家对于题材理论有些异议，认为创作不必拘泥于题材的限制，可以完全凭着感觉和意识去驰骋，宣泄思想是不管题材的。我认为，这种看法对于某些情感型作家突发灵感后进行创作，有时是正确的；而且，也只有写短篇小说或个别中篇小说适合这种理论。相对而言，长篇小说的创作，如果不强调题材的作用，或者有意回避题材界限，那么，作者是很难驾驭整部作品和整个创作过程的，就我迄今阅读到的古今中外长篇小说而言，很少有难以确定题材归属的作品。我之所以特别强调题材这个问题，是因为宏观上研究某一段时期某个地域或者某个文学刊物或者某家出版社长篇小说的走向，首先应当从题材角度去审视，这样，才可能得出合理的结论。

纵观这次出版的《北岳风·中国原创长篇小说》系列丛书，从题材上看，可以说是丰富多彩，多点开花。传统的农村题材、城市题材自然还是占有重要位置，而历史题材、知识分子题材、风俗小说、爱情小说等等，都各具特点，自成体系，构成社会生活的各个方面，都有作品予以反映。无疑，题材的丰富和广泛是值得肯定的，这也是整个国内长篇小说创作在这三十年的一个特点。出现这种现象，最基本的原因是社会生活呈现为前所未有的活跃和多姿，置身于任何一个行业的人们，都有丰富的生活感受，有复杂的人生思考，有变化着的人际关系需要处理，有不断袭来的观念需要更新，这些都为长篇小说创作提供了非常厚实的内容，生活在任何一个职业中间的作家，都会获得他所希望得到的创作素材。

2. 农村题材为主导

在丰富多彩的题材中，农村题材一直占据着山西长篇小说的主导位置。这是因为，中国是一个农业大国，农民，包括工作在城市的农民工，占总人口的一多半，农村社会的变迁和农民思想的动荡，影响着整个国家的发展，标志着民族的文明程度，体现着进步与落后的水平。中国历史上的每一次重大变革，绝大多数是从农村发生、发展，然后才走向城市的。因此，作为社会生活和人类情感全面反映的长篇小说创作，绝对不能不以农村题材为主要选择对象。另外，我们都应当承认的一个事实，当今中国的众多小说作家，特别是山西作家，基本上是以农村为基础成长起来的。他们中的一部分是生在农村、长在农村，以后由于种种原因进了城，写起了小说，但无法抹杀农民的习惯、农民的心理，甚至农民的生活方式；也有一部分作家虽然生长在城市，可他们的父辈却是农民出身，他们跟农村有着千丝万缕的联系，骨子里流动的依然是农民的血液；还有一部分较为年轻的作家，从来没有离开过城市，可是我们都应当承认，中国的几百座城市中，属于真正意义上的城市只是有数的个别几座，大多数城市人的生活传统、思维习性，尤其是文化心理，仍然是农民式的。这几类作家由于上述特点，决定了他们写农村题材小说会感觉轻车熟路，非常顺手，而他们无疑是中国作家群体的主要组成部分。这套《北岳风·中国原创长篇小说》系列丛书中，像《肥田粉》《玉香》《柳暗花明》等，都是典型的农村题材。

3. 城市题材的典型性

与农村题材长篇小说占主导地位相比，这套书中城市题材长篇小说是偏少的，只有《天上有太阳》一部。面对三十年中国城市快速发展现状和内涵丰富的现代工业社会的形成过程，长篇小说创作的步履显得比较乏力。从全国范围看，也很难列举出一系列在读者中引发轰动效应，或者在文学圈子内引人注目的长篇小说的篇目。实际人口已经超过总人口一半的城市人，阅读不到多少真正反映他们丰富生活、复杂感情、追求希冀的长篇佳作。应当说，大多数市民是具有阅读能力和阅读要求的，他们的文化基础已经和他们的前辈不同，不必围在一起听别人读，阅读的选择性越来越明显。

我以为，城市题材长篇小说创作之所以不尽如人意，关键是众多作家对快速发展的城市生活有一种隔膜感，他们还停留在传统的、单调的老式城市生活认知层面，这样，自然难以激发出创作时具备的热烈情绪、流动意识、审美感受等等，人们在现代文明与传统观念发生撞击时爆发出的火花，负载到城市题材中，似乎还进入不了熟悉的境界。另一方面，我们也不排除一个事实：由于熟悉写作对象，作家们更乐于去农村或者历史生活中寻求较为捷径的创作素材，去相对于稳定的农民和古人心态中挖掘民族文化特色，而动荡不定的现代城市生活，让作家们在短时间内就思考出较为深刻的内容来，显然是勉为其难的。这种现象也反映到《北岳风·中国原创长篇小说》系列丛书作品中。

4. 历史题材的启示性

历史题材长篇小说的创作，一直是小说家投入较多的一个方面。这是因为，相对于现实生活的变幻莫测，历史题材更容易被作家们所把握，已经成为历史的人物或者事件，可以承载小说家的诸多艺术手段的尝试，承载小说家关于民族、关于社会、关于人生的多方思考。另一方面，读者对历史题材有着陌生感，求新、求奇的心理，驱使他们对历史题材小说不能不产生兴趣，这种阅读心理自然是作家熟悉的，也就要多在这个题材领域下点功夫。这一点也体现在了《北岳风·中国原创长篇小说》系列丛书作品中，从《中国丈夫》《中国劳工》等几部作品可以看出，作家们都是用新的历史观表现历史人物或历史事件，能够产生较强的启示现代的作用。

三

三十多年来，整个国内长篇小说创作，比较趋向一致的艺术主张，可以概括为：追求平实的叙事风格，直面社会，冷静表达，强调故事的感染力，注意可读性，让读者阅读之后能够获得某种对人生、对社会、对历史，甚至对未来的启示或联想。事实上，这也是山西长篇小说创作的基本艺术特色。

我理解，这种艺术现象表明了这一代长篇小说作家已经开始走向成熟；他们似乎要寻找一条既能充分显示自己关于人生、关于生活、关于艺术的探索，又能唤起读者的阅读兴趣的写作途径。这样的途径按说是不难寻找的，然而，几十年来的长篇小说创作总是把握得不够准确。由于20世纪50年代、60年代是被动地适应读者的阅读能力而忽视作家自己的理解，导致80年代、90年代则偏向重视作家个人主体意识的宣泄而忽视读者阅读要求的一端，造成创作与阅读的隔膜。长篇小说创作属于艺术生产的一种方式，存在着生产与消费的过程，如果处理不好生产与消费的关系，会影响到作品的传播力。可喜的是，经过一段时期的探索，长篇小说创作的艺术走向，越来越适应阅读的需求，找到了一条合理的道路。

从《北岳风·中国原创长篇小说》系列丛书作品中可以看出，这些年来作家们切入的角度，往往是凡人俗事较多，更接近普通老百姓的日常生活。我们在20世纪50年代、60年代长篇小说中常常读到的悲壮、英雄、理想主题和宏阔的大场面大冲突等等，已经很少出现在当今的作品中，让读者阅读到的主要是逼真的生活过程，逼真的细枝末节，逼真的人物心态，逼真的文化氛围。

由《北岳风·中国原创长篇小说》系列丛书艺术特点，我产生了一点关于长篇小说创作艺术精神的思考。近三十年来山西的长篇小说创作，数量是创纪录的，一些代表性作家在创作方法上的有益探索也是值得赞赏的。但是，如果我们站在文学史的位置上观照，就会明显地感觉到，真正可以称得上具有突破性意义的扛鼎之作还是少数，大多数作品属于探索之作。

为什么会出现这种乐观的数量与有待提高的质量共存的现象呢？我以为，简单地概括其直接原因，不外乎作家生活经历简单，人生体验不够深刻，感情投入不彻底，艺术积累不厚实等几个方面。实际上，这些直接原因的基本症结在于，作家缺乏一种博大精深的艺术精神。这种艺术精神决定着作家在理解人生、透视历史、叙述故事等过程中，能否具有不同于别人的独特风范。

不难确认，在大多数小说家的思维里，虽然不能说没有急功近利的意念，但是，他们总还是希望自己的作品能跳出平庸的圈子，用艺术的魅力感染读者。那种就事论事的思维方式，那种肤浅单一的生活判断，那种直奔主题的建构形态，都不可能是作家在创作长篇小说时愿意出现的景况。我不否认，由于整个国家的社会环境的冲击，例如随着经济体制改革的不断推进而强化了人们的务实精神，商品经济大潮的席卷使许多人转向了"向钱看"的实惠主义，国外各种思潮的渗透致使部分人的价值观出现了某些失落，等等，这些都会对作家产生一定的影响。但是，长篇小说创作毕竟是一种艺术精神的活动，不能让外界的干扰过多。所以，能否写出优秀作品，关键还是艺术精神本身的体现。

从明、清时期的《红楼梦》《三国演义》《水浒传》等经典大作，到"五四"以来茅盾、巴金、郁达夫、老舍、钱钟书等文学泰斗的长篇代表巨著，之所以能够成为传世之作，成为中国文学发展史上的一个个辉煌纪录，成为长篇小说创作永远的楷模，最根本的一点，就是这些作品有着一种悠远而充满了生命力的博大艺术精神的缘故。当代长篇小说作者，必须要在生活阅历、艺术修养、思想基础、情感投入等方面向经典作家学习，才能逐渐树立自己的艺术精神和品位，创作出优秀作品来。

2017 年 5 月

（杨占平，山西省作家协会副主席、《三晋百部长篇小说文库》专家组组长）

目录

第一部

1. 相望 ……………………………… *003*
2. 回门 ……………………………… *005*
3. 多余人 …………………………… *006*
4. 那人笑微微 ……………………… *008*
5. 开学 ……………………………… *010*
6. 不要你管 ………………………… *012*
7. 安顿 ……………………………… *014*
8. 蝴蝶花 …………………………… *017*
9. 信天游 …………………………… *019*
10. 小别扭 …………………………… *022*
11. 哭泣的女孩 ……………………… *024*
12. 悄悄话 …………………………… *026*
13. 停电了 …………………………… *028*
14. 晚饭 ……………………………… *030*
15. 沿路的景象 ……………………… *032*
16. 来了一辆大客车 ………………… *034*

17. 听信了一句话 ·················· *036*

18. 当心啊 ·························· *039*

19. 这个女孩晕血 ·················· *041*

20. 荒唐的梦 ······················ *043*

21. 相像的两个人 ·················· *044*

22. 就这样没道理 ·················· *046*

23. 踩高跷 ·························· *048*

24. 正月里跑马 ···················· *050*

25. 小大衣和呢子围巾 ············ *052*

26. 春来了 ·························· *054*

27. 朝着一个方向不可遏制地发展 ············ *056*

28. 就那样 ·························· *057*

29. 飘浮的飞絮 ···················· *059*

30. 下雨了 ·························· *061*

31. 想了八百遍的话 ················ *062*

32. 想到就做到了 ·················· *064*

33. 家里来了一个小伙子 ············ *067*

34. 时机 ···························· *070*

35. 远远过来一顶花轿 ············ *072*

36. 盘问 ……………………………… *075*

37. 出嫁与死亡 …………………… *077*

38. 村里来了一队人马 …………… *079*

39. 一小帮 ………………………… *081*

40. 不赖他赖谁 …………………… *084*

41. 在她们看念书也没带来什么好处 …… *085*

42. 巧遇 …………………………… *088*

43. 彩虹般的大桥 ………………… *091*

44. 最好听的歌 …………………… *093*

45. 突然事件 ……………………… *096*

46. 逃一样地离开 ………………… *098*

47. 梦见 …………………………… *101*

第二部

48. 古镇 …………………………… *105*

49. 旧时学校 ……………………… *108*

50. 做老师的甜蜜 ………………… *110*

51. 穿皮衣的人 …………………… *112*

52. 没人烟的野地方 ……………… *114*

53. 什么也没发生 …………………… 117

54. 到底是怎样一个人 ……………… 121

55. 一块痣生长在脸上 ……………… 124

56. 穷真能要了命 …………………… 126

57. 低矮的烟囱 ……………………… 128

58. 闪着蓝光的小东西 ……………… 130

59. 和美的一家人 …………………… 133

60. 寻找 ……………………………… 136

61. 这个人来了 ……………………… 139

62. 窸窸窣窣走远了 ………………… 143

63. 火烧了眉毛胡子 ………………… 145

64. 高兴得像个孩子 ………………… 147

65. 文明人 …………………………… 150

66. 搭起的戏台 ……………………… 153

67. 有这么两家人 …………………… 156

68. 又有这么两家人 ………………… 159

69. 新上一个项目 …………………… 161

70. 点火 ……………………………… 163

71. 家 ………………………………… 164

72. 重要的话 …………………………………… 167
73. 你哭了? ……………………………………… 169
74. 倾诉 ………………………………………… 172
75. 认识了一个男生 …………………………… 175
76. 究竟怎么样才行 …………………………… 178
77. 回到过去(一) ……………………………… 180
78. 回到过去(二) ……………………………… 184
79. 惊心事件 …………………………………… 187
80. 罪孽 ………………………………………… 190
81. 跌了一跤 …………………………………… 192
82. 农村人跟城里人 …………………………… 194
83. 长胡子太阳公公 …………………………… 196
84. 落叶雨一般飘下来 ………………………… 198
85. 一次谈话 …………………………………… 201
86. 诉说 ………………………………………… 203
87. 走出去 ……………………………………… 205
88. 家不像以往重要了 ………………………… 207
89. 匿名信 ……………………………………… 209
90. 哆嗦 ………………………………………… 211

91. 讹钱 ·· *213*

92. 摊上一个"穷人" ································· *215*

93. 飘动的幽灵 ······································· *217*

94. 如果那有关名誉 ································· *219*

第三部

95. 纯真的向往 ······································· *223*

96. 恍然是当年的场景 ······························ *225*

97. 新盖一座院子 ···································· *227*

98. 闺女像一朵花 ···································· *229*

99. 断线的风筝 ······································· *231*

100. 冷遇 ·· *234*

101. 人初生模样 ······································ *236*

102. 大变故 ·· *238*

103. 一枚胸针 ··· *240*

104. 混乱的人群 ······································ *242*

105. 甜的苦涩 ··· *244*

106. 灵光脑瓜子怎么也使不上劲 ··············· *246*

107. 桥头 ··· *248*

108. "不要卖了它" ……………………………… *252*
109. 盼 ……………………………………………… *254*
110. 在哪里 …………………………………………… *256*
111. 不知道该说谁 ………………………………… *258*
112. 最后的念想 …………………………………… *260*
113. 这是怎么一回事 ……………………………… *262*
114. 新的希望 ……………………………………… *265*
115. 说出来想说的话 ……………………………… *268*
116. 一小片泥土地 ………………………………… *270*
117. 城里人 ………………………………………… *272*
118. 一个传奇 ……………………………………… *273*

第一部

第一篇

1 相望

　　山下卧着的村庄,被树影子遮蔽着。雾气在树枝头上缠绕,那远处的村庄便像是处在仙境一般。

　　这些是尚未睡醒的村庄,鸡鸣声此起彼伏。晨雾缭绕,站在南村坡顶,沿沟望远,成片的芦苇在微微的晨曦中海洋一般。东风呜呜吹来,芦苇林阵阵波涛。目光从荡漾的芦苇群掠过,那是大山。山下卧着的村庄,被树影子遮蔽着。雾气在树枝头上缠绕,那远处的村庄像是处在仙境一般。

　　这里有南村北村之分,缘于中间贯穿东西横隔一条沟。沟以南十里八乡,称南村;沟以北的村落尽可以叫北村。北村南村各处梁上。南北一条路,宽不过三米,是南北村相通的要道。

　　北村的那些个村落在山根下环成一个半圈,一点点在晨曦中亮起来了。太阳升起来的时候,离远听见鼓乐声声,那是一家娶亲。

　　新盖的院落。新娘子一身鲜红的绸嫁衣。晚上了,年轻小伙子爬在窗上,嘻嘻哈哈不走。一个八九岁的女孩,坐在新娘子身旁,两只高高的辫子,随着脑袋的摇晃,小鱼儿一样地摆动。

　　这个女孩子是这个家最小的孩子,名叫玉香。她比大哥小十三岁,比姐姐小十一岁,比二哥小九岁。二哥常常跟玉香耍笑,玉香经常逮住他说,二哥你背背我。二哥说他要迟到了。玉香拉住他。二哥蹲下来说:我背你走五步!玉香嘻嘻笑着爬上二哥的脊背。

玉香细细看大嫂的新衣服。窗外是小伙子们的大笑。他们说的什么玉香听不明白,但他们叽叽咕咕说的一定不是好话。玉香用唾沫抿开窗户纸,呸了一口,说让你们缠我家的窗户!

妈妈呵斥她。玉香不理妈,她生气着呢!

第二年,玉香姐姐出嫁。玉香放学回来,看见姐姐把头低在窗前的缝纫机上。缝纫机踏踏踏地响。姐姐用中指和食指按着布料。缝纫机面板,奶黄色,光如镜面。玉香趁姐姐抽身的工夫,用手在上面抚摸。玉香摸到一种细致,那别样的细致从手梢头一直到心里。姐姐走回来,嚷嚷玉香做作业去。姐姐走过来,嘴里很响地嚼着东西。玉香问姐姐吃的什么,姐姐扭头看一眼屋地上刚从地头拉回来的胡萝卜,她说,还能有什么啊,想吃你也吃啊。

一天,家里来了一个年轻人。那个人一来,姐姐不自在,悄然默声的样子。姐姐从缝纫机跟前挪开两步,又走回来,像是想起什么又给忘记了。要不,她拾起这个,放下那个的,忐忐忑忑。

妈妈说那个人是姐夫。

二哥哥结婚那年,玉香十五岁。玉香有了大嫂,二嫂嫁过来就不像大嫂当年让玉香感到新鲜。不只是玉香一个人不新鲜,玉香爸妈也似乎不像娶大嫂时候激动。他们只是乐呵呵的。

那天,玉香也高兴,好像也不仅仅是因为娶亲。一个女孩子,在纷乱人群中,怀着一种情愫。她有一种奇怪的感觉,觉着大家的目光一个个对着她,挤了满院子的人,他们都在看她。

玉香跟大家一起看新郎新娘拜花堂。新娘羞答答地低着头,跟二哥站在一起。花堂设在热热闹闹的院里。照面墙上贴一张喜气洋洋的画。画上两个小孩子笑开着嘴巴,抬着一颗红红的大石榴。画前一张桌子,桌上摆着玉香过世的爷爷奶奶的相片。那是黑白照,爷爷戴瓜皮帽,奶奶系黑头圈。主婚人脸上已经被谁抹了一把锅底,他笑逐颜开地讲话,一边说一边打手势。他已经说了第五项夫妻对拜。接着一项他还说第五项。院子里的人笑了,说该第六项了。第六项——主婚人赶紧改口,他说他都饿了,饿得脑子有点不好使。院子里的人听了,说花堂还没拜完就想着要吃饭。在人们的笑声中,主婚人说,请一对新人谈恋爱经过。这回,院子里的人不只是笑,还起哄。

玉香二哥的脸,抹得黑一绺红一绺的。现在,好几个小伙子押着二哥,要二哥说话。这让玉香想起小学课本里的斗地主。二哥穿着咖啡色的绸棉袄,就像一个小地主。玉香跟着那伙人笑。她想看清楚一点,踮起脚尖,从人群当中看新婚的二哥。她看着二哥像一个布娃娃让大家甩来甩去。玉香记起她要二哥背她的情景,那情景跟现在一样让二哥无可奈何。前面遮她的人真是太多了,一个个是大个子。玉香抬脚跳了一下,又想跳第二下。正是这个时候,玉香看见一双眼睛。他们对望,玉香想着是眼神碰了一下。其实,玉香跟那个男子的眼神是定定地望了一瞬间。一瞬间是多长时间?

刚才的兴奋一下子溜得没踪影,玉香的心乱起来,忽然感觉到院子里的热闹离她远去。她仿佛只身在一个空旷的地方。

2 回门

一声轻微的笑,被一声小咳嗽替代了。

新媳妇回门。大清早,屋里着忙收拾饭菜,说二嫂的娘家人要来了。
天微微亮,有自行车响动。二嫂跑出门,是她弟弟。
玉香伸着脖子看,原来是他。他一身西装,清瘦的样子。
他是二嫂的弟弟啊。
玉香看他一眼,扭身回到屋子里。
玉香爸爸让那人赶快回屋。玉香妈妈说天冷,看冻着。
那人回到屋里,在桌旁边的一张椅子上坐下来,咬咬嘴唇,规矩的样子。

玉香在辫辫子。玉香的头发梳了一遍又一遍就是辫不整齐。二哥结完婚，姐姐回家了。姐姐抱着个孩子，帮不上忙。家里给妈妈跑腿的只有玉香。妈妈说，玉香，过来端菜吧，让你二嫂和你亲家哥哥吃饭。

玉香对着镜子，辫她的辫子。玉香的辫子梳不端正。

妈妈在屋里忙来忙去，没看见玉香端菜，拿眼寻。妈妈说，一大早起来辫辫子辫个没完，镜子都要给看破了，快来端菜。

玉香听到一声轻微的笑，那笑被一声小咳嗽替代了。

玉香稍顿，拿着镜子到屋外面辫她的辫子了。

玉香听到妈妈的叹息声。妈妈说越大越不听话了。

玉香听到屋里的谦让声，想着是吃过饭了。新结婚，走亲戚，吃饭是做做样子。

二嫂在玉香头上也不知道是摸，还是拍。二嫂说，这次辫子到底给辫好了。

玉香听二嫂的话，心想说辫得很好就行了，什么叫到底辫好了！正要回，看人家娘家人在，扭身把镜子放回到柜上。

二哥凑到她跟前说，今天又不上学，梳这么好的辫子，做什么？说着，伸手要拉玉香的辫子。玉香眉眼翻开看着哥哥，狠狠地在他手上拍了一下。

二哥笑起来。离开饭桌的二嫂弟弟，这次没忍住，吭的一声，笑出声来了。玉香用眼扫见他右手从口袋里头掏出手帕，说不清是在嘴上还是在鼻头上，象征性地捂了一下。

3 多余人

哪儿来的石榴呀，石榴花才刚刚落呢。

二哥二嫂在家里待过一周，双双离开了家。二哥大学毕业后留在城市工作。村里人羡慕玉香爸妈,羡慕玉香二哥。姐姐没出嫁的日子,二哥在外上大学。妈妈看着姐姐,说都是家务拖累了你。要不是这个忙乱的家,你说不准也去念大学。姐姐先头不吭声,妈再念叨,姐姐说成天就知道念叨,念叨那些顶什么用啊。

以后,妈妈念叨玉香,说玉香好好学习,像你二哥就好了。

大哥婚后,玉香觉得跟大哥生分了。不是玉香跟大哥生分,是大哥跟玉香生分了。大哥好像把玉香都给忘了。他们结婚第二年,中秋节没到呢,大哥不知道从哪里弄来两颗石榴,大步迈着从外面走回来。他衣褂的口袋里一边一个,沉沉的。玉香一看高兴了。大哥的口袋子里有好东西啊。

大哥看着玉香向他跑来。以往,大哥会高兴地拦住她,让玉香猜他口袋里装的什么。玉香跑到大哥跟前,大哥神色慌张,躲闪着,手不自觉地放在口袋上,小孩子似的捂着。玉香伸手要摸大哥的口袋,说大哥你买什么好吃的了?

大哥一下跳着躲远了。大哥说,能买什么好吃的呢?

玉香说你口袋里鼓鼓的那不是?我看见了,那不是?

玉香没想到大哥拍拍她的肩膀,直奔他自己的屋子。

玉香撵大哥,妈妈喊她回来。

玉香站住,扭头看着妈,眼泪出来了。玉香说,妈,大哥买了好东西,拿到大嫂房间里了。

妈拉玉香回屋里,悄悄说,你大哥哪里有什么好吃的,那是药。

玉香流着眼泪说,大哥口袋里头是石榴,一个口袋一颗大石榴。

玉香妈妈说,现在哪儿来的石榴呀,石榴花才刚刚落呢。

玉香以后就不理大哥。他对大嫂好,不对玉香好。现在,玉香的二哥也是有媳妇的人,玉香想二哥也会像大哥一样的。玉香又流了一回眼泪。玉香想二哥再也不会像小时候那样待她了,看二哥看二嫂的样子吧,比大哥看大嫂还要酸。二嫂说个什么,二哥马上就去做,比听妈妈的话还要当心。二哥很快带着二嫂离开家过他们的城市生活去了。就让二哥远点走吧,在家,玉香还不天天看着眼酸啊。

妈妈越来越唠叨了。妈妈的后头跟着玉香的小侄女。这个又哭又闹的小女孩,有时候,玉香亲她亲得不得了。有时候,玉香烦她,她天天跟在玉香妈妈后头。玉香在外读书,一周就这么一个星期六晚上在家,玉香的地方还让这个小害人精给占住。她非得挨着妈妈睡,还非得妈妈抱着她睡。这个小害人精。玉香偏就坐在妈妈怀里。她要哭就哭个够。妈妈推玉香说,你半大个人了,跟一个孩子争,故意惹哭她,看你像什么话。

玉香真是伤心透了,从妈妈怀里挣出来。妈妈也变心了。玉香成了一个多余人。玉香烦妈妈念叨。妈妈说好好念书,你看你二哥,看你二嫂的弟弟,他们都是念过大学的人。你二嫂的弟弟,就是来咱们家的那个小伙子,今年大学毕业。你好好念书,上了大学,一辈子就不受苦了。

4　那人笑微微

麦秸垛一个个像顶着雨笠的胖儿童。雨天在那里站着,太阳出来,还在那里站着。麦收以后,下过几场雨,麦秸周围出来长长的麦芽儿,豆秆似的,弯弯曲曲地往上长。

玉香本来是烦妈妈念叨的,可妈妈念叨二嫂,念叨二嫂弟弟,玉香不吭声,由着妈妈念叨,头脑里出现一个穿西服的小伙子,眉目清秀,读书人。村子里有个爷爷喜欢讲故事。这个爷爷家里有剥不完的玉米穗。孩子们围一圈,一个个在剥玉米。这些孩子不是为了给他们家剥玉米,是为了听他讲故事。他讲一个后生……玉香那时候念二年级,知道后生就是大小伙子。孩子们静静地听老爷爷讲,一片剥玉米的哗哗声。老爷爷的故事也不是只讲一个后生,他还讲憨女婿,讲一只蛤蟆精……孩子们全听得忘掉手里剥的玉米了。爷爷说快剥玉米,女孩子不勤快,长大只能找一个憨女婿。剥玉米的女孩儿笑得咯咯咯,她们也知道一点点女婿的意思了。她们很快又将玉米剥得哗哗响。爷爷讲读书的后生,说后生在读书呢,读着读着,一个美女就从书页里走出来了。孩子们羡慕那个读书的后生。玉香听妈妈这样念叨,头脑里就出现了那人。那天,二哥二嫂拜花堂,他们相互对看了一眼。

这是星期天下午,玉香把馒头往包里硬塞,装十个就满了,玉香压压,还要装。妈妈说馍都给压坏了,星期三还要回来。

玉香不说话。玉香想她情愿装得更多,宁可一星期不回来,一个月都不要回来。

妈妈说玉香人大心大,真把她给气死了。

玉香的脸拉得长长的,她也生气得很呢!

玉香将包在自行车后座上夹好。小侄女看见了,直奔自行车来,脚往脚踏上抬。玉香妈妈笑着说,小女要骑自行车,知道在那里安脚。玉香不理妈妈,推开小侄女,只管推着自行车,骑上走了。玉香听见侄女哇哇的哭声。

原来的房子,大哥大嫂住。娶二嫂,玉香家新盖了院落。玉香爸像是忽然间老了,嘴唇上有了几根亮白的胡子。这个家,似乎也只有爸爸还跟以前一样看待玉香。玉香看见爸爸嘴唇上的那几根白胡子的时候,心被点燃似的,热辣辣地疼,爸爸老了。爸爸一如往常地笑,看见玉香跟看见孙女的笑是一样样的。

新屋的地基,原先是打麦场。这个打麦场上的房基地,有的已经盖起来了,有的还没盖。房屋前有两三个麦秸垛。一个个像顶着雨笠的胖儿童,雨天在那里站着,太阳出来,还在那里站着。麦收以后,下过几场雨,麦秸周围出来长长的麦芽儿,豆秆似的,弯弯曲曲地往上长。他们一小棵靠着一小棵,有的三棵五棵挤在一起。麦秸垛根底出了小蘑菇,它们生长着,像大大小小撑开的雨伞。雨后,太阳红红地照着场地,会有一两只兔子在那里不紧不慢地跳。红红的嘴巴磨在地上,两腮不停地动。如果有人来,离很远它便感觉到了,先是跳得快一些,很快,跑得无踪影了。

星期三的中午,玉香回到家把自行车放好。她看见一个人从二嫂房间里出来。二哥二嫂结婚后很少回来。玉香只当是爸是妈,她额头上汗津津的,冒冒失失地往回走。

玉香穿短袖,胳膊晒得发疼。她踏上台阶,一抬头,眼前是二嫂的弟弟,就是那天二哥二嫂拜花堂,与她对看过的男子。自从那天对看一眼,玉香躲着没再看他。玉香仰着眉眼,愣在那里。她看着眼前那人笑微微,这样的微微笑在玉香看似曾相识。玉香不知道该说什么,突然惊醒似的,伸手撩开竹帘,两脚一跳,回到屋里。

玉香的心随着双脚的跳动,咚咚响。玉香进屋子好半天,没想到要做什么,妈妈问玉香什么话,玉香好像也没听清楚。玉香的脸,一路被太阳晒得发烧,现在越来越烧起来。

5 开学

他的影子落在光亮的土地上,原本就长长的腿被太阳这样一拉扯,更显得长,长得像画册里的漫画。

这次相见,玉香知道了一个事实,二嫂弟弟要结婚了。

玉香没考上大学。二哥给家里写信,让玉香再复习一年。玉香妈妈不识字,爸爸拿着信看完,爸爸说听你二哥的话,给你二哥回个信。

玉香大哥现在不跟爸妈住一个院了,跟玉香见面的次数越来越少。玉香上高中,大哥给过玉香两次钱,说让玉香买钢笔用,买本子用。玉香想她又不是小学生,只会知道买钢笔和作业本。玉香二哥到底对玉香好些,常常写信来问玉香的功课。妈妈一见二哥信来,看着玉香和玉香爸爸的脸,问,信上怎么说?等妈妈知道二哥信上都写了一些什么的时候,妈妈默想一会儿说,怎么还没音信儿呢?

玉香说二哥来的信不是音信是什么?

妈妈满脸忧愁说,你一个女孩子家,少说话!

不说就不说。玉香也恼了,这个家都不让她说话了。

快开学了。一天,爸爸说玉香二哥来信,让她去城里二嫂弟弟那个学校复习。

二嫂的弟弟原来教高中啊。玉香听了,心里一激动。但玉香说不去。

妈妈骂玉香不成才,说多少孩子想复习家里不让呢,不去拉倒。妈妈一边说,一边抱着侄女,喂她喝水。大嫂又有了一个男孩,玉香想妈妈的心离她越来越远。她喜欢她的孙女,更喜欢她的孙子,哪里顾得上她呢?玉香的眼泪跑出来。太阳红艳艳地从窗上打照进来,玉香拉了被子,一头睡倒了。

玉香看见在学校教书的二嫂弟弟是星期二。二哥为玉香上学,专程回来。玉香双手拎着书包,二哥肩上是玉香的铺盖卷。

玉香跟着二哥走到一个房门前,看见二嫂弟弟从房间里正好出来。他一手端书,一手拉门,头一歪,看见二哥和玉香。他一下子站住,给玉香二哥叫了一声哥,用一只胳膊肘儿把门推开,让他们进去,说他马上就回来。

他很快回来了。玉香透过窗玻璃望见他。他走着,一条胳膊伸长,扬到头上,扒拉两下他的头发。太阳照着,他的影子落在光亮的土地上。他原本就长长的腿被太阳这样一拉扯,更显得长,长得像画册里的漫画。

城里学校跟乡下学校没什么差别,房间也是低矮的砖瓦房。窗户玻璃一小块一小块,一共十二块小玻璃。蓝色的窗帘。二嫂弟弟床上是新的花床单,被子是崭新的蓝缎面。

二哥吩咐玉香说如果有事就找这个哥哥说话,又对二嫂弟弟说他单位里忙,得赶回去。二哥说着,一手撩开门帘,朝门外跨出一只脚,头回了一下,看了眼玉香,给二嫂弟弟指指床对面一把椅子上玉香的铺盖,说让他把玉香安顿好了。

玉香有些可笑二哥,铺盖的事情,玉香记得二哥刚才说过了的,现在又说。二哥像妈妈一样唠叨。

二嫂弟弟一边点头,一边跟在二哥后头,一路出去了。

6　不要你管

玉香一脚把鸡食盆子踢飞了,可怜那只鸡,呼啦一声,惊飞到一截矮墙上,像拉了警报一样,很响的一声接着一声的"圪蛋"。

二嫂弟弟送二哥出去,玉香一个人再打量这个房间。玉香来这半会儿,一直在房间里站着。二哥让玉香坐,玉香没坐。二哥在这里的床上坐了一会儿,床上留着二哥坐过的印迹。

门帘忽的一下,二嫂的弟弟进来。他领玉香朝教学楼走,碰上一位老师,他们笑着打了招呼。那位老师说又来了一个?

二嫂弟弟哈哈笑了一声。

玉香跟在二嫂弟弟后头,糊里糊涂进了一个教室,在一个座位上坐下来。玉香仰起头,讲台上站着二嫂弟弟。玉香的心忽地热了一下,又忽地凉了,以后我就做了他的学生啊。下课了,同学们左顾右盼,玉香听他们叫王老师。

同桌是一个脸圆圆的姑娘,眉心偏侧有一颗痣。玉香看见她很喜欢。同桌也喜欢玉香。她查户口一样问玉香的家在哪里,家里几口人,玉香是老大还是老小。玉香也一样问过她。她俩很快就像好朋友一样了。

同桌叫王燕。王燕看看玉香,说原来这样啊,王老师真是你二嫂的弟弟吗?是你亲二嫂吗?王老师是学校里头唯一一个名牌大学毕业来的呢。他在这里教书两年了,听说不会在这个学校长久待下去的,说是要去一所大学,后来不知道怎么没调走。

玉香很快也知道王燕的公公在这个学校里教书。玉香心里说,王燕都订婚了,难怪闻着她身上有一股雪花膏香味。玉香想她也有雪花膏,忘带了。玉香看见王燕桌子下面的抽屉里头有一面小圆镜。玉香想难怪王燕来复习,王燕把时间都用来搽雪花膏和照镜子了。在家里,玉香一照镜子,妈妈就说,有时间做作业去,成天照镜子,镜子都给你照破了,那能考上大学吗?现在,王燕把镜子都拿到教室抽屉里了。玉香这样想王燕,便想到自己来这个班也是复习。她这样一想,糟心得很。

上午最后一节课下课。玉香离开课桌。王燕问玉香怎么吃饭,说她在公公房间里吃。玉香心想王燕真是大方,天天跟公公一起吃饭。玉香比王燕小一岁。只小一岁,王燕有婆家了。玉香想起妈妈也曾给她张罗婆家,想起家里坐着的那个婆婆望着玉香眉开眼笑的样子。

妈妈让玉香猜那婆婆来有什么事。玉香说她哪猜得出来?

妈妈说,邻村一家,见过玉香,托那婆婆过来提亲,让两家孩子见见面……玉香妈妈笑着。玉香好些日子没看见妈妈这样看着她笑了。玉香想妈妈这天看着她,笑得多甜,笑得多么丰富啊。

玉香飞快地吃完饭,把碗吧嗒放在桌上。她好像没听见妈妈说话,站起来收拾着要去学校。妈妈帮忙给她收拾,看着她的脸,问:"你跟那孩子见见?"

玉香眉头挽着:"见什么见,不去!"

妈妈看着玉香,只是笑。

星期六下午,玉香骑着自行车,在门口的麦场七弯八绕,转圈儿。她把妈妈要她相亲的事情忘记了。玉香一路骑到屋门前,跳下自行车,听见屋里时高时低的说话声。玉香记起了什么,她放下自行车,回到屋里,果然又是那个婆婆。

玉香扭头出来,正好看见院子里放着的鸡食盆。鸡食盆子里的食,被鸡们啄得精光了。鸡食盆子,在太阳下泛着光。一只鸡看见玉香出来,看着玉香走近鸡食盆子,那只鸡试探着往前走,一边走,一边把头伸长,小脑袋一左一右地看了两看,有些慢条斯理,好像思想着什么。玉香一脚把鸡食盆子踢飞了,可怜那只鸡,呼啦一声,惊飞到一截矮墙上,像拉了警报一样,很响的一声接着一声的"圪蛋"。

玉香妈妈赶忙出来,说玉香这么大个人了不懂事,不知道屋里有客人吗?玉香看着妈妈,说她还没长大呢,谁说她长大了呢?

那个婆婆走了。妈妈气得不理玉香。玉香妈妈说让你相亲你也哭!又不是让你去相跛子相聋子,你哭得有道理吗?又不是要卖你!玉香哇的一声哭出了声。玉香妈妈正切着菜呢,重重地把刀往面案上咔嗒一放……

玉香爸爸说孩子不情愿拉倒,费老大神做什么,你不是念叨着要玉香考大学吗?一会儿要孩子考大学,一会儿又要孩子相亲,你究竟要孩子相亲还是考大学?

玉香爸爸这一说,玉香妈妈伤心了,她说不是看着人家家里的好条件嘛,以后玉香的婚事,她不管了。

玉香看妈妈哭上了,她哭得慢下来。爸爸拉着玉香,把她从屋外拉进屋。爸爸说,别哭了,念书是正经。

玉香听到妈妈不管她的话,心里跟妈妈怄气,小声嘟囔:不管拉倒。

玉香的低嗓音,妈妈果然没听见,去切她的菜。

7 安顿

> 她的眼睛不东看,也不西看,只看着自己的脚尖换了这只换那只,像戏台上女子走路。

教室离王老师宿舍不远,走出楼道门,就看见了。老师宿舍,临东一排房屋。那房子窑洞式样,青砖砌成。门前是砖铺的地面,一米开外,是泥土地。

王燕跟玉香相跟着。王燕拉着玉香的手,边走边说。她说王老师跟她公公宿舍只隔一个门。玉香想,王老师领着她走教室的那会,碰上的那个人是不是她的公公呢?玉香又心想不是的,那个人那么年轻,王燕的公公能是那么一个年轻人吗?王燕的公公怎么说也该是一个半老头了。

玉香跟王燕一路说着话,很快走完了那截路。王燕放开玉香的手,快步走向她公公的宿舍,伸胳膊撩开门帘进去了,像进自己家一样。

玉香在王老师房门口顿了一下。一个学生进老师房间,有些艰难。她刚要伸手,门帘打开了,是二嫂的弟弟,不,现在这个人有称呼了,他是王老师。

玉香看见王老师撩开门帘,朝她点头,要她进来。玉香两条腿变得不灵活起来,像是她硬拉着腿才进去的。

王老师的办公桌收拾得很干净,桌子上摆两碗面条,一只碗里盛两个热腾腾的馒头。王老师说,饿了吧?洗手,吃饭。

玉香在外念书,常常有同学放学去他爸爸的宿舍吃饭,去他妈妈的宿舍吃饭,或者去他姑姑姨姨的宿舍吃饭,因为这个同学的爸爸、妈妈或者姑姑姨姨在学校里头教书。而她不是。她只能吃背来的馍,上水灶,每天喝白开水。也不是白开水,是馒头锅里煎得发黄的锅头水。玉香没想到她在学校里头能有面条吃,有新的热馒头吃。

玉香嗓子堵得慌。她说她还是在灶上吃吧。王老师站在她身边,说先洗手,吃完再说。

玉香着实是有点饿。可拿起筷子,又不像是很饿。

那顿饭总算给打发了。

玉香看着空空的几只碗,犹疑着。王老师把碗摞了,走出去。回来时候,他手里的几只碗干干净净。

玉香不好意思了,她鼓起勇气问,水房在哪里?

王老师说不远,出去就见了,以后就熟悉了。

王老师说着在床上坐下来。他说玉香也坐吧。

王老师看着玉香在办公桌前的椅子上拘谨地坐下来,忽然一下子想起来,手在上衣口袋里一拍,把一厚沓饭票掏出来,说他买了饭票。

玉香说她会买。

王老师说不用,这是你二哥留的钱。

玉香说她有钱,她爸给她钱了。

王老师笑了,说,你二哥的钱还不是你的钱啊?

玉香听了,还是说她有钱,把口袋里的钱一把掏出来,放在桌子上。

玉香这样说话的时候,把跟前站着的王老师像是忘记了。她像是跟谁较劲。

王老师笑着把钱从桌子上收起,递给玉香,说,装好吧。他看着玉香将钱装回口袋里,说,这么多的饭票,是不是放在抽屉里?他一边说,一边伸手在玉香一侧拉开一个抽屉。

玉香看着空抽屉,看着王老师把饭票放进空着的抽屉里。那厚厚一沓饭票,在空空的抽屉滚了两圈,安静地待着了。她看着抽屉慢慢地关上。

王老师问玉香怎么住?说他天天回家,玉香住这个房间也行。

玉香说她住宿舍。

王老师拎着铺盖,带玉香出了房门。

王老师把铺盖扛在肩上,一路朝前走,然后左拐。

那里出现一溜瓦房,一个个女同学从宿舍门口探出头来。有的女生看一下,把头一缩,不见了。

玉香跟在后面,心里头有些激动。她的眼睛不东看,也不西看,只看着自己的脚尖换了这只换那只,像戏台上女子走路。玉香听见大方一点的女同学跟王老师打招呼。玉香把头抬起,看见王老师点头,问她们吃过了没有。玉香听见这些女同学压着嗓子嘻嘻笑,小声说着话。

玉香总算在宿舍里安顿下来。王老师吩咐玉香铺好床,跟同宿舍的同学熟悉熟悉。

王老师说完,稍站了一会,出去了。同宿舍围着玉香,她们说班主任是你什么人啊?

玉香再也不好说王老师是她二嫂的弟弟,那算什么亲戚?玉香说王老师也不是她的什么人,就是老师。

同学一听,有些没意思。一个齐耳剪发的女同学,眉眼朝另一个女同学一翻,她说不是她什么人对她那么好啊,说着拉着另一个女同学离远一些了,其他几个同学也慢慢散去。

玉香的话让她跟宿舍的同学隔了一层。可玉香不那样说怎么说呢?到处说这个替她背铺盖卷的王老师是她二嫂的弟弟?玉香不想那样说。想起二哥说有事找这个哥哥的话,玉香想就叫他王老师吧。

玉香来来回回跟着王燕。王燕到她公公的房间里吃饭,她说玉香你来王老师房间吃饭吧。玉香知道王燕是真心的。这样,她们俩能相跟着打饭,相跟去那一排溜的老师宿舍。玉香有些为难,她和王燕在老师灶领饭,每顿饭与宿舍的同学吃得不一样。学生灶顿顿馒头,菜也不像老师灶有花样。老师灶隔三岔五改善生活。这不一样的饭菜,让玉香心里觉着不安,像欠了同学什么,总是很快地把饭吃完。

王老师像是猜着了。灶上改善,王老师在一个适当的时候,告诉玉香说:今天过来吃饭。

王老师这样一说,玉香就通知王燕说今天又有好的吃了。

8 蝴蝶花

辫子结处系一对小蝴蝶。蓝色的小蝴蝶,黄色的小蝴蝶。那小蝴蝶,塑料的。一根红的或者黄的塑料管,两头剪开,翻成小花朵。

这是一个太阳很好的上午。天气一天天冷了,有太阳的日子也只有一点点温暖,照着太阳的手想要暖和都得送到嘴边哈了。下课,同学们一个个从教室里走出来,走到阳光处,晒太阳。他们在太阳光下小小地走,肩膀有些儿缩,有的不由自主地狠狠抖两抖。其他同学看见了,受到感染似的,也抖两抖,然后就笑。男同学很快就你捶他他打你,撵着跑起来,楼道里传来嗵嗵嗵急促的脚步声。女同学胳膊相互搭着,在一起说着私密的话。玉香跟王燕就是这样搭着胳膊,头碰着头。

王燕说今天他来呢。

玉香没听明白,只是看着王燕。她看王燕比第一次见漂亮了。不是说一开始看王燕不漂亮,玉香是说她现在看王燕比刚来时看见更漂亮。王燕长条脸,脸白,腮上永远像打了胭脂,一对凤眼,梳两条短辫子,辫子结处系一对小蝴蝶。蓝色的小蝴蝶,黄色的小蝴蝶。那小蝴蝶,塑料的。一根红的或者黄的塑料管,从两头剪开,翻成小花朵。王燕头上的塑料花,玉香第一天来就看见了。玉香家里有好多这样的塑料花,玉香有辫子的时候,也做过这样的蝴蝶花。她来这里念书,索性把头发剪短了。

现在,玉香看着王燕的短辫子,看着王燕好看的脸,她知道王燕说的他是谁了。王燕有些不好意思,把一只辫子用手拨到胸前,手摸头梢处的蝴蝶花。

玉香说如果今天灶上改善就好了。

一行同学急着往教室门口奔,这是上课的信号。玉香回过头,王老师手端课本,一脚踏上楼梯。

教室里一阵乒乒乓乓的响动,瞬间安静了。

王老师个子高高,站上讲台,扭身往黑板上写字。这是王老师的习惯。

玉香来到这个班,好些日子不自然。现在,又为刚才说给王燕的话觉得不对劲。她什么话不能说,却是说了那句"如果灶上改善就好了"。玉香的意思是说王燕对象来,该有好吃的。玉香说了那句话,现在看到王老师,觉得不对劲。她记起那个秋雨绵绵的日子。大清早,玉香在宿舍里似睡非睡。她做梦了,梦见妈妈在唠叨。她又有点儿清醒,知道是睡在学校宿舍里,模糊中听到外面淅淅沥沥的雨声。玉香眼睛闭着,听到宿舍有人起床的窸窣声,她想该起床了。玉香又懒了一下,她想再等等。玉香就是这样,早起总是很发愁。特别在这个秋雨缠绵的清早,她只想多睡,多睡一秒钟也是多睡。在家里,玉香早上起床从来是一件让妈妈头疼的事情,妈妈早上唤玉香起床,三遍四遍喊过,玉香还卧着,妈妈骂她是猫,懒猫,成天瞌睡。急了,玉香妈妈隔着被子在玉香身上捶打,一边捶打,一边说自己真是没主意,怎么没把这个害人精送人呢?

玉香听这话,一骨碌从炕上爬起来,三下两下拨拉着给自己穿,一边穿衣一边把脸拉着,说她要不怎么叫个多多呢。她说她知道自己是多多,以后就不要在她耳边念了。

小时候,家里人叫她多多,一直叫到她七八岁。玉香懂事了,不情愿叫她多多。不情愿别人这样叫的表现就是不管谁这样叫她都不应。后来,玉香就有了自己的名字。她上了小学,慢慢地,多多这个小名就没人叫了。

就在玉香想起床又不想起床的当儿,宿舍门口有了说话声。玉香的心提起来,紧紧按住被头。玉香听到同宿舍叫她,她不敢睁开眼睛,头缩进被窝。她分明听到是一个熟悉的声音,感觉到被头上落下一件东西。这是宿舍同学扔给她的,是一件格子衣衫。她把头抬起一点,看到宿舍门关紧着,同宿舍的女同学对着窗前的镜子梳着头。这个同学说:王老师来过了,给你的衣衫。

女同学一边说,一边一下一下地梳头,边梳边看一眼正在穿衣服的玉香,说你到底跟王老师啥亲戚,他对你这样好。这个女同学穿红衫,永远的红衬衫。她梳了几下,把梳子衔在嘴里了,绑了一只辫子,去梳另一只。

玉香看着眼前的浅蓝衣衫。她可没穿过这么讲究的衣服。再说,这也不是一个学生穿的衣服。王老师拿谁的衣服呢?他媳妇的吗?玉香什么也没说,把衣服叠好放在枕侧,中午吃饭时去王老师宿舍,顺便把衣服带上。玉香说她不冷。

玉香看王老师不说话,心里过意不去,想跟王老师再说一点什么,又不知道该怎么说。玉香心里揣摩:莫不是王老师不高兴?玉香在家里跟哥哥别扭,跟妈妈别扭。她在王老师面前,却怎么也别扭不起来。

9 信天游

这涩也不像吃了生涩的柿子,慢慢淡化掉。这涩怕是除不掉的那种,是铁在心里,就像不小心被磕破了,落下的疤。

王老师名叫王新亮。这些天,趁着玉香不注意,王新亮认真打量玉香。他心里一直觉着他姐家的这个妹子,怪怪的。

姐姐出嫁那天,在热闹的人群中,见她乐呵的样子,王新亮的心像一湖水被劲风吹着了,荡漾出层层波浪。那会儿,她梳粗粗两根辫子。太阳明晃晃地照着,她欢喜地夹在喜悦的人群中,将头左晃右晃,居然将头伸着,跳起高来。就是这时候,他们对看一眼。

019

姐姐出嫁第三天，又见到这女孩。说实话，他大大吃了一惊。姐姐说她叫玉香，在家打小是个宝，她的二哥爱着她，一家子都爱着她。这个小姑子在家里谁也不怕，看谁都眼不顺。王新亮听她姐姐这样说，笑荡漾在脸上。

　　现在，玉香来他这里念书。王新亮老师站在讲台上，给同学一个个发作业本，叫到玉香，他的心就动一下。王新亮好像也不是有那样的意思。玉香在王新亮看，还是几年前那个初中生模样。对玉香，王新亮觉得自己不能歪七八想，他是一个结过婚的人，眼下都要当爸爸了。王新亮惊奇地发现媳妇赵小亭跟玉香说不上哪儿有点相像。他看玉香是玉香，看赵小亭像玉香。

　　王新亮新婚，正是年轻人穿喇叭裤时代。大街上到处有高音喇叭唱信天游。王新亮从心底里不是一个开放青年。他看到时髦女子，离她们尽量远一点。他在大学里头跟女同学不是没来往，却是一直到毕业，才经人介绍看了几个女孩子，最后相中现在的赵小亭。王新亮是腼腆的，常常会显得不好意思。王新亮皮肤说不上白，却也不黑。王新亮的五官也不是说长得多好，可他五官的模样儿带着英气。王新亮满意和骄傲的不是这个。他念过的那所大学，是他一生的幸运。他一天比一天更深地感受到这一点。知识让他充满力量。

　　王新亮姐夫写信给他，问妹妹玉香是不是能来他这里的学校复习。姐夫说他家里只有这一个学生了，又是最小，想让她也考个学校什么的。王新亮很快给姐夫回了信。王新亮只有这个出嫁的姐姐，不像姐夫有当哥哥的这份感情。姐夫这样说，像是把一种感情传递给他，他都有一点感动。

　　玉香来了。那天，他扛着玉香的铺盖送玉香去宿舍，从给人帮忙中找到一样快活。他的脸明朗朗的，朝气而阳光。他惊讶自己有这样的发现。他问自己，这些年来，他不是也很快活吗？当他从媳妇那里得知自己很快要当爸爸的时候，他不是激动地在地上转了两圈，对媳妇怀有一份感激吗？也不是感激，是爱。可王新亮现在有了一种更加特别的感受。这种感受不是一下子直冲而来，不是的，是慢慢衍生出来，就像姐姐结婚那天，在那个敞开着的大院子里，他看到一个女孩子的脸，然后，总是想多看。那是一种看不够的感觉。那是喜爱。但这样的喜爱有点不大气，心里怯怯的，有一种奇妙。

　　自从玉香来了，王新亮回到家常定定地看赵小亭。赵小亭害羞地说：老这样看我做什么?王新亮把头摇摇,说在想一个问题。其实王新亮看赵小亭的时候没想问题,回答过赵小亭,他的脑子里真有一个问题了。那个问题是赵小亭跟玉香长相说不出哪里相像。王新亮当然想不成个样子,这又不是他学习的公理定理,又不是分析一篇文章。

赵小亭觉得王新亮越来越会做丈夫了。赵小亭因为怀着孩子,请了长假。她每天在家织织毛衣,晚上等丈夫回来。新婚后的生活简单幸福。她每天晚上就是等王新亮回来。王新亮回来骑个自行车,没到家呢,铃铛脆生生地响起来。赵小亭放下手里的针织去开门。

赵小亭盼着王新亮,盼着王新亮的眼神。赵小亭记起王新亮新婚夜狼狈的样子。她想着独自笑了。一个幸福的女人,心里怀着的是滋润。想想现在的王新亮吧。他天天晚上那样地不安生。赵小亭尽管抱着肚子提醒王新亮。王新亮没有停下来的意思。赵小亭胆子也大起来。其实,也不像赵小亭说的那样王新亮越来越会做丈夫,她也越来越会做媳妇。他们在一起培育的感觉就是每天晚上,他们在一起都有变化。那就像一样风景,寻着了,看见了,才知道其中的好。赵小亭一天天新鲜着,在王新亮的坚持下,她每天晚上都有一片新天地。

王新亮却不像赵小亭那样幸福。他也不能说自己就不幸福。可他见一回玉香,就多一点儿不对劲。他的确越来越觉得不对劲。好像也不误大事儿,但总觉得哪儿不舒服。那味道不苦,却涩。这涩也不像吃了生涩的柿子,慢慢就淡化掉。这涩怕是除不掉的那种,是铁在心里,就像不小心被磕破了,好完落下的疤。这疤不在外表,长在心里。一个人心里长着一块疤,那才真正憋得慌。王新亮晚上跟赵小亭好过以后,满怀愧疚。他想自己都快有儿子了。可是,第二天,一看见玉香,他由不得自己,感觉又来了。

王新亮看着玉香的那种感觉,自己也说不上来,只要是他能够做得到,都会为玉香做。他情愿玉香晚上睡在他宿舍,情愿玉香在他宿舍里吃饭。这个学校里有子女的老师一个又一个。他们跟家长一块儿吃住。他想当玉香的家长。可玉香要住学生宿舍,也不来他宿舍吃饭。只有灶上改善伙食的时候,玉香才来。他常常看玉香的脸,生怕玉香不高兴。王新亮这样的感觉,连他自己都害怕。玉香还是一个孩子,跟他又是这样的亲戚关系。有时候,他真为自己有这样的感觉生气。他这样想一个给他这么好感觉的女孩子,真是罪孽。可他管不住自己。

那个秋雨的早晨,他打着雨伞,眼看要骑出胡同口了,硬是掉过头。他想跟赵小亭要一件厚衣服。赵小亭睡着。她身子一天比一天重,懒得起。他放下自行车,在衣柜里头翻,终于挑出来一件。他想玉香一定没带够衣服。那天玉香没穿,把衣服叠放在床上。王新亮什么也不说,心里失落落的。可他没事似的看看玉香,伸手在她衣袖上捏捏,说你不冷?

玉香摇头。

王新亮说饭要凉了,快吃饭。

玉香总是巴巴吃完饭,拿碗洗掉。如果王新亮早吃完呢,玉香也把他的碗捎带洗了。王新亮似乎也不推辞,尽着让玉香一块洗。在玉香眼里,王新亮像是懒着了。这在玉香并没不高兴,相反觉得有意思。玉香一边送碗到王老师宿舍,一边想王老师刚才吃饭的模样。她跟王老师一块儿吃饭,抽空偷偷看他吃饭的样子。有时,王老师吃饭的样子逗得玉香不得不笑出声来,王老师一惊,抬头问她怎么了?玉香说没事没事。王老师脸红一下,也笑了。

10 小别扭

扬起的门帘,唰地落下来。

这天,真给玉香说着了,灶上改善生活。玉香跟王燕从教室出来,下楼梯。玉香看王燕比以前沉得住气,把头低着。

玉香说人家来了,你不好意思了吧?

王燕咬了咬嘴唇,头弯得更低了。玉香不知道王燕的心是不是跳得很快,她觉得这样真好玩。

玉香跟着王燕走到她公公宿舍门口。那里头有王燕的未婚夫。王燕答应让玉香看一眼,让玉香不要宣扬。

王燕公公代政治课。玉香不好意思明目张胆地去面对她的政治老师。还有,玉香即便是去见好友的未婚夫,也是怀着一些不自在。最后,玉香推着王燕,在王燕揭门帘那光景,看见桌旁的椅子上坐着一个小伙子,平头,脸黑黑的。玉香没将小伙子的五官看清呢,王燕扬起的门帘,唰地落下来。玉香意犹未尽,思想着再去揭那门帘。王老师站在门口喊玉香,说饭都领好了,快吃饭。

玉香一下子红透了脸,紧走两步,跟在王老师身后,一步跳进宿舍。

"你不吃饭,在外头磨蹭什么。"

玉香本来像做贼似的,现在,听王老师这样一说,心里别扭,只顾低头吃饭。

"是不是看王燕的男朋友?"

玉香话都到嘴边了,往嘴里拨了一口饭。

"要看就进去,不要站在人家门口。"

玉香吃饭的速度慢下来,很快一滴晶亮的泪水掉进米饭碗里了。

王老师一愣。

玉香透过玻璃似的两颗大大的泪珠儿,看见自己的米饭碗被移到一边。好大的一滴眼泪"吧嗒"滴在桌子上,玉香感觉到王老师站起来,看见王老师的筷子放在米饭碗上。两碗排骨一缕一缕冒着热气。玉香抬手在眼睛儿擦了一下,把碗移回到自己跟前,拾起筷子吃起来。

王老师在桌子跟前慢慢坐下来。他没说话,直到吃完饭。玉香擦了她的两只碗,再去收拾王老师的碗筷。王老师拉住玉香说:"你怪我?"

玉香摇摇头。话没说出来,眼泪下来了。

"你想家了?"

11 哭泣的女孩

小声地哭泣，像屋子里跑来一只乱飞的蚊子。……下巴处伸过一只递手绢的手来，那是一条格子手绢。那格子印是晚霞的颜色。

玉香的确有点想家。她来到这里，大哥来过一次。天凉了，妈妈给玉香捎来棉衣服。玉香见到大哥跟在家里完全不同，见到大哥真是见到亲人了，拉着大哥的衣袖，问这问那，连大哥的孩子都问到了。在家里，看大哥的孩子满心里都是气，在这里，问到他们全是另一样心情。

大哥看着王老师，说玉香在城里念书就是不一样，懂事了。

如果是在家里，大哥这样说，她是要跟大哥顶嘴的。可在这个地方见到大哥，玉香就把要说的话压下去。快两个月了，玉香想妈妈。玉香在家里一副不理睬家里人的样子，现在玉香想他们。玉香有好几个晚上梦见妈妈，醒来眼泪汪汪的。刚才，王老师说话的口气跟妈妈的口气很像。再想刚才，玉香的眼泪就不由自己控制了。她在心里骂那个死王燕，才来了未婚夫心就跟她远了。刚才出教室那会儿，王燕还死缠着玉香的胳膊呢，只想她们好得黏在一块儿。可一到门口，就变样儿了。未婚夫有那么好吗？王燕进门用得上那么急吗？她想再也不理死王燕，由她一个人高兴去吧。

玉香跟王老师不好解释，也解释不清，听到王老师问她是不是想家？玉香就低声哭得泪花直流了。玉香这样哭着，不知道怎么就被王老师松松搂着了，不是搂着，是玉香挡着眼泪的胳膊，搭在王老师的胸前，就像一个哭泣的女孩子胳膊支在一堵墙上的样子。王老师就是那堵墙。王老师这堵墙多出一只手来。王老师的手好像很犹豫，最后只在玉香的肩上轻轻拍了两下。那拍，照玉香的感觉，是碰。王老师好像还咽了一口唾沫，清了两下嗓子，王老师说期中考试就要到了，考完试就可以回家了。

玉香哭着,却也知道站在眼前不是她的大哥二哥,是老师。玉香不敢像她小时候那样放声哇哇哭,只是小声地哭泣,像屋子里跑来一只乱飞的蚊子。玉香哭到最后,忽然觉得这样哭没意思,不哭了,从自己口袋里掏手绢。她看见下巴处伸过一只递手绢的手来,那是一条格子手绢。那格子印是晚霞的颜色。小时候,孩子们挤一堆,看雨过天晴的霞光。

"洗洗脸吧。"

玉香抬头看一眼王老师。她看见王老师的脸沉得像下雨天气,嘴巴紧紧闭着,赌气的样子。玉香这一看,一时噗地笑了。王老师一时愣不过神来,他终是看清玉香在笑,表情一下子明朗许多,也笑得声气叠了好几叠,伸手在玉香头上拍了一下。

玉香感觉到王老师的手指轻轻打在她的头上,她挨了王老师这一下,心里对王老师有了一种感觉。其实,玉香的这种感觉在二嫂结婚那年,在那个挤满人的院落里,好像就有了。只是那时候是那样的模糊,现在也还没有变得清亮。那是含混的感觉。细究起来,有一点点像与男同学在某处相遇,有一点点与大哥二哥在一起的感觉,还有一些是跟爸爸妈妈在一起的感觉。王老师刚才的一拍就像她爸爸。她爸爸亲她的时候就是在她头上一拍。她在爸爸的手掌心下这样拍着一直长大。这让玉香跟王老师之间的拘谨一下子消失,变得亲切起来。以后,玉香也不等王老师招呼,也不管老师灶改不改善生活,王老师的宿舍她想来就来了。

老师们吃完饭常常串门。代她物理的牛老师,代她外语的党老师,玉香跟他们都熟悉。牛老师党老师过来,看见玉香跟王老师在吃饭,只管坐下来。他们跟玉香开玩笑,说明年她考上大学,可别不记得王老师。王老师替你给我们都招呼过了,要我们给你鼓劲,让你一定上大学。

玉香不说话只管低头吃饭。如果话说得得心,玉香听着笑一笑。

王老师看一眼玉香,说只管吃饭,别听你老师的。

玉香又笑一笑,吃完,收拾了去洗碗。

走出门,玉香听到牛老师或者党老师扬长脖子喊着说:玉香,我们说的可都是真的,不信问代你的其他几个老师。然后王老师的宿舍里就会有很快活的哈哈大笑,笑声一溜传到玉香耳朵里来,门前脱光叶子的柳树条子也为这笑欢欣地摆了几摆。

12 悄悄话

一只眼睁一只眼闭地望着那颗星,那星星就一会儿远一会儿近。

期中考试成绩出来,玉香考得不错。玉香一直想着不能考不好。倒不是真的像牛老师或者党老师说的王老师替她操心的话。是玉香自己觉得不能让王老师笑话她。玉香来的时候就下决心一定要上大学。

但玉香考得这样的好成绩,却没有从王老师那里得到夸奖。这让玉香大大地失望了。她是班里第一,全校排第二名。这在玉香心里是满足的,都有一小点自豪。她一眼看到自己的总分,激动得脸都红了,只想一下子站在王老师面前。可是她没有看到王老师的欢喜。

玉香的愉悦的心情一落千丈。她坐在操场,仰着头。学校的操场挨着学校的大门。从大门进来,沿路两边是高大的杨树。杨树枯干着枝头,一枝枝竖着,等待春天的到来。

天要黑了,天边有一颗星星亮出来,发着清亮的宝石般光芒。玉香一只眼睁一只眼闭地望着那颗星。那星星就一会儿远一会儿近。

天越加地冷。凉风吹来,她不觉打了两个寒战。

王燕回家了。期中考试完,学校放两天假。王燕说她要回家。王燕没来得及看分数就回家了。这些日子,玉香听班上的女同学说王燕要结婚。玉香听了心里直笑,她想怎么可能呢?王燕与她常在一块,王燕要结婚,怎么会不告诉她呢?玉香想或者是同学们看王燕的成绩不是很好,便想到王燕既是订婚了,结婚是很快的事情吧?

班里的同学说王燕的未婚夫不念书了。玉香听到同学的议论,有些发蔫,原来王燕的事情同学们全知道啊。玉香不知道王燕的未婚夫已经不念书。玉香后来想这是因为她没有问王燕。尽管这样,玉香想自己跟王燕原来也还不是最亲近,她把一些不说给她的话说给其他同学。

平常她们吃完饭总是相跟着一块去教室,那天,玉香哭过一回,生着王燕的气,一个人去了教室。王燕的座位是空着的,直空到下午上最后一节自习课。

王燕来了似乎也知道玉香生气了,一个人默默坐下来。玉香瞥了她一眼,王燕的脸鲜红鲜红,像桃色的衣衫子湿了水那般鲜艳。玉香心里扑扑跳。她看见王燕的头是刚梳过的。慌里慌张的王燕看了一眼刚刚上完物理课的黑板,从书摞里拉出物理书,打开,头低在书本上了。

玉香原本是想给王燕一点颜色的。她盯着王燕看了好半会儿,王燕不把头从书本上抬起来。

玉香把头低下来,碰着王燕的头看王燕。她看见王燕的眼睛直直地盯着书本里的某个字,一动不动。

王燕回过神来,伸手在玉香的胳膊上拧一下,差点让玉香叫出声来。玉香打王燕,说你疯了,狠下心拧我。王燕赶紧说对不起。玉香想着不再提她的未婚夫,可嗓子痒痒。她看着王燕:

你那未婚夫走了?

玉香看见王燕神色慌乱。

她们俩常常在一块儿小声说女孩子家不愿意让别人听到的话。玉香再要问王燕的未婚夫,王老师的话响在耳边了。偏偏是王燕又起话头,两人就又说王燕的未婚夫。玉香总是好奇地问东问西问王燕未婚夫弟兄几个,问他怎么跟王燕就识的,又问王燕跟未婚夫他们俩在一块说个什么呢。玉香这样问的时候,王燕说没什么好说的。玉香说你不说实话,我不跟你说了。王燕说谁哄你是小狗。她们这样说着,一会儿说恼了,一会儿又说笑了。王燕打玉香一下,玉香也打王燕一下。

班里座位调整,王燕跟玉香不坐同桌了。她们不坐同桌,一样相跟着一块儿打饭。现在,王燕回家了。在玉香眼里,王燕似乎不在乎自己的学习成绩。这在玉香感觉有点儿不正常。王燕还常常打瞌睡。大冷的天,王燕听着课就睡着了。跟玉香在一块儿坐着时瞌睡,不跟玉香一块坐,她还是瞌睡。老师讲着课停下来,用教鞭在讲桌上敲一下,再敲一下,前排坐着的同学一个个朝后看,后两排坐着的同学,脖子伸老长,他们看谁在捣乱。同学们看到睡着的王燕,一时班里有喑哑的笑。

玉香看王燕对学习很放松,她不能理解。玉香坐在篮球场上,望着远处那颗晶莹透亮的星星,心里觉得好没意思。她想,王燕现在在做什么呢?是不是在跟未婚夫见面?

13 停电了

梳着披肩发,脸抹得一层白,嘴唇画得红嘟嘟。她们一边走一边嗑瓜子,往外吐瓜子皮比往嘴里放瓜子更快一些。她们相跟着不像玉香几个往一个个摊子跟前凑。她们不屑一顾,走得很懒散,嗑着瓜子的嘴巴说着话,不停地大笑,笑里带着颤音,那气势好像都要把马灯里的光吹熄掉。

停电的晚上,玉香跟着女同学,走出校门,到街上的商店去买蜡烛。玉香有蜡烛。学校停电了,学校发放蜡烛给各老师宿舍,或者老师们一个个去领。王老师吩咐她蜡烛在抽屉里。可是,玉香跟着同学去跑街。

大街上,漆黑的夜空,这里那里亮着一盏盏灯。那灯是马灯,挂在高高矮矮小卖摊旁边的木杆上。走近了,那灯光亲切地跳跃着。这让玉香想起她的家,一时只当回到她的村庄。可玉香很快忘了想家的伤神事儿。前面是电影院,从那里传来一片噼噼啪啪的武打声音,发电机呜吐吐、呜吐吐响着,像一声声高昂的叹息。

大街上满是人。一拨一拨的小伙子,胳膊搭着胳膊,地上拖着横七竖八的影子。那影子跟着灯光在跳,像村里跳大神。穿喇叭裤的女孩子,两个三个相跟着,一看就知道不是学生。她们梳着披肩发,脸抹得一层白,嘴唇画得红嘟嘟。她们一边走一边嗑瓜子,往外吐瓜子皮比往嘴里放瓜子更快一些。她们不屑一顾,走得很懒散,嗑着瓜子的嘴巴说着话,不停地大笑,笑里带着颤音,那气势好像都要把马灯里的光吹熄掉。

一个女孩子走在一个男孩子身边逛街。玉香她们追着看,屏息听他们说些什么。玉香跟着同学一路走,眼睛里全是街上的店铺和一个个男孩子女孩子。她们评比着这些女孩子哪个比哪个更漂亮。这个说买圆规时碰上的那个女孩子漂亮,那个说买铅笔时碰见的那个女孩子才叫漂亮呢。这样争来争去快到学校门口了,话题才变回来。这个说忘记买作业本,那个说墨水用完了。她们买得很急,说上课时间到了,快点,快点。果然,上课的铃声"当"的一下,敲响了。

楼道里有甜腻腻的浓浓的蜡烛味。王老师在教室门口,望着她们。她们一路小跑,一个个进了教室。

玉香不敢看王老师。玉香看着街上的大男孩,就想到一个人。这个人终是在玉香心里藏着了,一天比一天藏得深。

玉香低头在座位上坐下来,她从袖子里抽出刚买的蜡烛,就着同桌的蜡烛点燃了。玉香的新同桌是一个男生,长得高大,体育锻炼队的。他不大理会玉香,好像他的旁边没有玉香这个人。他学习成绩平平,有的题不会做,也不向玉香这边歪头,就那样坐着。玉香看着他空着的半截本子,真有点想给他说。可她看一眼这位高大的男生,打消了想法。

在班上,男女同学是不说话的。当然,班上有部分男女同学,他们不但说话还开玩笑。玉香不跟男同学说话。她常常听说哪个男同学跟哪个女同学怎么怎么,这样说来说去,就是说他们关系不正常。同学们说的不正常是说他们私下里有些意思,说透一点,男同学女同学在一块,相好。同学们为这个稀奇着。他们甚至都不晓得男女究竟怎么个关系,但他们热衷这样的话题,一个个说得很热闹。

玉香有些犯傻,有小侄女那年,她私下里想大哥大嫂俩人,怎么会多出一个小孩呢?玉香问妈妈。妈妈看着她的傻闺女,笑着说是从河里捞的呀。玉香再问,妈妈说送子娘娘送的。玉香对从河里捞小孩子的说法半信半疑,也不相信送子娘娘能够送小孩子的话。后来,玉香不再问妈妈这样的话。玉香看女人们挺着大肚皮,她怀着一种同情甚至可怜的神情望着怀孕女人。玉香想女人肚子老大,却还能像平常一样说话,像平常一样大声笑。她们怎么一点儿也不觉得难为情呢?

玉香气喘着坐到座位,窘得脸发烫,伸手从书本摞里抽出一本作业本。这时候,玉香的动作慢了一下,她看见桌子上,放着一根蜡烛。玉香慢慢抬起头,看见王老师望着她皱起着眉头。她狂跳着的心,跳得更快了。还好,她很快稳住自己。她要开始学习了。她要考大学。她一定要考大学。

14 晚饭

骑着自行车,叮叮咚咚消失在薄薄的夜色里了。

玉香一个人坐在操场七想八想,扭头看见暮色里熟悉的身影。今天不上晚自习,王老师早该回家。可王老师在叫她,说,怎么不吃饭?

玉香站起来。王老师说饭都要凉了,你却一个人坐在这里。

玉香这才知道王老师领了饭。她跟着王老师,进了宿舍。

玉香端着碗,心想王老师这两天评卷很忙,或是没有顾得上说她考分的事情。现在,他终是闲下来了,一定不会忘记对她说点什么。玉香感觉刚才的失落有点找回来的希望,她看着王老师,说你怎么还没回家呢?

王老师说他吃完饭回,说着只管吃饭。

玉香开始吃饭。王老师这才像松了一口气,偷偷看一眼玉香。玉香在吃饭的时候,也偷偷看他。在讲台上,讲课的时候,王老师有时对着玉香看。尽管他在讲台上时时提醒自己,但眼神还是会盯向玉香。同学们顺着他的目光看过去,私下里议论说玉香自以为是王老师的亲戚就不好好听讲课,王老师这节课都盯着她看好几回了。王老师如果听到同学们这样议论,会欣然点头的。但他瞒不了自己。期中考试前后,他每次看到玉香,有了一种苦痛,要窒息的感觉。玉香在王老师心里,闪着光亮。从他第一眼看见玉香,从玉香来到现在,王老师的心由高兴一天天变得难过。他真的怀疑。他一想玉香就想起怀着孩子的赵小亭。他摇摇头,他想怎么可能呢?玉香还是一个孩子。这样想真糊涂。王老师想起玉香又哭又笑的模样。那天,他没想到只是那么一句,玉香的眼泪就掉下来了。他慌得不得了,像遇到天大的事情。玉香在他胸前嘤嘤嘤哭,他僵那儿了,伸出手来,却像个机器人操作系统出了故障,好半天只是碰了碰玉香的肩膀。他不知道这是不是一个哥哥安慰妹妹的方式。还好,玉香不哭了,居然开心地笑起来。王老师看见玉香的笑,心里一轻松,感到头上冒汗了。

  这时,王老师看玉香吃饭,他问玉香宿舍里可还有同学?她们是不是都回家了?玉香看着眼前这个王老师,想他怎么就不说说她的分数?难道她的成绩不值得他表扬,连说一说都不值得?玉香的眉眼耷拉着,说宿舍里还有人,她们不回去。

  这些日子,玉香在王老师跟前有时也放任一下。玉香这样说话,找回一点在家里气她哥气她爸妈的样子。

  好半天不说话。这个晚上,校园里静极了。刚考完,老师和学生的神经松弛下来了。这一排宿舍只有王老师这个屋子的灯亮着。

  玉香听不见说话,抬头看。灯光下,王老师双眼亮闪闪的。她以为是电灯光或者是她没有看真切。完全不是,玉香看见王老师双眼里的泪光……

  玉香惊吓地看着他说:王老师你怎么了?

  王老师没回答,猛地抽身从门里出去了。玉香惊慌失措地追出来,王老师骑着他的自行车,叮叮咚咚消失在薄薄的夜色里。

  玉香的心一下子扭住似的,她回身一屁股坐在刚才王老师坐过的椅子上,愣在那里。

  她想什么事情让王老师这般痛心呢?

15 沿路的景象

路两旁有忽忽的火苗,那是在烧焦。一个挨着一个的焦窝子,那冒着黑烟的火苗,像燃烧的旗帜,被风吹得呼呼啦啦。黛色的山脉,曲曲折折像老师在黑板上画的图线。

玉香回过神来,机械地关灯,锁门,走过寂静的校园。学生宿舍因为少了大多数同学,暗淡的灯光,冷冷落落。

喜欢穿红衣衫的女同学,跟一个同学拎着暖瓶从水房回来。现在,喜欢穿红衣衫的女同学穿一件缩袖口的夹克式样的条绒外套。玉香跟在她后面进到宿舍。这个晚上,剩她们三个没有回家。

风大声地吼了一整夜,直到天明,才消停一些。玉香心里装着事。可玉香心里那点事被两个同学的问话打搅了。她们问玉香明天回不回家。玉香回问她们。她们说不回,回去又得来,有什么意思呢?

玉香却想着要回家。从这里搭车,到家两个钟头。就像同学说的那样,回去还真待不到三两个钟点,又得坐车来。可回家的心情,在玉香是急迫的。她脑子里时时有妈妈的模样。妈妈在洗碗,在炒菜,连同妈妈走路的样子,玉香都一一想着了,好像妈妈就在眼前……玉香的眼泪就来了。明天回家吧,她这样一想,冲淡了王老师晚上奇怪的举动。

大清早,玉香坐上回家的客车。她第一次一个人坐车。玉香跟妈妈来过城里。那是大哥结婚,妈妈和姐姐来城里买东西。适逢星期天,玉香嚷着也跟来了。姐姐跟着来做参谋,玉香跟着就是尾巴。玉香跟在妈妈后头一边看,一边评议妈妈给哥哥买的东西,说给大哥买的东西实在是太好了,也太多了。玉香说省点钱吧,大哥把家里的钱都花光了。妈妈走在前面,或者姐姐走在前面,她们停在一家布匹店里,低声说着话。玉香耳朵似乎给拉长了,努力听她们悄悄说什么。姐姐笑玉香,说到玉香出嫁时候,也给她一样买。玉香把嘴撇撇,说她可不像姐姐,她不要出嫁。妈妈拿指头点她,说她就是个祸害精。

那次,玉香跟妈妈和姐姐搭坐的是三轮车。那三轮挂个门帘。那门帘有的是蓝花布,有的是红花布,人坐进去,门帘拉上,光线暗暗的,像娶亲坐的轿子。

玉香站在车站路边,她要等客车。对面街上有一家铺子在忙碌,好几辆三轮突突突开过来,停在她跟前:"去哪里?"

玉香扬长脖子等,她看到客车前玻璃边角放着的纸牌子上写着她家乡的名字,像看见妈妈一样,高高地举起她的包。路边的人朝她看,有两个在笑。

玉香飞脚跳上车。一早,车里的人坐得稀稀拉拉。玉香靠窗口坐下来,把包搂在怀里。车跑得飞快,玉香的心跑得比车还要快。玉香想爸爸妈妈一定不知道她今天回来。他们见到她,会是怎样的惊奇啊。玉香坐在车里,她的心跑到家乡的小路上了。玉香想到大哥的孩子,怎么就没想到给他们买个好玩的呢?玉香忘了在家里看见妈妈亲他们时的不满了。客车风飘一样,轻快地向前跑。路两旁快要脱光叶子的一棵棵杨树,迅速地往后甩去。路两旁翻腾着忽忽的火苗,那是在烧焦。一个挨着一个的焦窝子,那冒着黑烟的火苗,像燃烧的旗帜,被风吹得呼呼啦啦。黛色的山脉,曲曲折折像老师在黑板上画的图线。一夜的大风,让大山显得坚实明朗。

车到站,玉香跳下车。车站离玉香家还有一里多路。离家两个月,却像出走了几个年头。那个圆形的水塔,有水冒出来,水塔周围湿淋淋的。水塔旁边一个草房,草房门口卧着一只狗。那狗可着劲汪汪汪。小小的上坡路,旁边有渠,渠里流水。那流水土黄色,泛着白的泡沫,夹带着树叶片儿树枝杈儿,一路往前流。从桥头拐过去,一溜排各式样的墙头。玉香一家家门口走过。一个老婆婆拄着拐杖站着,看玉香一点点走近。前头是看不到边的庄稼地。麦子有的已长成墨绿,有的却像韭菜芽儿,鲜绿颜色。一阵风吹过来,它们簌簌簌抖动。

玉香看到路边那棵榆树,看到偌大的打麦场。打麦场上这里那里的麦秸垛,像棋盘上的棋子。那麦秸秆不是很明亮,不像新收的麦秸秆在太阳底下闪着金子般光芒。但这并不妨碍打麦场对玉香的诱惑。玉香喜欢看见打麦场,喜欢从打麦场经过。这是她经过了多少次的打麦场。骑着自行车,打麦场一晃而过了。现在,玉香步行,用脚丈量打麦场,脚尖轻快地点地,两只胳膊伸开,身轻如燕。

玉香到家见到爸爸妈妈,见到侄子。她到大哥家里,大嫂见到玉香热情得像家里来了亲戚一样。这天不是星期天,大哥的女儿上学去了。玉香坐在大哥家里一直等到侄女放学回来。

家里还是原来的样子。爸爸妈妈对玉香都有些儿客气。妈妈骂大哥的儿子,说不要让他的泥手脏了小姑的衣服。妈妈拿出两颗石榴,说这是过八月十五给你留的,现在九月十五都过了,石榴干得缩了水,等不回来你!

爸爸给玉香递过来板凳,让玉香坐下来吃。

玉香不好意思地在爸爸给她放好的板凳上坐下来。她想说在学校好多次做梦回到家里呢。玉香说不出来,她手里的那颗石榴在她的泪光中,变大了,大得像院门口那块碾场的碌碡。

16 来了一辆大客车

袖珍男人的脸,黑得像是从炭堆里打了两个滚。脸上一对细小的眼睛……不能给人一点点喜气,紧巴巴,贴在脸上。

王燕真要结婚。期中考试过后,王燕告诉玉香。

玉香不相信地看着王燕。结婚真的说来就来吗?

玉香看见王燕眼里渗出的眼泪,小心地问:你不能把今年念完吗?

王燕哭了,说多念半年有什么意思?王燕说完一下子擦干脸上的泪花,笑着说她有工作了。王燕说:"那天……他来,就是告诉我……有工作了。"

很快,王燕的书搬走了。王燕结婚那天,玉香跟几个同学去王燕家,看到王燕的男人,心一下子凉了。王燕的男人,就是前些时候她想看的王燕的那个未婚夫,是个袖珍男人。这个袖珍男人,脸也是袖珍的,黑得像从炭堆里打了两个滚。脸上一对细小的眼睛。如果眼睛细小得可人,人说是喜眼。可他那张包公一样的黑脸上,长着的细眼睛,紧巴巴地,不能给人一点点喜气。玉香都有点生气了,她不知道生谁的气,反正她的胃痉挛起来。她忽然明白王燕的哭,也明白王燕的笑了。

为了王燕的婚事,玉香好几天不舒服。还有一件让她舒解不了的事情是王老师不愉快。王老师那天仓促从宿舍离去,让玉香这些日子在王老师面前散去的拘谨又回来了。王老师不搭理她,她是不去王老师宿舍的。王老师好像也不像以往热情地叫她了。灶上改善,王老师故意躲她似的,回家了。

这天,王老师叫玉香,说中午不要领饭,到他家里来吃饭吧,老师们都去。

玉香心想老师们都去是什么意思?玉香看着王老师想问,可王老师急着要上课。她忽然发现王老师有胡子,胡子长得怪长了。不知道是不是胡子长长的原因,他的脸比以前小了,也黑了。

中午,学校院里停着一辆大客车,老师们一个个朝车的方向奔来,车旁站着牛老师。他看见玉香,一边喊着,一边朝玉香招手,说让她快点,车马上要走了。

玉香跑了两步,看车上坐满着老师们,她不上车,说还有作业要做,不去了。

牛老师说,你王老师盼咐让我一定带上你,你不想看看王老师的小孩?

玉香傻着眼,站那儿。车上坐着的老师们说这孩子不去就不去,赶快走吧,别让人家等急了。

玉香不记得给牛老师说了一句什么,跑着吃饭去了。她听见身后那辆车,"呜"的一声,开走了。

王老师都有小孩了?玉香吃着饭想。不知道怎么,想这些带着点儿别扭。她大大地舒出一口气,王老师有孩子关她什么事,难道她又像家里有了侄子侄女一样,闹脾气吗?家里的小侄女小侄子妈妈天天照管,这些小家伙占了玉香的地儿,玉香能不闹心?可这是王老师有孩子,王老师的孩子又不关玉香妈妈什么事……可玉香还是不由得想:啊,啊,王老师有孩子了。

王老师叫玉香过去吃晚饭。他从家里带来一块牛肉,在灶上做好了。他问玉香中午怎么没去家里?

玉香说车上坐满了老师,她不好意思挤着。王老师不自然地笑了一下。玉香看着有些不对。她记得大哥有了孩子,老是憋不住想笑。

玉香看着王老师,说你有小孩了呀。王老师啊啊了两声。玉香想问是儿子还是女儿,好不好玩?玉香把话头按住了。有了期中考试后的那个晚上,玉香与王老师的心里似乎隔了一层,不像以前那样随便了。

王老师一副有心思的样子,心思重到都有一点忧郁了。王老师上课跟以往一样平和,像以前一样不快不慢地讲课。他把不愉快藏在心里。还有比将忧郁和痛苦装作愉快和幸福更难受的吗?玉香不知道这些,她只是加快地吃饭,想着还是不要打扰他吧。

玉香更加用功学习。学习让玉香感到充实和快乐。她一点一点知道王老师一直没有表扬她的好处。她怎么就不能够在全校考第一名呢?她要在期末考试给王老师一个惊喜。

17 听信了一句话

那是一个深蓝色的杯子,上面画着牵牛花。

天阴了一整天,有丝丝的雪飘下来。四五点钟,天气像黑夜了。上完这星期最后一节课,王老师喊玉香过去。

玉香冻得嗖嗖的。她只穿一件小棉袄。这么冷的天气,班里的同学都穿大衣。玉香也有大衣,但那是小大衣,比棉袄长那么些,比大衣又短那么些。

小大衣是妈妈让大哥特地送来的。玉香没有见到大哥,是王老师交给她,说她大哥来过了。玉香一看知道是妈妈做的。大衣里面棉花装得太多,鼓起来,穿在身上,像熊猫。

玉香把大衣放在宿舍里,不穿。

雪下得不大,飘在身上藏猫猫似的,眨眼间不见了。玉香跟王老师似有那么点不随合,他们之间似乎出了一点问题。但她还是很高兴见到王老师,悄悄在一旁望着王老师,看他的忧愁是不是减轻了。可是这一天,玉香受训了。她没有想到王老师会这么暴躁,把桌子上的茶杯碰得掉地下了。

那是一个深蓝色的杯子,上面画着牵牛花。这个杯子,玉香很喜欢。那是王老师的水杯。现在,茶杯"叭"的一声被扫在地下。茶杯从桌子上跳下去的时候,玉香正轻快地跑向红红的炉火。

上冬以后,玉香把铺盖搬到王老师的宿舍。王老师说天冷了,学生宿舍里又吵,在这里晚上学习安静。玉香想了想。玉香不怕冻,但玉香想一个人安静地学习。玉香搬过来,王老师教她生炉子。王老师在铁炉子里放些纸张,放一小堆柴火,然后把炭倒进去。王老师生火跟妈妈不一样。妈妈在家生的炉子是泥炉子,不像这样的铁炉子。玉香看着王老师点火,烟从炉子里冒上来,很快,炉子里蹿上来红红的火苗。玉香站在一边帮着,手忙脚乱的。柴火是王老师抱回来的,校园里这里那里有落下来的桐树枝。玉香隔着一个个小铁圈的缝隙,看炉里的火苗。王老师在看她。她看见王老师微笑。玉香也笑了,她想王老师好些日子没这样开心笑了。

王老师指着窗口旁边挂着的镜子。玉香走过去,镜子里的自己,鼻梁上有一道煤黑。玉香一看,赶紧用毛巾捂住擦。王老师轻轻在笑。这轻微的笑声,让屋子里的空气流动得快了一些,屋子里暖和起来了。

可是,这天是怎么了呢?玉香不知道发生了什么,僵在火炉旁。她看一眼王老师,王老师不看她。玉香想着王老师是不小心碰着了茶杯。可王老师分明在生气。玉香想王老师跟谁生气呢?她走过去要拾碎了一地的茶杯,王老师吼着不让玉香拾。玉香一激灵,站起来,眼泪出来了。王老师的声音低下来,看着玉香说你是不是在跟班里的同学谈恋爱?

玉香流泪的脸抬起来,看着王老师。

"有没有?"

"没有。"

"到底有没有?"

"就是没有。"

玉香要走。王老师一把拉住她。王老师说你往哪走,我这就送你回家。

玉香被王老师这样扯着大哭起来了,她的脚都要踢到王老师。玉香是一个大姑娘了,闹起来,还是十一二岁的样子。她都多长时间没这样可着劲放声大哭大闹了呀。玉香哭着说把她送回家吧,送吧,她不念这个书了。

王老师把玉香推坐在椅子上,玉香像皮球一下子弹起来。她要出去。王老师把门帘往外踢了一脚,把门狠狠地推了一下,关严了。玉香跳着脚在房间里头转着圈哭。

王老师说牛老师都给我说了。你还想瞒啊?

玉香听到这话,眼睛睁大,不哭了。房间里一下子静下来。

玉香说哪个牛老师?

王老师的眼睛兔子一样喷着红雾,说还有哪个牛老师?学校里能有几个牛老师?

眼前的王老师玉香都不认得了,玉香想老师也会是这个样子吗?她做什么了?谁给她造的谣呢?

玉香把眼泪擦干,在椅子上坐好,她想听牛老师对王老师都说了些什么?她想知道她究竟跟谁在谈恋爱?

王老师青着脸,不吭声。王老师心里说牛老师都知道的事情,你能不知道吗?

玉香说王老师不把事情打听好了,她书不念,家也不回。

18 当心啊

他坐在桌前的椅子上，一条腿搭着另一条腿，右胳膊搭在桌子上面，右手把一盒烟翻过来倒过去。

这是牛老师一句话惹出的麻烦。牛老师跟王老师闲聊。牛老师比王老师大不了两岁，一块儿说话是那种年轻人的话题。这天，牛老师忽然心血来潮想起了什么，说王新亮可得注意，你们班，不，就是你的亲戚好像在谈恋爱。

王新亮一听，愣了半晌，不说话。他坐在桌前的椅子上，一条腿搭着另一条腿，右胳膊搭在桌子上面，右手把一盒烟翻过来倒过去。听完这句话，他手里的动作停了一下，又开始翻动，一边翻转烟盒一边问："你听谁说？"

"这可是范东东亲口告诉我，你不知道？"

王新亮当即觉着头炸开了。阳光不温不火地从门缝挤进来，王新亮看着从门口进来的那抹阳光，目光稍有痴呆。牛老师后来不知再说了一些什么，王新亮看见牛老师的背影从房间里慢悠悠晃着出去了。

其实事情远远不是王新亮老师想象的那样，也不是牛老师想象的那样。这事儿，在王老师叫玉香，对玉香发火之前，玉香真是一点信息没有。这个话题得从玉香那个体育队的同桌说起，玉香是不知道。但玉香的同桌爱上玉香，这一点千真万确。玉香知道这件事以后，才慢慢回味班里的同学近来看她的目光，想起那天吃饭，同宿舍的几个女生在说男女同学谁跟谁相好，提到玉香的同桌范东东。她们正说得热闹，玉香进来了，说："你们……说谁呢？"

"说漂亮女生呢。"

话说到这里打住了。玉香当时不在意，回头仔细想，这些话是有原因了。那天的几个女生在说她啊。玉香真没想到啊。那个男生是她的同桌。就是他吗?他可是跟她一句话也不说的。同学们各自从讲桌领作业本,他挑了自己的本子,看见玉香的本子,也不顺手捎带一下。这个男同学跟玉香仇人一样,怎么会呢?还有,这个范东东,每天早读,大半个自习过去了,他才从锻炼队回来,一身的汗味。玉香总要将鼻子捏住。玉香的小动作范东东好像觉察到了,他将板凳往过道挪挪,从课桌下拿一本书,懒洋洋地打开。

玉香怎么想着与范东东谈恋爱呢?

王新亮问过玉香,回头再问牛老师。牛老师瞪大眼睛说玉香说过吗?玉香可是没对我说过啊。

牛老师接着说,王老师你怎么这样呢?就是玉香说了你也不该问人家孩子不是?就算你问人家孩子,也不该扯上我不是?

牛老师是一个跟学生很说得来的老师。他带两个班物理课,跟两个班同学关系都很好,特别是男同学,男同学的个子比老师长得都要高。牛老师在校园里走动,他前前后后跟着四五个男同学,把他给包围了。男同学背地里不叫牛老师,叫他牛老大。不喜欢学习的同学,越加喜爱牛老师。他们偷空跟牛老师一块儿抽烟。他们在牛老师面前是放松的。学校开学整理床啊,桌子啊,老师们都来牛老师这里,说把你的徒弟叫几个来帮帮忙。牛老师站在楼下喊一声,就有三个五个的男生从楼上奔下来了。玉香的同桌,这个体育队的范东东往牛老师宿舍这里跑得勤快。他不知道怎么就对牛老师说他喜欢班里的一个女同学。牛老师问谁。他让牛老师猜。牛老师就猜他同桌,这个男生点头,问牛老师他的眼光怎么样?牛老师在这个男生的头上敲了一下,说当心啊。

他们这样说着,也就过去了。牛老师也不知道那天说到哪儿,一句话倒给了王新亮。

事情出来了,牛老师私下里怪自己嘴太臭,好多天不来王老师这里坐,看见玉香有点不好意思。

玉香好几天不上课,也不看课本。王老师真是连备课的心思都没有。他没想到现在的男生还单相思,他甚至有些同情这个男生。

这件事情还真是说错了玉香。这样的结果,王老师倒奇怪地平和了,甚至比这件事情发生以前多了一些快活。

现在的问题是怎么让玉香回班里上课。

19 这个女孩晕血

　　太阳照在医院米色的桌子上,白大褂在太阳下炫白……医生在窄绺绺纸上画了几行什么……

　　一天,王老师发现玉香的同桌也没上课。王老师找到牛老师。牛老师朝王老师摆摆手,他说这个男生转学了,让他转告王老师。

　　王老师觉得他这个班主任当得很失败,怎么说也不能让人家孩子转学啊。

　　王老师告诉玉香,说你这样闹下去,还有意思吗?

　　玉香听着眼泪出来了,她也太任性,几天不上课,不是逼着让人家男生走吗!

　　玉香这样一想,更觉得不能去上课。她说她回家吧。王老师听玉香这样说,想了想,说那好,咱们一块回家。我这个班主任不当了。

　　玉香终于同意回教室上课,但她说她不舒服,还是自个儿再看两天书。

　　玉香说病还真病了,头沉沉的。王老师带玉香去医院。玉香坐在王老师自行车后座上,听着自行车跑起来铮铮铮的响声。玉香坐在自行车后,经风一吹,病似乎轻了好多。她想医院就一直不要到吧,她就一直这样坐在自行车后座上吧。

　　可医院还是到了。自行车一点点慢下来,王老师的脚点在地上。

　　玉香下来,发现这条路一路慢上坡。大冬天,王老师头上冒汗了。玉香心里责备自己,如果不是自己赖着不去上课,就不会这样了。

　　王老师停好车,拉着玉香在医院里东转西转,最后停在一个房门口。

　　太阳照在医院米色的桌子上。医生的白大褂在太阳下炫白。一个年老的医生朝玉香招招手。玉香看医生从来是怯的。妈妈要带她看一次医生,得许愿发咒才行的。这也是玉香想坐在自行车上一直不愿自行车停下来的一个原因。有谁想进医院的大门呢?

玉香朝那招手的老医生走去。她看见医生手背上的血管像一条条爬虫。可是他的脸,看上去非常和蔼。

她回答了医生的问话,量过血压。医生在窄绺绺纸上画了几行什么,交给王老师。

王老师拉着玉香到另一个房门前。那里已经坐着一个胖胖的妇人。胖妇人坐在一张板凳上,手心向上,针管贴着她的胳膊……看见刺在胳膊上的针管里,已经有少半管子血液。玉香把头别过,仰起头看王老师。王老师看玉香一眼,再去看那妇人。那妇人缓缓离座。

玉香被按着坐在板凳上。玉香无所适从,听见白大褂冷冷地甩出一句话,要她把袖子捋起来。

白大褂说着,眼睛直直看着玉香,"听见没有?快点。"

玉香又急又怕,感到自己的右胳膊被拾起来,看见捋起袖子的胳膊被一只手抓着按在桌子上,那支凶猛的针管从胳膊的肘心刺进去。玉香扭过头,闭着眼紧靠着一个人。

王老师几乎是把玉香抱离化验室的。玉香是清醒的,只是身子发软。她听见后面的人说:这女孩晕血。王老师替她擦眼睛,玉香才知道自己哭了。王老师有点喘,说站一会,一会就好了。玉香贴紧王老师,她觉得王老师用胳膊紧紧抱了她一下。

20 荒唐的梦

　　王老师缩着脖子,一手端课本,一手半抱他被风一次又一次掀起的衣角,向着教学楼一直跑来。

　　取了化验结果,医生说没事,有点上火,过两天就好了。王老师买药回来,不见玉香。

　　玉香去上课了。

　　这是下午第二节课。班里的女同学看见玉香全围过来。玉香说她这两天病了。同学们忽然又一下子全散了,王老师站在教室门口。玉香低头只顾翻书。很快,牛老师踏着上课铃声,走上讲台。

　　玉香又坐了一个新座位,她的恋爱事件似乎没人提起。玉香心里对王老师跟以前大不一样,她时不时想起在医院抽血的情景。晚上睡着之前,想在医院里的一幕一幕,她细细地想,一个情节接着一个情节。她想他们站在医院的过道里,想她的哭,想王老师紧紧的拥抱。她做梦,梦见热闹的新婚典礼,她夹在人群里头。一开始也不知道是谁的婚礼,后来,怎么就成她自己的了。她被一伙可笑的人推着,在这伙人当中,她看见王老师……

　　真荒唐,怎么会做这样的梦呢?

　　王老师喜欢她。其实,从王老师给她衣衫的那个清早,她朦胧知道。玉香来到这里,王老师对她的好,她都记着。有时候,王老师的一句话,说得玉香嗓子直空咽唾沫。玉香面对王老师常常有一种激情,那就是她想离王老师更近一些。但玉香不敢那样做。那是女孩子的胆小,也是害羞。在医院,玉香被拥抱,她感觉到王老师的震颤。

　　王老师把胡子刮干净,人精神起来了。在树枝干缩的校园里,吼着大风,玉香看着王老师缩着脖子,一手端课本,一手半抱他被风一次又一次掀起的衣角,向着教学楼一直跑来。玉香笑了。这个时候,玉香看王老师不是她的一个老师,她也说不上王老师不是老师,还能是什么,但总不是老师。她为能这样天天见到这个人满心欢喜。玉香听着王老师的课,看着王老师,不觉走了神。

年到了,紧张的期末考试占满玉香的心思。她的心收回一点点,她要上大学,要看到王老师欣慰的笑。玉香想考大学以往是为父母增光,为哥哥增光。现在她为这个人。玉香觉得怪怪的,可玉香就是这样想,一看到王老师,考大学的决心就来了。她想起妈妈念叨二嫂这个弟弟考上大学的情景。现在,这个人就在眼前。她不知道如果在其他学校复习,她又会怎样想。这永远是个谜。人生只有一次,人生活过的每一天就像那转着圈的铮铮响的指针,没有回头道路。玉香的每一天是可心的,充满希望。她满脸的阳光,甚至都想着明年的某一天,坐上一列火车……

玉香没坐过火车。她想考上大学是什么滋味呢?坐火车是什么滋味呢?她把这所有的新奇一股劲全用在学习上。她一个人安静地在王老师的宿舍复习功课。半夜了,她站起来看看炉火,给炉里加了几小块炭,火苗带着黑烟直往上蹿。她盖住炉盖,从炉盖缝隙,看一会儿炉火。那炉火像舞动的红绸,欢快地跳跃。她想王老师现在睡着了吧?

21 相像的两个人

那感觉像一只串门的猫,温柔地喵呜两声,悄悄走掉。

王老师没睡呢。他在听骂。王老师也就是王新亮这些日子天天挨骂。他不吭声。孩子睡着了,屋里很静。赵小亭骂的也不是很高声,但足以让王新亮听得清晰,让王新亮觉得刺耳、烦躁。

王新亮扭紧被子滚在床边,他把头捂在被子里,像睡得很沉。赵小亭知道他一定没睡着。王新亮怎么会睡着呢？他在想心思呢。赵小亭说她真是瞎了眼睛，嫁给王新亮。赵小亭不知道从哪一天开始，对她的幸福整个儿产生了怀疑。赵小亭骂着骂着哭起来了，说她结婚就是这样坐在家里生孩子吗？赵小亭含着眼泪叠着孩子的尿布，眼泪滴在孩子的尿布上。她看着自己的眼泪，越觉得伤心，竟然呜呜咽咽。

赵小亭哭了一顿，抬头看王新亮还是那样一个姿势躺着。王新亮睡得多沉啊。也说不上是从哪一天，王新亮像换了个人，不像以前那样话多，赵小亭怀着的孩子也不能让王新亮感到新奇。重要的是，赵小亭再也感受不到王新亮盯着她看的深情眼神。她细细想，那真是久违的眼神，让人留恋。晚上，王新亮也没有以往的激情。开始，赵小亭想这是自然，新婚总是要过去。可赵小亭找不回她觉得应该有的那种幸福感觉。那感觉像一只串门的猫，温柔地喵呜两声，悄悄走掉。

赵小亭有一些儿惊慌，她细细回想，什么都想到了，就是没想到王新亮看她是一种错觉。王新亮也说不明白。他毕业后，经人介绍，认识赵小亭。王新亮记得他跟赵小亭见面那天，响晴的天气。那天，赵小亭穿着浅绿色上衣，衣领多出两条带子，松松系在胸前。赵小亭那会儿苗条，穿一双半高跟白色塑料凉鞋，西式裤子，裤脚刚好到脚踝。真正让王新亮动心的，是赵小亭转过身。他跟赵小亭两眼相撞，当即在心里就情愿了。直到玉香来他这里念书，他惊讶赵小亭跟玉香的相像。他不记得第一眼看见赵小亭是不是想到了玉香。王新亮这样想，脑子忽冷忽热。

送姐姐出嫁那天，在院子里，王新亮一眼看见玉香。他看了老半天，直到现在，他不敢说他对玉香是爱。但王新亮愣是想玉香，玉香在他心里深处，渗透到他全身血液。这件事情缠绕着他。这几天他的确在想一件顶顶可怕的事情。他想玉香会一天天成长起来，他在想玉香的未来。他想是不是……行不行……他不敢再想下去，但他的确那样想过了，甚至都想到把孩子送人……

王新亮觉得自己真是太可怕。结婚前后，他总有那么一会儿盯着媳妇看。那个时候，他感受到幸福。玉香来了，他从赵小亭脸上看到玉香，这让他有一种新奇。后来，王新亮再也不能从赵小亭脸上看到幸福了。他暗地里努力过，每回的结果只是白白耗费时光。王新亮感觉到他的生活有点乱套。

在学校,不论是饭前饭后,还是在课堂上,他看着玉香,感官是放开的,这让他心里舒服。可很快就有一种感觉陪伴而来,那真是炼狱般的煎熬。每想到自己是一个有家的人,一个有孩子的人,他眼前一片发灰。说起来真是可笑,他饭也不想吃,也不是完全不想吃,是莫名地发愁,是故意不吃饭饿着自己。那些天,他看镜子里的自己,着实吓了一跳。他烦心得很,居然连玉香也不想看见。他的心情坏到极点,只想到不见人的地方大声吼几嗓子。

终于,他能好好发顿火了。听牛老师说玉香谈恋爱,他不相信这话。他天天看着玉香,玉香怎么会恋爱呢?可是,牛老师说是他们亲口说出来,他不能不信了。但他没能想到居然打破一只杯子。当他看到玉香被跌落的那只杯子吓得呆住了的时候,心里责怪自己,却只能硬着心肠。他听到玉香的否认。这让他心里放宽一些。如果玉香说是的,他真不知道会做出什么样的傻事。后来,他知道玉香的同桌只是暗恋玉香,事情像大家知道的那样,那孩子转学了。

这件事情改变了王新亮,他青春焕发,想自己还很年轻。他陪玉香看医生,在过道,玉香紧紧贴着他。王新亮抱紧玉香,这样的拥抱在他心里出现过多少次啊。他都是一个有孩子的人了,但他真切感受到拥抱的不同。

22 就这样没道理

窗外飘摇着大片大片的雪花,棉絮样的,不紧不慢地落着。

王新亮这些想法,赵小亭猜不到,但赵小亭感觉到了,那就是王新亮的心离她越来越远。赵小亭叠着尿布,坐在床边骂王新亮,一边骂一边哭。其实,王新亮没说什么得罪她的话,他只是吃完,躺下睡觉。如果这也值得赵小亭哭骂的话,那真是没道理。可夫妻俩就是这样没道理。你王新亮回来吃,吃了睡,就不行,就得挨骂。

王新亮就那样躺着,你骂就骂吧。

赵小亭骂得嘴有点发干,她的哭声大起来。她想王新亮以前可不是这样啊。她一不高兴,王新亮缠着她,总要哄得她高兴了。现在,自己给他生儿子了,他的心肠怎么就变了啊?真是黑良心啊。赵小亭这样想着,伸腿朝紧紧裹着被子的王新亮狠狠踹了一脚。两人睡的床,加上孩子,地方本来不宽裕。小孩子占一个大人的地方呢。王新亮本来就在床沿上,经这一踹,"嗵"的一声,掉地下了。大冷的天,王新亮只穿裤头背心,他从地上翻起来,睁大眼看着赵小亭说你疯了,大半夜又是哭又是叫的,我明天还上不上班了?!

赵小亭只想消消气,没想到一下子踹他下了床,看着他的样子真是可笑。如果是以前小两口那会儿,事情到这里也就完了。可想笑的赵小亭没笑出来呢,看到王新亮眼里直冒火花儿,听到王新亮狠狠地说她疯了!赵小亭说你才疯了呢,你上班怎么了?我不天天在家里照管孩子吗!她说着号啕起来了。

王新亮抱着被子,一把扔到客厅沙发上,气呼呼地躺下去。赵小亭的哭声越加响亮起来,都像打仗吹响的号角了。

期末考试玉香考得非常满意,成绩排全校第一名。玉香的感觉没错,对考大学满怀希望。她得好好回家过个年了。

冻了一天,雪花在半下午飘下来,一开始就是大片的雪花,纷纷扬扬。这是一年里最冷的时候。晚饭吃过了。她看到王老师对着她微笑,眼睛着了雾一般。玉香感受到一种温暖和深情。她忽然想对他说句什么,感谢的话从她的舌尖头一溜儿滑过。她站起来,一瞬间的事情,她被这个年轻男人紧紧拥抱着。

天黑了,外面一定下了厚厚一层吧?听风打着门帘的狠劲,知道外面有多冷。明天,玉香要回家了。屋子里的炉火红通通烧得正旺。玉香开始收拾明天回家的东西。她感觉到身后的目光,这是新奇的感觉。他回家的时候,又一次抱了她,她感觉到脸上的湿润,不知道是泪水还是嘴唇的吻痕。

窗外飘摇着大片大片的雪花,棉絮样的,不紧不慢地落着。玉香看着王老师骑着车,消失在夜色里。窗外的大雪,被屋子窗口的灯光映红了。王老师回家了,玉香心里发着热,她似乎知道了一点男人对女人的喜爱。只要想想他猛劲的拥抱,感受那透人心肺的亲吻,你会感觉到他对你是多么喜爱。玉香惊奇得两眼放光,她想她是在恋爱吗?忽儿,玉香又想这或许是她的成绩排全校第一的原因。全校第一,真是太不容易了。她给自己争了光,给王老师争了光,给全班争了光。可如果王老师真是喜欢玉香呢?她这样想,心里又暖和起来了。她多喜欢这个人。在二嫂结婚那天,她就喜欢上这个人了。这个晚上,这个人的举动让她惊讶让她欢喜,她模模糊糊想睡觉,脸上露出甜蜜的微笑。

23 踩高跷

红红的太阳,照着雪地。干枯的树枝丫上面,覆盖着白雪,那枝条似乎更伸长一些了。哪里的一只喜鹊喳喳喳。

玉香天一亮就坐起来。外面厚厚一层白雪,校园很静。玉香打开门,撩开门帘,看见几个男同学一行,背着铺盖在雪地上一步一滑地走。他们一边走,一边弯腰把雪团在手里,相互摔打。玉香听到模糊的说话声和笑声,他们仰天向着空洞洞的天空,啊啊啊地叫喊。这大声的叫喊在安静的校园里,显得响亮而粗犷。

太阳出来,照着雪地。干枯的树枝丫上面,覆盖着白雪,那枝条似乎更伸长一些了,哪里的一只喜鹊喳喳喳,玉香望着,眼睛被雪地的光芒刺得流出了泪。远处,又有两个女同学,手里拎着大包小包。红的黄的棉衣在雪地的陪衬下,显得干净绚丽。

玉香放下门帘,回到屋子里。看炉里的火,她想该不该再添点炭呢?

玉香提着小簸箕走出宿舍。一个冬天,把学校上冻时候好大的一堆炭烧得只剩很小的一堆了。玉香记得班里抬炭的那个上午。那是节体育课。因为学校里的炭,两个班的体育课临时上成劳动课。同学们两两结对。男同学跑得风一样快。女同学不是被筐绊得走不动,便是勒疼了手,勒疼了肩,筐狠狠地蹴在地上,炭沫从筐底漏下去。男同学一边飞快地走,一边笑话女同学。任务接近尾声,一个女同学,一手扶一把铁锹,两脚分别踩着铁锹的膀子,一拐一拐往前走,走一步,摇一下,走一步,摇一下,像正月里头踩高跷。同学们站住看着她,很快掌声拍响了。走了十几步,这个女同学从铁锹上栽下来。其他女同学也跃跃欲试。有的才踩上去,就跌下来了。玉香看着,想到家乡踩高跷,两根长长的木棍把人都撑到半天空了。玉香在一个女同学趔趄着栽倒,引起大家哄笑后,接过铁锹踩上去,她摇着铁锹,在留着炭底的地上转圈,大家一片喊好。体育老师喊集合,玉香从铁锹上跳下来,红扑扑的脸上,热汗涔涔。

玉香端着盛了炭的铁簸箕往宿舍走去,手冻得发木。玉香看到宿舍门口停着一辆红色摩托车。那锃亮的摩托车在这雪地里多么亮眼。摩托车新兴起来,是家里顶值钱的家用。玉香想:王老师借了谁家的摩托车呢?

玉香就要见到想念着的家了。上次她坐车回家,家里的大人小孩,全变得可爱起来,就是她家乡的鸡、狗,因为踩着她家乡的那片土地,觉得它们也可亲起来。

玉香用肩膀撩开门帘,看见王老师。她添了很小两块炭,放下铁簸箕。王老师握住玉香的手。玉香的手沾着煤黑呢,她将手挣出来,从壶里给脸盆里倒了热水。她的双手一点点在热水里暖和起来,她的脸也暖和起来。玉香把手洗干净,揭开香脂盒,给手上擦了一点油。王老师坐在床上,看着玉香做这些,笑荡漾在脸上。

新着的火苗,在炉子里快乐地翻腾着,就像玉香活动着的内心。可玉香是笨拙的,也是简单的。她喜欢这个人,这个人现在就在这里。

面对玉香,王老师想的可就很多了。他甚至想今天就把他想说的说给这个姑娘吧。他这样想,朝玉香走过去,两只手伸在玉香腮下。这是妈妈在玉香小时候常常有的动作,也是玉香爸爸常常有的动作。可是,眼前王老师这样做,玉香有些陌生。校园里静得或许就只有他们两个人。面对眼前这个人,玉香一个女孩子,有些害怕。王老师也说不明白他这样做是不是只是表示一下对玉香的喜欢。他突然放开她,打开门帘。玉香听到他深深呼出一口气。外面起风了,风夹着雪,一下子扫进门来。屋子里进来一股冰冷的空气。

24　正月里跑马

穿黄军装的女子,骑一匹大马,在南北大街上奔跑。骏马的铃铛哗啦哗啦一街响。

玉香坐在摩托车后面,摩托车呜呜地响。这给玉香骑马的感觉。小时候,正月里闹红火,街心空出来。一个穿黄军装的女子,骑一匹大马,在南北大街上奔跑。骏马的铃铛哗啦哗啦一街响。那骑马的女子,腮上抹着胭脂,打着口红,戴一副墨镜,身子前扑,左手持缰绳,右手扬鞭,英气逼人。玉香被爸爸抱着,被哥哥扛在肩头,她看着奔跑的骏马,心里藏着一个愿望了。

现在,玉香长到当年骑马女子年龄了吧？这天,她坐着摩托车,身上穿王老师给她带来的军大衣。军大衣像个大口袋,完全把玉香装进去了。出门前,王老师变戏法似的,从一个袋子里拿出两件军大衣。他穿一件,给玉香穿一件。玉香穿在身上。王老师看着,笑了。玉香赶紧要脱,王老师拉住说大点好,不穿耳朵会冻得掉下来。王老师说着勾起手指头在她鼻子上刮了一下。在玉香心里,他这样就跟二哥一样了。二哥逗玉香,不是刮鼻子,是捏玉香的脸蛋。小时候,二哥常常捏她的脸蛋。玉香一看到二哥张开的手,大声喊妈,说二哥又想捏她脸蛋。妈骂二哥,说一个大小伙子了,老捏她脸蛋做什么！

二哥上大学回来,还捏她脸蛋。现在,玉香看王老师就像看见二哥。玉香想念二哥。半年了,二哥来过几封信。每次来,都是王老师给回信。玉香把头低着,躲藏在王老师背后。风呼呼地吹着,王老师穿着大衣的一角被风大大地掀起着。

出了城,田野里白茫茫。这里那里是树的影子。树的枝枝杈杈落满着银白的雪。在这干冷的天,离远看,树显得瘦而高。在这样的天地里,玉香的心放开了。王老师骑得很慢。玉香感觉他们骑在摩托车上像在滑雪。滑雪在玉香是有的。大冬天,玉香上学的路上,长长的雪坡。玉香和同学前前后后沿雪坡一滑到底。

乡间的道路沟坎儿多,摩托车不是左倒就是右倒。玉香坐在后头,胆战心惊。风一个劲在吹,天阴下来,又有雪花不紧不慢在空中飘着了。玉香将头尽力往大衣里头缩,风刀子一样割在玉香的脸上,那味道像钻玉米林。玉米长到一人多高吐缨子的时候,那叶子会刀子一样割着你的胳膊,割着你的脸。那玉米叶边沿,锯齿一样,割哪儿都是一条红印子。这雪天的风,刮得你脸红得像地瓜,冻得你脸生疼。玉香的手倒是暖和的都热出汗来了,如果用手摸一下自己的脸,脸是没有知觉的。玉香仰头看骑摩托的王老师。她看见王老师竖起大衣的领子。她想王老师的脸一定也失去知觉了吧?

雪很快下大起来,风搅着雪,天跟地接连起来了。中午时候,玉香回到家里。在这样的天气里,玉香回来,妈妈是想不到的。妈妈为了玉香回来,兴奋的团团转。玉香这次不是一个人回来,是王老师送她回来的。这让妈妈手忙脚乱。玉香爸爸带着孙女出去了。玉香妈妈急得什么似的,一迭连声地叫新亮,拉住他拿小扫帚前前后后扫他身上的雪,又高兴地拉着新亮让他坐在火炉旁边。妈妈说玉香快到外头叫你爸回来。王新亮拦住玉香,对玉香妈妈说他这就要回去。王新亮这样说着看一眼玉香。他说玉香期末考试在全校得了第一。

玉香妈妈听了这样的话,更是拉着王新亮,说新亮这你就更不能走。玉香妈妈一边拉着王新亮,一边说玉香:还不快去喊你爸?

玉香没找到爸爸,一个人回来,王老师走了。玉香妈妈念叨着说,新亮这孩子大雪天来,饭也不吃,宁是要回去。妈妈自说自话。玉香听见了,也不答。她把包里的东西掏出来,是她的几件衣服,几本她要看的书。玉香妈妈一边做饭,一边念叨玉香的学习成绩,说玉香这样好的成绩,明年一定能考得上大学。真考上大学,玉香一辈子就不受苦了。

听妈妈正说反说都是那几句,玉香说别说了。

妈妈望着女儿笑了,说才从学校回来,就跟妈别扭上了?玉香知道妈这话是有口无心,也就不回嘴。忽然,院子里有小孩子的声音,爸爸抱着大哥的孩子回来了。玉香心里一喜,冲到门口,跳脚出门,喊了一声爸爸。

25 小大衣和呢子围巾

　　田野里，各处的积雪，像一只只白色的绵羊，这里那里，跑得遍地都是……雪很大，屋顶盖了厚厚一层雪，墙头上也是厚厚一层了。院南和巷道两边白绒绒的雪，在墙根这里那里云朵一般堆积着。

　　年过得真快啊。前几天还忙着拆洗打扫，眨巴眼，年过了。家家门口贴着的红对联，有些个不知被谁家的孩子撕得掉下来。

　　过了正月十五，该上学了。玉香年后这些日子，不像过去那些年什么都不想。年前年后，她突然间觉得自己长得像一个大人了。玉香的心思多起来了，说话走路比以前慢了一拍。她看着屋里屋外跑着的大哥的孩子，想起自己以前的傻，怎么会以为孩子是从河里捞出来的呢？

　　田野里各处的积雪，像一只只白色的绵羊，这里那里跑得遍地都是。每年年前年后都下雪。过年不下雪，人们像缺个什么，年过得没滋没味的。这年除夕夜，雪下得很大。大年初一起来，房屋顶盖了厚厚一层雪，墙头上也是厚厚一层了。院南和巷道两边白茫茫的雪，在墙根这里那里云朵一般堆积着。

　　开学那天，大哥骑车带着玉香，送她上学。

　　年后依然寒冷。玉香坐在大哥自行车后，扭着腰从大哥的身后看前面的路。玉香跷起的脚上穿一双过年刚买的新鞋，翻毛皮，低筒，刚遮住脚踝。这是玉香自己买的第一双鞋。玉香身上穿的嫩黄色的上衣也是过年新买的。年前回来玉香把妈妈给她做的小大衣裹回来了，妈妈看见问：

　　"在学校里没穿？"

　　"没。"

　　"以后不穿了？"

　　"不穿。"

妈妈自嘲地笑了,一边笑一边认真叠了那件小大衣,看一眼趴在她身边的孙子说:"不穿呀,留着我孙子大了穿。"

妈妈扭头逗孙子说:"小子,你穿奶奶做的衣服不?"

"我穿。小姑坏,不穿奶奶衣服,我穿奶奶衣服。"

玉香嘴一撇说,再骂人打你屁股。小孙子往奶奶怀里躲,说:"奶奶,小姑打我。"

"谁打你了?打你哪儿了?"

玉香妈妈推玉香,说,看吓哭了他。妈妈说着看玉香。以往,玉香过年的衣服穿到开学就不穿了。开学去学校穿年前的旧衣服。玉香年年为这件事情跟妈嘭嘴,说人家孩子开年去学校都穿新衣服,就是她,还穿旧衣服,好像她没过年似的。这年,妈妈说:"你比去年又高了一截子,新衣服就穿着吧。"

妈妈心里明白,玉香不是小孩子了,过年的新衣服穿不穿也不是她说了算。她拦不顶用了。年前年后,玉香不像她在家里的时候,跟妈妈顶嘴。但妈妈看得出来,这个小女儿很快也像她的大姐和她的哥哥们,到了不是她能管得住的时候了。

一路清静得很。麦子有的还躲在雪被下,藏得严严实实,有的从积雪压着的麦行里,探出头来,绿绿的在太阳下泛光。

玉香腰扭得有点酸,她坐直身子,把头上的围巾往脸上拉拉,两手袖着,多少闭一点眼睛,听见大哥吸气呼气。

玉香头上的围巾是二嫂年前买给她的,呢子围巾,是黄的和红的两色长条围巾。王老师送她回来那天,她把围巾裹在小大衣里头,准备过年用。

二嫂不是寄给她,是寄给王老师。

玉香看到新围巾,高兴地跳了一下。她很快又看见另一条。另一条包裹打开着,放在王老师的床上。玉香看到两条围巾一模一样,高兴劲头没有了。她可不想跟人系一样的围巾。

王老师说如果喜欢,两条都归玉香。

玉香才不让人小看她。她说喜欢手里的这条。

玉香知道那条是二嫂买给她弟媳赵小亭的。玉香离开家的时候,她抓住围巾,又放下来。

妈妈说把你二嫂给你买的围巾围着,路上冷。

玉香又拾起围巾围着了。这围巾宽,年后,玉香一出门就围上了。村里人看见玉香,她们说玉香围着这条围巾,看上去一下子长成大姑娘了。现在,玉香脚不冻,手不冻,脸也不冻。玉香坐在后车座上,上下颠着,是幸福的感觉。

她想就等今年考上大学了。

26 春来了

男同学的白衬衫露出来了,女同学红红绿绿的服装更是赶潮似的,一天比一天换得勤快。她们在跟季节赛跑,争着要赶在前面。

学校门外这里那里晃动着人影。大家穿新衣新裤,一看是刚过年的样子。玉香离老远看见自己班上几个男同学,提着水上楼去了。王老师宿舍,圆圆的铁烟囱,冒着缕缕青烟。

玉香从自行车上跳下来,像踩上棉花,脚坐得麻了。她踏了两脚,走得还像个瘸子。窗口,王老师隔着纱窗正朝外看。

大哥走在玉香前面,掀开门帘走进王老师宿舍。

宿舍是玉香放假时候的样子。玉香和王老师打过招呼抱了书本,说她去教室。

玉香看见大哥跟王老师相对笑了一下。

走到半路,玉香听到大哥喊她,说,他一会儿就回去了。

玉香说,你回吧。

中午吃饭,玉香到王老师宿舍,不见大哥。在家里住了这些天,来到这里到底有一点像去年刚来时的陌生感。她没想到不见大哥心里会难受,看着大哥放下的包,眼睛红了。

王老师抓住她的手紧紧握了握,说,吃饭。

玉香转头看王老师。他瘦多了。玉香拿起筷子发愣。她看王老师的手,筋脉全藏在皮肤下面。这是一双翻书页的手。玉香看着想。

王老师看着她说,快点吃吧,回家过个年,把你给吃胖了,代替你二哥握一下你的手。

玉香听王老师这样说,笑了,手伸向碗里的馒头。

节令转换得多快啊。转眼,枯干的杨树枝条青皮了,那活泛起来的杨树枝,一寸一寸像是要吐丝的蚕儿。隔一夜,那青皮的树枝儿发出嫩芽儿来了,又一夜,那嫩芽儿展开成一片片小小的绿叶儿。风一吹,它们变大起来。起先它们只是杏叶大小,后来变成巴掌大小了。绿起来的杨树柳树枝条,容光焕发,一天比一天柔韧。那是树根的精力,是它活着必须做出的辛劳。

校园里跑动着的老师学生们,身上的衣服一天一个样子。他们将大衣收拾起来了,毛衣收拾起来了,最后穿一件羊毛褂子也感觉到热。男同学的白衬衫露出来了,女同学红红绿绿的服装更是赶潮似的,一天比一天换得勤快。她们在跟季节赛跑,力争要赶在前面。

在这欣欣向荣的季节里,美丽的春天萌动希望,却也让人从骨子里透出来疲乏。校园里的老师们学生们走得懒洋洋的,才进四月,太阳就有点烤人。玉香穿一件白底带着小粉朵的上衣。那一小团一小团的粉花朵,是一棵棵小树,树上有点粉色,不知道这是什么小树,更说不清开的是什么花朵。玉香爱这件衬衫,这件衬衫已经是穿第二年。过了年,玉香好像真是胖了,衣服不像去年穿的样子,左右摆来摆去,却也不紧,穿在身上正合身。玉香穿一条瓦灰色的裤子,透着一点点蓝。她脚上的鞋,黑色,平底,系着鞋带。玉香差不多天天这个样子,干净,整洁,有力。

玉香把她的铺盖搬到女生宿舍。天热了,她说要跟同学一起住。王老师说这里住着不好吗?一个人安静。玉香说她身上有钥匙,晚上可以来这里做作业。玉香说着从裤兜掏出一只用皮筋系着的门钥匙,在王老师眉眼前晃晃。

王老师笑了,无奈地望着玉香。

27 朝着一个方向不可遏制地发展

那个粉色的晾衣架在阳光下晶亮亮地摔得粉碎。

王新亮面对玉香，有一种说不上来的难受。他不能看见玉香，一看见，他的心就痒痒。如果不是害怕玉香分心，他真不知道自己会做出什么样的傻事来。年前的那个晚上，如果不是玉香提醒他该回家，他真是不想回家了。这是个糊涂想法。可王新亮的确这样想过。玉香是那样牵动着他的心。让王新亮感动的是，他隐隐约约觉得玉香喜欢他。在医院，玉香贴着他。穿得厚厚的玉香像一团棉花，抱着她，他心里发虚，眼前什么也看不见。放假的日子里，他没有一天不想玉香。但在没有做好打算前，他一定不会做出出格的事情来。

王新亮的儿子快满一百天了。一个人面对儿子，他静静地看着，细细地端详。孩子那鼓着的小脸蛋，那皱着的眉头，那总是不停踹着的两只小脚儿。小嘴巴这边歪歪，那边歪歪，像是找奶吃。王新亮看着儿子，他的脑子里想着玉香。他不知道将哪一个拾起来，把哪一个放下去。如果赵小亭凑过来，他显得不耐烦。可他是走不脱的，被赵小亭支来支去。赵小亭说从柜子里给孩子拿一件上衣。赵小亭说孩子尿了，拿一块干的尿布来。放假，王新亮又不能躲到学校里去。自从那天赵小亭跟王新亮闹到他一个人去睡，赵小亭一吵吵，王新亮就一个人睡。赵小亭不吵吵，他也一个人睡。他说孩子闹得睡不好觉。赵小亭就骂，说，如果女人像男人一样怕吵，这世上就没人了。王新亮不还嘴，尽着赵小亭嚷嚷。

在这件事情上王新亮知道他有责任。他也不情愿这样。可是，看着赵小亭就是不像以往那样有激情。王新亮调整自己，晚上回家的时候，努力不记起玉香。越这样，玉香的影子在他的脑子里越清晰。这让王新亮恼火。在赵小亭眼里，王新亮的脾气一天天在变坏。好好的晾衣架，王新亮甩手给砸成八瓣儿，蹦得遍地都是。这件事提起来赵小亭就伤心。那是他们结婚时候，两人相跟逛街，赵小亭一眼看上，她没问价钱，买下来。那是让人舒服的粉颜色，上面挂着十几个粉色的夹子。以前，上面夹着他俩洗过的袜子。有了孩子，上面夹着孩子一片片尿布。可是，那天，那个粉色的晾衣架在阳光下晶亮亮地摔得粉碎。

　　过年也没有给王新亮家带来欢笑。赵小亭变得不像以前爱哭爱吵。他们看上去似乎恢复了平静。王新亮你爱一个人睡你就睡吧。赵小亭看着一边躺着的王新亮这样想。这时候，赵小亭心里的愤懑一点点变成怨恨。这是夫妻之恨。夫妻恨起来，比仇人还不如。这样的感情是危险的。但这份危险掩藏在平静的表面下，王新亮是不觉得的，连赵小亭本人也没有想到以后的事情朝着一个方向不可遏制地发展。

28　就那样

　　那是一个翠绿色的鱼，用稀薄明亮的塑料编成。鱼眼是两颗一模一样透明的扣子，也是翠绿，只是那绿色里头透着些淡黄。

　　天气越来越热。早上的空气软软的，细风吹动，温和而又凉爽。王新亮站上讲台，学生们身上年前那深色的厚重不见了，全换成明亮的衬衫。男同学的衬衫袖子挽起来，女同学的衬衫袖子也挽起来。王新亮双眼在教室的上空瞭一圈，目光落在一个个同学身上，最后看一眼玉香。

　　他来教室前，党老师在他房间里坐，说到玉香，说玉香学习退步了。这话上个星期，牛老师也说过。王新亮看一眼玉香，玉香正睁大眼睛在望他。王新亮目光从玉香脸上撤回来，她还是那样睁大眼睛，毫不躲藏。

　　王新亮的心被什么东西重重地撞了一下。

　　玉香搬到女生宿舍，不大去王新亮房间。老师灶改善生活，她领了回学生宿舍吃。王新亮看见玉香跟女同学在校园里兜圈子，看见她跟女同学一块嘻嘻哈哈，笑得把腰弯下去。玉香常跟的两个女同学，学习毫无长进。去年冬天，玉香可不是这个样子的。玉香在学习上出了问题，牛老师的话说到他心里去了。今天党老师也是这话。期中考试就在眼前，王新亮举手无措。他不敢想玉香问题究竟出在哪里。可他又不能不问这件事情。这样，他就对不起玉香的二哥，他的姐夫。还有……他心里打雷一样，隐隐害怕。

这是一件他不想碰却又不能不碰的事情。他叫玉香到宿舍。以前，玉香听他吩咐。现在，玉香对王新亮的吩咐不大在意了。午饭吃过，王新亮看着从门口进来的玉香。他努力平静自己，像对待班里任何一个学生看着她，委婉地问她近来的学习情况。

玉香盯着王新亮说，就那样。

让王新亮着恼的是他不管问什么，玉香都是那句：就那样。

王新亮火了，说："就哪样？老师们都说你学习退步了，就哪样？！"

看见王新亮火冒三丈，玉香忽然笑了，鼻子轻轻哼了一小声，说，又听牛老师的话，对吧？他对你又说什么了？

玉香说着，似笑不笑地看着王新亮。那神态是说你发火吧，发火又怎么样呢？

你也不用考大学，这个样子，大学是考不上。

玉香没吭声，只把眼睛往上抬，正好看见王新亮因为生气把梳得好好的头发弄乱了，有一绺探到额前，瞧热闹似的。玉香心里的笑涌到嘴边，一下子笑出声来。她的笑引得王新亮也笑了。王新亮的笑，看起来是哭着笑出来的。这样的笑在玉香看是生动的。她不由走近王新亮。玉香感到自己被狠狠推了一把，眼看着他从宿舍里消失。

玉香一个人在房间里站着，眼里蓄满的泪水滴滴滴。

玉香擦干眼泪，拔腿走出来，走到校园，走近教学楼前细风飘摇着的柳树，啪嗒啪嗒跑上教学楼。她不知道她这一路旋走，全被站在楼房顶的王新亮看在眼里。

老师宿舍楼拐角处有个楼梯。从楼梯上去，是一块平旷的地方。这是中午，校园静静的。太阳从头上照下来，把王新亮的影子照得落在他的脚下。

看着玉香上了楼,王新亮一脚一脚踩着自己的影子走下来,回到房间,照床躺下来,眼睛望着天花板。

玉香不在这里住,这张床又归他了。王新亮翻了一下身,被一个东西硌了一下,抬身把一个东西握在手里。他细细地看着手里的东西。那是一个翠绿色的鱼,用稀薄明亮的塑料编成。鱼眼是两颗一模一样透明的扣子,也是翠绿颜色,只是那绿色里头透着些淡黄。那鱼身绿得晶亮喜人。这是玉香搬铺盖落下的。王新亮把鱼儿拿在手里,翻转着看了两遍,心里越加烦乱不安。

29 飘浮的飞絮

望着那间屋子里的灯光,是那样的近,却又那样的遥远。

期中考试成绩出来了,玉香的成绩还是全年级第一。王新亮心里一块石头落了地,他看玉香的目光温和许多,甚至放眼在学生堆里寻找玉香。对全年级稳拿第一的玉香,不是班主任王老师一个人这样看待她,牛老师,党老师他们一样看好玉香。玉香是老师们今年的希望!

玉香是骄傲的。玉香的骄傲似乎不是老师们拿亲切的眼光来看她。她的骄傲在她并不在意这些眼光。这些老师当中也包括王老师王新亮。玉香并没有松懈她的学习,是老师们一个个带着那么点神经质。他们把目光全盯在玉香身上,生怕他们苦心培育的好苗子出岔。玉香来这里,一直没忘妈妈的唠叨。大学真就那么难考吗?二哥不就考得很好嘛。二嫂的弟弟,就是这个天天见到的王老师,不是还考上名牌大学嘛。她一定也要考个好大学。

玉香看见王新亮对她笑,把脸侧过去。期中考试前后,她一直没去见王新亮。她忘不了那天是怎样流着眼泪走出那间宿舍的。她再也不到那间宿舍里去了。可越是这样,她越想看一眼那间屋子。特别是晚上,校园里最数那间房屋的灯光亮。望着那间屋子里的灯光,是那样的近,却又那样的遥远。她有些不相信去年冬天她就住在里面。去年冬天来回出进那间屋子,像是梦一般了。过去的日子,是多么美。玉香想这一年的复习就要结束了,她不会再像去年冬天那样,在这间房屋停留。她头脑里出现王老师的身影,她能忘记这个人吗?

她不会跟这个人就这么闹翻。在她心里,王老师从不曾改变。她看他还是二嫂结婚那天看她的那个人。如果有所改变的话,是她的心更偏向他了。她在家里过了一个年,觉得她不能住他的宿舍。她常常有靠近他的欲望,这在玉香想来既可羞又可怕。好几次,她是情愿去看王老师的,可往往有一个声音阻拦她。隐隐约约,她为王老师是一个成家的人苦恼着了,为王老师的孩子苦恼着了。想到这些,她对王老师的喜爱跑得远远的。她心里模模糊糊有一个希望,可那个希望不只是上大学,那希望像梦中手里的风筝,说跑就跑得无影无踪。

这夜,月光如水。晚自习下课。如果是冬季,这会儿怕是到深夜了。这是五月天。村里头,人们这时候还在外头歇凉呢。教室里的电扇呼呼啦啦转得人脑子疼。玉香走出教室,下了楼。王老师宿舍的灯光照着她。她摸摸身上的钥匙,好些日子不用它了。窗户映着一个长长的身影,他关窗户要回家呢。玉香想等他回家了,进去看看。

玉香看着窗户关上。她再等,等来等去灯老不关。她悄悄往前走了一点,就这样慢慢地一步一步走到门边。玉香的心咚咚跳着,就在她伸手要揭开门帘的时候,忽然想起王燕的未婚夫来这里的那天。玉香干咽了一口,忽地一下揭开门帘,她看见站在门口的王新亮。他向着门,好像在那里站了很长时间。他们相互看着,长久地拥抱。

第二天,玉香都不敢抬头看讲台上站着的王新亮。她低着头,听着他宽厚的声音。这是她听了多少遍的声音。但这天的声音跟前头日子的声音完全不同。这天的声音是那样的真切。王新亮站在讲台上像是对她一个人在讲课。

30 下雨了

> 下雨了。先是蒙蒙细雨,沾在人的头发上,沾在人身上,雾水似的。

下雨了。先是蒙蒙细雨,沾在人的头发上,沾在人身上,雾水似的。后来下大了,很快沙沙沙地响起来。沙沙沙的雨声,是柔和的,比蚕吃桑叶的声音扩大一些。但这样柔和的雨声,深深扰乱着玉香的内心。王新亮的那间普通不过的屋子,一夜之间变得从来没有的神奇。这是星期天,玉香抱了两本书,从校园一路跑过去,只有坐在王老师桌前的椅子上,心才能安宁。撩开门帘,从兜里掏出钥匙,她看到王老师。她脑子一下懵了。他在啊。这是星期天。他应该在家里。

玉香头发被雨水打得贴在额头,身上那件白底衬衫上的粉色更深一些,贴在身上。她不知道该说什么。她不敢看自己,一个女孩子最羞于自己的胸脯了。玉香年后的个子长了一大截子,为了掩饰挺起的胸脯,走路的时候,常常有意无意把背弓着。现在,站在那里,她什么也不能做,狼狈极了。

外面的雨更大起来,一股风呼的一下,门帘往里翻卷着又伸开,啪的一声,抽在门槛上。玉香大大地打了一个冷战,头脑里像生长了一台机器,轰轰隆隆,她觉得自己窒息一般,脸隐隐作痛,一定是他的胡子扎疼了她的脸。

玉香听到王新亮耳语:"你喜欢我吗?"

玉香听到这样的话,很陌生,她抬起头,张着嘴,眼睛不眨地望着王新亮。

"你爱我吗?"

玉香还是说不上来。

王新亮笑了。他看着玉香,眼睛慢慢红了。

校园的上空,有白白的飞絮到处飘,飘得很随意,不急不慌的样子。玉香用手抓了一下,又抓了一下,她没有抓着,太阳红红地照着。玉香并没有为了

她跟王新亮的拥抱懒散了她的学习。她一定要考上好大学。但有时候她也为王新亮分分心,耳边常常会响起这样一句话:

"你爱我吗?"

玉香这样想的时候,那个说话人的样子和说这句话的声音全来了:

"你爱我吗?"

玉香轻轻笑了。那个雨天以后,她一个人细细体会自己的身体,努力感觉身体这里那里的变化。但这只是一点小小的焦虑。高考就在眼前了,班里隔三岔五的小考大考让她纷乱的心平静下来。

31 想了八百遍的话

见了来看她娘俩的老师,她笑哈哈的。如果不是她的眼睛红红的,看上去,她倒像是得了喜事儿。

地刚刚干了皮,王新亮老师房间里多了一个人。不,是多出两个人。赵小亭抱着孩子到学校里来了。

王新亮苦着脸。赵小亭哭红着眼睛。但见了来看她娘俩的老师,她笑哈哈的。如果不是她眼睛红红的,看上去,她倒像是得了喜事儿。王新亮跟赵小亭心里明镜似的,来看望他们的老师也多少嘀咕上了。他们说王新亮媳妇不好好在家待着,怎么跑到学校里来了呢?牛老师党老师看着他们俩说,你们昨晚吵架了?

赵小亭说夫妻哪有不吵的?天天吵,说着眼睛越加红起来。

牛老师说一定是王新亮不对。

赵小亭说哪是人家不对啊。他能有什么不对呢?说话的赵小亭,看也不看王新亮。

牛老师党老师最后也像其他老师一样,说该他们上课了,走出王新亮的宿舍。

　　王新亮跟赵小亭昨晚闹了一个晚上。第二天,赵小亭来到学校。赵小亭早想着来学校。她想来看看学校,看看王新亮一天一天地来学校,到底都在学校里做什么!她这次来把该带的都带来了,她就在这里住下了。王新亮你不是不想看我,不想看孩子吗?我天天守着你。

　　赵小亭这一来,学校里就有的说了。老师们这样那样猜。猜的一多,矛头指向玉香。老师们说年轻轻的,房间里住一个漂亮大姑娘不走心才怪。王新亮一定出了问题。有了这样的议论,他们看玉香的眼神有些不对了。一个女老师说她早就看出苗头,你看王新亮对他的那个什么亲戚妹子,那眼神一开始看着就不对。

　　也不全是老师们这样议论,赵小亭第一眼看见玉香,心一下子像被蜂蜇了,脸上的容颜冻住似的。她看王新亮。王新亮躲闪着,用手招玉香,说你还没见过嫂子呢。他又把头转向赵小亭,说这是玉香,咱姐的妹妹。

　　赵小亭抱着儿子回过神来。玉香没等赵小亭说话,走到小孩子跟前,弯腰看小孩子的脸,伸手在小孩子脸上摸一下,说,让我抱抱。玉香抱过小孩子,想起家里的小侄子小侄女。她惊奇地发现,这是年后开学第一次想念家人。她抱着小孩,想她都没像这样抱抱她侄子侄女呢。赵小亭很快从玉香胳膊里把孩子抱过去,她说孩子要尿了,别弄脏衣服。

　　玉香从窗台上拿了黑板擦走出去。玉香不知道赵小亭来。她这次来王老师房间还真是取黑板擦来了。教室里的黑板擦坏了,玉香说班主任宿舍有黑板擦,跑来取。

　　玉香出了房门,赵小亭瞪眼看王新亮。

　　王新亮说,你看着我干吗?

　　赵小亭说,你说干吗?

　　王新亮抬腿往外走。

　　赵小亭喊起来了,你还躲?我就住这里了。我看你往哪躲?

　　王新亮宿舍很快像难民营了。房里常常有争吵声,大人一争吵,孩子哇哇哭。王新亮软和下来,对赵小亭说,天大的事情,回家说。赵小亭不依不饶,说她是看透了,不闹彻底,那个家她不回。难怪你王新亮白天黑夜急巴巴往这里跑,原来这里有勾魂的了。

王新亮劈手拿脸盆往赵小亭身上砸,说赵小亭你别由着你的嘴巴乱说,你以为这是在家里,你再胡说,我不饶你。

赵小亭早想大闹一场了,她把孩子往床上一蹾,说你就是有勾魂的了,你敢说没有?你说一句没有,我屁也不放一个抱孩子回家。

赵小亭这样说的时候,呜咽着哭起来了。牛老师过来劝架。这几天,王新亮这件事成了新闻,大家似乎心里有些亮。牛老师单独找赵小亭,说你们都是有小孩的人了,什么话该讲什么话不该讲,你是知道的。你这样吵来吵去,是会出大事情的。学校领导怎么会容忍这样的事情在校园里发生呢?这样的事情是要受处分的。

赵小亭说她把牛老师说的这些话都想八百遍了,是王新亮逼得她不得不来学校。来学校是她最后的法子了。领导知道就知道吧,该受处分就处分吧。赵小亭说有些话她真不能说出来。如果不是他王新亮没情没意,她不会走这一步的。王新亮这样对待她对待孩子,还不如他受处分……赵小亭说着又呜呜地哭起来了。

这件事很快被校领导知道,王新亮受到停职处分。

老师们为王新亮摇头,说王新亮真是可惜了。

32 想到就做到了

他把手里的烟,在窗前的桌子上摁灭,一缕青烟才要往上飘,却断了线。

玉香在校园里见王新亮最后一面是她拿黑板擦那一天。随后,在校园里,她碰见过赵小亭。后来,一连几天,王老师不来上课了。

王新亮宿舍静静地。晚上,关着灯。一天,玉香走到宿舍门口,门锁着。她没有贸然开门。隔了两天,她打开门,里面除了窗前的桌子椅子,什么也没有。床上是空空的床板。这个房间像是好几年都不住人了。她慌着去见党老师,牛老师。牛老师说王新亮老师家里出了点事,这些日子不来了。

玉香急得直擦眼泪,说王老师是病了吗?

牛老师有些痛惜地看着玉香,说你就别操心吧,只管想着高考,你王老师不会有事情的。

可是,玉香听班里同学的议论可不是这样。当天晚上,睡了。宿舍里静静的。天热,有蚊子飞来飞去。玉香扇了两下扇子,头脑有些模糊。一阵窃窃声让玉香一下子清醒了。

一个说:仗着学习好迷惑人家王老师。这下可好,我们的王老师就这样说停职就停职。她却好,还当她的好学生。

一个接着说:就是呀,听说她沾了学习好的光,换个学习不好的,学校早让她跟在王老师屁股后头回家了。

玉香听得心都不能跳动了,手心里捏着汗。她想这是梦吗?是她自己在做噩梦吗?她忽地一下坐起来,宿舍里一时静悄悄。

玉香熬到天亮,胡乱地洗了一把脸,风一样地旋进校长室。她说完全都是她的错,让王老师上班吧,是她的错。

校长迷惑地看着玉香说:你这个同学,你在说什么?

"王老师。王新亮老师。是我的错,让王新亮老师回来上课吧。"

很快牛老师党老师都来了,他们后头还跟着两个老师。牛老师推着玉香,说还是到他房间里说这件事情吧。

玉香被牛老师拉着,还是不走。她把着校长的门框,说求求校长了,王新亮老师没有错。为什么不让王老师上课?

玉香被拉进牛老师房间。牛老师看玉香哭得一塌糊涂,有些可怜。他说不是跟你说过吗?王老师不会有事,只是有事请假。他会回来的。

玉香说不要哄她了,她全知道。

牛老师不说话。停了好一会,牛老师说玉香你还是考虑自个吧。再闹,学校真要开除你呢!

玉香望着踱来踱去的牛老师。她擦一把眼泪,说停王老师的职,别说不让她考试,让她考她也不考了。

牛老师看玉香好半天,他说这是什么话?!这话可不是随便说的。你这样说一年的勤奋不白白送掉了吗?不只是勤奋,还有你的人生。你的学习成绩会给你带来光明前程的。

玉香扭头回到宿舍,她三下五下卷了铺盖。她想到教室里的书本,但她头也不回,只背了铺盖卷,走出宿舍,走到校园,走出校门。

她听见身后急促的脚步声,那响声很快地变成疾跑。玉香被撵上,背上的铺盖被扯下来。她看着生气的牛老师和党老师。他们厉声呵斥玉香让她马上回去。他们说玉香这样做像什么话!这样做对得起教她一年的一个个老师吗?对得起王新亮老师吗?

玉香听到王新亮三个字,一阵心酸,泪如雨下。

牛老师党老师费了老大的劲才拦住玉香。他们觉得玉香这样回去真是太可惜了。玉香是学校今年高考的希望啊。

可他们没想到玉香最后还是没参加考试。赵小亭三天两头红着眼睛来学校找校长,她说像玉香这样的学生学习再好能说明什么?怎么可以让这样一个道德败坏的女学生参加考试呢?

牛老师党老师说赵小亭这种做法真是太过分了。赵小亭的眼睛就红了,眼泪掉下来,她说这反倒是她过分了?就是因为这个玉香王新亮跟她要离婚。我跟他都有儿子了,却要离婚。这都是因为玉香啊。

这样一说,领导有想法了。这么大一个学校,没有一个玉香难道真就没有希望吗?

玉香再见了牛老师,再见了党老师,背着铺盖回家了。牛老师和党老师热泪盈眶。玉香的眼泪硬是憋着,直到走出校园,眼泪哗哗地流淌下来。

王新亮跟着赵小亭从学校回来。他虽是为了学校停职气恼得很。可这样做他心里踏实了。赵小亭天天住学校里头闹不是个事。玉香竟然没参加高考,高考以后他才听说。王新亮一想起玉香,他心里一团乱麻。赵小亭闹得他受到处分。这是什么处分,是道德败坏。道德败坏就败坏吧。他想起那个雨天。那个雨天,王新亮真是有些把持不住。他真的不知道怎么办才好,说跟赵小亭离婚,王新亮不忍心啊,他舍不得自己的儿子。可他没有想到赵小亭竟然暗地里一次又一次闹到让校方罢了玉香的课。玉香居然没参加高考。他真是低估赵小亭了。眼前这个女人倒是想到就做到了。

王新亮在床上坐下来,坐在赵小亭身边。他轻言慢语地问赵小亭。他说赵小亭,你这样做就没有想到我有一天知道?

赵小亭轻轻笑了,说知道了还不是没考试吗?

"你就不怕我跟你离婚?"

"要离你早离了。"

他们看床上的儿子。儿子会坐了,咿咿呀呀的。王新亮抽身从床上站起来,背着赵小亭,走到窗前。他把手缝里的烟,在窗前的烟灰缸里摁灭,一缕青烟才要往上飘却断了线。

很快,王新亮打了离婚报告。

赵小亭死活不同意。她说她不同意离婚,王新亮这婚就离不成。

又是一个新的学年,王新亮去了外省一所大学。

33 家里来了一个小伙子

他比在学校那会更高些,也稍稍胖了,站在玉香旁边,高大得像一棵茁壮的杨树。

那天,玉香背铺盖回到家,妈妈问她怎么回来了?学校放假吗?

玉香说不放假,是她自己想回来就回来了。

妈妈看着她,说:

"还去学校吗?"

"不去了。"玉香说。

"不要考大学吗?"妈妈又问。

"没信心。"玉香说着哗啦哗啦在洗脸。

玉香妈妈是想让玉香也上个大学什么的,如果真要是上不了,在农家人看,也不是什么大事情。

一天,家里突然跑来一个齐整的大小伙子,说是玉香的同学。这可把玉香爸妈乐的,又是让座又是倒茶。听说小伙子在哪里一所学校上大学,玉香妈看玉香爸爸一眼,高兴得合不住嘴。

玉香从学校回来,成了妈一块心病。玉香到了该有对象的年龄,妈妈为玉香的婚事愁上了。

小伙子不是别人,是玉香的同桌,就是那个转校的体育队员范东东。

范东东考上了体校。玉香半路停学的事情,范东东听说了。他跟同学在一块说到玉香。他说如果玉香嫁他,他就娶玉香。

玉香再次见到范东东,看他比在学校那会儿长得更高些,也稍稍胖了,站在玉香旁边,高大得像一棵苗壮的杨树。

玉香见到范东东,除了欣喜,还有内疚。听说范东东考上学校,玉香心里轻松了。玉香的欣喜最多也只是同学的情谊。范东东站在她面前,这个名字在玉香心里鲜活起来。在学校,他们同桌,玉香只是在他本子上看见他的名字。范东东这个名字,玉香是不怎么留意的,听别人喊范东东跟听喊任何一个同学的名字没什么两样。范东东不像王新亮。王新亮这个名字,玉香只要听见,心里就一动。玉香从学校回来没提起王新亮,但她不忘王新亮。她天天记得他,在心里呼唤着他。

范东东走后,玉香妈悄悄看玉香,小心地问玉香。妈妈说怪道不考大学回来了,原来是不好好学,在学校处了对象?

玉香不高兴地叫了一声妈。

玉香妈说她只是问问,这个小伙子看着眼顺,只是人家小伙子是大学生……

玉香又叫了一声妈。

玉香妈妈说，不说了，不说了，你的婚事得好好操心。女孩子，再大可就不好找了。

范东东第二次来玉香家里，是这年寒假。范东东来，高高兴兴的，两手提几样礼盒。村里人都来看，跟玉香要喜糖吃，说玉香有这么好一个对象，得买喜糖给大家吃啊。

玉香把范东东送出门，为难地看着范东东说让他不要再来了，村里人都误会了。

范东东说，误会什么了？怎么误会了？

玉香不看范东东，坚决地说，你不要来了。

范东东一时认真起来，看着玉香说，你不愿意？

玉香把头低下来。

玉香忘不了王新亮。王新亮去外省教书，她知道。王新亮给玉香寄来信。信上说他知道玉香没参加考试，这都怪他。玉香看到这里心很痛，眼泪一滴一滴下来了。这是她第一次认真为自己没有参加高考落泪。

王新亮在信上写着电话号码，还绘了图，让玉香得空出来走走。电话号码在玉香是新奇的，她久久凝视，这几个数字在玉香像是神符，深深地刻在玉香心里。打电话需跑到街上的邮局。邮局外面站着一个绿色的邮筒。那邮筒有些剥落了。她直冲冲走到邮局里头，看到柜台后面穿绿色制服的工作人员，说她要打电话。

长途吗？

玉香欢喜地点点头，好像为着什么感到骄傲。

拨通电话，玉香的手有点抖。突然，那边"喂"了一声。玉香叫了一声王老师。

那边说你是谁？你找哪个王老师？

玉香心里一落，玉香说王新亮。

那边说等一下。

很快，又有声音从电话里传过来，说他是王新亮，问你是哪位？

玉香心里笑，王老师的声音从电话里这么一传递，不像他平常说话的声音了。

玉香这样想,对着话筒说她是玉香。

那边一时没有声音。好半天,她听见那边说,你在哪里?

玉香打过电话,把信藏着。她不知道怎么跟家里说她出去几天。可她想好了,一定要去。她太想见到王老师了。

现在,她都不敢抬头看一眼范东东。她接受不了范东东深情的目光。范东东大老远找到她家,玉香心里明白。望着田野里来不及消融的积雪,玉香想起在这样冰雪季节,王老师送她回家。玉香这样想着,眼前站着的范东东恍惚中变成王老师。

范东东看玉香好半天不说话,心事重重的样子。他说玉香,其实,可以再考一次,你一准能考上大学。

玉香看着范东东真诚的脸,茫然地摇摇头。

34 时机

"喵呜"一声猫叫,一只花狸猫从门外进来,弓着背,咻溜一下,上了炕。

二哥来信,要接爸妈到他们家住些日子。玉香没参加高考,二哥在这之前就知道。二哥火急火燎问玉香怎么不参加今年的高考。爸爸让玉香回信给二哥,玉香不写。爸爸写信给二哥。那会儿高考成绩快要下来了。爸爸信上怎么写,玉香没问。她想爸爸怎么写都行,反正说什么都赶不上了。现在,二哥又有信来,让爸妈去他那里。爸妈没去过二哥城里的家。这次二哥说让玉香陪爸妈一块来。

二哥这封信给了玉香希望。她看着爸爸妈妈,问爸妈是不是又不去?

玉香妈妈说,天底下哪儿还不都一样,不去。妈妈说完,想了想,说这个二小子啊,直到现在都没个孩子。

玉香不想听这些个,打岔说那就让她出去看看吧。妈听玉香这样说看一眼玉香爸爸。这时候,只听得"喵呜"一声猫叫,玉香爸爸望着门外,果然一只花狸猫弓着背,哧溜一下,上了炕。

玉香揪过一只枕头,扔过去,猫"喵呜"一声,飞跳着跑掉了。

玉香说爸,你们不去,总不能也不让我去吧?

玉香爸爸说我和你妈不去,你去做什么?人家两口子那么忙,哪有闲工夫陪你?

玉香嘴呶着了,说谁要他们陪,我自己不长眼睛啊。

家里常常是玉香爸爸做好人。这一回,玉香妈妈说二小子来了好多信,我们都没去。玉香想去,就让孩子出去开开眼?

玉香从家里头跑出来了。爸爸把玉香送到车站,送上火车。火车开动了,爸爸一步一回头。这可把玉香急坏了。她二哥家的地方,跟王老师的地方一东一西。

玉香只坐一站,也不问这站是哪里,下了火车,急着重新买票。

票是当天下午五点十五。候车室的人大包小包。玉香一个黑色小提包。邻座是一个中年女人,她不住地看玉香,跟玉香搭话,知道玉香是走亲戚。她说玉香看着是大学生呢。

玉香听着心里怪不是滋味。可她只心酸了一会儿,王新亮占满着她的心。明天,不,是车到站,她就见到王老师了。刚才,买完票,她转悠半天,看见小卖摊前的自费电话。她掏出信。年前年后,玉香把信看得纸页发毛,上面的电话号码有点模糊了。

玉香握话筒不那么着慌,但还是激动得微微发抖,心提了老高。她对着电话说她在车站,买了去他那里的票,五点十五开……

玉香放下电话,心里高兴,想这个电话打对了。车到站凌晨三点多,黑灯瞎火,她怎么走呢?电话里,王老师说他来接她,盼咐她下了车,跟着大伙走,不要乱跑。

35 远远过来一顶花轿

　　湖边的柳树伸出长长的枝条来,柳梢头伸到湖里,漂在湖水上面。目光伸远,柳树迷雾蒙蒙。湖上,有长脖子鹅,鹅鹅鹅朝天叫。

　　玉香下了火车,跟着人流朝出站口走。远远地,王老师双手紧握出口站的竖栏杆,紧张地盯着迎面而来的人群,目光终于在玉香的脸上停下来。
　　坐车对玉香来说是稀奇的,住宾馆也是稀奇的。王老师一通忙乱,现在坐下来,坐到她身边。王老师看着她:"你来,家里人知道吗?"
　　玉香说她原本是去二哥那儿的。
　　王老师欢喜欢地看着她,让她去洗洗。
　　玉香洗个脸跑出来。
　　王老师看了看门锁,让玉香过来,教她锁门。还有马桶,王老师在马桶上摁了一下,哗啦一片水声。
　　玉香不好意思,眼睛躲开了。王老师看看她,眨眨眼说天快亮了,你好好睡一觉,天亮我们去逛公园。
　　玉香看看门,她说她可不能一个人住这里。
　　王老师笑着说不怕,他办公室离这里不远。
　　玉香不听,守着王老师,说他要走的话,带着她。
　　王老师笑着说带她到哪里? 到大街上?
　　玉香咧嘴笑了。
　　王老师坐进沙发,看着玉香沉沉地睡着了。
　　湖边的柳树伸出长长的枝条来,柳梢头伸到湖里,漂在湖水上面。目光伸远,柳树迷雾蒙蒙。湖上,有长脖子鹅,鹅鹅鹅朝天叫。湖中有人划船。那穿天蓝色衬衫的男子和穿红裙子姑娘一点点划远了。穿白衬衫的男子和穿绿裙子的姑娘,一点点划过来。他们面对面坐。桨放在船上,船随意漂荡。那绿裙子姑娘打着一把黄色遮阳伞,忽然扬手指着一个地方,那男子朝指着的地方望去。一群游客,从一个飞速流转的轮子上下来,笑得前仰后合,激动的样子。王老师拉玉香也坐上去,湍急的水流,玉香感觉到身子仰着往上。风从眼前掠过,还没来得及看,又感觉到飞快地往下冲。玉香觉得要跌下去,跌进一个不知道什么地方。两旁的水流不顾得看,只怀着一样愉悦的心跳。九月的太阳,中午时候还是热辣辣的。他们跳下来。玉香的手被王老师紧握着。她感觉到手心在出汗。王老师好几回弯腰看玉香。玉香的脸彤红了。

王老师领玉香来到一个地方。她被那里面的怪叫声吓白了脸。听说过地狱吗?王老师推着她的肩,她感觉到王老师说话的气息拂在耳边。她看到黑而长的锁链,那披长发的鬼怪,吐着红舌头。玉香转身藏在王老师背后,从王老师身后探头看见一个绿脸的小鬼,弓起腿来,拉着一把锯子。那个被锯着的人,发出凄惨的叫声。一只狗,舔着地下的血。一口冒着热浪煮沸的锅里,一个人四仰八叉躺在里头,裂开着嘴巴。耳边凄厉的惨叫从这里发出来。一个双眼圆睁的小鬼,手扬带血的长鞭,朝着滚在脚下的一个人抽去。前面是一堆熊熊烈火,能听到柴火的爆裂声或者也是灵魂被烤的爆裂声。玉香紧闭眼睛,脚底虚晃。

从里面出来,玉香大大地打了个寒战,那可怕的叫声,好像在头上盘旋。

王老师伸手在玉香头上挥挥,笑着说有那么可怕吗?

一顶红红的花轿,晃晃悠悠过来了。

那花轿,四面围着火红的绸缎,绸布上绣着龙凤和花朵,轿檐儿四周镶嵌着晶亮的装饰,明晃晃闪耀。轿帘儿像风吹的湖面,起了皱。花轿前前后后八个吹鼓手,穿鲜亮的黄绸衣服,腰缠红红的腰带,摇头晃脑吹得喇叭吱吱哇哇。

王老师欣喜地看着,问玉香要不要坐。

玉香也欢喜地望着,听王老师这样说,笑着从轿子旁边跑开。家乡娶亲也有用这样的花轿。玉香戴过人家的花冠呢。亲戚家里嫁女儿,女孩子高兴地拿着花冠这个试试那个试试,亲戚们说玉香戴上花冠要多好看有多好看。

望着远去的轿子,玉香想家乡娶亲的轿子在这里成个玩耍的了。

玉香目送远去的花轿。王老师说刚才让你坐,你不坐,现在后悔了吧?

玉香扯着王老师的胳膊:谁后悔了?

王老师放声大笑了。

转悠一天,玉香脚走得有点疼。街上已经是灯火满天。回到宾馆,王老师洗了一把脸,过来坐在玉香对面的床上。他们不说话,似乎拘谨起来了。

玉香小心地望着王老师。

王老师认真起来,他拉近玉香说:"你爱我吗?"

玉香不吭声,心跳得很快。同样的话,她想起听第一遍时的情景。

"你说话,你爱我吗?"

房间里静静的。房间中央的灯光,太阳一样,泼着浓浓的昏黄的光。

"你嫌弃我吗?"

玉香仰起头,睁大眼睛摇摇头,直直地看着王老师。

玉香感觉到王老师嘴里的湿润碰在她的脸上,鼻子上,额头上。她的头嗡地响了一下,那是王老师的嘴唇碰到她的了,她感到嘴唇被一点一点掀开。玉香知道的亲吻是嘴巴对着要亲吻的脸,就像亲侄子侄女儿。玉香挣扎着,跑到窗户边,撩开一角,凉气一下子冲到她的脸上。她看到外面热闹的灯光,红的绿的,大大小小,布满着街道。天阴沉沉的,不知道是不是要下雨。

玉香被拉离窗户。她听到抱着她的人说,嫁给我吧。她接着听到,答应吧!

这个晚上,玉香一下子成个大人了。她终于知道男人女人结婚的秘密。玉香哭得泪人似的。她也说不清为什么哭得那样可怜。她想她是情愿王老师的。可事情过了,她就哭了。

王老师给她说一夜的话,说他写了离婚申请。

玉香来这儿,是想见他。她多想见到他啊。现在……她看一眼沉沉睡着的王新亮,细细端详着他,她想她要跟这个人一块生活吗?玉香探手摸他的眉毛。王新亮睁开眼,一把拉过玉香,悄悄问她,玉香羞得摇摇头。

36 盘问

庄稼地里的麦子露出绿苗苗了,稀稀疏疏像山羊胡须。玉香感到全身酸疼,像地里头破土的麦子,要生出嫩芽儿来。

天亮了。窗台上湿湿的,地上也是湿湿的。

"下雨了。"玉香欢快地说。

秋雨,有些缠绵,悄然默声来了,不大不小下着,哪里有水滴当当响,想着是雨打在铁片上。

玉香在这里待了两天,急忙赶着去二哥那里。

王新亮送玉香上火车,他一再叮嘱玉香别担心。他会跟姐夫说这件事情,一切都会好起来。

玉香听王新亮反反复复就那两句话,想王新亮都像妈妈一样爱唠叨。她望着王新亮严肃的脸,心里笑他有那么点虚张声势。她倒不想着这是件大事情。她想得更多的是为这两天发生在她身上的事情感兴趣。爱,她想,她也在爱吗?听王新亮的话,她都要结婚了。啊,在她来这里的时候,这些字眼离她是多么遥远。

玉香到二哥家住了两天,回家了。她一进门,妈妈说真不该让玉香出去的。亏的玉香今儿回来,再不回来,爸爸得跑很远的路给二哥打电话。玉香妈妈说你爸爸真是死脑筋,送她那天,如果想起来给二哥打个电话就好了。

玉香心里笑得不行,她想爸爸没打电话就好了,要不,她回来怎么编呢?玉香可不想说她去见王新亮。她这样说,妈妈要打坏她了。她哪里敢说她要嫁给王新亮,妈妈知道,还不活剥了她!玉香平时嘴巴子犟,她还是害怕妈妈的。玉香小时候常常听妈骂大哥二哥,说是要活剥了大哥二哥,如果他们走歪了的话。现在,哥哥姐姐各自都成了家,只有玉香在爸妈的管教下。玉香想自己是不是走歪了呢?

玉香想念王新亮。她想什么时候才能再一次见到他呢?

妈妈端详女儿,问玉香身体哪儿不舒服?头是不是晕?她说坐车是不是也累呢?照你爸说的不去就好了,真是哪里还不一样啊,这一去一回,人都跑瘦了。

玉香到镜子跟前照照。她心里到底害怕起来了

庄稼地里的麦子露出绿苗苗了,稀稀疏疏像山羊胡须。玉香感到全身酸疼,像地里头破土的麦子,要生出嫩芽儿来。年轻的玉香不懂得她即将经历什么。她问妈妈说那几天早该来了,怎么一点动静也没有?

妈妈盯着玉香看半天,说你在学校里也这样吗?

没有啊。玉香说每个月都来,这次往后推迟的时间也太长了。

妈妈放下手里正洗着的碗,走近玉香想说什么又不说的样子。

妈妈把碗洗完,魂不守舍拉着玉香的手,说你姐姐可没让操心。你大了,来我们家的那个大个的男孩子挺好,你们……到底……

玉香一听说范东东,不情愿了,说跟他一点关系都没有。他是一厢情愿,我不愿意他。

玉香害怕妈妈把她跟范东东扯到一起。

玉香妈妈听玉香这样说,抚着玉香的手僵下来,脸色变难看了。妈妈看着玉香:那你跟谁?

玉香看着妈妈。

妈妈放开玉香,抓着正在滴水的笊篱砸到地上,都到这个时候你不说,你想要我死啊。你怀上孩子了,能哄住人啊?!

玉香泥塑一般,坐那里直愣愣,头脑里出现大嫂怀孩子的样子。玉香一脚跳下了炕,扑在地上,抱住妈妈。她说真的不是来咱家的范东东,真的不是。

玉香感到妈妈有些站不稳。她站起来抱住妈妈,扶妈妈到炕沿坐下,倒水给妈妈喝。

玉香妈妈挡过玉香递过的碗,瞪着玉香问:那是谁?

玉香不能说啊。

妈妈说你是说,还是让我死!

玉香看见妈妈的双眼红彤彤,她从没见过妈妈这样。玉香害怕极了。如果她大哥在,她二哥在,她会对他们说。玉香特别想念二哥。她会对二哥说死也要嫁王新亮。可他不在。妈妈说这个事情不能让大哥二哥知道,甚至不能让玉香爸爸知道。玉香妈妈说着张手在自己脸上扇了好几个耳光。

玉香跪下来,拉着妈妈的手,大哭。

妈妈说你还不闭嘴!你怕村里人不知道咋的?!

玉香刹住哭,望着妈妈。妈妈那双可怕的眼睛,像深不见底的两潭泉眼。玉香深深跌进去了。她身子一软,说出王新亮。妈妈顺手打了玉香一个耳光。稍停,她连连打了玉香两个耳光。

玉香现在什么也不怕了,要打就打吧。她傻呆呆地望着一处,像一个盲人,睁着眼睛,什么也没看见,几滴眼泪干在玉香脸上。

妈妈说玉香你得马上嫁人,那人不管是谁,你都得嫁。

玉香又一次哭着抱住妈妈,她说王新亮要离婚,跟她结婚。妈妈恼怒地推了一把玉香,说他离婚也不能嫁,只要我活着,不能嫁!

玉香木呆呆的,不知道妈妈还说了一些什么。妈妈的话在玉香听着如远远近近的风声,与她无关要紧了。

37 出嫁与死亡

如果不嫁,她想一定会要了妈妈的命。没想到,她听妈妈的话嫁了人,一样要了妈妈的命。

玉香嫁人了。那人不是范东东,不是王新亮,是西村的一个小伙子。

玉香出嫁,三天回门,妈妈去世了。玉香妈妈的死,成了村里一件惊心的事情。村里人奇怪。她们说玉香妈妈嫁女儿,跑得那么欢,怎么过世了呢?昨天她还给这家那家送过喜事没吃完的肉啊菜啊的,怎么过世了呢?有人说是心脏病,病发得急,没来急抢救。事过,有人说看见玉香妈妈嘴里泛着白沫儿,想着是有了想不开的事。

玉香结婚一年,闹离婚。村里人怀疑到玉香的婚姻,怀疑玉香怀里的孩子。村里人想起来玉香家那个又高又精神的范东东。村里人不知道这个精神的小伙子叫范东东,但他们说的是范东东。他们说一定是玉香先跟人家有事情了,后来没谈成。人家小伙子是大学生,大学生怎么能娶一个农村姑娘呢?

村里人这样那样说,想着总算知道玉香妈妈是怎么死的了。

自从玉香妈妈去世,爸爸迟钝了许多。往日平和的笑容没在他脸上出现过。爸爸的记性似乎也不大好,刚刚放下的东西不记得放哪儿了。妈妈的死让爸爸一下子显出老态。玉香跟爸爸面对面坐着,爸爸默默无语,好像不知道他的小女儿坐在身边。

玉香看着妈妈的照片,眼前一片模糊,眼泪流下来。她想不明白,妈妈怎么就死了呢?来人出出进进的,妈妈躺在一张门板上。玉香一声没哭出来,昏倒了。醒来,哭了两声,又昏过去了。那天,玉香哭昏好几次。她一哭,人就糊涂了。村里人说还是送玉香回去吧,不要再出什么岔子。

关于妈妈的死,玉香知道与她有关系这是躲不掉的,就算妈妈得了急病,也缘于玉香。她忘不了那天,妈妈面对她的碎心与绝望。玉香不知道这件事情竟然要了妈妈的命。玉香从此再也不能听到妈妈的声音,她陷入深深的悲哀。可玉香没想清楚她究竟错在哪里。如果要说她错,错在听妈妈的话嫁给一个陌路人。当时,玉香六神无主,如果不嫁,她想一定会要了妈妈的命。没想到,她听妈妈的话嫁了人,一样要了妈妈的命。她不明白妈妈究竟都想了一些什么,为什么非要逼着她嫁了人,然后死掉呢?

二哥二嫂回来了。玉香出嫁,妈妈说他们路远,不叫他们回来。现在,妈妈去世了。村里人说等玉香二哥回来,让他们母子见最后一面。二哥回来到底没赶上看一眼妈妈。二哥放声痛哭,他的脸贴在白瘆瘆的棺上,像贴着妈妈的脸,抚着妈妈的棺,像抱着妈妈一样。

妈妈去世的悲哀压倒了一切,家里没人问到玉香。玉香跟他们一样成家了,哥哥姐姐总归不会像妈妈想得周到。

妈妈去世一个月了,两个月了。爸爸什么也不说,哥哥姐姐什么都不说。玉香的肚子一天天大起来。姐姐问玉香几个月了?

玉香听姐姐问话,打岔了,泪水盈盈。姐姐拉着玉香的手说,怀着孩子不要多流泪,有事问姐姐。玉香的眼泪哗哗得像滚动的河流。妈妈在的时候,她老嫌烦。现在,姐姐这句话多像妈妈的念叨啊。

38 村里来了一队人马

一队人马在村边喊着号子,建起了工棚。村里有一种被侵犯的感觉。他们那几亩微薄的庄稼地,很快被占领了。……女人们也来了。那年轻的女子,花裙子穿着在村里飘来飘去。……响亮的号子声更加强大起来了。

玉香嫁的那村庄,原是缺衣少食有名的光棍村。那里,每年庄稼都被野兽般的河流冲毁河坝,淹没掉。那里的人们,一听黄河水涨,吓得肚子疼,成天肩上搭着口粮袋到处转悠。那瘪着的口粮袋,饿肠子一样贴在前胸后背。

突然的一天,这个村庄来了一队人马。他们全是二十出头的年轻人,外地口音,留着两小撇胡子,长披的卷头发,绷紧的牛仔裤。玉香在学校念书看到满街宽筒喇叭裤,便是受到这些人的影响。

村里的人们一开始有些惊慌,看着一队人马在村边喊着号子建起了工棚,有一种被侵犯的感觉。他们那几亩微薄的庄稼地,很快被占领了。村里人们发现这外来的人马在不断地壮大,紧绷的牛仔裤多起来。他们建起的工棚住不下,好多住进村子里。女人也来了。那年轻的女子,穿着花裙子在村里飘来飘去。女人们带着小孩子来了。小孩子雇村里的女人照看。这里那里飘动着红旗,响亮的号子声强大起来了。激动的人们像回到五六十年代与天斗与地斗的岁月。

村里人们用好奇的目光看着这些年轻的男人女人们，带着嘲弄听他们叽里呱啦说话。村里人觉得有意思，有一些说不出来的开心，成天说着遇到的稀奇事情。村里人们的生活习惯，在不知不觉中改变。他们不再扛着锄头锹把在泥巴里刨吃的了。他们好像忘记每年总要被黄河抹掉的庄稼地，忘记常常为着种不出庄稼的苦恼和由此而来的饥饿。他们肩上再也不搭粮袋，凭着出租房屋，照看小孩，便得到些零用钱。一年到头按人头分红，足以让他们吃饱喝足。

村人们的光景，突然间好过起来了，似乎一夜之间变了天地。村里的年轻人学着穿起喇叭裤，将小胡子留起来。年轻女子嘴唇上点着口红，穿起高跟鞋，裙子飘起来了。厂矿一点点跟村庄绕在一起，遍地是呜呜叫的推土机、打夯机。楼房建起来了，有了食堂商店学校医院，有了戏院舞台。照相馆也有了。路边的小书店用细铁丝挂着各类杂志。男女青年穿洋装戴墨镜，压马路。压马路那会儿是新鲜词。口哨吹起来了。几个戴墨镜的小青年，歪在摩托车上，头上的帽檐转到脑后头，看着刚出校门的女孩子，尖尖的哨声此起彼伏。

村里的年轻人很快招工去外地学技术了。他们做了多少代的农民，现在一个个当起了工人。他们成了周边村庄羡慕的对象。这个村的未婚男子一个个在挑俊俏女子。他们不只是要人长得俊俏，还得要有文化，像玉香这样高考没结果的姑娘是抢手的。考技校像刮过的一股旋风，没考取大学的女子，都想着能有一个考技校的机会，而订婚便是获取这样机会的一个绿色通道。

玉香当年正是遇到这种情况。照她妈妈的心思，这是极好的，对得起玉香。

玉香心灰意冷。当一个人遇上性命交关的事情，便不会再有什么顾忌。玉香当年正是这样。她倒不是想着要考什么技校，只想着妈妈的命。正如妈妈说的那样，不管是谁，她都得嫁。她当时真想着自己不活了。但到底是一个女孩子，还没那么大的企图。一个生命，总不是那么容易结果。那会儿，她隐隐约约对王新亮是怀了希望的。知道了这件事，担惊受怕之余，心里暗暗还有那么一丁点儿的盼头。她想她真怀了他的孩子吗？她当然不知道前头的路到底多么黑暗。但她的倔劲又有一点点冒头，妈妈的话在她看来一贯是放大的，她想等等看。

39 一小帮

　　这一小帮人,便是最早留起小胡子的一伙。他们戴墨镜,将帽檐歪在耳边,几个人挤在一辆破烂得突突响的摩托车上,在还没来得及修好的柏油路上没命地撞来撞去。

　　玉香出嫁后,命运真正拐了个弯,她到了生命里的冬天。妈妈去世。生活就像刀子一样天天搅着她的心。这个村眨眼之间的剧变,不仅仅改换了村里人的身份,村里人从生活到精神有了新变化。这个村里人们的想法比邻村人显得高明,看事情长远。但在这大风大浪中,总是有小部分人不入流。他们不跟潮流往前,完全走向反面。这是游手好闲的一帮人。他们似乎没看见发展变化带给他们的种种好处,不跟着大家积极学本领,而是钻空子。这帮人打小在一块混,小偷小摸成了他们的爱好,不这样他们的手痒痒,浑身难受。他们并不觉得那是犯罪,相反觉得他们很伶俐。他们没文化,却是自吹自大的一类人。手头有了钱,也不知道贴补家用,只顾图自己快活。村里看他们这帮人是祸害,怕惹起事端,常常要躲着他们。

　　这一小帮人,便是最早留起小胡子的一伙。他们戴墨镜,将帽檐歪在耳边,几个人挤在一辆破烂得突突响的摩托车上,在还没来得及修好的柏油路上没命地撞来撞去。

　　他们进厂当了工人。厂里的学习培训,他们全不当回事,觉得厂在他们家门口,占了他们的土地,不好好培训,也一样有工作一样能分红。他们将学业荒废惯了,拾起来比登天还要难,索性由着他们向不好方向一直滑下去。末了,他们对分到的工种有意见,常常挑刺,还动手打人。他们想靠瞪眼睛干轻省的活,得更多的利益。

　　他们一开始得逞了。这一小帮成了厂里惹不起的地痞。后来,他们这一着就不是很灵。他们不愿意干,厂里请他们回家。他们在大家相争着往前赶的队伍里掉队了。他们说什么,没人去听。他们的落后渐渐成为大家的笑柄。他们的歪理和邪劲洒不出去,不是觉悟想办法弥补,而是将那发不出的无名火带到家里来。

玉香嫁的正是这样一个人。他跟人说话总是高一句低一句,有那么一点说不通。他的两只脚在两只歪着的拖鞋里扭来扭去。他吃饭时候,哼哼着,吃得不歇气,直到一碗饭见底。玉香看见这个人,浑身起鸡皮疙瘩。而这人看见玉香便是一眼盯住不放。

玉香无计可施,忍气吞声,嫁过去,更知道这个人的可恶。这个人一眼看到玉香,连他自己都想着是在做梦。他为能相到玉香欢喜了好一阵。玉香太漂亮了。他甚至要洗心革面,学村里那些上进青年的活法,跟他们一样让生活变得阳光,有滋味。他看上玉香有文化,对玉香怀有幻想,巴望玉香能考进工厂,像别的文化人坐进办公室,给他出一口恶气。

这两样想法都很好。重要的是想到了,做起来完全不是那么回事情。玉香嫁过来,他规矩不到三天,平日的恶习,一点点冒头了。

玉香跟他,只是婚姻关系。他的说话行动,玉香冷眼看着,心里头直发抖。这个人的走姿,玉香看在眼里,心里只是哀叹。玉香害怕日头偏西。夜深人静。房间里是血色的。那人喜欢这雾一样浊的红色。这让玉香有点发疯。她在梦里奔跑,跑得疲惫不堪,却还在原来的地方。她常常不要睁开眼,看那个人对她来说是一种折磨。但她合起的双眼里闪动着红色。那永远的红色,耻辱一般,深深刻在玉香的记忆。

玉香变得石头一般没有感觉。这在那个人是气愤的。一天晚上,他动作了好半天,突然一脚将玉香踢得滚下床。玉香只管抱住肚子。打人往往会上瘾。从此,那人打玉香成了家常便饭。玉香挨着打,身上疼痛,心里却好受些,像她自己生了好大的气,正是没法子出。玉香挨了打,感觉到了疼痛,滴出几滴眼泪来,觉得自己也还活着。那人打过玉香,常常要表示一下和好。玉香不表示接受也不表示不接受。那人的和好方式便是拉玉香到床上。这个时候,玉香常常想到杀人。玉香眼里闪动着的仇恨,让那人极度的兴奋了。

那人想象玉香会考个技校什么的,也落了空。考技校对玉香来说再恰当不过,是难逢的机会。这在玉香心里或者闪过一丝希望。但后来的事情,让她为自己有这样的想法摇头了。她不会为着这个守在这里一辈子,更不想让她的一生整个儿打上耻辱的烙印。她什么也不要从这里带走。

那人打玉香,这家人常常要责备他们的儿子。可是,玉香拧着不参加考试,家里人便给玉香脸色看。以玉香的性子,是不怕给脸色看的。家里人对玉香怀着的孩子,也是有看法的。原来对玉香的那点好,一点点收回去。这家人有时候挑唆儿子,他们关起门来打玉香,骂玉香破烂货。巴掌啪啪地扇在玉香脸上,像肉甩在面案的响声。玉香不叫喊也不放声哭。她的眼泪流在脸上,有时候还要咧嘴笑一笑。血顺着她的嘴角往下淌,不知道是她自己咬的,还是巴掌扇出来的。

玉香坐完月子,到底离了婚。这完全出乎那家人的意料。玉香闹离婚,他们想着玉香用离婚来吓唬他们。他们想有多少姑娘想嫁到这个村里来啊。玉香在他们家孩子都生了,能跑哪里去?

离婚那天,那人跟玉香从门里出来。那人笑着跟村里人打招呼,说他俩要去离婚。村里人看着他,看着玉香低头抱着孩子,想那人在说疯话。他的话能当真吗?那人跟他家人一样,不把离婚当回事。他想玉香到离婚的地方,一准败下阵来,会服服帖帖跟着他回来。他有那么点试探玉香,觉得玉香要跟他离婚纯属开玩笑。

他们各自拿到离婚证。那人才像从梦中醒来,他说这就离了?

玉香说离了。

你不回去了?

不回去了。

他整个傻了,看着玉香。不管怎么样,玉香是漂亮的,他觉得家里有这么一个玉香还是好的。这时候,他忘记他是怎么打玉香,打她的时候,是怎样的可恨了。

玉香看着这个人。她同样忘记她怀有的要杀死他的愿望。玉香紧紧抱着孩子,平和地望着他。

爸爸看着玉香抱着孩子从门里进来。玉香抱着孩子,看见爸爸站起来迎向她。抱着孩子的玉香,扑在爸爸怀里,呜咽着,声似闷雷。

40 不赖他赖谁

撩开被子,看见天好好的,地好好的。只是,他内心筑起的堤坝,哗啦啦一片倒塌。

玉香从王新亮那里回来以后,赵小亭带着儿子到了王新亮的学校。赵小亭说她就赖上他了。她都有孩子了,不赖他赖谁。

赵小亭原是在化肥厂工作。她结婚,生孩子,没等到她上班,化肥厂倒闭关门了。赵小亭每天不上班,每月领一小点补贴。重要的是她不能跟王新亮离婚。她想她为什么要跟王新亮离婚呢?王新亮越是要跟她离,她就越不能离婚。

赵小亭越这样闹,王新亮的心越凉。他想赵小亭,你闹吧,就算这份工作不要了,我也要跟你离婚。王新亮甚至不想看孩子。在王新亮看,孩子似乎也不能妨碍他。在跟玉香一起的那个晚上,王新亮坐在沙发里,该想的都想了。玉香从他这里走后,王新亮整个人变样了。他有了玉香。这大大减轻了多日来为着婚姻给他带来的烦恼。他时时要想起玉香,眼前晃动着玉香的身影。他常常将别的女子看成玉香。如果那个女子穿着跟玉香一样颜色的衣服,或者身材长得有点像玉香,他便站下来看。想起他们在一起的时时刻刻,王新亮感觉到从未有的幸福。王新亮的心思完全放在玉香身上。不管多难,他都要跟玉香结婚。王新亮思量如何跟姐姐夫说这件事。他想是不是让姐姐先知道这件事呢?

电话里姐姐无意中透露玉香结婚的消息。王新亮听见,整个人木了。他的脑子清洗掉一样,一片空白。坐在办公室,细细回想玉香跟他在一起的光阴。难道玉香太年轻,多变?或者一个女孩子顾虑到他结婚有了孩子?或者……他听到电话那边"喂、喂",接着是嘟囔声,随即"咔嚓"挂了电话。

王新亮站起来。他想是不是自己听错了?玉香要结婚。这是真的吗?他想写信,又觉得不妥。再说,他信上写什么呢?

王新亮踢了一脚桌子旁边的纸篓,像一只被圈起来的老虎,狂躁地在地上转来转去。他真想一下子出现在玉香面前,问她到底怎么了。

他去了一趟姐姐家。

自从那年玉香没参加高考,王新亮一直不想面对姐夫。姐姐姐夫似乎也不大提起玉香,是为了玉香没考大学觉得不是一件值得提的事情,还是因为玉香没考取学校在怪王新亮,或者这两样都有。

现在,玉香要结婚,王新亮就顾不了那么多。

姐夫不在家。姐姐说玉香这次嫁了个好人家,结过婚就是工人了。对于王新亮,这不只是证实玉香结婚这件事,他从姐姐的话音里听出来玉香对未来充满着阳光。

王新亮无话可说,静静地坐着,听时光流逝。

王新亮从姐姐家出来,赶车回到学校,一点力气都没有。他什么也不能做,说不上是悲哀还是愤怒,捂着被子躺下了。

王新亮不知道睡了多长时间。他撩开被子,看见天好好的,地也好好的。只是,他内心筑起的堤坝,哗啦啦一片倒塌。

41 在她们看念书也没带来什么好处

她们一个个认真地纳嫁妆被子,扬起的手指,闪闪发亮。那不是金的光亮,也不是银的光亮,那是她们每个人中指上戴着的明晃晃的顶针。

村村搞个体承包。村里集体经营的砖厂,经个人承包,面貌一新,成了机砖厂。村里的年轻人纷纷来机砖厂干活。玉香回来到机砖厂打工。这里的姑娘有几个跟玉香曾经同学。在她们眼里,玉香将来要考大学,跟她们不是一路人。玉香出现在机砖厂,跟她们干一样的活,她们看玉香不一样,感觉跟玉香还是有距离。她们看玉香结婚有了孩子,便从她们没出嫁找到一些自信。她们看玉香念了那么多的书,也没给玉香带来什么好处。在她们心目中的玉香便打了折扣。但这个折扣不是跟玉香拉近了距离,而是将玉香又远远甩在她们身后了。嫁出去的姑娘回来做工,是一件顶稀奇的事。她们暗地里笑话玉香。

玉香跟村里的姑娘们一块儿,双手握着铁叉,将小推车上刚栽出来的砖上架。那是力气活。偌大的砖场,立着一行又一行的砖坯。大热的天气,玉香脸上热汗直流。太阳火红地晒着,晒得玉香的脸血滴滴的。姑娘们一边上架,一边拉开嗓子说话,大声笑。小伙子推车过来,支好小推车,姑娘们两只手抡动一手一个往架上叉砖。小伙子看着姑娘们干活,跟姑娘们调笑。这里头没有玉香的说话声。玉香只顾干手头的活,像跟谁赌气。她最多将衣袖在额头挥动。她的眼前是王新亮,是嫁给的那个人,是范东东。玉香握叉子的手磨出了泡,破了的水泡和着泥土,和着汗水渗进皮肤。玉香将铁叉握得更紧了,那种剧疼让玉香咬着牙想让这疼痛更剧烈一些,像火一样烧起来,将她燃得粉碎。

做工回来,玉香像刚从水池里跳出一般,湿淋淋的,神情都有些恍惚。爸爸含着眼泪,一边悄悄擦了。玉香瘦了。她一边奶孩子,一边劳动,身体能受得了吗?她能不知道村里人怎么看她吗?可玉香不工作,坐在家里什么时候是个头呢?

爸爸到街上给城里工作的二儿子打电话。很快,玉香二哥有信来,信上说他给玉香在他那里找到一份工作。

玉香离开爸爸的时候,呜呜地俯在爸爸膝上哭了一顿。爸爸用手拍拍她,什么也没说。爸爸想这是玉香憋了好久的眼泪。玉香爸爸不由得也掉下泪来。

父女俩痛痛快快哭了一场。

爸爸抱着孩子,送玉香上车。爸爸真是老了。玉香想起两年前,爸爸送她的情景。那时,她多欢快。她恨不得爸爸快些回去,好给她自由。现在,玉香抱着孩子,望着车窗外的爸爸,她想让火车延缓些再延缓些,让她多看爸爸几眼。玉香不知道还想到了什么,眼泪止不住地流。

火车开动了。她看见爸爸先是跟着火车走,后来小跑起来。她看见爸爸并不利落的脚步,沉重地快速地向前迈动。她看见爸爸的手伸了伸……

火车很快开出车站。

车窗外再看不见爸爸了,玉香在火车上一下子哭起来,周围的人都看她。玉香把脸埋在抱女儿的小褥子上。小褥子是大姐做的。玉香记得大姐快生孩子的时候,妈妈坐在炕上,给姐姐的孩子纳这样那样大大小小的被褥。那时候,她还什么都不懂得。现在,玉香深深体会到,能够得到妈妈的照料,那是一个女儿多大的福气啊。

玉香停住哭,她把还有很多的眼泪强压进肚子里,抬起头来。

她看见范东东。

玉香不想让范东东看她的眼睛,把脸转向窗口,眼泪又一次流下来。

范东东拉拉她的胳膊,周围人看看玉香,仰起头来看范东东。

范东东伸手抱过孩子,周围的人蹊跷地伸着脖子,一直看着他们走到车厢那头,看着他们坐下来。

范东东在玉香结婚前还去过玉香家里一次。那天,玉香家喜气洋洋。屋里地上,铺着新灿灿的芦苇席,上面铺着正纳着的厚厚的棉花被。那被面是带花的红绸缎,闪着火红的光亮。

玉香要结婚了。

范东东那天从玉香家里出来,玉香没送他。那天,玉香妈妈好像也没理会范东东,她哈哈笑着招呼纳红色绿色绸缎被的大娘大婶,跟她们一块说着被面的质地颜色,说着针脚的大小。玉香妈妈跟这个大娘说,又转头跟那个大婶说,玉香妈妈有说不完的话。

院子里纳被子的邻里大娘大婶们,她们原来还说说笑笑的,听见外面来了人,看见来人是范东东,她们一个个认真地纳嫁妆被子,她们扬起的手指,闪闪发亮。那不是金的光亮,也不是银的光亮,那是她们每个人中指上戴着的明晃晃的顶针。

42 巧遇

公路上,前两年还稀奇的摩托车,现在一辆接着一辆。这里那里的万元户,很快成了十万元户,百万元户。原来的吉普车,大家说过时了。

范东东面对玉香,他们好半天没找到要说的话。范东东不知道怎么说,玉香不知道说什么。玉香的女儿在范东东怀里一拱一拱,嘴巴这边歪歪,那边靠靠,突然声音很响地哭起来了。那声音,像是要让一火车人都听见。玉香急忙站起来,抱过孩子。他们俩人的手碰到了一块。玉香明显感觉到范东东的手缩了一下。

孩子在哭,让玉香又着急,又为难。她想孩子是饿了,这让玉香脸红。她把女儿的褥子往上抻抻,转了一下身,尽量背对着范东东,开始解胸前的衣扣,慢慢地摸着解,有些躲闪。

范东东傻子似的看着,忽然把头一低。这么高大的一个小伙子,脸红得鸡冠一样。他急忙将脸转向窗外,果然,他听到孩子吮奶的声音,他心里越发慌张起来,两手搓着,听见自己的胸,像静寂的山洞里哪儿的一股泉水,丁丁咚。

玉香喂饱了孩子,不好意思地看一眼范东东。范东东笑了一下,又看了一眼窗外,目光很快从窗外收回来。

窗外的阳光,照进车窗,照在玉香的头发上,脸上。玉香比做姑娘的时候,瘦了,却多了一样说不出来的美好。

范东东问玉香:要去哪里?

玉香问范东东:毕业了?

他们这么长时间没有说话,好不容易各自想到这么一句,又撞了车。

范东东老实回答玉香,他说半年后就毕业了,工作可能分配到他们念书的那个高中。看到玉香的手捻着孩子的褥子,范东东将刚才的问话,又问了一

遍。玉香说她去二哥那里。范东东好像没听到这句话,他在想另一样事情,过了半会,他看着玉香,他说:

"你过得好吗?他……"

玉香的眼睛红了。她把眼睛从窗外收回来,落在女儿的脸上。范东东的心往下沉。玉香痛哭的情景,又一次揪着范东东的心。

范东东那天从玉香家走出来,在感情上遭受到了打击。范东东人长得大大气气,感情上,却细气得很。他一直不忘玉香。自从他默默地看上玉香,他把能够跟玉香在一块,当成一生的追求。他不知道玉香为什么就是不答应他。他不知道玉香嫁给了谁。但玉香不管嫁给谁,一定没有嫁给王新亮。

范东东转学以后,听到王新亮停职,玉香罢课。他有点看不起王新亮。王新亮一个有家的人,怎么会对玉香做出那样的事情呢?他甚至对王新亮有点恨,特别是因为王新亮,玉香没参加高考。如果事情不是那样,玉香能够不上大学吗?王新亮真是害人啊。他听说王新亮去了一所大学,王新亮的媳妇好像也跟着去了。这些消息,是同学见面相互传来传去。

可后来呢?玉香怎么会去嫁另外一个什么人?!

范东东对玉香嫁人,心里是怀有怨气的。但范东东的怨气一下子被上车时候玉香的哭泣给冲垮了。玉香一个人抱着孩子,又是爸爸来送,怎么回事呢?

范东东看着玉香怀里的孩子,看着玉香消瘦的脸,想说的话又咽回去。他焦急难过地望着玉香。他想玉香一定遇到不寻常的事情了。

公路上,前两年还稀奇的摩托车,现在一辆接着一辆。这里那里的万元户,很快成了十万元户,百万元户。原来的吉普车,大家说过时了。路上,黑色红色的轿车多起来。

玉香看到这些变化,觉得似乎离她很远,跟她无关紧要。轿车跟她有什么关系?十万元户百万元户跟她有什么关系?眼下,最要紧的是她跟孩子的生活。她想起王新亮。王新亮跟她的情感,自从这个孩子生下来,一天比一天遥远。眼前的范东东,玉香不是没想过。这次跟范东东见面,她好像也那么想了一下。但她很快把头摇了摇。她再也不是过去的玉香了。大街上的女孩子一个个留披肩的长发。这在前几年，人们议论这些个不地道，现在几乎个个女孩子都是这样了。她们的眉毛画起来，眼睛画起来，她们的嘴唇涂得很红。玉香或许还没她们大呢，可是，玉香的心老了。她的好日子，好像都过去了。她看范东东不是在学校暗恋她的那个人。想起送范东东到村口，范东东要她再试着考一回大学的话，她看一眼范东东，心里涌出来的感叹变成一束笑容。那笑容是怀了无限的美好祝福。玉香不像以前那样害羞，她细细看范东东。她想范东东到底是个不错的人。他不管站在哪里，都会让人眼前一亮。范东东不大爱说话，忠厚，诚实。可她总归跟范东东是擦肩而过了。玉香这样一想，看范东东更不觉得有什么别扭了。

范东东看玉香的情绪好转起来，看着她脸上的微笑，有点发怵。他不知道为什么玉香这样快活地看着她。

阳光闪过车窗，玉香美好的笑容，让范东东看得发呆。他有点不敢看玉香，把脸转到窗外。过了好一会，他问玉香是不是有烦心的事情，刚才她……

玉香说刚才一上火车，她看见爸年岁大了，心里难过。玉香说着心里还真又一次难过起来。

范东东可是不知道玉香出嫁后这么多的变化，他更不知道去玉香家见到的那个利索慈祥的老太太去世了。玉香又是咬住牙不透露半点消息给他。他不能再问下去。范东东想着想着，心里涌上来一股说不出的酸楚。这酸楚只能捂在心口上。玉香是一个有男人的女人了。范东东想。他越想心里越不舒服。如果说一个男人会祝福他心爱的女人去跟别人生活，那好像只有小说里头是那样写，范东东可不那么想。范东东的心里堵了老大一块，来回躲着玉香看过来的目光。他硬着头皮坐着，浑身扎了刺一般，没有一处不难受。

范东东一到站就下车。望着范东东逃一样下车的背影，玉香心里一阵又一阵悲凉。她搂着女儿，只有女儿能带给她一些温暖和安慰。王新亮离她越来越远，但她一看到女儿，心中泛出一点往日的快乐。

妈妈去世了。如果说后悔，玉香后悔当时急得没了主张，听从妈妈的话。这次婚姻给玉香的打击比怀了孩子还要可怕。玉香想她不可能结婚了。看看怀里的女儿，她想就跟女儿生活下去吧。

43 彩虹般的大桥

> 车窗外面，田野静悄悄。时而，有一颗两颗灯光从简陋房子的窗口透出来。她想象那房屋里头都有一些什么人。

范东东下车后，玉香离二哥家还有一半的路。天黑了。车窗外面，田野静悄悄。时而，有一两颗灯光从简陋房子的窗口透出来。玉香不眨眼地望着。她羡慕起有灯光的地方，那里一定住着人家。她想象那房屋里头都有一些什么人，他们是不是凑在一块儿高高兴兴说着话？玉香多么渴望有个家呀。

玉香把脸贴着女儿，她想二哥给她找到什么样的工作呢？

不知道什么时候，玉香抱着孩子睡着了。她忽然醒来，看到车里乱纷纷，晃动的人影。从对面的窗口，她看见月台昏黄的灯光。听广播报站，她一手抱孩子，一手拎包，挤进下车的行列。

玉香一边朝出站口走，一边仰着脖子望。她很快找着二哥亲切的脸。小时候，她骑在二哥背上，骑上二哥的脖子。玉香望着，二哥是她的亲人。在她心里，二哥跟大哥不一样。大哥比她大许多，又一本正经的样子。二哥不一样，玉香缠磨他。二哥喊她多多，知道这样叫玉香会生气，但就是要逗她。

二哥站在出站口，一心一意往里看，那神情让玉香想起一个人来。那人是王新亮。玉香心里一慌。

玉香抱着孩子，她抱孩子的手酸得快要支撑不住了。

看见玉香努力抱着孩子走近出口，二哥胳膊长长地伸过来，把孩子接到怀里。他让玉香拉着他，别挤丢。

这是半夜，闪闪烁烁的街灯照着大街上行走的人们。二哥叫了出租车，抱着熟睡的孩子，坐前面。玉香坐后座。出租车启动的时候，她上半身晃动了一小下。透过车窗，她看到街道两边明晃晃的路灯。有一段漆黑的路，像走在乡间小道。很快,她看到一座漂亮的大桥。那桥又宽又阔,像雨后天空中的彩虹。那彩虹下面,荡漾着水波。那水漆黑一片。这漆黑的水波,一点也不妨碍空中这美丽的彩桥。玉香远远望着,惊讶地张大着嘴巴,完全为眼前的美景着了迷。大桥过去,车在时而宽敞时而狭窄的街道穿行,七弯八绕到了二哥家。

二嫂王新美在家里等着。丈夫李天成这些天叨叨多少遍玉香了。他说玉香的屋子收拾好了吧?玉香的屋子还缺什么吗?李天成说玉香虽说是结婚有孩子的人,可她还是个孩子,有些事情她还是不懂。李天成说玉香结婚他们没回家,她的婚事怎么想着都不对。妈妈又去世了……李天成说爸爸那天打电话都在求他这个做儿子的……

王新美听来听去,丈夫李天成合着心里只有他妹妹。王新美心里想,一个妹妹就这么娇贵啊。

玉新美看着李天成,说妹妹就是比姐姐好啊,对待妹妹你李天成可是尽了做哥的一片心了,对她这个做媳妇的是不是也想得这么周到?

李天成仔细看着媳妇,把手慢慢伸过去。王新美最怕挠痒痒,笑得上气不接下气,一骨碌滚在床上了。

现在,妹妹玉香站在他们家的屋地上。王新美看着玉香头上围着她给买的围巾,看见玉香脸比他们回家奔丧见着的玉香还要瘦些。但玉香到底是一个做母亲的人,有着掩藏不住的风韵。

看着李天成怀里抱着个孩子,王新美慌乱起来了。他们家没有小孩。王新美太想有个孩子了。结婚这么些年,看着别人的孩子都眼红。她一月一月巴望着,自己总是静悄悄的。王新美有些着急,却不好把这件事讲出来。年前回家,李天成见了大哥的孩子。大哥的儿子都八九岁了,李天成硬是抱起来。旁边站着的人指着李天成问:"认识吗?这个人是你二爸!"孩子叫声二爸。李天成在孩子脸上狠狠亲了一口。王新美看在眼里,心里酸酸的。

王新美接过孩子。孩子熟熟地睡着,她顾不得细看,抱着孩子领玉香到给她收拾好的房间。

王新美安顿好孩子,回转身望着玉香一脸的憔悴,心一软,把手放在玉香肩上,她说,你二哥的家,就是你家,安心在这里住下。有什么事,你就对我说对你二哥说。

玉香笑着,眼圈红了。

44 最好听的歌

小女孩跑起来风一样,一会儿到这个房间,一会儿到那个房间。她手里摇着一个拨浪鼓,一屋里都是拨浪鼓欢快的嘭嘭嘭的响声。

李天成在一家单位给玉香找到一份清闲的差事,离家又近,照顾孩子方便。

玉香这一来,王新美的心疯了似的。她第一眼看见玉香的孩子就心疼,上班抽时间就往家里跑。听说玉香要来,老实说,王新美心里暗暗犯难。他们两人这么些年习惯了,这样一下子添一大一小两口……可拦着不让来,这话王新美说不出口。她就是说出来,李天成能答应吗?"玉香是他们家最小的孩子呢",李天成不是这么说的吗?

王新美没想到,玉香带来这么个小家伙。王新美心里的那块空地儿,旺生生地长出绿芽儿似的。走到家门口,听到屋里呀呀的孩子声,王新美心里有一种说不来的甜美。在王新美听来,小孩子的咿咿呀呀是世界上最好听的歌。

王新美抱着小孩子,挨着她的脸,挨着她的手,心激动的发烫。李天成看着王新美这样喜欢玉香的小孩,也跟孩子走近一些了。李天成想多看看玉香的孩子,又怕王新美心里头难受。他们太想要孩子了,可他俩谁也不愿意提出上医院,好像那样,他们真有毛病了。

玉香再也不用在日头底下淌着汗水干活了。看到二哥二嫂真心喜欢孩子,玉香的心放松了。但她想到另一件事情。她看看孩子,看看二嫂……

发了工资,玉香领回来交给二嫂。王新美说这怎么可以,她收这钱没道理。玉香说不收钱那就是撵她母女两个人。王新美跟李天成商量,一半玉香留着,一半在家里先放着。

孩子会妈、妈地叫了。孩子一叫,玉香就说叫舅妈,舅妈会不会叫啊?

孩子长到半岁,鼻子眼儿有些模样儿了。夏天,舅妈给孩子买来一件红兜肚儿,说孩子穿在身上睡觉不怕着凉。玉香看一眼红兜肚儿,趴到二嫂肩膀上热泪盈眶。

王新美以为玉香在单位受了谁的委屈了,她推着玉香,问谁给她气受了?

玉香不好意思地摇摇头。

王新美这才知道玉香原来是为了买回来的红兜肚。王新美说难怪你二哥说你。你都当妈了,跟个孩子似的,这是给闺女买的,你激动什么呀。

玉香笑了。

这天晚上,王新美静静地一个人坐着。丈夫李天成从洗手间出来,看见媳妇发呆,悄悄走到她背后,对着她的耳朵:

"想什么呢?"

王新美猛回头,说你吓死我了。李天成还要闹,王新美看一眼玉香的卧室,要丈夫小声一点。

王新美说给玉香找一个对象吧。

李天成说这才来不到三个月,你就耐不住了?

王新美照着他的背打一下,说你就不能小点声,你摸着心口说话,我对你妹妹怎么样?

李天成不说话。

王新美说玉香还年轻得很呢,人又有模有样,总不能让她老这么一个人……又带着一个孩子,她嘴上不说,心里头苦。你这个当二哥的懂什么呀……

李天成说照你看怎么着?

王新美正要说话,听到孩子的哭声,打住了一小会,接着把声音低下去。

李天成给孩子买回一个学步车。闺女站在学步车中,带着学步车在客厅里跑来跑去。这个小女孩,妈妈哄着也行,舅妈哄着也行。她跑起来风一样,一会儿到这个房间,一会儿到那个房间。她手里摇着一个拨浪鼓,一屋里都是拨浪鼓欢快的嘭嘭嘭的响声。

邻居家有个老太太,常过来串门。玉香来了,慢慢大家就都熟悉了。这天晚上,玉香出去给孩子买奶嘴,二嫂说她们单位小孩子都吃奶粉,也让闺女吃奶粉吧。玉香听二嫂的话。闺女是二嫂给叫的,二嫂这样一叫,一家三个大人都给小女孩叫闺女。

老太太问玉香上哪儿了?王新美织着毛衣说她去给闺女买奶嘴了。老太太是个齐整利索人,坐在床沿,两只手搭一块,安闲地看着地上跑来跑去的小女孩。

老太太看了半天说,真是一个锅里吃饭,你们家闺女长得跟你真像。

王新美听说,把手里正织着的活撂下来,来到孩子跟前,看着孩子把拨浪鼓扔在一边,一股劲拍着她胸前的学步车。

王新美说像吗?我跟闺女真的像吗?老太太你再看仔细一点,看我们究竟是哪里像呢?

老太太就再看看,摇摇头说:不好说。

正说着,玉香回来了。王新美继续织她的毛衣。

听了邻居老太太这句话,王新美常常照镜子,一照老半天,好像她三十出头,没照过镜子似的。王新美跟闺女两人在家,她几次三番地对着镜子,这边看镜子,那边看闺女,恍惚中,她觉得家里这个闺女是她的孩子了。昨晚,她梦到闺女妈、妈地叫她呢。

一天晚上,王新美又照。李天成说哎哎哎,自己长什么样不知道呵,能照出花朵来啊。

王新美望一眼关好的门,猫一样走近李天成,拍打着他,悄悄对着丈夫的耳朵:

"我跟闺女像不像?"

"美得你,闺女长得像你,将来谁要啊?"

"人家老太太说我跟闺女像呢……"

李天成看着媳妇迷迷瞪瞪的眼神,搂过媳妇,把灯给熄了。

二哥二嫂轮流给玉香找对象,三天两头往家里带小伙子。小伙子一走,二嫂问玉香来家的小伙子人怎么样。

一开始,玉香以为是二哥二嫂单位里的人过来串门,后来,玉香猜着了。二嫂再问,玉香不吭声。

二嫂以为玉香有些愿意了呢,认真看,坏了,玉香眼泪滴下来了。

二嫂慌了,她说玉香你千万不要多心,我跟你二哥商量着,你这么年轻,总不能老这么一个人……

玉香不要听,趴在桌子上呜咽。

晚上,王新美长长地叹了一口气,她说玉香年轻轻怎么就不想谈对象呢?又不是嫁不出去……

二哥把一根烟放在鼻子底下闻闻,不说话。

王新美说我在跟你说话,你想什么呢?

45 突然事件

手里握着的筷子头上粘着一小粒米。……门"啪"的那声响。玉香的心加速地跳动,饭碗跌到桌子上。

冬季又要到了。风吹过,扫光了白花花的地面。家里正吃午饭,门铃叮叮地响起来。王新美把碗放到桌子上,走到门边,把鞋踢了一下,说谁啊?

外面应了一声。

王新美欢快地把门打开,身子往边上闪,满脸都是笑。

王新美说怎么是你呀,来也不打电话,如果我们不在家呢?

李天成把头一抬,赶紧站起来,说新亮啊,快快,吃饭。

玉香"腾"的一下站了起来,带的饭桌哗啦一声。

客厅里一下子静下来,站在地上的三个人都在看玉香。

玉香张着嘴,哑那儿了。

小女孩哗啦啦从一间房屋出来了,她似乎也知道家里来了人,凑来看。

玉香尴尬地站着，她不知道说了句什么，说了没有，一把抱起孩子，去她的房间了。

玉香闭严门，听到自己的心跳。那不是跳，简直就是马踏。玉香不知道这一天是什么日子，怎么会是他来了呢？

王新亮在门对面的沙发上坐下来，好像没愣过神。他终于听到姐姐对他说话，听见姐姐问他吃过没有。王新亮说吃过了，吃过了，一边说一边点头。王新亮身子打着战，手哆嗦着。

姐姐说外面冷吧？

王新亮听了姐姐的话，硬是把抖索的双手稳下来。

姐姐说你这是从哪里来？一路风吹感冒了吧？

王新亮还是把头点着，说好像有一点。

李天成离开饭桌，坐在另一张沙发上，喊玉香快吃饭，饭都要凉了。

王新美快快地到厨房吃完饭，去了玉香房间，说把孩子给我，快吃吧，饭凉了。

王新美把孩子抱出来。玉香迟迟从房间里走出来了，她努力笑着叫了一声王老师。

玉香叫的这声王老师，非常吃力似的。她的脸先是红，很快就成白的了。

李天成从茶几上的烟盒里抽出烟递给王新亮，他自己把烟在手里转了转，点着。

屋子里越加沉闷。女孩哭起来了。他们的目光全聚向孩子。

王新亮说：这是玉香的孩子吧？

王新亮说了这句话，到底活泛起来了。他看一眼姐姐，又转脸去看姐夫。

王新美刚要说话。李天成说是玉香的孩子，她结婚又离婚了。

王新亮脸色一下子刷白。他想说：是吗？嘴抖得动不了。

王新亮突然起身，走向姐姐的卧室，他说身上冷，说不准还真是感冒了。

王新美抱着孩子撵过去，说是不是去看医生，啊？

王新亮说没事。他盯着姐姐怀里的孩子看半天，很快又踅出来。

李天成这时候也不知道为什么在客厅里站着。他看着王新亮从房间里走出来。

李天成拉开门出去了。

王新亮看走出去的李天成,他对姐姐说他跟姐夫有点事,跟后头走出去。

门"啪"地关上。

这声门响震得王新美心都要跳出来了。

王新美想这天是什么日子,家里这些人怎么一个个全都不对劲。她想发生了什么事情呢?

王新亮跟姐夫在外面一家酒店开了一间房。王新亮进去照直说了他准备好的话。他说玉香离了婚,他娶她。

王新亮话刚出口,脸上挨了重重一拳头。

王新亮缓过劲来,他说他就是要娶玉香。李天成说,只要他活着,王新亮你就断了这个念头。玉香一辈子不嫁人都不要嫁给你王新亮。

玉香这里也不安静。她痴呆呆的,眼睛烧红着,嘴巴闭得严实。她哪里是吃饭,碗里的米饭一点没动。她手里握着的筷子头上粘着一小粒米。她听见他们出去,门"啪"的那声响。玉香的心加速地跳动,手里的饭碗跌到桌子上。

闺女也好像觉得了不妙的气氛,不像往日安静。她的小脑袋在王新美的怀里拱着,眼睛看看这里,望望那里,小声地不愉快地吭吭着。

王新美害怕地看着玉香,说你怎么了?哪里不舒服呢?

玉香放下筷子,她不说话,木头人似的默默地从二嫂手里抱过孩子。

46 逃一样地离开

李天成把自己往沙发上一丢,脸色铁青地坐下来,牙疼似的哼了一声。

王新美感觉出事了。这事情跟玉香有关,跟王新亮也有关。刚才吃饭好好的,弟弟王新亮一来,这响晴的天空,突然间飘上来大片的乌云。她有一种不好的预感。难道……

王新美把思维调到弟弟跟李天成两人身上。李天成把弟弟带到哪里去了呢?

屋里静静的。偶尔,孩子一两声自说自话。

王新美着急起来。她不能在家里待下去,吩咐玉香,从家里出来。

王新美回来的时候,屋里亮着灯。她第一眼看见李天成,她问新亮怎么没回来?

李天成不说话,不动也不说话。

王新美去看玉香房间。她进去很快出来,说玉香呢?你回来没看见她吗?

李天成从沙发上跳起来。

王新美在屋子里转了一圈,她想玉香一定去邻居老太太家了。

王新美在邻居家没看到玉香。刚出老太太家门,她听到丈夫喊她。李天成发现孩子的衣服、奶瓶全不见了,玉香挂在门口的衣服也不见了。李天成急得满脸彤红,他望着跑着回来的王新美,说玉香带着孩子走了。

这句话把王新美听得愣那儿了。他们顾不得锁门,一前一后从家里奔出来。

风大起来,像狮子在吼。李天成两口子奔到车站,到各家宾馆。风把王新美的头发吹乱了,哪里人多他们就往哪里挤。李天成满脑子都是抱着孩子的玉香。王新美浑身打着战,一边跟着李天成跑,一边眼泪汪汪的。她想这么大的风,闺女在哪儿呢?王新美恨不得一下子能抱闺女在怀里。

一直到大半夜,王新美说话的声色都变成哭腔。李天成含着怨气看一眼王新美。李天成在玉香来的这些日子,打心里感激王新美。他不知道王新美能对玉香这么好。如果没有今天这些事情,王新美的这份情感,李天成会记着的。他会把王新美当一个好媳妇看待的。

可今天发生的事情,让李天成看王新美就有点颜色,越回味王新美待孩子的模样,心里就越不是滋味。玉香结婚又离婚,都是因为王家这混账小子。他真是瞎了眼,让玉香到他那里念书。天底下的学校多了去了,怎么就非要去他那里啊。如果不是去他那里,妹妹复习一年,好歹也有个大学上,就算考不上大学,也不至于落到这样!

李天成跑了大半夜,心反而静下来。玉香抱着孩子,她能怎么样呢?

李天成看着王新美,她越是着急,李天成就越看不顺眼。两点了。李天成说回家,说不定玉香在家里呢。

王新美一听,跟着往家里奔。他们家灯亮着。王新美想玉香一定是回来了。

李天成压根就没想玉香会转回家,可李天成也不是完全不怀希望。如果玉香为了孩子再回来呢?今天晚上的风刮得多大啊。

他们进门,到各处的房间全看过。王新美捂着嘴哭起来。她说这个没良心的玉香,这么些日子了,说走就走啊。王新美一想到这些天的操劳,特别是想到咿咿呀呀的闺女,她的眼泪就控制不住下雨一样地落下来。

李天成把自己往沙发上一丢,脸色铁青地坐下来,牙疼似的哼了一声。

王新美抹了一鼻子,看丈夫李天成一副盛气凌人的样子。她说你哼什么,是我赶走了你妹妹吗?你说你妹妹待这里这么些日子,我哪点不好了?我对她的孩子多亲呀我……

王新美话没说完,被天成骂回去了。李天成指着王新美,说我算是看透你们王家,没一个好东西。

王新美一听李天成吃了枪药一样这样对她说话,她站起来扑向李天成。李天成一拦,王新美倒在沙发上了。

李天成说你还想打人啊。

"你再骂,我王家人是你骂的吗?"

"我就是要骂。惹急了,我还会骂更难听的呢。"

"那你骂我听听!"王新美说着,哭得更厉害了。王新美说你李天成有没有良心,你说你妹妹要来了,这般那般要我哄你妹妹开心……呜——呜呜……现在,你妹妹不哼不哈地前脚走人,你当即跟我来这一套。我怎么得罪你妹妹了?你说啊,我怎么就得罪她了?

李天成站起来,一脚把茶几蹬得翻了个个儿,说你问你弟弟……李天成浑身都要迸裂了。他缓了一口气,说我妹妹以后过不上好日子,我跟你弟弟没完。王新美含着眼泪不哭了,仰脸看李天成,头脑似乎一下子清醒过来。

茶几四仰八叉在地上躺着,茶水杯子破了,茶水流了一地。

李天成站起来走进卧室。

王新美眼前突然一个打闪,她不相信地把头摇摇。王新亮,她的弟弟……不,不会……

王新美很快地奔到丈夫跟前,她看着仰头傻呆呆躺着的丈夫,看到丈夫眼里硕大的泪珠。她说,不会的,你搞错了,一定是你搞错了。

"搞什么错,你弟弟一个电话也不打,就来了,说什么要娶玉香……"李天成说着,眼眶发红,嘴唇都乌青了。

王新美的下嘴唇颤了两颤,无力地在床脚坐下来,头脑里一团糟。

47　梦见

梦里,一汪清泉,在渠里咕咚咕咚流着。渠边是一行柳树,绿绿的,迎风摆动,有几丝儿柳梢,伸进清清的渠水。那柳梢儿被渠水拽着,却怎么也流不走。

玉香那天晚上抱着孩子去车站,挤上了回家的火车。

出门的唐突和赶车的艰难,让玉香心慌疲惫。但上了火车的玉香心里是踏实的。她不能在二哥家待下去了。

玉香一下子明白了妈妈的突然离世。

玉香想到妈妈,滚烫的泪水,顺着脸腮,直落落地打到孩子身上。

做母亲多难!

玉香没有一天不想王新亮。她看女儿的时候,王新亮的影子把她的脑子填得满满当当。可她就算把王新亮从他的媳妇和儿子那里争过来,她这辈子

101

就真能够幸福？她记得在学校王新亮的消瘦，就算王新亮是爱她的，王新亮也不只是为爱她一个人才消瘦的。玉香想她还是让这份感情在她的心里保留，在她女儿身上得到保留吧。

火车悠荡着，天黑下来。孩子大了，不像去二哥家在怀里坐得稳实，两条小腿挣扎着要从玉香怀里跳下来，小脸一会扭这边，一会儿扭那边。邻座仔细打量这个小女孩。她的小脸多白净啊，她的眼睛又黑又亮。大家夸玉香的女儿长得好看。玉香看到周围人望着女儿羡慕的神色，心温暖起来。

女儿摸摸坐着的这个人，又摸摸那个人。大家一块儿乘车，觉得有个小孩在车上，逗着玩，心情开朗。小女孩看见一个女人，她口齿清晰地叫："阿姨。"那女人欢喜地一边应着，一边伸出手摸摸小女孩。大家又都笑，说这么一个小女孩都懂得礼貌了，说这个小女孩这样不拘束，将来一定有出息。

玉香听着心里快活了一些。

晚些时候，大家都有些疲劳，一个个合着眼，似睡非睡。玉香的女儿也闹得睡着了。玉香搂着女儿，迷糊着。醒来的时候，她想起自己做了一个梦。梦里，一汪清泉，在渠里咕咚咕咚流着。渠边是一行柳树，绿绿的，迎风摆动，有几丝儿柳梢，伸进清清的渠水。那柳梢儿被渠水拽着，却怎么也流不走。

第二部

48 古镇

　　这里人靠山吃饭。山下不知藏了多少煤,养了多少辈辈人。他们人背驴驮,骡马成群,将炭从山上移到山下。那卖炭人把着车辕,一脸炭黑。街上到处炭源。玉香只是听说,那上山取炭的情景,传奇一般。

这是靠山的一个古镇,有常年流水。
临街的房屋高高低低,扭七竖八。瓦舍间的道路,有猪蹄子羊蹄子印记,也有从食盆里溅出来米渣儿菜渣儿,鸡一边走一边啄食。那是大红公鸡,是两只乌鸡。那大红公鸡的尾巴长长的羽毛,红的绿的黄的,闪着七彩的光。尖嘴头的小猪慢慢地走着,嘴头擦着地不知道吃些什么。下雨天,满街翻起来泥巴。街上的人们七腿八脚,那泥巴踩平整了,太阳出来,街上依然是清光的。
　　正月里,街上吹玻璃脆的,卖猴子上竿的,那猴子吱吱叫着,在两根白棍子中间跳上跳下,那猴子被涂得五颜六色。卖哗啦啦的,胳膊举起来,满街响着哗啦啦,哗啦啦上那根染色的羽毛被细风吹着,活起来了。
　　街对面一溜铺板门,门里的妇人,溜光的发髻上插着一个绘着彩色花样的头饰。那头饰一侧坠着银链子,细细摇摆。妇人几个坐一堆,说着话,手里头忙碌着针线活。

早晨,这个镇是安静的。吃过早饭,镇上热闹起来。人们纷纷出现在街头。摆摊的着忙起来了。卖肉的人靠着南墙头,坐一个板凳,跟人交谈,一只眼睛看着他家的猪肉,一只眼睛盯着来人。那一字排开的猪肉,一条条拉长挂着。叮叮咣咣打铁的声音,从一间小房屋里头传出来。屋中央一个泥炉子。那炉火烧得不见一丝黑影,两个人一老一少,头对着头。老的轮小锤,少的双手握紧抡大锤。他们一起一落,交错着,一叮一咣。那老年的铁匠突然将铁器伸到一只桶里,"哧"的一声,那灰色的水翻滚起来,突突突往上冒。那老的少的,腰稍稍舒展开,他们胸前挂着的帆布套牌,脏乱着,烧着大大小小的窟窿。铁匠部门前,铺开着的一张布上摆着锄镰锨斧。

街十字转角有一家照相馆,砖砌的台阶。春节里,照相馆里外涌满着人。他们抱着小孩,在开票。他们照出的相片,脸腮上了彩,算是彩照了。那一点粉红,看上去让人变得羞怯。照相馆墙头挂着一个大相框,装着一寸两寸的小照。小照是黑白,也有几张上过彩。他们是照相馆的顾客,这些照片是照相师傅满意的照片,装贴挂在照相馆,招揽生意。

十字路口往北,生资部,粮店,饭店,邮政局。生资部没什么乐趣。粮食店是一个宽阔的门楼。饭店是记得的,店外飘着饼子的香味儿。邮政局的柜台是绿色的,信箱是绿色的,工作人员的制服是绿色的,送报的自行车是绿色的。十字路口往南,开着供销社,理发店,牙诊所,修理部。

理发店像一个茅草屋,泥坯的房子,两扇窄小的木门。门闩上搭着一条半新的毛巾。理发店门口蹲一排老年人。夏天,他们穿白褂子,冬天穿黑棉袄。他们抽着烟,看着永也看不厌的街人们。他们说着话,这街上的人只做了背景,像照相馆墙头画着风景的布样。牙诊所,玻璃窗口用红漆写着镶牙的字样。那是低矮的街房,里头扫得干净,老式磨牙机械像一个机器人在一旁背阴处冷冷地站着。街上站着一个戴多角帽子的男人。帽子周边绣着细碎鲜艳的花朵,闪着晶亮的光。他旁边的女人,大眼睛,红色的脸庞,在一块牛肉上忙碌。卖棉花的在一个胡同里。女人们拥挤着问棉花价钱,论棉花成色,揪开棉花看丝长丝短。再往南是出售牲口的集聚地,那里有几只咩咩叫的羊,有牛,也有吱吱叫的小猪崽。那小猪崽皮色油亮,一只卖到十块钱。牛们哞哞地叫着,凄凉而悲切。这里有手编的竹筛条筐,有一卷一卷竖栽着的芦苇席。

东街口一个大门,过得去胶皮大车,是一个大场院,里面住着人家。门口坐着的老年妇人,做针线,或者掐帽辫儿。放电影的来了,屏幕系在当街,正面反面黑压压坐着人,直看到电影屏幕黑下来,孩子们还缠在那里,看电影队的人收拾他们的电影箱。这里的庙是小学校,门口一对溜光的石狮。孩子们在上面爬上爬下。学校对面一个高门台。那门台高到房屋后背的一半,十多个台阶。家里的主人,挑着一桶水,颤颤悠悠从那台阶上走上去拐到门里去了。

往东,静静地留着一个胡同。胡同口蹲着几人,他们扇着草帽,在歇凉,或者两人头对头说着话。他们背后,是砖砌厚实的墙壁。那墙壁看着古老,高的让胡同看起来窄了许多。墙头照街一侧开了一个小门,这小门一看就知道是后来开的,带着点破坏性。街上的小孩子听说过,这是地主老财家。这墙头里边曾经住着一家大地主。世事变幻,这家的房产分得七零八散,拆得一塌糊涂,只剩下这堵墙头。玉香念初中时常常从这里经过。她走过这里,总是将手伸出来抚摸这墙头,想象地主老财的模样,想着这墙头里富裕时候的年华。这个胡同,大多是泥糊的墙头,那少有的几家砖砌,也不像这家墙头高,也不如这家墙头古老,更显得这胡同里的这堵高墙的不同一般。

再往东是化肥厂。厂门口人进人出。从化肥厂出来一股铅灰色浑水,沿渠流过,各家门前搭一个拱形小桥。那铅色的灰水,日夜潺潺,从家门前流过。女人们用家门前流动的这铅色的水洗衣裳,说这样的水洗出来的衣服干净。

这里人靠山吃饭。几十年前,街上到处有炭园。山下不知藏了多少煤,养了多少辈辈人。他们人背驴驮,骡马成群,将炭从山上移到山下。那卖炭人把着车辕,一脸炭黑。玉香只是听说,那上山取炭的情景,传奇一般。

49　旧时学校

　　副座上的小伙子,把脸露在车窗外面,或者下巴放在胳膊肘上头,看过往行人。脸上的煤黑,花狸猫一样。他笑着,露出雪白晶亮的牙齿。

　　玉香抱着孩子下了火车。太阳刺得玉香的双眼眯了眯。女儿把眼闭着,皮肤被照得蝉翼一般,眼睫毛一点点闪动,鼻翼在太阳光下,薄薄的,一张一翕。

　　沿路跑过来一辆红色出租车,玉香伸长胳膊,把手摇摇。玉香从二哥家回来,整个儿细致了。她的手白白嫩嫩,像一个城里人来这群山环绕的地方走亲访友。

　　司机在那块窄窄的镜子里看她,问她去哪里。

　　玉香听到司机的问话,才想到这个重要问题。从二哥家仓皇跑出来,她究竟要到哪里去呢?她所以没考虑这个问题是她以为要回爸爸家。现在,玉香突然想她不能打扰爸爸。妈妈去世了,爸爸已经是一个需要大哥大嫂照顾的老人。她怎么可以再去连累爸爸呢?

　　在二哥家看到王新亮,玉香羞愧万分,她都是一个嫁过的女人。她不能面对王新亮,不允许这样的事情再发生,再也不要看见他。

　　玉香让司机往前开。家乡大不一样了。路上跑的轿车不再稀奇。运煤的大车,一辆接着一辆,呼啸而过。副座上的小伙子,把脸露在车窗外面,或者下巴放在胳膊肘上,看过往行人。脸上的煤黑,花狸猫一样。他们笑着,露出雪白晶亮的牙齿。远远的对面,一个骑自行车的老人,忽然从自行车上跳下来,在路边弯腰拾一块从车上滚落的焦炭。玉香瞧着这位老人迅速往后退去。现在,路上也只有年岁大的人骑自行车。玉香抱着女儿,从车内看那老人将拾到的那块焦炭往车前的篓子里一丢。

出租车载着玉香一路朝前。家乡的路是宽宽的柏油马路了,那宽展展的马路,一直往前延伸。

这是去她家乡的路。玉香隐隐约约看到自家刷白的房子。她让司机停下来,隔着车窗,望着这里的一草一木。眼下,过冬的麦苗儿上面盖着一层浮尘,乌黑的煤屑把黄尘染成黑色了。浮尘从柏油马路上吹过,落在麦叶上。玉香看着麦苗儿,这跟她心里头的麦苗不一样。玉香记忆里的麦苗儿绿得滋润、透明。

玉香还真不知道要去哪里,她忽然想起镇上的学校。她还在那里上完初中的。玉香把路指给司机。出租车箭一般向玉香所指的方向奔去。

她下车好半天找不到旧时的学校。镇上的街道宽阔了。街十字往北,生资部不见了。街十字转角的照相馆消失了,像是从来没有那么回事。以前的供销社,成了超市。家户门前的小桥还在,只是桥下没有了流水,化肥厂听不见响声了,里头像裸着的胸膛,无遮无拦。厂门口的落叶,风吹过,呼啦啦响。玉香找那堵古老的墙壁,到处寻不见。玉香摸不着东西,远远望见东北角,高高的烟囱,冒着黑咕隆咚的烟。那烟一直往上,渐渐变淡了。

古镇大大地变了模样。

玉香在记忆中的一棵杨树跟前下了车。过路的人,拿眼看玉香,问玉香从哪里来,要找哪家?

玉香说她找这里的学校。

她终是找到旧时的学校。学校还是老地方,大门两旁没有了石狮子,学校门楼不见了,斑驳的白石灰墙,改换成刷白的宽阔的校门。学校对面的高门台一无踪影,周边好几家拆了原来的旧房,盖成楼房,学校门前成了开阔的街道。

玉香在学校门口站了站,抱着女儿朝学校里头走。进了校门,玉香高兴起来。校园还是老样子,过道是很长的路径,路径两旁是高大的白杨树。她看见校园里站着两个人。离远,玉香看不清。玉香看见他们朝玉香这边望过来,望得很专注。

50　做老师的甜蜜

　　面对学生们一双双清澈的目光,她身上的血比平常要流得快些。

　　玉香很高兴又一次走上这条道,还是那个小土坡,小土坡两边一边一个半圆形洞开着的侧门。侧门里种了花草,花园一样的。上学时候,玉香跟同学们给两边的花浇水。这里有的是水。两个人,一根木棍,一只水桶,从学校背后打满一桶水,很快抬着过来了。

　　走上小土坡,玉香看见教过她的吉老师。

　　玉香离远叫了一声。

　　吉老师看见玉香,惊讶地睁大眼睛了,他说:"这不是玉香吗,你怎么来了? 找谁呢?"吉老师一边说一边望玉香怀里的孩子。

　　吉老师满头白发了。他对一块儿站着的那人介绍:我们这里的学生,班里的好学生呢。

　　吉老师又对玉香说这是吕校长。

　　吕校长谦和地微笑着。

　　吉老师现在是这里的副校长。玉香向吉老师说明她的情况,说她想教书。吉老师说他这里暂时没空缺。他说他可以到小学部给问问,前天听小学部校长说急需一名教师。

　　玉香听吉老师说,非常高兴。小学部在初中部前院。她望着吉老师快步离开,走远了。

　　吉老师很快回来,说玉香赶得好不如赶得巧。小学部毕业班正好缺一名老师,现在就领你过去。

　　玉香说谢谢吉老师。

　　吉老师笑着说,你不来,学校也是要找其他人来。

玉香告别了吕校长,跟着吉老师来到小学部。

吉老师又看一眼孩子,他想说什么没说出来。吉老师说有什么事情只管去找他。

玉香感激地望着吉老师,她说知道了。

玉香和女儿在这里的学校住下来。房子坐北面南,天天有充足的太阳光。校园有一架双杠,一架单杠,上面不是晾着被子,就是晾洗好的床单。

玉香教小学二年级。她第一天站讲台,真是张皇失措。很快,玉香摸熟她自有的一套教法,一天比一天会教书。这让玉香兴奋。她后悔从学校回来,不来教书,傻傻地去了砖瓦厂。她不去想那些日子,害怕自己越想越多。

玉香给女儿找了村里的一个老婆婆。这个老婆婆家离学校不远,玉香工作的时候,女儿由她照看。

教书的兴奋让玉香有了一点快乐。教书之余,她想念爸爸。但玉香硬是不让自己去想,怕打乱争取得来的这份安宁。她领略到当老师的辛苦,也尝到一点做老师的甜蜜。面对学生们一双双清澈的目光,她身上的血比平常要流得快一些。玉香想她做吉老师学生的时候,坐在吉老师上课的教室里就是这么望吉老师吧?她记起她来学校的那天,吉老师看见她露出亲切的面容。她想这些孩子长大以后,玉香见了他们也会是吉老师那样亲和的表情吧?

玉香心情愉快起来了,她的青春似乎又刚刚开始。

班里有一个叫刘海程的男孩,玉香非常喜欢。他是个帅男孩,大大的眼睛,文静得像女孩子。玉香真是太喜欢这个孩子了,怎么看着他都好。

一天早饭后,刘海程报告进来了。早上检查作业本,他把作业落家里了。如果是别的同学,玉香会着急的,怎么可以把作业落家里呢?可她看着刘海程愣是发不出火来,吩咐他把落在家里的作业本给补交上来。

现在,刘海程来了,头低着,犯了错的样子。

玉香让他把作业放到桌子上准备上课。玉香宿舍里坐着一位老师。刘海程出去了,宿舍里的老师告诉玉香,说刘海程爸爸开一家焦化厂,很有钱,在城里买了楼房。刘海程爸爸不喜欢刘海程妈妈,长年不回家里住的。

玉香心里一惊,对刘海程爸爸毫无情由地生出一番恨来。从此,玉香打量刘海程的目光更细致些。她发现刘海程非常乖,只是偶尔跟同学说笑一下。

玉香把宿舍钥匙交给刘海程让他搬发作业本。班里评作文,玉香多次拿出刘海程的作文本在课堂上念给全班同学。刘海程是个有心的孩子,一天中午,他给玉香拿来两块烤红薯,进门搁在玉香的桌子上,转身跑了。玉香拿着热乎乎的红薯,满心里都是热,这种热一直渗透到眼睛。玉香想她好长时间都不哭了。哭其实也是一件极痛快的事情。

玉香发现刘海程在班里话多一些了,还跟同学开开玩笑。但他在老师面前还是那样文静,头低着,一个人悄悄脸红。玉香看见就逗他,说男孩子还脸红呀?刘海程的脸就越红了。

51 穿皮衣的人

那辆油黑乌亮的车,朝着校门口猛冲,一个转弯,没有了踪影。

太阳升起,高高挂在树梢。没有风,树上的麻雀在树上相互追逐,叽叽喳喳。玉香手里端着课本,走出宿舍,进了教室。

正上着课,窗外面有头影晃动,接着出现在窗口。玉香打住,走下讲台去看外面的人。那人穿着黑亮的皮衣,方正的脸,三十出头的样子。这样的年龄在玉香看已经是老大的了。

玉香感到失礼,赶紧问来人什么事。

那人说他找儿子刘海程,也不是只来找刘海程,他要找班主任,找校长。他的孩子要到城里去上学。

玉香觉得心里一片冰凉,怎么会呢?太突然了。玉香心里说:原来他就是刘海程的爸爸呀。

刘海程爸爸来找刘海程,带孩子去大城市。玉香有些舍不得。刘海程学习成绩不差,她很喜欢这个孩子。可玉香心里又暗暗祝福刘海程,他小小年纪就能够去城里念书了。

刘海程爸爸对玉香说,他想让孩子去大地方念书,可他对刘海程去城里念书心里七上八下,只怕到了城里反而没有在家乡念书好。换个地方,谁知道呢?刘海程爸爸说着话,看着玉香,像是跟玉香商量。

玉香没说什么。刘海程爸爸去见校长。

像刘海程爸爸那样乌亮的轿车,路上跑得很多了,但这样的轿车来学校还是很稀奇,学生们围着看,老师们也围着看。一个老师说,这辈子如果能有这么一辆车,活一回真是值了。这天,玉香望着刘海程坐进爸爸的轿车,看到刘海程回头望了她一眼。玉香心里激动着,望着那辆油黑乌亮的车,朝着校门口猛冲,一个转弯,没有了踪影。

刘海程离开学校不到一个月,一天,突然又回到学校里来了。刘海程爸爸也来了,他见过校长,又来见玉香。他说这孩子到城里学校只是哭,他只好把孩子再送回来。他说孩子说这里的学校挺好,这里的李玉香老师挺好。

玉香听刘海程爸爸这样说,眼睛竟有些潮湿了。

刘海程这么快回来,玉香是没想到的。她高兴看到刘海程,又对刘海程没能留在城市里念书感到惋惜。玉香想,刘海程怎么就不知道城里的校园好呢?

刘海程回来,离期末考试还有一个月。玉香说落下的课不算太多,好补。刘海程爸爸来见玉香,玉香正给女儿往奶瓶子里倒冲好的奶。刘海程爸爸在一把椅子上坐着,他看着这里那里趔趄着走着的小女孩,他说孩子是……

刘海程爸爸只说了半截话。他看着玉香,等着她来回答。

玉香脸红了一下,她说是我女儿。

刘海程爸爸无声地笑着摇了摇头。他说怕给说错了,如果不是眼前小孩子,真不敢说玉香都有了这么大个女儿。

刘海程爸爸问玉香家在哪里?

玉香把奶壶递给女儿,跟女儿说了句什么,把刘海程爸爸的问话岔过去了。

刘海程爸爸好像也没在乎玉香家是哪里的,他看着玉香,说他得走了,刘海程这些天落下的功课得补补。

玉香说那是当然。刘海程是个懂事的孩子,学习很努力。

刘海程爸爸说真是给李老师添麻烦。他走近玉香的女儿,把一张湖蓝色的四人头装进小孩子的口袋里。

小孩子的口袋弧形的底,浅浅的,只是一个装饰。那张大票子又是嘎巴巴新,在那小口袋里一按,蹦到地下去了。玉香急着把钱拾起来塞回到刘海程爸爸的口袋里。给孩子一百元,真是不曾有过的事情。过春节,给孩子压岁钱也只是两块钱,最多五块钱,不曾见过有一百块钱。

刘海程爸爸说,这是给孩子的。说着把钱又装到女儿的口袋,钱又一次掉地上了。玉香弯腰拾起,外面进来一个老师。刘海程爸爸已经走到门外。玉香望见刘海程爸爸宽阔的脊背。

52 没人烟的野地方

北风吹了两天,雪终于一丝一丝地落下来。

玉香安宁了,好像会无限期在这里教书,跟女儿一直这样生活下去,一直到女儿长到十岁,二十岁。

玉香这年二十二岁,如果不是那年去了王新亮教书的大学,她现在或者还是个未嫁的姑娘。可玉香现在是一个有女儿的少妇了。说是少妇,她又是跟女儿两个人过日子。学校里的老师看玉香有很多猜疑,暗地里悄悄议论,说玉香怎么会没个男人呢?莫不是玉香心里还装着某个男人吧?

玉香心里,再也不想她跟王新亮两人的事情。在生女儿那两天,她太想王新亮了。哪怕他在她跟前站一站也能减少一点她的疼痛。可玉香看不到王新亮。在她生下女儿那一刻,她想她跟王新亮没有任何想要说的话了。

自从刘海程爸爸来学校见过玉香后就常来看儿子刘海程。每次来,也都到玉香宿舍坐一小会儿。

玉香对刘海程爸爸一开始是有看法的,刘海程爸爸在外面有好几个女人,这样的男人会好吗?

可玉香哄不过自己。刘海程爸爸看上去实在不像是一个坏男人,特别是他看一个人的时候,双眼是那样稳定沉着。他整个人也从不露出丝毫的轻浮。相反,他很尊严,有男子气。玉香在刘海程爸爸来的时候,留心打量他,看他宽宽的额头,宽宽的脊背,看他长长的有力的胳膊。她想:这样一个男人是一个烂情的男人吗?

一次,刘海程的爸爸说如果方便的话,请玉香吃顿饭。

玉香听了,慌忙拒绝。这是她没经历过的,去吃一个学生家长的饭,校长会怎么看?

北风吹了两天,雪终于一丝一丝地落下来。这两天,期末考试。期末考试一过,学校该放假了。

雪花不紧不慢飘了一天,地上厚厚一层。玉香想着自己在学校过年吗?学校放假,老师学生们都回家,校园空落落的。

考完试,还有几天评卷呢。

学校终是到了放假的那天。老师们一个个急着打包,他们兴冲冲地要回家过年。

玉香从村里的老婆婆家抱女儿回来,把宿舍门从里面锁住。她不想看他们一个个欢天喜地匆匆忙忙回家的样子。女儿也像懂得妈妈的意思,小猫一样,静静地窝在妈妈的怀里。母女俩看着炉子里的火苗儿,七高八低地往上翻腾。

外面有自行车的响声,有说话声,有摩托车发动起来的呜呜声。这呜呜的响声让玉香有了一点点的记忆。但记忆对玉香是那么遥远。

玉香跟女儿两人抱成一团,坐在离炉火不远的床上。她在想小时候过年。正月初一大清早,天黑乎乎的,一家人就起来了。妈妈悄悄对着玉香的耳朵说让她到外面摆好的瓜果盘里,偷一个,吃掉。妈妈说这样一年里不会生病了。天渐渐放亮,院里院外的红对联,这里那里红红的炮花,陷在雪里头。

玉香想着,泪不由落下来,女儿妈妈、妈妈地叫着,伸着一只手,抹她眼里的泪水。

玉香抱**紧女儿**。

外面再**也没有**响动。哪里的一只雀儿叫了一声,再也没有声息。

校园里能听见树条上落雪的扑扑声。

阴的天,**黑得比往日早**些。

玉香放开女儿,想活动一下腿,到外面拿些炭回来。宿舍门背后有好大一堆柴火,那是刘海程从家里一点一点带来的。

玉香想明天也去赶集,给女儿买衣服,也买对联。凡是她记得过年需要的东西,她得一一买回来。她不是还有女儿吗?女儿是要过年的呀。

突然传来敲门声。**在**这寂静的校园里,咚咚地敲门,鼓声一样,有些吓人。玉香的心怦怦怦直**跳**。她想到狐狸。小时候,常常听村里人说野地里有狐狸。学校平常多热闹啊,**眼下**,这里成一块没人烟的野地方。

玉香听到叫李老师的声音,是海程。

玉香冲到门边,**拉开门栓**,费力地一下把门打开。

玉香果然看到站**在门口**的刘海程。刘海程背后还站着一个人,是刘海程的爸爸。

玉香把要给刘海程**说的话**咽回去了,惊讶地看着他们父子俩。

刘海程看爸爸一眼,**说**,李老师跟我们一块儿过年吧。

玉香弯下腰,看着刘**海程**,说她明天就回家了。

刘海程说,不,爸爸说了,你一个人,没有家。

刘海程这句话说得玉**香连站**的力气都没有。看见刘海程在拿她的包,玉香心乱得很,喊他快放下。**刘海程**这回可不是个听话的孩子,他把孩子的奶壶装在包里了,把奶粉装在包里了,他在房里转着圈,找李老师的钥匙。

玉香上前抓住包,要从**海程手里**把包夺过来。

刘海程爸爸说就算为了**女儿你**也不能一个人在这里过年,在这里过年怎么行呢?

女儿看着妈妈争来扯去,"哇"的一声,哭起来。

玉香放开海程手里的包,**抱起女儿**。

玉香糊里糊涂被刘海程推进车里。车打了一声清脆的喇叭，出了校园。

53　什么也没发生

小时候，青蛙时时能看见。大清早，打开院门，一只青蛙在你眼前一跳一跳，蹦远了。……井边，也能看见青蛙。傍晚，在夜幕遮蔽下，它呱儿呱儿叫，那声色不急不缓，响亮而温和。

玉香从车上下来，头脑有点不清醒，她没想到会坐轿车来到灿亮一新的宾馆。玉香在二哥家待了一年多，路过各家宾馆，从来没想到自己有一天住进来。他们站在两扇高大的电梯门前。这时候，刘海程爸爸说让他抱孩子。玉香看着刘海程爸爸伸出来的胳膊，女儿被接过去。她看见女儿的小嘴咧了咧。电梯门呼啦一声大开，像张开着的老虎嘴巴。女儿没哭出来，她惊奇地看着。他们全踩着进去。在电梯启动上升的那一瞬间，玉香的心摇晃了一下，她觉得自己扶了一下刘海程的肩膀。

一眨眼，他们从电梯里走出来，走在红底银花的地毯上。玉香心里扑扑腾腾。她看到夹道两旁挂着的方形玻璃框，框里装着画，画面是各样好看瓷器。房间地上是米色地毯，外间是沙发，茶几，桌椅，里间是床，电视，衣服架。玉香里外看了，她说换简单的房间吧。

刘海程爸爸说就这样。

玉香听他这样一说，干咽了一下。可她住在这样的房间，心里不安，甚至有一种说不明白的忧愁。

刘海程爸爸说他跟刘海程住的跟这里一样。

玉香想说他跟刘海程应该回家过年，看了一眼那人，把话压下去。她后悔来到这里，心里哽住了似的。

玉香在房间转了一圈后，发现刘海程不见了，他爸爸说刘海程回家了。这让玉香多了一层紧张。她双手扭在一块,看一眼床上睡得正香的女儿。刘海程爸爸看了看玉香,说他要走了。

下午,玉香听到敲门声,门打开,进来一个年轻小伙,两手提着大包小包,说是刘先生让送过来的。

玉香傻眼了,她看着那个小伙子大步进到房里,把两手拖着的大包小包放在沙发上。

这天,刘海程爸爸没再来。玉香看着沙发上堆着大包小包的衣服,先是不敢动。后来,她将沙发上的包,一个一个打开。她看到一件褐色的大衣,一件乳白色的羊绒衣,还有纯毛的裤子,方格的裙子。看上面的标价,全是几百上千,这些不要说穿,在商店里看见,玉香也不会想到拥为己有。

玉香想象这些衣服,穿在身上的模样和感觉。望着包装袋,她想一定是那年轻小伙子送错房间了。要不,是刘海程爸爸买给别人的。

当天晚上,玉香做了一个梦,惊奇地梦到刘海程爸爸。玉香坐起来,觉得真是荒唐,怎么会呢?她不得不想想王新亮。她跟王新亮的感情难道不是爱情吗?她这是怎么了呢?她在惦记沙发上的这些衣服吗?玉香可没有要过奢华生活的想法。她心里倒含含糊糊想着一个什么。那个东西似有似无,遥远,却很光明。没上大学,让她憋屈。她以前想着是不是还有可能。现在看来,上大学对于玉香,实在是渺茫得很。

但这不能说玉香就此断了念想。玉香热爱教书。那是她生活的食粮。可是,玉香想她以后的岁月难道就只有这教书吗?她真就这样过一辈子吗?她为什么就不能够像二哥像王新亮像那些前途更远大的人一样,去对自己做更大的发现呢?她眼睁睁看着自己的好年华泼水似的一去不回,她想那遥远的某个地方,想她也要做个什么。

玉香听到敲门声。刘海程爸爸进来,手里提着一个包。玉香看是小孩子衣服。她刚要说话,看见刘海程爸爸回头看着沙发上的那一堆包。

他说怎么,不合适吗?

玉香说是不是送错了呢?

"怎么会呢?我叫人送来,怎么会错呢?"

"我不需要的。"

"怎么会不需要。过年会不需要?"

"我有衣服。真的有。"

"那就送这里的服务员吧。"

听刘海程爸爸这样说,玉香不作声。她看刘海程的爸爸,刘海程的爸爸不看她。

玉香站那儿,怀里抱着刚才他递过来的衣服,留也不是,递出去也不是。

女儿这里那里在房间里乱跑,手里拿着一支笔,是昨晚玉香用过放在床头柜上的。玉香看见刘海程爸爸手里有一只好大的青蛙,那青蛙一着地,呱呱叫着,满地跳。玉香的眼睛亮起来,好多年没看见青蛙了。小时候,青蛙时时能看见的。大清早,打开院门,一只青蛙在眼前一跳一跳,蹦远了。如果是在井边,也能看见青蛙。它在墙根下,在井口边。傍晚,在夜幕遮蔽下,它呱儿呱儿叫,那声色不急不缓,响亮而温和。但玉香常常为着它的丑模样,躲着不去看,也不要听这呱呱声。玉香长大了,青蛙似乎被忘却,偶尔听到哪里一声蛙叫,是久违的感觉,心底里有了一样欢喜。

女儿听到青蛙叫,奔着来了,猛地刹住脚。小女孩被地上怪物那呱呱的叫声吓坏了,扭头扑在玉香怀里,两只脚蹬着拼命要往玉香身上爬。

女儿眼珠水汪汪的黑葡萄似的,扎两条细细的辫子。她被哄着抱出去,房间的门重重地啪嗒关上。

玉香一个人在房间里静了静,她开始翻动沙发上的衣服,想象自己一件一件试穿。她试了大衣,试了毛衣,接着试裤子,试裙子。玉香盯着房间里椭圆的镜子,想象自己穿着这些漂亮衣服的美了。隔着油纸,她看见衣服套里的绿裙子。她想自己穿上裙子是不是比裤子好看?以前妈妈管束她。妈妈看着街上穿裙子的姑娘总是要笑。玉香在这里跟以往的生活是完全不同的两个世界,成人生活对于玉香还是夹生饭。她不自觉地被裹挟进来,在审视中过生活,或者还处在极度的惊恐当中。一连串的事情,像海里一波接着一波的浪潮,苦涩的海水朝她猛灌,她喘息不过来了,不知道明天或者后天又会给她带来什么。

在这里,玉香感到新鲜而又陌生。沙发上这些东西是可爱的。玉香看着沙发上堆着的一件一件。她试着打开包装袋的手,索索发抖。她收起双手,紧紧地攥着,倒退着一头扑在床上。她想她现在是一个不正经女人,她将双手插进头发,嘤嘤嘤哭起来。

玉香好几次下决心离开这里。她想还是回家跟爸爸住。她总还是活着啊,怎么可以不去看爸爸呢?可是,面对刘海程爸爸刘光跃,玉香说不出来。比起对刘光跃品质的猜测,就默默接受他的同情和怜悯吧。想起死去的妈妈,难道她还要将爸爸的性命也搭进去吗?她不知道哥哥回过家没有,不知道哥哥会不会对爸爸说这件事。啊,一个人要隐藏住一件事情是多么艰难。想到妈妈的死,又一次击中玉香,这一罪孽玉香不知道要背到什么时候。

门口有细细的说话声音,那是女儿。还有一个声音,一个男子的声音。玉香擦干脸上的泪水。敲门声响起来了,她打开门,微笑了,伸手抱过女儿。女儿张嘴打了个哈欠,要瞌睡。

玉香抱女儿到里间,拍打着,女儿睡着了。屋里静静的,玉香只当那人走了,从里间出来,却看他坐在沙发上。太阳照着他的后背,照着他侧过来看玉香的脸。玉香心慌得很,望一眼沙发上的衣服包,脸越发红了。她发觉那人站起来,听见门"嗑巴"一声关上,抬起头,却看那人从门口往回走。玉香的心跳到嗓子眼了。她的双脚粘在那儿,全身泥塑一般。她听见他耳语一般地说:要不要去商店换呢?

玉香说不出话来,她感觉到沉重的鼻息,身后暖烘烘的。玉香把眼睛闭上了,在惊恐中似乎有什么要发生。

可是什么也没有发生,隔着衣服,留下一身的温暖。

54　到底是怎样一个人

她"呀"的一声,全身像缠了千条万条的藤条,被捆绑得结结实实。她只把眼望过去,看着那人。她想伸一下手,想喊一声,让那个人来拉她一下。但是她所有想的都是白费劲,她的胳膊和手不由她使唤,只有痴呆呆地,看着那人。

夜里,玉香很晚才睡觉。她对住在这里,心里不踏实。小时候那点倔脾气好像一点也派不上用场。她害怕地想:她是受到钱的诱惑吗?这个人到底是一个什么样的人呢?她想起学校老师们的议论,难道她也要走到那一步?

玉香七想八想,拿笔随便在纸页上画。她用笔做了多少数学题啊,做了多少物理题啊,有什么用呢?她用笔记下来一点文字,才记了几行字,心情烦躁起来了。记什么好呢?想起自己的青春岁月,玉香轻轻叹了一口气。

九点多钟,望着熟睡的女儿,王新亮的影像来了。王新亮现在又是什么样的光景呢?

床头的电话响了。一个男子的声音从电话线那头传来,很近又很远。他问玉香这几天好不好。

电话原来这样方便。玉香记起为了一个电话走很远的路。这是玉香在这里第一次听电话。对着电话,她觉得自己不会说话了,好半天说不出话来。

房门被敲响。那敲门声警报一般。玉香打开门。他朝房里望望,说没事吧?电话里怎么不说话?

玉香看他不走进来,只是站着。玉香只有站着。

他看着玉香说:过来坐会儿?

玉香想说明天吧,可玉香没说出来。望着他,玉香把要说的话咽回到肚子里去。玉香看一眼睡得很好的女儿,跟他出来,关好门。

玉香看见他的房间跟她一样,米色地毯,里外间。

玉香到底是拘束的。她喜欢在这里的拘束,眼前是一个看着舒服的男人。她想起关于他的流言。那些流言对这个人已经不能造成任何伤害。她想到这个男人刚才在她房间门口,一脸的慌张,心动了。

"刚才在电话里怎么不说话?"

玉香当然不会说她对着电话说话感到困难。

"海程说你的课讲得很好,没想到你不爱说话。"

玉香想她还是很爱说话的,翠起嘴来,妈妈说她的嘴切菜片子似的,快得嚓嚓嚓。玉香想起妈妈,房间灯光昏黄的晕圈,在模糊中一点点放大。

"你……很早结了婚?"

……

"你喜欢教书?"

……

"你有兄妹没有?"

……玉香像是被什么魇住了,好多次要说出话来,就是说不出,嘴巴和四肢全不听大脑使唤。她觉得身子发虚,恍惚中不知道是在坐着,不知道自己究竟在哪里?又觉得自己身体在一点一点收紧,感到满身针扎一般,"呀"的一声,全身像缠了千条万条的藤条,被捆绑得结结实实。她想伸一下手,想喊一声,让那人拉她一下。但是她所有想的都是白费劲,胳膊和手不由使唤,只有痴呆呆地,看那人。

她听到那人喊她,慌乱地奔过来。她看着那人,心里想这就对了。她觉得胳膊先慢慢一点点有了活力,接着是腿。她的舌头也软和了一些。

那人揉她的胳膊,揉她的腿,问她怎么了?问她以前这样过吗?要不要看医生?

玉香摇了摇头。她说不知道怎么了突然感到身上发紧,发麻。她说以前从来没有过。

那人面容缓和下来了,问玉香现在是不是好一点?

玉香看窗,看门。窗口拉满着浅黄色的窗帘,窗帘上一片片树叶,在灯光照耀下,飘落。门是关着的,暗红色,发着幽幽的光。那光把她拉回到小时候,拉回到她家里煤油灯照着的一个个玻璃瓶子。那玻璃瓶上面,闪动着一星点两星点的光亮。玉香怕那暗中闪着的亮光,像鬼怪的眼睛。玉香不由拉住那人。那人先是一点反应也没有,很快,玉香感觉到她的手被紧紧握住了,她完全沉浸在浓香的气氛中了。那是甜腻,甜腻得玉香连连咽着唾液。玉香像是发着烧,她的皮肤火烧火燎。

直到开学,玉香在似梦非梦中。她好像从来没有这样过,跟嫁过的那个人没有,跟王新亮也没有。在玉香心里还是不能忘王新亮。可她爱上眼前这个人。这一点玉香也不能够说清楚。她想起第一次看见这个人的情景,这个人似乎专门在这个地方等着她。现在,他们相遇了。

在他们温暖的时候,他让玉香叫他的名字。玉香知道他的名字。他的名字成为地方的名片,没有人不认得他。大家谈到他,称赞的口气羡慕的神色。这人是刘海程的爸爸,他叫刘光跃。这是熟悉的两个字。光跃。可玉香望着这人温和的双眼,叫不出来。她整个儿被温暖着,与这个人在一起,她像一朵花,神奇地开放。她跟他的每一次都是惊奇的。这也让她欢喜。刘光跃常常不能自制地停下来,她看出来他对她的热爱。他说话的声音打着战,他的嘴唇吻向她,也是打着战。他说他叫光跃,刘光跃,叫啊。玉香只觉得自己在开放,愉悦沿着花叶细细的支脉,通遍到神经的最末梢。玉香全身变得通红了。玉香感觉到这又不同于上一次。玉香有这种感觉只是与这个人在一起才有了。与王新亮在一起,只是新奇,只是爱,也只有爱。涩涩的。那个时候,玉香以为那已经是很幸福了。她从来想知道的秘密就是那样的。玉香怎么会想到男人跟女人在一起会是这般奇妙的感觉呢?现在,玉香被一点点,一点点欣欣然推举到又一个顶峰。

55 一块痣生长在脸上

　　灶台上的灯，忽忽闪闪，映上窗口的剪花。那剪花在这灯光的夜色里，一团黑暗，正如刘光跃的心。

　　刘光跃三十多年来，真正幸福的感觉在玉香这里萌生。他有媳妇，还有其他女人。现在，遇到玉香。玉香让他惊乱不安。在这惊乱不安中，心里有了一样踏实。

　　与玉香在一块儿这些天，刘光跃给玉香讲他自己，讲他小时候。他从不曾给女人讲这些，觉得那些个不光彩。但他讲给玉香，像玉香是他一个知己。他讲小时候的那些事情像讲一个有趣的故事，连他都觉得自己是一个讲故事的好手。不知不觉，小时候那些淘气的事情在他的讲述下不断在他眼前跳跃，在他看来成了珍贵的记忆。刘光跃说他小时候野孩子一样。他有父母。可家里的孩子多呀，只管孩子吃喝，有时候，连吃喝也管不及时。他是家里老四，跳墙上树，偷拔队里的胡萝卜，偷掰地里的玉米，在野地里生火烤，吃得一嘴的油黑。这就是刘光跃。到娶媳妇年龄，没有人家敢把姑娘嫁给他。他的母亲天天愁着个脸求媒人，好不容易张罗到一个，人家一听是刘光跃，就没了二话。远近都知道刘光跃是一个有名的淘气王，姑娘跟了他还不如老老实实跟一个聋子跛子。刘光跃说他那时就到那个份上了。还有就是他们家穷。大哥二哥三哥娶媳妇，到处借钱借棉花借衣柜借自行车……像自行车裁缝机之类，都只是娶亲那天应个景，第二天便还人家。但借的钱和物，一时半会儿总是拿不出来。大哥借过，二哥借。二哥借过，三哥借。现在该是他结婚的年龄。村里人一看见他家人就躲。姑娘看对象，家庭富不富裕有没房屋，最要紧。他们家一没钱，二没房，谁家姑娘都不愿意到他家来受穷。刘光跃娶亲成了一大难事了。

一天,媒人给他又提了一门亲,山里人家,姑娘脸上长有一大块痣。但有一样,这个姑娘一不嫌他家穷,二不嫌他家没房屋,只要从山里嫁到山外,她就心满意足了。

刘光跃这样一说,玉香记得她见过这个女人。那是早自习,她带学生在教室外面朗诵课文,从校门口走进来一个女人。走近了看,她半张脸都是紫色的。那紫色又不是清浅的那种,而是沉着色,在太阳下,闪着暗光。

玉香当时愣怔怔看着。这样的痣玉香见过,长在一个人的胳膊上,痣上面有一小撮毛,像沙漠里生出一小丛的绿。但这样大一块痣生长在脸上,整个脸看上去成了唱戏里的花脸儿。那女人走近她,说她要找刘海程。学生一个个看见了,有几个在窃窃私语。玉香看见刘海程低着头跑过去,伸手从这个女人手里接过钥匙,又飞快地跑回到座位。刘海程的脸彤红了。那个女人也不再说什么,低着头,朝校门外走去了。

刘光跃舒出一口气,说他从来不知道哭,摘酸枣从半山腰跌下来,跌进刺窝,扎了一身的刺也只是咧咧嘴。他说他不只是骨头硬,皮肉也比一般人厚。结婚的那个晚上,他哭了,觉得老天是那样的不公道,他刘光跃难道就只能是这样命运吗?可这不是噩梦,新娶过来的媳妇,头戴红花,身穿红袄,脚上是红红的绣花鞋。刘光跃目光不往媳妇脸上看。媳妇脸上偌大一片痣,像刀深深划在刘光跃的心里了。灶台上的灯,忽忽闪闪,映上窗口的剪花。那剪花在这灯光的夜色里,一团黑暗,正如刘光跃的心。

刘光跃将灯一口吹灭。

新婚的日子,刘光跃借口在外面晃悠。他不愿意待在家里,不愿意看到媳妇。家被媳妇收拾得干净齐整,他总是能瞥见媳妇勤快地擦抹。但她再怎么擦抹也不能擦掉她脸上的那块痣,便也擦不掉刘光跃心底里的伤疤。他跟媳妇无话可说,在外晃荡到夜深,媳妇才能听到刘光跃踩着月光的脚步声。屋里的两扇门虚掩着,月光静静地泻在院子里。这样静的夜色,也不能给刘光跃轻松。他的心被压在磨扇下面,时时得长出一口气。刘光跃怕媳妇起来给他点灯。成家后,他对灯光敏感起来。摸着黑,屋里静静的,却不像外面静得柔软,有生气。屋里的静,呼吸声被压抑住了,似无生物的任何一个空旷地带。这种静，或者也能说其中有一种生硬，或者像一把弯得过硬的弓，时时会迸裂。但这静的夜，就这样流过了。媳妇的好脾气永远不会使这静的夜有炸响。刘光跃呢，他盼着天亮，好从这沉闷的屋子里逃出去。

56　穷真能要了命

　　突突突的小四轮，奔跑在田野里。家户或养鸡或养猪。……养鸡户在农田里盖起长长一排的鸡舍。养猪户办起了猪场。

　　刘光跃在儿子刘海程两岁那年，开始烧焦。那些年，家景好点的，都在炼焦。大路两边的庄稼地一块接着一块成了深坑。路上热闹起来了，黑烟挟持着火苗升腾。晚间，望着大路，放焰火一般。胆子大些个，找门路贷款。那年月，国家提倡贷款。据说有个小老板，票子一厚，他数不过来，总乱码。望着眼前那一厚沓票子，他的脑子像发酵的面团，胀起来。至于这人真像人们传说的那样不会数钱，还是见了厚厚一沓票子，心乱手抖？不管是哪种情况，这人有了不会数钱的名声。但这个人在当时成了少有的万元户，挤进少数有钱人的行列，当起了小老板。他有一个外号，大家叫他钱串。钱串穿一身雪白西装，艳红的领带，擦得光亮的墨镜，手上一双雪白的手套，脚上锃亮的皮鞋。他的媳妇甩手不要了，摇摇晃晃的吉普车里，坐着一位烫发的时髦姑娘。他是有钱人，大家对他改变了看法，不会数钱在他也不是丢人的事情。村民们对他暗暗称道，他在大家眼里神气起来。

　　焦化厂就像沟里的芦苇，一夜之间印出一大片来了。

　　刘光跃便是跟钱串一起成为万元户里的一个。他们在一个起跑线上。大家看刘光跃，也是一个神奇人物。他可不像别的人有家底，他没有钱，靠的是胆大机灵，脑筋活络。他小时候是孩子王，这本事派上用场了，周边常常能聚拢一些人。他们从心底里愿意听他的话，与他想到一处，干到一处。他口袋里不装钱，但大手大脚，各样的店铺都有他记的账。那些店主们不怕他赖账，看见他来，比对别个顾客更加欢喜，招待得更周到些。刘光跃就是这样一个人。他时时能扭转局面，即便是在困窘时候也能让自己活得如鱼得水。贫穷落后让他压根不求上进，或者远远不能与上进靠边。他被贫穷狠狠地闪了一下腰，心被戳痛了。穷真能要了命。他常常这样想。但经济搞活，像一个猛回头，刘光跃醒过神来。

承包地已经笼不住村人的心，人们似乎一夜之间一个个长了经济脑瓜儿。他们将种庄稼当成家庭副业，一门心思谋想比种庄稼更有利益的事情。运输成了村里人渴望的事业。家里的小伙子，是跑运输的本钱。男孩子长到十四五岁，如果不好好念书，家里人就说停学吧，学开车。念书在村里人的头脑里，不像以往是唯一的出路。村里人向钱看了。突突突的小四轮，奔跑在田野里。家户或养鸡或养猪。这些养鸡或者养猪的人家，他们可不是以往家里养一窝，他们养一群。养鸡户在农田里盖起长长一排的鸡舍。养猪户办起了猪场，村里人一个个忙起来。

刘光跃每天跑出去，他比别的人更要忙一些。他隐隐约约看到了富裕和希望。虽然这还不是很确定。有时候，他也暗暗捏一把汗。他是村里第一个在自家承包地里烧焦炭的人。刘光跃母亲哭得一把鼻涕一把眼泪。母亲说那是活命的本钱，在上面火烧火燎，一家人吃什么呢？挖掘机要进承包地，刘光跃母亲躺在挖掘机前。

村里人看这件事情也是胡闹。一钱不名的刘光跃，突然间要在承包地上搞炼焦。他们说刘光跃自从结婚，有点破罐子破摔，他脑子怕是有毛病了。大家看热闹一样，围着刘光跃一家，眼看着他们家的承包地，最后还是被挖成坑。

57 低矮的烟囱

　　山上山下大大小小的老板,隔些日子就能冒出几个来。路上的摩托车多起来。街上,衣服店开起来了。录音机洗衣机电视冰箱,先后进了百姓家。……车过去,扬起的不是灰尘,是掺了灰尘的煤沫儿。春冬的麦子,秋天的玉米,叶子的绿不像以往的明亮,叶子的根部灌满着黑泥浆,叶子上铺满着厚厚的灰尘。

事实是不到两年,路两边的庄稼地,争相被承包,十里八乡兴起一股炼土焦热潮。大炼小炼不同,粗炼细炼不同。早起步的刘光跃是土焦里头超前的。他的土焦场比开始时扩得更大些,土焦建的也更细致,焦炭产量多,质量好。后起的,有些家底儿的极力效仿。那时节,山上山下大大小小的老板,隔些日子就能冒出几个来。路上的摩托车多起来。街上,衣服店开起来了。录音机洗衣机电视冰箱,先后进了百姓家。上山拉炭再也不是驴车马车小平车。呜呜叫的嘎嘶车解放车东风车,那车轱辘跑得比风扇还要快。车过去,扬起的不是灰尘,是掺了灰尘的煤沫儿。春冬的麦子,秋天的玉米,叶子的绿不像以往的明亮,叶子的根部灌满着黑泥浆,叶子上铺满着厚厚的灰尘。一个个土焦厂,低矮的烟囱,黑烟直冒。那烟出了烟囱随风一溜儿东飘西散。焦厂的工人,像煤里头爬出来的,只剩下眼睛嘴巴,像电影里的鬼怪。他们一笑,嘴巴里露出来两行雪白的牙齿,黑猩猩模样,有那么点吓人。这些工人们,多是从外地过来打工。从这里到北山的天空,像雨布一般浑浊。夏天,暴雨过后的天空,洗过一般。工人们打开朝北的窗子,故作惊讶地哇哇大叫,说原来这后面还有大山啊。这样的玩笑话,是他们寂寞生活中的调味品。笑话传开来,成了大家茶余饭后的谈资。家家吃上白面馍,钱也不像以往紧巴。贰分钱伍分钱从人们生活中退出了。人们也不像以往拿玉米谷子换瓜果,换米,换豆腐。他们出手是钱。

但人们说空气比以往污浊了,天空像裹着一层厚厚的灰色布,连太阳也不能发出耀眼的光芒。晚上,夜空也不是透亮的蓝。月亮也没以往的清亮了。

学校期末考试,语文考卷上的作文题目是一个画面。画面上,一个小孩手里拿着一块毛巾,站在高入云霄的梯子上,朝着天空……孩子们开始写作文。一个孩子的题目这样写:《擦洗天空中的太阳》。玉香看另一个孩子的作文题目倒清淡,她写:《让天空变得蓝一些》。孩子们的作文题目各式各样,但都不离开环保。环保从一个新名词,被孩子们叫熟了。社会各行业将环保挂在嘴边,连农民也觉得环保是个大问题。玉香看了一眼外面,天阴着。玉香想就是天晴,也还是这样灰土尘尘。

正是大家赚钱入道,低空中烟尘弥漫雾气蒙罩的时候,焦化行业要求建高烟囱。刘光跃似乎早有准备,焦厂的高烟囱很快建起来。那高烟囱不管站得多远,不管站在哪个方位,都能看得见。那高烟囱越高看着越细,直插云端。人们看它,须仰头观望。刘光跃在焦化行业成了一个榜样。十里八乡炼土焦的家户,十家停歇了八九家。刘光跃的高烟囱吓倒了他们。他们说那高烟囱比鸟飞得都要高了。

钱串跟两家合伙建起了高烟囱。钱串对建高烟囱,忧心不定。但不建高烟囱焦厂就得关停。他跟人合伙建起了高烟囱没两年,照地方的话说还没等气喘匀,地方整治中小型企业,要求上机焦。

上机焦可不像建一个高烟囱,那得投入大量资金。在这一轮当中,建好高烟囱企业主,十家有八家焦厂关停。刘光跃一心一意转设备上机焦。他像经受着一次考验,对自己怀了更大的自信。他又将这次考验看作一场游戏,大大刺激了他好玩的心性,对经营厂子有了新看法,热切地等待着有更大的挑战。他的手脚更放开一些了。焦厂又一次扩大,盖起了办公大楼,聘请了总经理。刘光跃像模像样成了一个企业家。他信心十足在焦化这一行业,大干一番。

钱串的焦厂在这一轮中,关停了。再见到刘光跃,钱串脸上露出苦笑来,有那么点自惭形秽。他羡慕刘光跃,佩服起刘光跃来了。刘光跃打量他虽然还有一星点过去的影子,到底衰败占了上风。他们面面相对,说过几句话,想不起来再有什么可说,双方都有那么点尴尬,支吾着分手了。

穷困出身的刘光跃,突然间从小老板到大老板,从大老板成了一个企业家。刘光跃在村里人看来是一个敢想敢干的人,在一些干事人的眼里是有魄力的人。十里八乡都知道发家早的钱串儿给淘汰掉,刘光跃生存了下来,成了远近闻名的人物。

58　闪着蓝光的小东西

　　一朵鲜亮的花朵,叶儿翠绿,水里的生物一般,在灯光下闪闪发亮。一只蝴蝶飞过来,在花朵周边似近不近。

年后,刘光跃回到玉香住的宾馆。这里有他换洗的衣服,有他的包。他回来就掏出手机,不是放在床上,就是放在桌子上。

玉香看见手机是她跟刘光跃在一起的那个晚上。玉香跟着刘光跃来到房间,看到桌上有个东西一闪一闪发着蓝光。那蓝光晶亮,像眨动的眼睛,精灵一样。她特意看了两眼。学校老师们吵着说有手机了,不是大哥大,是手机,能握在手掌心那么个大小。

一个晚上,刘光跃带回一个盒子。他把盒子放在床上,去了洗手间。

玉香没动那盒子。尽管有了那个晚上,刘光跃的东西她是不随意碰的。

刘光跃感觉到了。这让他觉得惊奇。第一次见到玉香,他上上下下打量她。自生意兴盛,他走在大街上常常把目光停留在女人身上,不由得打量一番,特别是见到好看的女人。他也不知道这是个啥爱好。一开始他是细细打量玉香来着,像以往见到任何一个好看女人。再次见到玉香,他不像看别的女人目光毫无拘束。年前带玉香出来过年,天地良心,刘光跃没像对其他女人一样对玉香存非分之想。男女关系的事情,凭着发家的刘光跃,他不稀罕女人。他只是觉得这么一个年轻女人在这样空旷的校园里过年,太不合适了,而她是刘海程的老师。

凭着多年与女人的交道,刘光跃对他看得上的女人都能猜透几分。可他觉得玉香不好猜。刘光跃常回家看望母亲。他是兄弟姐妹当中最孝敬的一个。从母亲那里听到玉香这个名字,刘光跃不怎么在意。他没读多少书,对学校似乎不曾有过感情。一个年轻的教书女人,没什么可稀奇,直到他第一眼看见玉香。以后每听到李玉香老师,他眼前就闪动一下。

刘光跃对媳妇的感情是复杂的。他不想回家,但他照顾这个家。他对媳妇感情冷淡,可从不曾训斥。这倒不是刘光跃怜香惜玉,刘光跃或者压根想不到这个世界上还有这么一个词。但刘光跃这样做是他骨子里头对女人怀着一种忍让,也是刘光跃大大咧咧背后那一小点慈善。刘光跃有时也为媳妇惋惜。这个世界上,为什么偏偏她脸上要长出那么一块痣来呢?老天要惩罚她还是要惩罚他?

有了刘海程,刘光跃才一点一点看媳妇,但那目光像一只飞鸟从刘海程妈妈脸上一掠而过。为此,他常怀愧疚,心底里暗暗自责。

可是,刘光跃一脚跨出门槛,他是管不住自己的。他真中意过两三个女人。但跟她们缠绵过后,觉得无趣,这种事情就像一个人要吃饭睡觉一样,女人在刘光跃,就像海里的浪,一波打过来,淹没了一波。

遇到玉香,他觉得有点儿神奇。玉香都是当妈妈的女人了,还是一副女孩子模样,神情时常透露出几分惊喜,天真可爱。刘光跃喜欢看见玉香这个样子,总想逗她,让她说出更有意思的话,惹得他高兴得仰着脖子大笑。

刘光跃把盒子打开。手机颜色是红色银色两样搭配。看到玉香眼里那种说不上来的新奇和稚气,刘光跃不由心生爱护,将手机递给玉香,说喜欢吗?

玉香伸展着手掌,正看着呢,突然响起了铃声。那手机像烫手的山芋,一下子从玉香的手心里蹦到床上,弹起来跳了两跳。

刘光跃哈哈笑着,从床上拾起来那手机,说,有那么害怕吗?它又不咬人。

玉香接了,很快放到桌子上。她说她要手机有什么用呢?

刘光跃从口袋里掏出一个东西来,说是手机套袋。玉香看见,眼前一亮。那上面是一朵鲜亮的花朵,叶儿翠绿,水里的生物一般,上面飞着一只蝴蝶,在花朵周边似近不近,在灯光下闪闪发亮。

玉香伸手接过绣花套,细细端详上面的绣花。玉香说她把这个手机套留着吧。

刘光跃又哈哈笑,说不要手机,要一个手机套做什么!他将手机从桌子上拾起来,从玉香手里要过那个绣花袋子,装好递给玉香。

玉香痴呆呆地,眼睛望着套子上的花朵,手心里沉甸甸的。她的心比手心更沉重,咚咚在跳。这心跳不是激动更不是兴奋,而是一种无着无落,像是到了一个旷野,那里只有她。她无望地四顾,一片死寂。无助,而又不愿随波逐流,这两厢撕扯着她。

这些日子,玉香觉察到自己的生活,大大地发生了变化。她想这些天的前前后后,跟着刘光跃逛商店,她感受到羡慕的目光。这目光来自售货员,来自过往顾客。他们常常要回过头看她和刘光跃。在饭店,看到店里的服务生小心翼翼,玉香心里不过意。渐渐地,这样的不过意,从她心里消失。一件衣服几百上千元,似乎也没什么不妥。这些个无不满足着玉香小小的虚荣。刘光跃像一层光芒遮住玉香的眼睛。她喜欢刘光跃,喜欢刘光跃对她亲昵。她想这是爱情吗?玉香一个人思想了多少回爱情。谁又能够说得清楚什么是爱什么又不是爱呢?她跟王新亮藏了多少猫猫,当时她眼里只有王新亮。王新亮就是她的一面旗帜,是天下最受瞩目的人。这种感觉,玉香在刘光跃身上一点点找回来,是那样的如饥似渴。

现在,玉香该怎么办呢?

开学,玉香回到学校,有一点从云雾里跌入现实的感觉。是的,这些日子,她浮在空中,飘着一般。她朦胧中怀着更大的打算。这个打算并不跟刘光跃有关系,是她教书这些日子,不觉生出来的。有了年前年后跟着刘光跃的日子,这样的感觉似乎更强烈了,在玉香看有那么点非分之想。但玉香就是这样想法。那个愿望时远时近地影子一般跟随着玉香。

59 和美的一家人

　　望着那一对清亮的眼睛,他心里刺拉一下子,那一声他听见了,噌地一下……那是一种被撕裂的疼痛。

　　玉香爸爸听说玉香年前从二哥家里出走,惊急之下,病倒了。

　　二哥年后回来,看见爸爸又老了许多。他在家里没看见玉香,也不能跟爸解释。爸爸沉默不语,似在怪怨他。他心里内疚,暗暗怪怨王新亮。

　　听到玉香结婚的消息,望着忧愁苦闷的王新亮,赵小亭暗自欢喜。她不像刚来那会儿,跟王新亮叫骂。她开始打扮自己,和气地对孩子,对王新亮。这并不能拢住王新亮的心。王新亮太清楚赵小亭了。赵小亭温和的表面下,不知是怎样的冷面,怎样笑话他王新亮。

　　王新亮继续着他的冷战,对赵小亭的不离不弃,开始时是怀着一种摆脱不了纠缠的反感,后来成了一种厌恶。知道玉香结婚的消息,赵小亭安静了,似乎回到她新婚,多日来的纠缠谩骂,烟雾般消散。王新亮看在眼里,并不心动。他从不去赵小亭住的地方。赵小亭住的地方,是学校空着的一间房屋。赵小亭借王新亮名义,去校方讨得。校园里的老师们,她凡能搭得上话,都自我介绍一番,说她是王新亮的家属,他们有了儿子。

　　王新亮不在乎赵小亭怎么说。赵小亭抱着孩子到王新亮面前。王新亮不看孩子,盯着赵小亭,眼里流露出的不仅仅是气愤还有鄙视。王新亮常常会出其不意看见赵小亭。在校园的操场,在刚下课的教室外面,或者刚开完会跟着老师们一同从会议室出来。赵小亭望着王新亮微笑,抱着孩子朝王新亮奔来,扬起孩子一只手让他叫爸爸。王新亮脸沉下来,脚步慢着。赵小亭喜洋洋走到跟前,王新亮不说话甩手走开。本来是亲密和谐的一家人相逢,就这样生生被破坏掉。校园里的师生看着失落落的赵小亭,嘲笑或者同情。

赵小亭望着王新亮的背影,眼泪汪汪。嘲笑的人望着,便也同情赵小亭,纷纷议论王新亮。

王新亮越加远离赵小亭。为了躲避赵小亭,王新亮在办公室宿夜。又是一个新学年,王新亮想着玉香。那年,玉香正是这个时候给他打电话说她来看他。这里还是当年的电话机,王新亮心一下子变得柔软,起身回宿舍的想法打消了。他闷头躺在沙发上,糊里糊涂梦到玉香。玉香还是他看见的样子,款款地抱住他的胳膊。他悄悄对玉香说了一句什么,玉香羞怯地笑了。他摸到玉香温润的身体,又一次与玉香和好一处。这种欢喜像是魔住他一般,他希望梦不要醒来,一直这样做下去。等到他心满意足地睁开眼睛,看到赵小亭。

王新亮的脑子短路了。他傻了半天,突然连连抽了自己几个大嘴巴,呜呜哭了。赵小亭伸手要拉王新亮。王新亮一把拉住她,把她从办公室门里搡出去。

这么一来,王新亮与赵小亭休战了。

不长时间,赵小亭又怀上孩子。她兴奋地告诉王新亮,说做完B超,医生说是个女孩。

王新亮没出声。

赵小亭又一次针织小毛衣,幸福又回到身边。听到姐姐王新美说玉香生了孩子,赵小亭心花怒放。他们儿子上幼儿园了。赵小亭怀着孩子,每天接送孩子的成了王新亮。在外人看,王新亮赵小亭是和美的一家人了。

日子在赵小亭是过得飞快的。她果真生出一个女孩子来。王新亮去姐姐家,看见玉香,看见学步车里那个孩子,特别是看到孩子仰起的小脸,望着那一对清亮的眼睛,他心里刺拉一下子。那一声,他听见了,噌地一下,是一种被撕裂的疼痛。

王新亮回到家,呆呆看着赵小亭怀里抱着出生不久的女儿,头脑里是姐姐家地上跑的小女孩。他从赵小亭怀里抱过来孩子,细细地看。在见到那孩子前,听说玉香有了孩子。这个消息王新亮听了,只有心酸。王新亮心里多少还有点赌气。玉香的孩子跟他有什么相关呢?但他第一眼看那孩子,有一种异样。那女孩子怔怔望着他,那双眼睛,让王新亮心底里生出一种疼痛。他在记忆玉香出嫁的月份。他想这真有可能吗？

王新亮不能想下去，不能想玉香是怀着孩子，嫁人……然后离婚！

王新亮有一点喘不过气来。

赵小亭织着毛衣，听到王新亮长长地舒气，朝王新亮看过去，说你又怎么了？

王新亮翻了一下身，只管朝里睡了。王新亮不想吵架，吵架顶什么用呢？

春节过后，玉香二哥等不回来玉香，他去了一趟王新亮的学校。

玉香二哥没去王新亮家，他打手机。这年月，手机像春草萌动，到处开花。

王新亮照姐夫说的地方，三步两步赶来。

那里是学校一个小广场，广场周边有一个个名人雕像。李天成站在一座雕像旁边。

王新亮听到姐夫问他玉香在哪里。

王新亮现在是一个大学老师，有那么点大学教授的派头。王新亮仰起脖子似在看天，又似在望着远方。可他心里扑腾扑腾。他从姐夫的话锋里听出不妙，当听到玉香年前带着孩子不见了，他心里咯噔一下子，心像海面突然起了飙风，大大地哆嗦了一下，又像是心窝里装了千军万马。他不只为着玉香的失踪，重要的是这证实了一件事情。

王新亮用手抚向他的心脏，脚不由往后倒了一步。他抖索着，将两手插进口袋，又将手从口袋里拿出来。

他看到姐夫拿眼盯着他。

他知道姐夫的意思。王新亮心里暗暗赌咒，仰头寻着了挂在天边的太阳。

王新亮说他会去找。

姐夫又一次看了他半晌，说不用了。

望着姐夫远去的背，王新亮木在那里，一直那么望着。他将头仰起来，蔚蓝的天，不紧不慢地漂着云朵。他随手一挥，手指碰到雕像，尖锐的疼痛像一股旋风，让他头脑清醒许多，酸楚的泪在眼眶里浮动，慢慢积上来，打着转。

60　寻找

　　一个人呜咽,听着却像哪里吹起一支笛子。

　　王新亮在姐夫离开的当天晚上,坐车朝他曾教书的中学一路奔来。王新亮坐在车里,摇晃着,不时要长长出一口气,像是谁惹他生了很大的气。当车窗外面,一棵棵绿树在他眼前模糊的时候,眼泪从眼角溢出来。他双手捂脸,小声地咳嗽两声,将眼睛闭起来,心疼地想玉香来看他时的模样。她那会儿还是一个毛毛糙糙的姑娘。他想玉香的哭。老天爷啊,他想:这究竟是怎么了呢?

　　听到玉香要结婚,他的心死一般静寂。看着电视里的男男女女,他想他们想跟谁结婚就跟谁结婚,这样的事情到他王新亮这儿,偏就行不通!

　　王新亮摇晃在火车上,他不知道见到玉香开头一句话说什么。他忽然又害怕起来,虽然他不相信玉香会那么脆弱。

　　可玉香抱着孩子,又会到哪里去呢?

　　他跟姐夫在宾馆那天,姐夫的拳头真硬,一拳下去,他的眼睛青了,乌青乌青。王新亮嘴里的一颗牙都有一点点松动。王新亮在镜子跟前照了半晌,歪过身子,朝便池吐了一口,便池里出现了红红的血丝。王新亮重新在镜子跟前看自己,他端详半晌,甩开胳膊,只听啪啪啪。王新亮似乎不是在打自己,他又一次端详镜子里的那个人,那人模糊着,一点点往后退,直到看不见。

　　王新亮年前敲响姐姐家门,头脑里一片迷茫。他不清楚为什么要来,是他的腿把他带到姐姐家门前。他在姐姐家看见那个趔趔着跑动的小女孩,仔细瞧小女孩的模样,王新亮脑子像运行的机器轮子,一下子绊住了。他感觉到姐夫李天成的愤怒。李天成的愤怒唤回王新亮的思想,感染了王新亮的情绪。他走在李天成身后,怒火从心里冒出来,燃上头梢。他迎来姐夫一拳头,他心里的火苗被打下去一点。姐夫后来不知道还挥了多少次,他疯狂地挥舞拳头,像一瓢瓢冰冷的水,浇得他的脑子直打激灵。姐夫甩门而去。王新亮双手插进头发里,他想起跟赵小亭有了儿子,又有了一个女儿,倒在宾馆的床上一个人呜咽,听着像哪里吹起一支呜呜叫的笛子。

玉香竟然当天晚上抱着孩子离开姐姐家。王新亮伸手摸了摸手机,想给姐姐打电话。因为他跟玉香的事情,他几乎不给姐姐打电话。如果是姐夫接听,他不知道该说什么。姐姐知道这件事情以后,打电话过来,几次想问最后还是没问出口,或者也是害怕惊动了赵小亭。

王新亮把手机在手里握了握,把念着的号码吞下去。王新亮手机带上挂着一个绿色油亮的小鱼儿。他低头,一边摸,一边细细地看着。那鱼儿的肚子,好像在喘气,如果把它放在水里,它的嘴巴怕都要冒出白白的气泡来。

王新亮扭头看田野里的树枝条像往日一样繁茂。远处的青山,高高低低。火车里忽然暗下来,很快又变得光亮,那是火车钻了一个洞。玉香去他那里也是坐这辆火车。现在,他坐在车上,玉香在哪儿呢?

王新亮下了火车,踏上客车,一路朝着他原来教书的方向。他想打听到一点什么。

新建的校门,比以前宽阔,门面上下贴着光亮的瓷砖。原来那两扇红漆大门不见了,换成自动闸门。隔门相望,校园马路边还是两排白杨树。那杨树粗些了,树枝树叶儿越加繁茂。

门房走出来,认得王新亮,笑呵呵说原来是王老师,什么风把你给吹来了呢?

王新亮笑着朝他点点头。

门房说牛老师党老师今天都在。

王新亮一听,腿上有劲儿了,一边谢过门房,一边朝里走。

王新亮看见他住过的房间,看见了教学楼。他只顾往里走,见到牛老师、党老师。王新亮说有事到了这里,便过来看看他们。牛老师党老师也不问王新亮什么事,只顾热情地给他倒水,招呼着跟他说话。他们说王新亮现在是教授了。

王新亮摇摇头,问他们工作得怎么样?

牛老师说能怎么样,跟你王新亮在的时候还不一样?

他们齐声笑了。

正说着,门帘一撩,说谁来了,这么热闹。

屋里说话的几个人抬头看。这人不是别人,是范东东。

王新亮一怔。范东东也一下子在门口站住了。范东东反应过来,叫了一声王老师。

王新亮也反应过来,应了一声。

门帘落下,范东东在门口消失。

王新亮的情绪一落千丈。

牛老师忽然高声笑了,他说喝水喝水。牛老师说范东东毕业后分配来这儿了,住你原来住过的那间宿舍。

王新亮没接牛老师话茬。

屋里一时静下来。

范东东正处对象呢,他的婚事老定不下来。他心里惦记玉香,每见女朋友,拿玉香相比。那次在火车上遇见玉香,更让范东东魂牵梦绕。可玉香到底是一个结了婚的女人了,这让范东东痛苦不堪。他相的女孩子没有一个比得过玉香,吹了好多的女朋友。他住在原来王新亮住过的房间里,不知道这是巧合,还是范东东怀了对王新亮的报复或者更是对玉香深深的思念。如果不是王新亮,范东东想,他早娶玉香了,都是因为王新亮,他恨王新亮。刚才还叫他王老师,范东东心里骂着。范东东想王新亮这次来也是忆旧的吗?他站在房间里,欣喜地看到一屋里玉香的影子。可王新亮再也不会出现在这个房间里了。

王新亮默想范东东是不是知道玉香一些情况呢?他打听范东东是否成婚。

牛老师党老师齐声说没有。王新亮的脑子一下子清晰了,隐隐地担心起来。他问范东东是不是处着对象?

牛老师党老师对王新亮这么关心范东东的婚事,相互看了一眼。他们说范东东处了好多对象,问题是对不上象。

王新亮的脑子像阴晴不定的天空,晴亮了那么一会,现在又昏暗着了。

牛老师党老师两人说新亮好不容易回来一次,一起下馆子,他们请王新亮。王新亮推辞着,但已经被他们两人拽着来到街上一家饭馆。几杯酒下肚,牛老师党老师两人面热耳红。王新亮心里是清醒的,但那天似乎也放得开,看上去双眼蒙眬几欲要醉的模样。说到玉香,牛老师像是忽然想起来什么,一副回忆的样子,说有人在城里看见玉香从一辆乌黑光亮的轿车上走下来……听说是嫁给一个有钱人了……

王新亮没想到这么快就打听到玉香的消息。虽然这个消息对王新亮来说,并不是多么好的消息。但只要是玉香的消息,总都是好的。

王新亮告别牛老师党老师,出来打车直奔县城。王新亮还在计谋着范东东呢,原来有更大的危险。他连着两天在县城寻找。他不相信玉香嫁给一个老板的话。街上丰富起来了,酒吧舞厅洗浴城灯光艳丽,茶馆粥屋,大大小小的老板,一个个红光满面,腰身滚圆,在街上阔着方步。他们穿着深蓝的小方块半袖,或者桃色体恤,衣服闪着丝质的光亮。这些在王新亮似乎没有大触动。如果有触动,在王新亮眼里,这些人仅仅是有钱而已。听到有钱人说摆谱的话或者亲眼看见一个老板,戴着墨镜,手指头闪耀着金光闪闪的戒指,在炎炎烈日下高高撂起衣衫,在他的胳肢窝里乱搓,王新亮心里是可笑的,或多或少带着点轻视。但这些在他看,与他远远不相干。现在,想到玉香跟这样儿的人在一起,王新亮心里是惊奇的。他希望这是谣传。他想玉香遇到骗子了。

61 这个人来了

庄稼的长势也不喜人,不知道是不是被厂里烟囱冒出来的黑烟熏着了。村里人生气地说那麦子像火燎似的,那麦叶子长得像鬼毛。

王新亮找到玉香教书的学校。
那是个阴沉沉的下午,天冻得手从袖筒里抽不出来。

一个学生在玉香宿舍门外喊报告。刚下课,玉香正在给炉子里添炭。她说进来。

门帘打开,一个学生手把门框说:老师,外面有人找您。

玉香看见房门口有好几个娃娃头,他们身子涌动,一直往房间里涌。

玉香说知道了。

房间门口的小脑袋一个个不见了。玉香的心跳起来,她想一定是刘光跃。

学校开学,她不要刘光跃送她,更不要刘光跃开着他那乌亮的轿车到学校。她盼咐刘光跃,一定不要来学校看她。现在,学生报告说外面有人找他。玉香想不是不让他来学校找她吗?

她走出房门,一直走到校门口,没看见轿车。门外,一个穿大衣的男人在徘徊。那男人大衣领子竖起着,双手插在大衣兜里,那身段不像刘光跃。

校门口除了这个穿大衣的人,过来一个老汉,六十岁的样子,扛着锹,锹上带着湿泥,想来是刚浇完地。那老汉一边走,一边歪过头看一眼玉香,继续走他的路。现在,只有这样年岁大的人,带锄带锹到地里务农,村里的年轻人都去远远近近工厂里打工。那一亩三分地哪里够他们养家呢?庄稼的长势也不喜人,不知道是不是真被厂里烟囱冒出来的黑烟薰着了。村里人生气地说那麦子像火燎似的,麦叶长得像鬼毛。

玉香把目光再次转向穿黑呢大衣的男人。那人把领子掀开,玉香大惊失色,嘴巴张了张没喊出来。她怎么办呢?转身跑掉吗?赶这个人走吗?

一丝雪花飘下来。玉香看见这个人,迈着大步走进学校的大门。

这让玉香一下子回到几年前的那个冬天。玉香想就让她忘了这些吧。她暗暗呻吟。她想他是怎样找到这里的,他怎么会找到这里!

玉香一路小跑,才能撵上这个人。眼前这个人只管一个人走,走得飞快,从玉香揭开的门帘一直进去。看着玉香把门帘放下,他一把抱住玉香,冰的脸贴紧玉香冰着的脸腮。玉香听到他牙齿上下磕碰的声音,听到深深的沉重的喘息。

玉香木木地被他抱着,千言万语不知道开头了。她想着自己该不会咬这个人吧?玉香想了多少回再见他的场景,想象她会怎样捶打这个人,会不会对着他痛哭流涕。那时候,这样的想法在玉香是多么不现实,什么时候才能见到他呢?她还能见到他吗?

现在,这个人来了。

玉香觉得她脑子里一团乱,费力推开他,说你怎么找到这里来呢?

王新亮颓然站着,伸手又要抱玉香。玉香躲开了。他看到玉香眼里冒出的火光。王新亮悲苦而又忧愁地看着玉香,好半天,他问,孩子呢?

当王新亮又一次固执地问起孩子,玉香说照看孩子的人家抱去了。

玉香这样说火气更大些。随后,她"唉"的叹了一声,走到桌边拿起一个茶杯。

王新亮细细打量玉香,静静地看着玉香给他倒水。玉香现在都能说是美貌了。玉香的美貌,让王新亮的嗓子眼噎住一样。他把玉香递过来的水杯连同玉香一双手一块接过来,紧紧抱住。玉香跟他扯着。这时,门帘外面有了脚步声,玉香知道是女儿回来了。揭开门帘,果然是女儿被抱着进来。那抱孩子的婆婆看着玉香房里有人,说了几句女儿吃过了,吃的什么,吃了多少,从门里走出去。

王新亮看着屋地上站着的小女孩。

小女孩看他半天,忽然缩到玉香身边,踮起脚要妈妈抱。

玉香抱着孩子,扭身不看王新亮。

王新亮走近,把手伸着,小女孩黑亮的眼睛看着他,忽然将头背过去。

玉香抱着孩子,走到窗前,拾起桌上的一支笔似乎想记下什么。

王新亮问:孩子几岁?

玉香背对着王新亮,听见问话,手一抖,握着的笔"啪嗒"掉了下去。好半天,玉香抖索着没有说成话。

王新亮心里暗暗叫苦,提高嗓音说:"你怎么那么傻,你怀上孩子还要跟别人结婚?你这不是成心吗?"

这话大大地刺伤了玉香。王新亮哪里知道在他跟赵小亭和好的时候,玉香抱着孩子离开她嫁的那个村庄。她在砖厂干活,身心疲惫。那时候,她倒想给他打电话,渴望见到他。可他在哪儿呢?玉香一点点想与王新亮在学校的日

141

子,想他的消瘦和痛楚。王新亮是热爱她的,可他一样热爱他的孩子。玉香抱着怀里的孩子,体会到王新亮当时身心遭受的折磨。玉香火热的心一点点凉下来。一年多了,王新亮跟他媳妇一定和好了吧?玉香望着怀里嫩芽似的女儿,她想这样的折磨一个人受也就够了。她的路还是自己往前走吧。

现在,眼前这个人倒说出这样的话来。玉香望着他想说什么,却是无从说起,一只手紧紧按在心口,挣扎着将手摆了摆,眼泪掉下来了。

女儿看着玉香,哇地哭起来。

王新亮站起来,不知道该顾玉香还是顾哭着的孩子。女儿的哭声,让玉香激动的心安抚了。她拍打着,女儿睡着了。

王新亮看着这里的校舍。窗户这里那里漏着风,门底下的木板裂出一道缝来。天花板用报纸这里那里打着补丁。王新亮看着,眼里滚出泪花。让玉香伤心当然不是他的本意,他只是不知道话怎么说才好。他想事情怎么会这个样子呢?

王新亮弯腰看床上熟睡的女儿,那长长的眼睫毛让他的心开阔起来了,难道这真是他的女儿?王新亮在心里千万句的话,总算说出一句来,他说:

"你用不着那么急结婚……"

……

玉香的眼泪擦了又流,擦了又流……王新亮把玉香拉在怀里,额头对着额头,泪水流成一股。玉香想起妈妈的死,想起嫁给那人,暗无天日噩梦般的生活,颤抖着在王新亮胸前泣不成声。她想那年,在学校他的宿舍,她也是俯在这里,可感觉是多么的不同。那时候,她多么简单。现在,无边的痛苦层层包裹着她。

外面,天黑下来,风卷着扑打着门帘,发出啪啪的响声。当年在学校的情景又一次出现了。也是晚上,也是这样的天气。可现在的玉香是不一样了啊。

玉香擦干眼泪,看沉沉的窗外,说天晚了,你走吧。

刘海程喊了一声"报告",撂开门帘进来了。他给玉香带来一筐玉米瓤子,说奶奶让他送来的,这最好生火了。

玉香说倒门后头,她一边说,一边帮刘海程。倒完,刘海程拎着空筐,站在那里看王新亮。

玉香问,海程,吃饭了吗?

刘海程回过神来了,答了一声,撩开门帘,一脚跳到雪地里了。

62　窸窸窣窣走远了

　　带着雾水的太阳,从东方升起。操场周边的土矮墙,这里那里豁着口儿,像兔子嘴唇。

刘海程出去了,王新亮又要抱玉香。

玉香退后,说天晚了。

王新亮硬是抱住玉香,他呻吟着说:可该怎么办啊。

玉香一把推开王新亮,说求求你,不要来了……他对我很好。

王新亮愣住了。

玉香不看王新亮,伸手到叠得齐整的被子底下摸出手机来,扔给王新亮,接着说了一番话。玉香话说得急,像是害怕有人拦她。她要把话说完,一下子全说完。

王新亮看那绣花小袋。暗淡的灯光,遮挡不了那银色绣花的亮丽。

王新亮想起牛老师说玉香嫁给一个有钱人的话。他怔怔看玉香,完全像失脚掉进冰窟窿,全身冰凉。

玉香坚定地望着王新亮。她坚定的目光,重复着刚才她对他说的每一个字。玉香坚定目光的背后,是过去了的一个又一个艰难的日子。在玉香最需要这个人的时候,她多想见他呀。现在,这个人就站在眼前,玉香坚定地望着他,她说她不能不跟那个人好,她要那个人的太多。

"不。你不会那样的。"

"我会。"

"你真要跟他好?他是有家的男人……你相信他?"

玉香看着王新亮,突然轻轻笑了。那笑声听起来有点假。她说就算是我遇到骗子,那又能怎么样呢?不是骗子,结果又怎么样呢?

王新亮一呆,盯着玉香,重重地坐在椅子上。他说:

"我会娶你的。玉香。我真的会……"

"不!不要提结婚。我不会结什么婚!你走吧!"

"玉香……"

"我会好好生活的。你走吧。"

现在,王新亮眼里的玉香可不是小孩子玉香了。站在房间里的玉香,在暗的灯光下,脸色僵硬,雕塑一般。

王新亮两手垂着,走到门口,站住,回头看玉香。

玉香不动,能听到炉里的火苗忽闪的声音。

王新亮从门里走出来,站在台阶上。天完全黑了。外面真静啊,湿湿的冷。借着从窗户口透出的模糊光亮,那雪银针一样,细细的,纷纷下落。模糊的灯光,映出来落在雪白的地面,似乎尽力要给寂寥的校园加一丝温暖。王新亮最后看一眼窗口,鼻子一阵酸疼,猛然回头,扎进了细雪中。

门外的脚步声,窸窸窣窣走远了。玉香扑出门,门口静静的,只有雪悄然落着。

玉香身子瘫软着,拖着僵硬的步子,回屋插上门,坐到睡着的女儿身旁,朝女儿深深地弯下身子,头贴在床上,默默地流泪。

再见王新亮,玉香说不出的伤心难过。王新亮比她在学校那些日子更有男人味了。王新亮以前是毕业了的大学生,现在是一个大学里的教授。教授这个词在玉香心里是神圣的。王新亮如果坚持的话,她不知道会不会改变主意。玉香累了,她多想在他肩头靠靠啊。他曾经那么爱她,为她扛铺盖送她到学校宿舍。学校里停电,他在课桌上为她放一只蜡。他看着她,眼睛常常会红起来。可是,他真会跟她走在一起吗?

想到刘光跃,她觉得自己在向一个虚空的地方滑。在玉香的心里,刘光跃穿得再是名牌,也穿不出一个王新亮。玉香十八九岁,青春萌动。为着王新亮喜欢她，她一点一点喜欢王新亮。王新亮对她的热爱，打动了她。她还没踏进社会，不懂人生，将男女感情想得简单透亮。尽管疑虑，她却管束不了自己。为着她的倔强，她饱尝苦头。现在，王新亮在玉香的心里就像二嫂买给她的那条围巾，依然完好，但完全过了时。现在，满大街找不见厚重的呢子围巾，已经全是薄薄的闪着光的丝巾了。感情与现实之间的距离，像梦里的奔跑，她拼尽全力，却疲劳无功。她跟王新亮回不去了。刘光跃就像是她多少年来一定得遇上的一个人。但玉香没想那么多，结婚在玉香看来无限渺茫。

玉香的手机嘟嘟着响起来。手机除了刘光跃，没有人打过来。

玉香拾起，摁了。

很快，又有了铃声，像拉起的警报，哪里着火一般。

玉香按了接听，果然传来刘光跃声音。他说怎么不听手机呢？睡了吗？

玉香心乱如麻。她听到手机里头说他在外面再有两天办完事情就回来了。玉香嗯啊着。手机里边说："想我吗？"玉香把手机挂了。

手机再响起来，玉香由着它。手机接连响了两次，安静了下来。

早操。带着雾水的太阳，从东方升起。操场周边的土矮墙，这里那里豁着口儿，像兔子嘴唇。

玉香没心思跟孩子们跑操，头脑里是昨天王新亮的神情话语。

他一定是回去了。玉香这样想，迷茫地抬头，望远处灰蒙蒙的大山。

63　火烧了眉毛胡子

太阳透过窗，照着墙头妈妈的照片。

玉香为王新亮找到她慌乱未定，二哥来了。望着二哥眼里的气愤，玉香垂下双眼。

玉香坐进二哥叫来的出租车，说有什么就在这里说。

二哥让出租司机开车。车轮的风声带着玉香和二哥一路朝着家的方向。

离远望见家门,玉香泪眼婆娑,鼻子稀里哗啦地响。

车停在家门口。二哥给司机付钱。玉香从车上下来,被二哥抓犯人一样拖进门。

玉香看见炕上躺着的爸爸,鞋也不脱上了炕,哭着叫:"爸。"

二哥生气地看着玉香:"现在才知道哭!这些日子你上哪了?怎么就不知道回家?"

"我就是不回家怎么啦?我就是不回家。"玉香偎在爸爸身边,听到二哥这样说,直起腰来。

"你还嘴硬,要不是爸爸病着,看我揍你。"

"你打啊,你打死我,你打呀。"

大嫂说玉香,你少说两句,看你把一家人急得!你二哥这几天疯了似的。

玉香恨恨看着二哥,大嫂的话把她的气消了大半了。

大嫂问孩子。玉香说孩子很好。

玉香问大嫂爸病得重不重。

大嫂说爸哪里是病,想你想的。大哥将爸爸扶着坐起来。玉香望着,爸爸瘦了,完全成了另外一个人。她拉着爸爸的手,眼里的泪细线一样掉下来。

爸爸说:"回来就好。什么都不要说。"

爸爸说:"孩子呢?"

玉香抚摸爸爸的手,仰起脸来,她说她在一家学校里教书了,挺好的,孩子也挺好的。

玉香看着爸爸点头,看见爸爸眼里好大两滴眼泪,滑下来。太阳透过窗,照着墙头妈妈的照片。玉香俯在爸爸怀里哭了,她听见二哥也哭了。

二哥送玉香到她教书的学校。

一路,玉香不跟二哥说话。她看二哥不像接她时候那样气咻咻了。但她不想先跟他说话。

出租车就要到学校门口了。玉香坐在车里不得不开口。她说二哥下了车到学校坐会儿吧。

二哥说他得赶车回家。

玉香心里一凉。

车停在学校门口。玉香下车,看见二哥给司机付钱,看见二哥给她做鬼脸。玉香笑了,心轻松起来了,拉住二哥的胳膊,听见树上的鸟儿吱吱叫唤。

二哥说不是生他的气吗?

玉香说当然生气了。二哥是上过大学的人呢,生起气来,火烧了眉毛胡子。

玉香的话逗笑了二哥。二哥说闺女呢?让他看看闺女。

闺女。玉香好些日子没听见这样叫了。

玉香转身拉着二哥到校外,带二哥到看孩子人家,把女儿接回来。

玉香的女儿有点认生。二哥抱着,说多沉啊,长了多少肉啊。

女儿嘴巴一张哭起来了。

二哥说小没良心,才多少日子就不认得我了。

玉香抱着,哄了哄。女儿不哭了,瞪着眼睛看二哥。

二哥用手点着闺女的小鼻子,说你想起来了吗?我叫了你多少声闺女,你忘了我吗?

闺女认真起来了,她小胳膊张开来了,要二舅抱她了。

玉香和二哥都高兴地笑了。二哥抱着闺女亲了又亲。

64 高兴得像个孩子

　　花园里的花儿,粉红,桃红,都开起来。这是个充满生机的季节。大自然给了各色以生命,不管贵贱,全尽情绽放了。

　　兄妹俩抱着闺女回到学校。二哥问玉香的打算。玉香不说话。玉香不能说她好了一个有老婆的男人。这样说,二哥真是要打她。

二哥说你还年轻,千万不要耽搁了。对了,你二嫂想让我带闺女回去,让她看看。你二嫂天天念叨闺女。

玉香听了,有些犹豫。她想到二嫂,便又想起那个人。可望着二哥的眼睛,她心疼二哥,糊里糊涂点了头。

二哥高兴得像个孩子。他让玉香快收拾闺女衣服,还有奶瓶奶粉什么的。

玉香收拾着女儿衣服,又一次犹豫了。她说二嫂有这个工夫吗?

二哥认真看着玉香说,你是不是不舍得?舍不得就不抱了。

玉香不说话,低头收拾孩子的东西。

二哥抱着孩子,说趁天早,还是早点儿赶路。

玉香送二哥出来,也是送女儿。女儿这么小,从没离开过妈妈。她会哭吗?玉香又一次为答应二哥抱走女儿后悔了。可现在,玉香能说反悔的话吗?玉香看看二哥,想起妈妈在世念叨着二哥的来信。啊,玉香能舍得让二哥伤心吗?

玉香送二哥一直到车站,火车载着二哥和她的女儿,远远把她甩在后面。女儿玩着手里一个东西,她不懂得要跟妈妈分别。玉香恋恋不舍地跟着火车走着,跑着,望着火车越来越小,终于从她视线里消失了。

回到学校,天完全黑下来。如果是以往,现在屋里应该有女儿咿呀呀的说话声,或者这时候,女儿已经睡着了。现在,女儿在哪儿呢?

玉香心里空落落地。

学校开饭时间过了,玉香不觉得饿,一头倒在床上,把孩子的小被褥抱在怀里,眼泪顺眼角滑下来,静静流淌。

桐花先是有了花骨朵儿,很快,桐花开成一个个喇叭,有淡淡的香气散出,满校园都是桐花香味。杨树上鲜嫩的绿叶,绿得喜人。那嫩叶儿,见风伸展,像小孩子手巴掌。校园里到处是绿色,花园里的花儿,粉红,桃红,都开起来。这是个充满生机的季节。大自然给予各色以生命,不管贵贱,全尽情绽放了。

玉香除了教书,就是想女儿,有时候也想想王新亮。这个人在玉香看来已经很遥远,像天边的一颗星光。玉香想刘光跃。她不要刘光跃来学校,刘光跃就不来。他给玉香打手机。刘光跃给玉香手机的事,玉香没告诉二哥,只告诉王新亮。她想:王新亮会把她当作一个什么样的人呢?可玉香管不了很多了,王新亮想怎么想就怎么想吧。

玉香很少跟刘光跃出去,她拿课忙或者学校要考试推托刘光跃。刘光跃似乎也真忙,常常有好一阵子不见面。刘光跃经常外出。这给玉香新奇的感觉。每次听手机,知道刘光跃到一个什么地方,她的心就放飞一次。玉香对外面的世界有点着迷。是因为妈妈从小督促她上大学?是因为她去看王新亮?是因为在二哥家生活过?或者有更神秘的原因?火车咔嗒咔嗒的响声诱惑着玉香,出现在睡梦里,就是白天,她时有幻听。夜深人静,她起床倚着书桌,望窗户外边的天空。清亮的星星,一颗又一颗,有的四五个密密挤在一起,有的离远着,看着有些落寞。玉香想天上也像人间,有如此许多的烦恼吗?那清浅的月亮,原是比星星散发出更多更亮的光芒,看它尖尖俏俏的样子,也似乎带着那么一点冷淡。玉香望着,她心里那点想头便像这浩瀚的天空,不着边际。

一天,刘光跃在手机里说他刚开完会,厂里准备送一批工人出去学习。玉香听了,心里一扑闪。每年高考,学校老师们都要热议好一阵。大学开始扩招,大学生一年年多起来,大学生不像以往吃香。玉香似乎也没在乎是不是大学生。她不是当年的高中生了。这件事对于她,不靠谱。可是,她听到这样的消息,心里激动着,头脑里七想八想。正是这不靠谱的想法,让玉香有些着魔。她心里发着热,带着那么点疯狂。晚上,安静的夜,窗外的天空,那月亮变得丰满起来了,显出点金黄,似有温暖从空中降上来。玉香呆呆地望着,似乎要向这又圆又大的月亮讨到一个好主意。

刘光跃送工人去大学学习。她感到太意外了,梦也梦不着的事情。这消息在玉香心里像一颗种子,悄然生长。她双手挽在一起,心里藏不住的喜悦。她心思活动,想着在这个学校里教书什么时候是个头呢?看着麦绿麦黄,树叶儿变绿变枯,她无声地在心里头感叹,又一年即将过去。她常常不由得大哭一场,为着未知的前景。她不知道自己真正的生活是个什么样子。玉香从镜子里看自己年轻的脸。是的,她这样年轻,应该有更广阔的道路。她转悠到学校操场,望着学校背后的大山。十年前,她在这里是初中生,在这里拥有过安宁快乐。十年后,这里母亲般接纳了她。现在,她怀着十年前从这里飞出去的迫切心情。她望着这里的大山,绿树,望着这宽阔的学校大门,完完全全是另一样想法。

65 文明人

握着话筒的手直打哆嗦，额头上的汗冒出来。那只不握话筒的手，手指头做着无望的挣扎，像是他的每一句话都是从他那五个挣扎着的手指头出来的。

新建焦炉要投产，相关单位走马灯一样，报社电视台添了不少热闹。刘光跃忙于应酬。年轻女记者鲜亮的长裙，花蝴蝶一样围着刘光跃。

刘光跃热衷媒体。面对记者，面对记者手里握着的笔，面对从事文字工作的这些年轻人，他心怀敬慕。那种心情，跟小时候敬慕学习好的同学不差多少。他羡慕学习好的同学，羡慕背书背得快的同学。期中期末考试，班里的优等生盼着发放考卷，看见老师夹着考卷走进教室，他们活泼雀跃。这是刘光跃最难过的时候。望着优生卷面上鲜红的一百分，九十分，像是那高分全为着他们预备好的。刘光跃既不会背书，又是低分学生。这狠狠地打击了他学习的积极性。他逃学了，跟几个同学溜出校门到野外灌黄鼠狼或者掏鸟窝。而眼前这些手握笔头的记者们，当然是从书背得好，又能考得高分的队伍里走出来，是社会上的佼佼者。

刘光跃刚刚走上发家致富的道路。面对年轻的记者，面对摄像头，那么大一个高个子，像个听话的小学生，听任摆布。刘光跃手足无措，握着话筒的手直打哆嗦，额头上的汗冒出来。那只不握话筒的手，手指头做着无望的挣扎，像是他的每一句话都是从他那五个挣扎着的手指头出来的。

一开始在报纸上看见自己的头像，他觉得自己还真是个人物，捧着报纸看半天，报纸上的他连他自己也觉得陌生。但很快，刘光跃对于追他的小记者们，常常要躲。他实在抽不出时间招待这些看起来风光的文明人。一听说要来采访，他头疼。对于女记者晃动的裙子，他也不像开始接触那样打动心。但这并不表示他对文化淡漠。他的办公室排着一溜红木书柜。书柜里除了跟这个那个领导的合影,这样那样的金质奖证,还有就是各样的图书。书门类齐全,自然人文科学各样儿都有。他还将字典一样厚的几本书摆放在办公桌的案头,看上去时时预备着要翻一翻。他的办公室有一个二十出头女秘书。女秘书文静的样子,细细的身材,清秀亮丽,白白的圆脸上,一笑两腮上一边一个小酒窝。那酒窝豆粒般,让姑娘的脸生动起来。小秘书说话声音小小的,猫咪一样,一说就笑了,看着你。小秘书将办公室收拾得一尘不染。办公桌上的书,总像刚刚翻看过。

刘光跃从一个小老板,一点一点做大一个企业,成了企业家。找他的人多起来,各阶层都有。知道刘光跃底细的,看见刘光跃办公室的书柜,说你刘光跃也看书?

刘光跃笑嘻嘻,拍拍桌上的书,说书上又没写着不让刘光跃看,我怎么就不能看书呢?

刘光跃的焦厂,生意红火。厂里接的订单,都是大客户,各家争相几百万下订单。焦炭排着队往出运。每天,焦场都给拉运一空。钱来得真是太快了,快得让刘光跃不敢相信,觉得玩魔术一般。真是该来的都要来,一切不容阻挡。刘光跃钱赚得多了,吃喝之外,处女人之外,除了他的厂子似乎再也想不出来有意义的事情。

每年两会召开,他与一伙的委员们踏上礼堂的台阶。刘光跃是县里的政协委员。礼堂是七八十年代的老礼堂,只是拆了旧时的门楼围墙,临街换上漂亮刷漆的栏杆。礼堂里头的座位换成软座,上面裹了干净的蓝色座套。

刘光跃记得老礼堂里头的座椅是木的,他那会儿十岁出头,与村里几个伙伴来到县城,他也不记得是怎么来到县城的,或者是坐胶皮大车,一路听着得得呱呱的马蹄声。那时节,骡马车到县里送粮,小孩子先是钻在车底下,大车走起来,便攀着车尾。这些在刘光跃是拿手戏。刘光跃记得礼堂,是他跟一伙孩子来到礼堂门前,看见旁侧有一个厕所,光瓷瓷的泥土地上,窄窄一绺砖铺,一直延伸到厕所里。那砖铺的地不像现在平铺,那砖脊一个个挨着,八字儿排列得精密好看。那是一样细致。小伙伴们上完厕所,看见礼堂的窗玻璃破了一个洞,他们爬上窗,从那破洞往里头看,他们想将那玻璃洞砸得大些,好钻进礼堂玩个痛快,却被远远过来一个戴红袖章的男子咋呼一声,像惊着的鸟儿一般,飞跑了。

  现在,礼堂旁侧的厕所不见了,那八字砖地不见了,栏杆里头是平光光的水泥地面。刘光跃成了一个有身份的人,穿着挺括的西装,打着红条或者蓝条的领带,真有那么点像模像样。他常常站在洗脸镜前看自己。两会期间,望着镜子里的自己,他看半天哑然失笑。他不知道这是不是自嘲。是的,这里有多少人知道他的幼年?可是,名头就是这样随风而至。两会期间,精光油亮的长条桌子,上面摆着鲜花,周围坐满着人,他们面前放着文件纸笔。刘光跃坐在其中。他在听一个个发言,他自己也发言。大家谈论社会方方面面,比如教育卫生环境治理,还有就是企业。这些人来自各行业,谈论的大多是他们的本行。刘光跃发言并不顺畅,在厂里跟工人说话,跟厂里聘请来的大学生说话,跟厂里各部门负责人说话,面对记者也能谈几句。坐在这里,他们是医生、科学教师之类行业的带头人,懂专业有知识有文化。他们的发言头头是道,振振有词。他坐在这些人中间,觉得脸红心跳。面对这些人,他又能说些什么呢?做天大的坏事他都不曾这样紧张过。这里整个儿让刘光跃感到像头上戴了紧箍咒。可是,刘光跃学得很快。他不懂文化或者别的专业,说自己厂子里遇到的困难和问题,说同行们在一起讨论的问题。渐渐地他习惯了这里,感觉不错。

  大厅里站着许多人。男人们一个个笔挺的服装,刘光跃从他们身上看到一点自己。这让他有那么一点自信。他跟其他几个老板一块儿谈生意上的事情,见见平时难见到的大小官员。他从这里头尝到小小的甜头,办什么事情可以坐在办公室打一个电话,这给他愉快的感觉,对着电话,哈哈大笑。他走到街头,也常常能遇到与他打哈哈的人,与一些像模像样的人一块儿吃饭,到歌厅去。这些在以往看来神秘的人,现如今在刘光跃看跟平常人完全没什么两样。他们一样咳嗽流鼻涕放屁上厕所,一样会说某些话,一样会遇到尴尬,会为做了什么觉得难堪。他们一样看漂亮的女人。刘光跃暗地里直乐。刘光跃喜欢看女人,他感觉到街上的女人也在看他。比起他对某个漂亮女人的喜欢,这更让他满足。刘光跃看漂亮女人,是转着身滴溜溜地看。这些人不是,他们在看一个女人，表情严肃，但刘光跃从这个男人的眼角，能看到男人心底里欲望的火苗。他暗地里可笑男人都是一样的。

刘光跃跟朋友们一块儿交好，出手大方。大家一块儿相处，称哥们弟兄。哥们七八个到一家衣服店，人人有份，皮包皮带，挑最好的。这是友谊更是交情。男人们在一块，缺不了这个。当然，这些背后，免不了相互帮忙。这些朋友是银行里的税务局的管环保的，刘光跃跟他们相互拍着肩，称兄道弟。刘光跃平日里忙，两会期间，每天都能看见他。平时难办的事情，在这几天变得好办起来。会后的讨论成了刘光跃的企盼。刘光跃变得喜欢发言，他觉得有话可说，不是有话可说，是要说的话太多了，而他挑最要紧的。有时，他还真能说到点子上，他说的话写进大会宣讲的材料里，政府付以实施。他觉得这个有意思极了，有一吐为快的感觉。刘光跃觉得自己在转变，跟以前的自己完全两个模样。他对生活有了新的看法和兴趣。生活在他变得有意义起来了，更重要的是他觉得自己成了一个文明人。

66　搭起的戏台

她看着来人，有几分防范。靠近她坐着的是她的姊妹，是她的女儿，是她的侄女们。她们问她，她答一句，微微笑。她扭头看屋里挤挤攘攘的人群，看门口晃动的人群，她的目光是痴呆的，或者是麻木的，或者是含着一小点怨气，似乎被院里院外热闹的这帮人算计了。

刘光跃发迹以来，亲戚朋友来找他。他们家的亲戚多起来了。近亲远亲都要问到刘光跃，亲戚的亲戚找上门来，为着家里嫁娶，来问他要钱。这似乎成了惯例，就算家里经济不是很紧张，也要趁此从刘光跃这里捞上一把。而这样的小事，刘光跃来者不拒。娶亲是好事。刘光跃高兴做这样的好事。有一个亲戚说他要办一个小厂子，计划说给他听，说发展起来前途有望。刘光跃煞有介事攀问一番,似乎也问不出个什么,最后也糊里糊涂帮一把。

　　这些人全挑一个日子来,这一天刘光跃给妈妈过寿。刘光跃妈妈这些年因为有个有钱的儿子,绸衣裳穿起来,吃用也不需节俭。虽然她还像以往麦收时候要从地头捡几穗麦子,要把吃剩的饭菜留到下顿。但这些远远不是需要,而仅只是出于一种习惯。刘光跃为妈妈买手镯戒指,妈妈只戴戒指,其他全包在包袱里。这也是出于老年人的习惯,善于将贵重物件藏起来。至于藏起来做什么,或者妈妈也说不出。到过寿这一天,刘光跃问妈,给你的珍珠项链呢?你的翡翠镯子呢?妈妈打开柜子,在包袱里摸索半天,给刘光跃看。

　　刘光跃说这些不好吗?

　　妈妈说,好,怎么不好!

　　刘光跃说,那戴上吧。

　　妈妈就又藏回她的包袱了。

　　刘光跃妈妈过寿这天,偌大的院子,人挤人。刘光跃的朋友,刘光跃朋友的朋友,他们都来了。这些大多是生意场上的人。他们或者仅仅是为了便宜买刘光跃厂里的煤泥。银行储蓄的人也来了,刘光跃是某行或者某个储蓄所的大客户。从刘光跃开始做生意,他们就认识了,这些年过来,交情深厚。

　　刘光跃家的亲戚也来了。他们是刘光跃家的至亲,是刘光跃的姑姑们带着她们的儿孙。这些亲戚们带着他们的亲戚,在这一天全来了。

　　高音喇叭大清早响起来,唱的是《三娘教子》《女驸马》,或者信天游。刘光跃请全村人。其他各村人也是要去的。他们在刘光跃厂里上班,或者他们的儿子他们的亲戚在刘光跃厂里上班。院里院外的人,赶集似的哄哄嚷嚷,三三两两围在一起,抽着烟谈论着,说些不咸不淡的话。这些人或者以前认识,或者才刚认识。他们相互打听来由,一时也成拐了八道弯的亲戚了。他们这些人相互也能谈妥一些事情。这是一个吉祥的日子,大家裹在挤挤攘攘的人群当中,不知道成就多少件好事。

　　院外靠南墙搭起的戏台,唱起来了。乐鼓敲响,嘭嘭嘭一串音,炸亮的一声锣鼓,那唱戏的女角,穿了戏装,描了眉眼,唱得声息叠了几叠。如果时光倒退几年,大家还只是看黑白电视。村里人家黑白电视也不是家家有。新婚有电视机的人家，就像放电影。七七八八的邻居们，拿了板凳蒲团来。大热天，电视放在院子里。连续剧《星星知我心》热播。中年男女，小年轻们，看了还想看，一天天看下去。他们将看连续剧当成巴望着的事情，觉得是奢侈和享受。

那年月一晃过去了，电视机各家都有。很快，有了彩色电视机。放电影过时了，看戏成了老年人的事情。现在，院子里请了戏班。闹哄哄的人们躲开震耳的锣鼓声，一边去说话。唱戏在这里是一样热闹。有了这扭来扭去，头饰晃动，粉脸装扮的戏角儿，院里显得有看头。几个小孩子气喘喘跑来，站下来看。那女角儿穿红装，手里甩着手帕，那发辫儿长到脚后跟，一边飞快地说话，一边双手合起来，在场子里跑动。小孩子站下来，似乎有点着迷。但小孩子是站不久的，有一个过来在他的胳膊上挠一下，或者在腿上踢一脚，他们忽地一下，撵打着跑远了。几个老年人在近边坐着，看着戏，相互讲两句。更多的老年人，远远地在一个高高的台阶上坐一溜，面对着唱戏的台子。他们是刘光跃家的邻居们。他们有的在谈笑，为眼前这样的盛景欢喜。有的脸上并没有多少喜悦，倒显露出几分不高兴。这不高兴是为着刘光跃家里的热闹，为着对刘光跃的羡慕或者也能说是嫉妒。她们心里头那点难过表现出来了。他们也有孩子，怎么就不能像刘光跃这样发达呢？他们脸上摆出一些颜色，像是刘光跃一家人得罪了他们。

刘光跃是忙的，刘光跃媳妇也是忙的。他们在人群中穿来穿去。刘光跃时时要将耳朵贴到亲戚们的嘴巴上，他们要介绍他们的儿子或者孙子，说他们嫁娶的那点事。或者是让他们的儿子或者孙子认识一下刘兴跃。刘光跃媳妇这几天是风光的，也可以说这几天她持续地兴奋着。她是刘光跃媳妇，是这里的女主人，大家看她是荣耀的，来的客人称她嫂子或者弟妹。她脸上的痣因为兴奋，那紫色浅一些了，在大家眼里她其实也不是很难看。

刘光跃妈妈这天，穿着绸衣，被大家围着。他们叫她姑或者姨。刘光跃妈妈这天不能说不高兴，但脸上的容颜是沉着的。她看着来人，有几分防犯。靠近她坐着的是她的姊妹，是她的女儿，是她的侄女们。她们问她，她答一句，微微笑。她扭头看屋里挤挤攘攘的人群，看门口晃动的人群，她的目光是痴呆的，或者是麻木的，或者是含着一小点怨气，似乎被院里院外热闹的这帮人算计了。

这一年,刘光跃遇到一个亲戚,孩子考上大学,家里拿不出学费。给亲戚帮忙,刘光跃做习惯了。这情况在刘光跃看来,与以往不同,让刘光跃感兴趣。刘光跃要孩子带录取通知书来见他。

亲戚家的孩子,果然拿来大学录取通知书。那孩子,在刘光跃看也还真不错。刘光跃高兴了,他说这个孩子的学费他包了。他看到孩子脸上舒展的笑容。从此,刘光跃对每年考上大学的学生发生了兴趣。他先是帮村里几家贫困家庭的大学生。后来,他搜寻全县考上大学的贫困家庭,一家一家去看望。他从这件事情中找到一点安慰。

67 有这么两家人

棚下跑着刚孵出来的一群小鸡。它们黄绒绒,活泼泼跟在母鸡后面。母鸡走两步,爪子在地上弹几下,咯咯咯叫唤。整个院子充满着母鸡的咯咯声和小鸡们的吱吱声。

暑假里的一天,刘光跃带着司机和秘书去各村贫困家庭了解情况。沿路,秧苗低低地生长着。麦茬儿在金黄的太阳底下泛着白光。车在一个村落停下来,曲里拐弯的巷子,泥土路面。家户的房屋新的新,旧的旧。他们来到一家土墙头的院子里,东倒西歪的碎砖头铺成过道。有一根绳,绳上晾着两件衣服,似乎装满了整个院子。西边一个小房屋里头,墙壁上贴一张年画,旧插屏不知道多少年没擦洗,镜子里照出来的映像,模糊到看不见。两张祖上的照片,年老的男子戴瓜皮帽,年老的女人黑色丝绒帽上镶嵌着一个什么花件。炕头上堆着旧棉被,一个穿半袖的中年女人,梳一个马尾巴,长长的脸,堆着笑。一个中年汉子,老实巴交的样子,双手抱头,蹲在院里的台阶上。他的脸黝黑,头发斑白。穿半袖的中年女人,打开录取通知书给刘光跃看。刘光跃伸手接过红色录取通知书,看到一个男孩的头像。中年女人说孩子为凑他的学费,出去打工了。

刘光跃将通知书还给中年女人。

蹲在院子里的中年男人,站起来,走向刘光跃。他说家里的情况,你都看见了。你是大老板,你不扶持一把,孩子就念不成书了。他说着,眼睛看着刘光跃。

刘光跃目光从低矮的土墙头,从斜系着的衣服绳上溜过,目光落到院子墙角那一束火红的花朵。

从这家出来,坐车一路上坡,葱绿装满着沟壁,夹道而过,有野花相伴。车到另外一个村落。这家门前是成片刚收完的麦地。院墙不到半人高,从墙外一眼看到房屋前蓝色的塑料搭起来的棚舍。棚舍下面是做饭的炉子,炉子上蹲一铝壶。棚下跑着刚孵出来的一群小鸡。它们黄绒绒,活泼泼跟在母鸡后面。母鸡走两步,爪子在地上弹几下,咯咯咯叫唤。整个院子充满着母鸡的咯咯声和小鸡们的吱吱声。

屋里,一张床靠着窗户。八九十年代的组合柜,格子里放着一张全家福。考上大学的是一个女学生。单亲家庭。她的爸爸在一家焦化厂打工,被装载机轧死了。这家女主人在叙说她男人出事的经过。那是响午过后,她接到电话,一个气喘吁吁的男人在电话里通知让她到某家医院。她赶到医院,人已经去世了。女人哽咽了一下,叙说做了一个大跳动。接着,她像说了无数遍,听上去背得滚瓜烂熟的那种,她说男人每天清理煤场。轰轰隆隆的拉煤车,每天几十辆,煤场落一地大大小小的焦炭。男人将这焦炭用锹铲了,将煤场打扫干净。装载机呜呜叫着,在场子里跑来跑去。他的男人整天与装载机为伍,抽空坐上去,跟司机抽根烟,说几句玩笑话。煤场十几亩大,站在这头看那头的影子要小许多。

她说她男人将炭用铁锹铲到一堆儿,装载机过来一堆一堆收起。那天,他跟在装载机后头看见装载机车兜里的焦炭一点点增高,看到焦炭在车兜里摇摇晃晃。太阳西斜,照着整个煤场,照着装载机一路在走。这是最后一堆要收起的焦堆。一块焦炭从车兜里滚了下去。他很伶俐的,一步跳过去用铁锹铲起只有捶头大的一块焦炭,刚铲起,他听到装载机呜呜声。这呜呜声,他听着很熟悉,像听见家养的一只狗叫。但这一次,他整个儿被那呜呜叫迷惑了一样,睁大眼睛看见硕大的装载机朝他轧来，他像被魔咒一般，整个儿被压在装载机底下……

女人说到这里，虚脱的样子，哑了，目光痴痴地看着来人，看着刘光跃。屋里寂然。那女人终于长长地舒出一口气来。她说这个家，日子还得过。老天的安排，女儿今年考上大学。收到通知书那天，面对她爸的照片，烧一炷香……年轻女人说到这里，眼泪滴下来了。

刘光跃离开这家，坐在车里，闷声不响。他想什么，谁也不能猜得出。一路到下一个村庄。这家新盖起的房屋，裸露的水泥墙壁。屋里地上很毛糙，这里那里是废弃的物件，大大小小的水泥疙瘩。门窗空空的，像张开的大嘴巴。一只小狗窜进来，望一眼来人，低头这里那里嗅。这家的女人穿无袖衫。她喊了一个名字，从门里出来一个姑娘。大家看她，心里头一凉，想这个便是考上大学的姑娘？秘书看一眼刘光跃。刘光跃正看着那姑娘，目光直直的，脸冻住了。

那姑娘头发稀疏，侧面看像一个九十岁的老太太。她的脸显然有烫伤，脸跟脖子粘到一块。那肌肉在没有太阳的地方，看着也是光亮的，斑斑驳驳，像一个接着一个不规则的小水洼。姑娘眉眼是极好的，黑亮的眼仁儿灵活地转动着。脖子的原因，她转后或者歪头，只能连着身子往后转。

刘光跃看了半晌，眉毛抬起来，望着外面水泥墙面。

女人说姑娘那年刚上一年级。忙月，麦子要收割。可恨她爸爸常年在外打工，只知道给家里寄钱。麦子眼看要落到地里了，等不回来他。家里就我跟两个孩子。我大早起来，吩咐女儿在家里煮开水，照顾她弟弟。我那儿子刚学走路。

我被人从地头喊回来，女儿被烫得滚在院子里。从门口路过的一个女人说她亲眼看见我那儿子，把着墙头，颤巍巍站起来，望着姐姐笑。院子里的风箱上放着刚灌好的暖瓶。儿子顺着墙头，摆到风箱跟前，手伸向暖壶。他的小姐姐正在扫院子，扭头，正好看见了，奔过来，蹲下来抱弟弟，没想到弟弟的手钩着暖壶把，暖壶拉倒，水泼出来，沿着女儿的头灌进去。要紧的是脖子吃了重，医生说烧着筋了。从此，这么些年来，身子脑袋个头都生长，连那烧疤都长，只是脖子不长。

刘光跃问是应届还是补习。女人说应届生。女人说姑娘成绩一直是班里的尖子生,家里拖累孩子,现在算是毁了孩子一辈子。都怪她那该死的爸爸,只知道在外面打工赚钱盖房屋。现在房屋总算盖起来了,可是……

大家坐在车上,一路谈论这个姑娘,说她眉眼生得好,原本是个漂亮的姑娘呢,真是可惜了。大家又叹服这个姑娘的自强。想象她一路念过小学,念过初中,高中。她不会遇到这样那样的白眼吗?班里的同学怎样看她,她心里会遭受多大折磨。可是看这个姑娘,她精神状态那样好,她的眼神行动跟任何一个姑娘没什么差别。大家说真是个难得的姑娘呢,这样一个心灵充满阳光的好姑娘,再发展或者还是一个了不得的人才呢。

68 又有这么两家人

山下煤掏空了,山上的房屋开始塌陷。她取出一张照片。照片上,房屋歪倒着,从窗框那里斜着裂开一条缝。……老太婆一边说,一边擦流泪的双眼。那眼睛里的泪水似乎总是灌满着,很轻巧地流出来。

车一路到城东。这里是城中村。一个六十岁开外干瘦的老太婆在胡同口站着。她穿带麻点的薄料衣服,头梳得很齐整,是七八十年代的老式梳法,将头两边的头发用发夹卡在耳旁。

老太婆半大脚,清瘦,两胳膊起劲地前前后后摆动,走得像个机器人。

车在一个门口停下来。

院子里是破烂物件儿,一只破锅,缺了嘴的茶壶,废旧的瓶子,绳头,塑料布,堆得像个麦秸垛。屋里,临时用一个切菜板,门板支起的一张床铺,一看便知道是租住。老太婆说孩子爸妈离婚,妈妈离家走了,她的爸爸在城里打工。他们是山里人,山下煤掏空了,山上的房屋开始塌陷。她取出一张照片。照片上,房屋歪倒着,从窗框那里斜着裂开一条缝。

老太婆说他们那里的人家四零五散，鸟儿一般各自寻找安身地方。为了孩子念书，她租到城里。她爸爸原是在煤矿打工，煤矿关闭，她爸爸每天晃悠到城里，在挤嚷嚷的人堆中间，等着雇用。每天清早出去，天黑回来，一天赚不了几个钱。家用全凭老太婆拾废绳烂铁换几个钱支撑。老太婆一边说，一边擦流泪的双眼。那眼睛里的泪水似乎总是灌满着，很轻巧地流出来。

车一路往北，拐西。这里，巷子开阔平整，四通八达，是新铺的道路。车行路上，巷子里少见行人。太阳烤得地面热腾腾。远远看见一个年老的人过来。经指引，车拐进一个小胡同。胡同是新打的水泥地，平光光的。院子用砖垒起一人高。那砖是活动的，显然准备盖房屋用。房子的墙面像是刷了不久的白色，有点变黄。进屋，污浊的气味，一下子冲到人身上来。炕头上，一个人捂着被子。被子脏得看不出颜色。

屋里活动着一个年老的女人，头发完全白了，眼睛似乎有些睁不开，她的脸好像也没大洗干净。她将一件脏衣服从炕头拿开，从隔墙的一个花门帘里进去了。那花门帘脏得很，花乱哄哄的，看不出颜色。年老的妇人很快又露面了。她奋力爬上炕，将炕头上捂着脑袋的被头稍稍揭开。大家以为是一个病着的人，没想到露出来一头蒿草般蓬乱的脑袋。他直呆呆的两只眼睛，头发披得满脸，毡片一样。显然，他是个疯子。他在悄悄看着来人，似乎害怕着什么，突然嗷嗷叫起来。秘书捂着耳朵从门里一脚跳出去。疯子瘆人的叫声，继续。他一边叫一边惊恐着索索发抖，鬼索命似的。那老年女人由着他又将被子捂住头，诉说他的媳妇跟人跑了。媳妇在时，他原还不像这样疯。外面的砖是他准备为儿子盖房。他的媳妇不诚心跟他过日子，成天只想着吃好的穿好的。后来，她扔下这个家跟人跑了……

回来的路上，刘光跃问秘书的感受。秘书脸上的两个豆粒小酒窝出来了，她说真是没想到还有这么困难的家庭。刘光跃看着前方，车里的人一时都想着心思。疯子嗷嗷的叫声，在大家的头脑里回荡。

这年，刘光跃支助了二十个大学生。

69 新上一个项目

  他清早起是娃娃,到了晚上便成一个心事重重的老人。但第二天醒来,看见窗外的晨曦,刘光跃头脑里的不痛快像一把火烧了似的。

  这是年后,厂的角角落落闪现着过年响过的红红的炮花。大会场所设在焦炉场。厂里开大会,会场一般布置在办公楼前。比如奖励厂里的优秀者,或者向某灾区捐款。刘光跃热衷资助捐款一类的事情。他可不是显摆,是他性情属然。一次地震灾难,刘光跃发动全厂,一下子捐出去二十万,刘光跃拿大头。他是厂主。刘光跃捐这些钱,是看到媒体传播中一张灾区图片。图片上,武警怀里抱着一个可爱的孩童,那孩童眼睛清澈如湖。他望着图片,被那清纯童稚的一双眼睛惊呆了似的。

  刘光跃爱钱,钱给他带来荣誉和喜悦。特别是他拿钱给人的时候,有一股从心底里升上来的自豪。想他的少年,没有叮当一钱,他借钱让同伴们一块儿吃喝。他喜欢跟伙伴们同吃同喝的热闹气氛。这些年,他有钱了,与同伴们在一起从自己腰包里掏钱,他觉得光彩,对他来说是一种荣耀。钱在他是今无花了,明天再赚就是了。伙计们吃吃喝喝,支助亲戚邻里,在刘光跃是小菜一碟。刘光跃常说的话:给了。就那么简单。钱在刘光跃不是聚拢,而是流动。刘光跃觉得这才对路。近两年,刘光跃在筹备一个更大的项目,投资五个亿建大型机焦炉,眼下要点火烘炉了。

  刘光跃的厂子在剩有的这几家企业当中,运转得不差。多年的经验告诉刘光跃信息比钱宝贵。刘光跃这次新上大型焦炉设备,让焦化走向全配套,深加工,实现循环生产,用时髦话讲是绿色生产。引进新设备,是为了更大利润。同时,刘光跃为引进新设备本身这件事情激动着。刘光跃一个人走在厂里,望着这一排的焦炉,想起土焦炉。那时,他身上一层煤灰,头脸也洗不干净,身上的白衬衫每天得换。十年工夫,变化真快,炼土焦像前一世纪的事情。

这次投资大型机焦炉,刘光跃不像前两次改建那样轻松。为了这五个亿,他投尽这些年所有蓄备,仅仅占半数。另外的半数,他使出浑身解数,打通所有关节,银行贷款、民间借贷,像唐僧取经一般,遭了九九八十一难,才有了这个模样。这次投资在刘光跃是一个大举措,在这个地方冒这样大的风险,只有他一家。刘光跃这样拼着做,不是浮夸显摆,他不做有些由不得他,照着这条路只能一直往前。为了做这件事,刘光跃兜出他的家底儿,头脑里有更远大的设想。

刘光跃倾尽家产来做这件事,旁人在为他捏一把汗。刘光跃开弓没有回头箭,他怕什么呢?这些年不是平平稳稳过来了吗?厂子能跑掉吗?多少年的经验告诉他,他每往前一步,都有更大的胜利在前面。他并不是被这些年步步为营冲昏头脑,相对地讲,他很冷静,知道前头的路会很艰难。事情总要有人去做,厂子不发展就有被淘汰的危险。刘光跃在人前风光的背后,有些话只能对自己说说。夜静了,合着眼,头脑里便走出来那些个不见光的事情。是的,刘光跃出门办事可不像在自己那一亩三分地里自己说了算。为了一笔款项,他会一直守着那办事人到半夜。他会碰到各种人,会看很多人的脸色。夏顶酷暑,冬冒严寒,有些事情真的能让他忘记酷热和寒冷。他心里头急啊。他常常羡慕城里路边悠闲散步的人们。一年又一年,他有过悠闲的时候吗?像他们一样散过心吗?他每天操心难过为了什么呢?

刘光跃觉得委曲,偷偷心酸。在没人的地方,刘光跃也曾悄悄抹一把泪。可也有与他投缘的人。这样的好心人,刘光跃还真遇到几个。就像他跟他们是亲兄弟似的,他们一心要帮刘光跃忙。刘光跃感激世界之大,而天下无处不是亲友。结交人对刘光跃是拿手的好事情。刘光跃这辈子没什么所好,结交朋友或者算得上是一个偏爱。每结交到说话办事习性相投的人,刘光跃有一种兴奋,觉得人生有无穷趣味。

刘光跃的每一天,对他来说都是新的。他清早起是娃娃,到了晚上便成一个心事重重的老人。夜对刘光跃来说像过滤器,将那些个忧虑一个不留地清除。醒来,看见窗外的晨曦,刘光跃头脑里的不痛快像一把火烧了似的,又成一个新生的娃娃,对什么都觉得有趣,满脑子都是希望。他那两条腿一着地,像个机器人,将今天要做的事情理清排好。他的时间排得密密的,走马灯一样,时时有重叠。刘光跃走路,常常是快步,跟他的人要小跑才能跟上。

现在,刘光跃站在这排炉前,心里是舒畅的,这些是他刘光跃多年的心血。他在欣赏焦炉,也是在欣赏自己,双眼不觉润湿,那是他心底里一路走来藏久了的不容易。

70 点火

握着火把的副县长也不像坐在台上拘谨,像回到幼年的时光,回到童年玩火的情形一般,开心起来。

一排齐整待发的焦炉,上面飘着火红的绸布。这是崭新的焦炉,从这一天开始,刘光跃的事业与眼前这焦炉一块儿走上新的征程,走向更开阔的新天地。这天到会的有县委领导,相关部门领导及同行兄弟。同行兄弟们为能来参加今天的点火仪感到荣幸,羡慕地仰起脸看刘光跃。刘光跃脑子快,手脚比脑子还要快。他总算走到同行们的前头,把兄弟厂远远落到角落里了。但这些同行们在心底里隐隐地藏着一个什么。这些个说不清楚,现在全被这昂扬的情绪藏得更严实。人群里喜气升腾,气氛感染在场所有人。大家一个心理,为这天的到来欢欣鼓舞。太阳当头,在热烈气氛感照下,大家心潮澎湃,为刘光跃这个厂加油鼓劲。

会场上人员攒动,一溜排桌子,上面铺红色丝绒,桌子后面的椅子上坐着县乡两级领导,坐着村里的书记村长,坐着厂里的总经理厂长,当然还有董事长刘光跃。称呼刘光跃为董事长,起初他有点不适应,心里问:自己真的是董事长吗?他在心里笑话自己,好像这个董事长是偷来的,好像他这个人不该做这个董事长,就像他怀疑自己有其他任何可夸耀的身份。时间长了,他习惯了这样的称呼。他办公室不是有一个董事长的门牌吗？他来办公室总是一眼看到那个门牌，这给了他很大的信心。现在，领导们开始讲话。他们拿着话筒面向厂里的员工讲企业当前形势，讲刘光跃的奋勇争先，最后对今天新焦炉的点火仪式表示祝贺。掌声响起来，气氛一片热烈。头戴安全帽的员工们拥挤着，望着台上的领导们，大家脸上无不洋溢着欢快。刘光跃作为董事长也发表了讲话。刘光跃这天的头发梳得越加齐整，在太阳下闪闪亮。他额角显得比往日更高些，也显得越加地有大老板风采。他拿话筒的手不像以往那样抖动。他将话筒握在手里，掂了掂，就像他手里拿了一支笔一个本子，想看看它的分量。

点火仪式开始，在场气氛越加热烈。刘光跃引燃系着大朵红花的火把，递到县领导手里。那是一位副县长。副县长接过火把，笑得张开嘴巴。这时候，握着火把的副县长也不像坐在台上拘谨，像回到幼年的时光，回到童年玩火的情形一般，开心起来。欢呼声响起来，大家涌在炉前，都想看看焦炉头次着火那一瞬间。

只见那熊熊燃烧的烈火，忽啪啪地，在副县长与刘光跃俩人推动下，在他们开心的笑声中就着焦炉，"烘"的一下大家眼前一亮，焦炉里亮堂堂地了。

71 家

从窗里看出去，外面熙熙攘攘的大街上，小车一辆接着一辆。人行道上，前前后后，匆匆走着一拨又一拨的人。

县城的大礼堂座无虚席。刘光跃坐在前排，披红戴花，满面红光。他是全县十家先进企业家之一。照片第二天出现在报纸头版。刘光跃面容轮廓清晰，胸前佩戴的花朵，在报纸上看，虽然一堆墨色，看上去蛮喜庆。电视上出现的刘光跃，在迎接县上领导视察。他走在领导一侧，扬着胳膊，介绍产品流程。来人是各局领导,县长书记也抽空到他厂子来视察。他们一边听刘光跃汇报,一边点头。阳光洒在他们穿白半袖,或者灰黑色大衣上。

厂区办公楼前的开阔场地开过几次大会,好几次是从外地来这里取经的。刘光跃不只是这个小县城的能人,他的名声传到外地。刘光跃是县上企业的先锋。刘光跃厂里的工人,成为先锋工人。上报纸电视对于刘光跃,就像进家门一样。他不只是县里的劳模,还成了地区劳模,省上的劳模。在全省表彰会上,他胸前披着红丝绸,手里握着烫金的奖证,站在领奖台上。那会儿,他站在台上,却什么也没看见。那台子是唱戏的台子,是唱歌的台子。在劳模表彰会期间,真有两个著名的角儿,唱了两回戏。刘光跃幼年,镇上来了唱戏的,他只知道猴玩,哪里认真听过戏。在省里领奖,他坐在台下近距离那么一听,从打出的字幕认出那些个字来,戏曲便在刘光跃心里扎根了,不知道他爱上那唱戏的好身段俊模样,还是爱上那戏词。不管更爱哪一样,刘光跃觉得戏曲打动人心,耳朵里不时飘扬着委婉动听的唱腔,眼前时时浮现台上婀娜多姿唱戏女子的身影。回来,听到有人说起戏曲,刘光跃喜欢地听着,就像说到他的一个故知。

刘光跃成了领奖专业户。这天散会,刘光跃将领到的奖牌放在副座,给玉香拨通电话。他在城里买了一套房子。这是他这么些天,一直思索着的事情。他这样做连他自己也觉得有些过头。时下,有钱男人离婚也不是什么大事。刘光跃却不曾动过心思。看见漂亮女人,他管不住自己,讨好她们,跟她们嘻嘻哈哈。但这与婚姻远远扯不上边。在这件事情上,刘光跃不知道是最清楚还是最糊涂。不用说,第一次看见玉香,他被玉香的美貌打动了。他心底里的欲念又一次冒头。当知道玉香一个人带那么小一个孩子。刘光跃心底里的那点欲念很快被另一种情感替代,好奇占了上风。但后来的事情发展完全不由他控制。刘光跃有一种如获至宝的感觉。他将这些当作天意,是老天终于恩典他,让他有了一种割舍不了的情感。他居然想到婚姻。这样的想法让他心生惊讶。他毫不犹豫买下这楼房,是他不知道该为她做些什么。从玉香现实生活考虑,她要紧的是得有一个住所。买下房子,他不知道该怎么对玉香说这件事。能看出来玉香是个有主见的。她那么年轻,看上去还有点幼稚,可她有自己的想

165

法。这些年在生意场上与各样人打交道,刘光跃很容易看出这一点。有房子对于玉香眼下的困境当然是有好处。可他不知道玉香究竟会怎么想。他怕玉香误会。这也是刘光跃从来不曾有的新鲜感觉。玉香让刘光跃心思细密了,心里怀着隐隐的惧怕。从他跟玉香现在处的这个光景,跟婚姻远远不搭界。他跟任何一个女孩子,都不会让她有这方面的打算。刘光跃不愿意有人算计他。这是刘光跃神经敏感和脆弱的地方。显然,玉香不是一个会算计的女子,她的质朴淳厚,还有忍耐,刘光跃一一看在眼里。她一定遭遇到不同寻常的事情,却很少从她身上看到凄凉悲苦。面对这样一个女子,他倒想着玉香会算计一点,这样他就照实话说房屋的事情。

事情往往不能如人所愿。

玉香到底是怎么想,刘光跃又要怎么做呢?情人!刘光跃脑子里转到这么一个词。他摇摇头,嘴角漫上来一丝苦笑,缕缕烟香从他头顶飘过。他站起来,徘徊着,走到窗口,临窗看着街道拥挤热闹的人群。

这天,他带玉香出来说给她看一个地方。玉香看着大大的落地玻璃窗,阳光很好。从窗里看出去,外面熙熙攘攘的大街上,小车一辆接着一辆。人行道上,前前后后,匆匆走着一拨又一拨的人。那绿色的草坪,远处十字路口闪烁着红绿灯。房子朝南有一个露台,她欣喜地奔过去。那露台贝壳形状,脚下有透亮的闪着细细光芒的鸡心石子。玉香欢喜得脸都有些潮红,满脸掩饰不住的喜悦。

刘光跃高兴地望着她,说要不要在这里住下来?

玉香表情紧张起来了,为自己无意流露出的小小情感心里难堪,又为刘光跃试探她,心里难过。她望着刘光跃友好含着爱意的目光,脸红起来了。

刘光跃笑了。看着玉香,他时常觉得是在梦中。玉香到底年轻,这样的结果刘光跃想到了。他有了一点小小的胜利,感受到一种快乐。跟玉香在一起,他感觉到幸福。小时候的顽皮,被玉香搅动起来。他对玉香怀着不一般的慈祥和友爱。

玉香在这楼房里住下来,一个人常常不自觉打量。她对房屋有一种天然的热爱。她一直为着那天欢喜过于流露,想起来好像在人前丢了丑。但她没拒绝居住。这里安静舒适,充满着诱惑。星期天,她也可以像别的老师们离开校园,回到这个家的地方。这从精神上给了玉香很大的安慰。她的生活里多少透露着点阳光。但在这里住,玉香时时有一种惶恐。这将会给她带来什么呢?这个家对于她是暂时的。她不知道会在这里住多久,前头的路一片黑暗。她的每天,似乎都在担惊受怕中度过。她怕什么呢?这个连她自己也不是太清楚。

72 重要的话

摸索着袖口,为自己刚才说那些话后悔了。她想到底是错过念书的年龄啊。

自从知道刘光跃要送工人出去学习,玉香仔细盘算这件事情。没上大学,成了她一块心病。她出格地想:这次是不是也能出去上学呢?她的心是不是太野了呢?刘光跃会笑话她吗?她要不要跟刘光跃提这件事情呢?刘光跃会怎样想她呢?

女儿在二哥家,玉香隔三岔五给二哥家打电话。玉香不用刘光跃给她买的手机,她用公用电话。现在到处是公用电话。出了学校门,对面小商店就有,想打多少次就打多少次。玉香也不像一开始摸着电话,颤抖着手了。现在,她抓着电话就拨号,电话那边很快有了二嫂的声音。二嫂说妈妈打电话了,快叫妈妈。她果然听到女儿喊妈妈的声音。女儿好像有点不专心。二嫂说女儿可听话了,吃得好,身体也好,学了不少本事呢。从二嫂说起女儿的高兴劲,玉香听出二嫂对女儿的宝贝。

周末,刘光跃打电话说他实在太想她了。他在手机上很响地亲了一下。玉香在手机里听见了,虽然只有她自己,还是脸红了。刘光跃接着在电话里还说了一句话,玉香不吭声。刘光跃说不高兴就不说了,晚上见,好吧?

漆黑的夜,风有一些凉。玉香隔着路边弯弯的柳梢,看见一处灯光,扑扑闪闪。玉香朝着灯光闪烁的地方走去。那光一下子照亮,朝玉香跑过来,在玉香身边停下。很快,那车风卷一样,飞起来的感觉。

橘色灯光,在房屋里荡漾。刘光跃满面春色,看着玉香从门里进来,抱抱玉香。玉香在男女生活上,一点一点尝到好处。这让她新鲜惊奇,让她感动。房间里静下来。玉香从床上爬起来。她害怕着一件事情。每回跟刘光跃在一起,她很担心。

刘光跃什么都听玉香,比如玉香不让他的车进学校大门,他一定不开进去。可是玉香说她怕怀孕,戴上节育套吧。刘光跃偷偷拿掉。玉香发现了好几次,刘光跃委屈地说他戴着就觉不出好。这让玉香感到气愤。但望着刘光跃那神情,玉香自己也哭笑不得了。玉香说她就等着挨宰吧。刘光跃说挨什么宰,有了就生下来。他说跟玉香生多少孩子都不嫌多,也都养得起。

玉香不喜欢听他这样说。看着刘光跃花钱流水一样,玉香替他担心。她想对刘光跃说让他节俭些。她只是想了想,没把话说出来。她是他什么人呢?怎么能对他说这种话呢?

现在,不是想这个的时候,她有重要的话说给刘光跃。

刘光跃听了玉香对他说的话,用手拍拍玉香胳膊,他说先让他歇会儿,歇会儿再说。

玉香便不说话,她听到刘光跃细细的鼾声。

玉香望着雪白的天花板,望着灯光下闪着漂亮花纹的衣柜,望着光彩亮丽的玻璃门,看一眼沉沉睡去的刘光跃。她摸索着袖口,为自己刚才说那些话后悔了。她想到底是错过念书的年龄啊。

73 你哭了?

  麦苗儿,长成一骨节一骨节。这骨节很快拉长,长高。那新抽的麦穗儿,像刚落地的小娃娃,被小心地用带帽的斗篷裹起,大大的脑袋,一个个新奇地朝天仰着。

  麦子过了春节,拔着节往上蹿。它从软软的麦苗儿,长成一骨节一骨节。这骨节很快地拉长,长高。那新抽的麦穗儿,像刚落地的小娃娃,被小心地用带帽的斗篷裹起,大大的脑袋,一个个新奇地朝天仰着。这是一年里季节换得最快的时候,人们前一天刚脱了长衫,第二天穿上褂子也还出汗。麦子也换季节了,它像一夜之间脱去厚重的绿外套,换成薄薄的杏黄。升学考试。各联区交叉监考。上午第一节课考完,玉香收了卷子,装在档案袋里与同室监考的教师相跟去考务组封卷。从教室里出来,玉香接到刘光跃打来的电话,说有事要对她说。

  玉香想刘光跃一定是有了空闲,又要跟她瞎扯,赶紧挂了电话。

  电话又打过来了,听着有些火急火燎。

  玉香将一叠卷子递给同舍监考,走到一棵梧桐树下接听电话,刘光跃说他给她报了名。

  玉香说给她报什么名呢?

  刘光跃说她不是说要出去念书吗?

  玉香心跳起来,愣在那里了。她听到电话那边说,怎么不说话啊,报上了啊。她听到手机"吧嗒"给关了。

  玉香还是没喘过气来。她想刘光跃说的是真的吗? 他可不是开玩笑吧?

  玉香目光投向校园里下了考场奔跑的孩子们。他们为了考过一门,肩上的担子轻松了,跑起来是那样的欢快。玉香脸上露出天真的笑容,眼前这些孩子们真是可亲可爱。

一见到刘光跃,玉香便问上学的事情。

刘光跃说高兴吧?

玉香不相信地看着他,说你不是睡着了吗?

刘光跃笑了,你说的话还能听不见吗?偏偏那个时候,怎么还能有力气跟你讲。

玉香难为情地推一下刘光跃。

刘光跃哈哈笑了,拉着她的手坐在床上,望着她说,都要上大学了,买几件衣服垫衣服箱,还有生活需用品,该买的都得买。

玉香听着,忽然热泪盈眶。

刘光跃说:你哭了?

玉香望着他,说不出话来,伸胳膊抱住他。

刘光跃说,真有那么激动?没想到你对上大学这样感兴趣。这次出去二十多个人。你跟他们不一样,他们是培训。你是正经读书,是上大学。玉香又一次想到扩招,她想命运真会拿她开玩笑,不过到底赶上了。她只管想着,忽听得刘光跃说:你去读书,我该怎么办呢?

玉香望着他故作发愁眉毛挤在一起的模样,破涕笑了。玉香说不如你也去上大学吧。

玉香的话,逗得刘光跃哈哈哈。他说他要是去上大学,谁来管厂里这上千人?刘光跃说现在是厂里最忙的时候,每天大小事务,真忙得脚底朝天,怎么能安心坐在教室里头听讲课?

玉香上大学的热切,让刘光跃心花怒放。他没想到玉香为这么一件事情,动了感情。他总算为玉香做了一件她喜欢的事情。那西装革履的男人们,嘴唇红嘟嘟的女人们,他们一个个看上去是那样的文明,跟他们交往,谈着谈着就绕住了,利益是他们要跟他谈话的根本或者也能说目标。他们跟刘光跃交往,看上的就是他的钱,他们一个个将刘光跃当作摇钱树。这跟玉香给他的感觉多么不同。

住进楼房这么些日子,他等着玉香提出来要这个房。其实刘光跃将这房子的房产证早已办妥。他好几次将话题引到这方面,想得到一个满足,玉香却静静的。刘光跃有那么点沉不住气。她到底什么打算呢?她当这房子只是将息的一棵树,随时准备着要飞走?他想起刘海程说有个人来学校看玉香,这让刘光跃心里更不是滋味。

暑假前,玉香给吉老师说她要去读书,说她已经给小学部校长说过了。吉老师感到惊讶。他看玉香是认真的,便换了一样神色,说读书当然好了,你还年轻,前头的路还有很长。

老师宿舍门前的花开得艳丽,马路两边的杨树枝繁叶茂。玉香就要离开这里了,她将要去一个梦一般的世界。

刘光跃对于玉香要去上学,狠狠想了两个晚上。他给玉香报名,没想这么复杂,只是想满足一下玉香的愿望。仅此而已。现在,这件事情一点点在他心里有些分量了。看着玉香转来转去收拾她的衣服箱。他说还不到开学时候,这么着急离开?

刘光跃的话说得玉香不好意思了。刘光跃倚着窗,看玉香走过来。他们站在窗前,低头从窗口看下去。晚上八点,街上人流车流你来我往,偶尔"比"的一声,像哪个人发了怒。除此而外,只见人影听不见人声,像放默片。

他们靠在一起,无话。

街灯一点点亮了,树叶的斑驳或者透过灯光落在地上,这个他们看不真切,只看见红的绿的光,照得人影子也成红的绿的了。

74 倾诉

一个闪电扑来,她吓得双手紧紧攥住窗帘。雷叭叭地打过来。她扑在窗帘上,觉得心停止了跳动。雨点闷闷地打在窗棂上,像重重地打在心上。雨声多起来了,雷声闪电接二连三。闪电照亮整个屋子。呼啦啦雷声又一次过来,"叭"的一声,在她耳边爆炸了,紧接着一团漆黑。她忽然将头抬起来,望着漆黑的雨夜。

玉香靠着刘光跃,心里有许多要说的话,却说不出来。自从认识刘光跃,她对刘海程客气起来,不像以前开玩笑。每见刘海程,她时时要从他眼睛里看出些什么,或者,想从刘海程身上看到刘光跃一些影子。这些都无一不摇动着玉香的心。她常常感到一种羞愧。这种羞愧带着嘴巴咬得她的心生疼。人们眼里的好生活,在玉香是地狱。她羡慕街上走着的女人。她想婚姻就那么简单,她却不能够。她不能想她现在这个样子。跟刘光跃这些日子,她身上发生的变化,一天天加重着她自身的罪孽。她就像每天喝的是毒药,而那药香却让她身心迷醉,她止不住还得要喝,不知道到什么时候。她对自己有一种深深的憎恶,而她的每一天偏偏只能这样。昨夜,她一个人,也是在这个窗口。那是天将明的时候,她被雷声惊动了。她关了各处的窗,走到这里,一个闪电扑来,她吓得双手紧紧攥住窗帘。雷叭叭地打过来。她扑在窗帘上,觉得心停止了跳动。雨点闷闷地打在窗棂上,像重重地打在心上。雨声多起来了,雷声闪电接二连三。闪电照亮整个屋子。呼啦啦雷声又一次过来,"叭"的一声,在她耳边爆炸了,紧接着一团漆黑。她忽然将头抬起来,望着漆黑的雨夜。

那雨像是要吞噬整个世界,猛烈而高涨。玉香不再害怕,似乎被这雷声吸引。她站在窗口,仰头等下一个闪亮,她要看清那一闪亮里头到底是什么。她双手合紧,睁大着眼睛,在这雷雨交加的夜晚,她想一把撕开胸膛,向着天,倾诉。

刺眼的闪亮打来,照耀着玉香的脸,轰隆隆的雷声来了,接着又"叭"的一声炸响……

玉香浑身哆嗦了一下。刘光跃问她怎么了?

玉香泪眼如麻。刘光跃神情也受到感染似的,抚着玉香的肩,说他会去学校看她。

玉香仰头望着他,刘光跃问你想说什么呢?

玉香嘴唇哆嗦着,她说你还是经常回家里看看吧。玉香还想说,干咽了两口,眼眶里蓄满的泪水,滚滚而落。

刘光跃蹙紧眉毛,好半天不说话。他想了半天,将手搭在玉香头上。他说你想多了,如果不是你,还会有别的女人。这不关你的事。

玉香将头摇摇,呜咽起来了,心头的烦恼全化作泪水汩汩流淌。

刘光跃在玉香背上一下一下拍着。他没想到这件事情在玉香会这样的沉痛。这个纯真甚至幼稚的玉香心底里藏着这许多的痛楚。他觉得他的猜测有一点点是对的。他看看房子,想要说的话便藏得更深一些。

天阴下来了,隐隐的雷声传来。今夜或者又是一场好雨。

开学的日子,越来越近。刘光跃难过地看着玉香,他说你到学校不会不想我吧?

玉香假装生气了,不理刘光跃。

刘光跃忽然想起什么,他眨眨眼,装作轻松的模样说,对了,刘海程对我说过的,有个人来看你。他是谁啊?

我二哥。二哥来找我,抱走了孩子。我跟你说过了啊。

不是,是个穿大衣的,高高的个子……

刘光跃这样说,盯着玉香。玉香的心里有了一个影子。她看一眼刘光跃,把头转开了。三脚衣架上挂着一顶遮阳帽,乳白色。那是刘光跃给她买的。刘光跃抬手把帽子扣在玉香的头上,玉香的脸完全给遮住了。

是以前的……相好?刘光跃笑模笑样看着玉香。

什么相好?难听死了。玉香说着将那遮阳帽扣到刘光跃头上。

刘海程说那个人气派蛮大的,他是做什么的?

造炮弹的。玉香这样说,看刘光跃手里揉皱的帽子,先就笑了。

刘光跃也笑了,过来抱住玉香。街上才上灯呢,刘光跃家里的窗帘"哗"的一下,拉得严严实实。

这些日子,玉香每天醒来,睁开眼睛,第一想到的是自己要上学。她整个儿被这件事情振奋着。玉香又想这次去还有那么多人,对刘光跃怀有的那种不踏实感觉,又一次浮上心头。玉香跟着刘光跃这些日子,觉得像是飘着的。刘光跃到底赚了多少钱?刘光跃的衣服老像是从衣服店里刚拿来穿上。他差不多每天都去饭店应酬,不是他请别人就是别人请他。玉香实在不想看刘光跃喝醉酒的样子。玉香说你怎么就不能不喝酒呢?

刘光跃说不喝酒,不喝酒怎么办?刘光跃说不说这个,说了你也不明白。

玉香望着他,无话可说。但玉香感觉刘光跃也是飘着的,像空中的云朵,或者像湖里的浮萍。她又一次想让刘光跃积攒一些钱,可她说不出来。刘光跃会稀罕去攒钱吗?玉香倒是常常听到他贷款,或者暗地里高息借贷。刘光跃说搞厂矿哪家不贷款呢?搞厂矿哪家不高息借贷呢?刘光跃说到华新焦化厂,说到永福焦化厂。刘光跃说他们的境况比他差远了,眼下唯有他刘光跃的光景蒸蒸日上,看着吧,再过三五年,等他培养出一大批有文化的工人,到那时,会给他们在城里盖高楼,会给他们买大客车,让他们舒舒服服住到城里,每天坐客车上下班。到那时,厂子里又是一个规模了。

玉香听刘光跃这样说,有点云里雾里。她想,真会有那么一天吗?

75　认识了一个男生

秋天了,学校马路两边树上的叶子在变黄,有的树叶红得像家乡田间的柿叶。……空出来一片泥土地,每天扫得很干净。四五颗细细的杨树,迎风拍打着绿而亮的叶子。

玉香在学校学工程设计,她对那些条条线线感兴趣。重新坐回学校的教室里,面对着黑板,面对着黑板上图画一样的纹理,玉香又像回到过去。玉香心里一直惦记着的那个模糊说不清的东西冒头了。这个连玉香想着也很模糊的愿望,对她来说,几乎就是一种空想或者奢望。但这一种奢望,影子一般跟随着她。玉香看到操场上奔跑着的男孩子们,看到校园里三三两两相跟着的年轻女孩,玉香的心一点点变得年轻。其实,玉香比校园里的学生也只大一两岁。如果是学校里的研究生,玉香看他们比她还要大。那些研究生提一个暖瓶,在学校阅览室的楼梯上上下下,玉香是羡慕的。

秋天了,学校马路两边树上的叶子在变黄,有的树叶红得像家乡田间的柿叶。很快,校园里的学生们系上围巾,戴上帽子了。他们的脚上穿着暖和的棉鞋。玉香想她的女儿也该穿棉衣了。玉香想女儿,钻心地想,常常把街上谁家的女儿当成她的女儿,常常为看见跟她女儿一般大的别人家的孩子流眼泪。

玉香每天去阅览室。她认识了一个男生。这个男生留平头,戴一副白边眼镜,乳白色的休闲上衣,或者穿黑的短装外套。他面露微笑,高兴的时候,仰着脖子大笑了。

他们在校园东边一栋教学楼后面的空地上相遇相识。那里空出来一片泥土地,每天扫得很干净。四五颗细细的杨树,迎风拍打着绿而亮的叶子。如果天下小雨,那里的地面,湿湿的,一尘不染。玉香喜欢那里。

一天下午,玉香看到这个男生,有些气喘地走到玉香身边来。玉香以为他要打问她什么事情,或者是他丢了什么东西,跑来问她拾到没有。玉香在想她是不是拾到钥匙或者钢笔什么的。玉香小时候常常丢钢笔。她多么希望有人拾到还给她。她想:来问他的这个男生一定要失望了。可是,玉香听男生问她是哪个系的?

玉香回答他。

玉香说有事吗?

男生说常常在阅览室看到她。玉香看这个男生一脸诚实,便也问他。男生看见玉香手里的书,他说了另外一本书名,让玉香找来读。这本书,玉香第二天在阅览室还真找到了。那书看到玉香心里去了。后来,玉香常常看到他,听他说了更多的书名,玉香也看了更多的书。她觉得自己跟以前比换了个人似的。

刘光跃去学校看玉香。他见到玉香的时候,玉香正跟这个男生从一栋教学楼里出来。男生一边说一边扭头看玉香。就是这个时候,玉香看见站在远处的刘光跃。玉香以为自己看错了,再看,他真是刘光跃,他身后是那辆玉香熟悉的黑色轿车。

玉香欣喜地跑到刘光跃跟前。刘光跃看着跑过来的玉香,看一眼那个落在后面,越走越慢的男生。刘光跃问他是谁?

玉香说一个同学。

玉香朝那个男孩摆手,那个男孩一本正经,有些惊诧地望着刘光跃。他抬手朝玉香摇摇,也像是朝刘光跃摇摇,左拐,不见了。

刘光跃把手放在玉香背后,像是推着玉香,三步把玉香推进轿车里。车载着玉香很快从学校大门跑出去,一路跑上大街,在一家宾馆门前停下来。

房间里非常安静。西去的太阳光在窗户边洒下一小抹。玉香从门里进来,刘光跃拥抱玉香。玉香搂住刘光跃,感受到从他的毛衣散发出来的温暖。

天黑透了。大街上的灯光,隔着窗帘,透到屋里来。屋里橘黄色的灯光一会比一会儿亮。刘光跃仰面躺着。玉香看着他,俯在床上,抱起他一只胳膊。她说时间还早,她想去学校看会儿书。

刘光跃拿过手机看了一下,他说八点钟了,这里不一样看吗?你不是带着书吗?

玉香说她还是去学校吧。

刘光跃光着膀子坐起来,生气的样子。

玉香望着他,笑了,说一会儿就回来。

刘光跃下床,很快地穿好衣服。他问玉香常常这样晚上一个人在街上跑吗?

当然不是了。玉香说。今天不是你来吗?你又不天天来。

那个小伙子带你出来吗?

玉香看着刘光跃,说你怎么这样问呢?

刘光跃没说话,睃一眼玉香,跟着出来。

车到学校门口,刘光跃把车停到一边,从热气腾腾的小卖摊给玉香买了一个肉夹馍,递给玉香。

玉香吩咐他回去,不要在校门口等。

刘光跃答应着,看着玉香一边吃,走进暗的树影里,少半会,又从树影子里走出来,进了明晃晃的教学楼。

刘光跃心思沉重。他不知道怎样做玉香才能永远像今天见到他温顺可喜。玉香他是越看越爱的。婚姻问题,在他头脑里长久徘徊。他忽然想起了什么,摁摁胸前口袋。他给玉香买来一条项链。他给玉香买过一条项链,那是条黄金项链。来看玉香,逛商店,发现一条白金项链,他觉得合适,买下来。刘光跃对自己买这些东西蛮自信的。他给玉香买什么,玉香都高兴,不论贵贱。刘光跃给玉香买东西,完全不像以往给别的女人买,只图一时高兴。他给玉香买,是为了热爱。她对于他不仅仅是一个他爱着的女子,更重要的她在他心里是不能割舍的一个什么人了。每次见到玉香,望着玉香的笑,像是这个世界再没什么遗憾。刘光跃开始想他的婚姻。他想他也要像别的有钱人离婚吗?玉香的意思呢?有一次,他买回来一对玉镯,玉香喜欢的轮番看,试着戴在手腕上,翠绿的玉色在灯光下发出悦目的光彩。那光彩在灯光下流动。玉香白而细腻的皮肤,在玉镯的陪衬下,那手腕显得更加丰腴圆润。刘光跃用手摸那翡翠手镯,也是在摸玉香的手腕,他说就这样戴着吧。玉香从手腕上退下来玉镯,她说以后再戴。

刘光跃不知道玉香说的以后是什么意思,不知道这是不是玉香的一种暗示。这让刘光跃心生忧愁,又带着些企盼,隐隐的怀着一种喜悦和希望。如果以前他没想过跟老婆提离婚这层话,他想这一次他会开口的。这对刘光跃似乎并不是件容易的事情。他想象自己将这件事情提出来,老婆会怎么样。如果她不愿意,刘光跃会怎么说呢?或者,老婆只是默默地流泪?刘光跃是个淘气的,一副天不收地不管的模样,可他受不了女人的眼泪。离婚让他觉得不光彩。在老婆面前,刘光跃是惭愧的。现在,村里人都知道他跟一个有孩子的女人在一起。村里人的传言很邪,他们说刘光跃现在相好着的女人妖精一样。她们说刘光跃以前还不是很走调的,现在遇到这个女人,刘光跃完全不着家了。村里人看待离婚,从来怀着偏见。可是,要他在她们两人之间选择,刘光跃就由不得他自己了。

现在,刘光跃心里忧郁,下午的那个小伙子对玉香可是有些意思的。刘光跃是男人,他知道男人的想法。刘光跃难过地想着,下车走进一家面馆。

76 究竟怎么样才行

校门里,昏暗的路灯下,这里那里的花草,映在地上全是黑影子。高高的天空中,星星有的清晰有的模糊。

刘光跃从面馆出来,看时间九点多了。他看到街上来来往往的同学。他想这些同学怎么就不去读书呢?他左左右右地看,朝学校门里头张望。

校门里,昏暗的路灯下,这里那里的花草,映在地上全是黑影子。高高的天空中,星星有的清晰有的模糊。他终于看见一个熟悉的身影,从学校门里走出来。她身边跟着一个人。近了,果然是玉香,跟着的那个是下午见到的小伙子。

刘光跃生气了,拉开车门"比"的一声打着车,车灯"哗"的照亮了。从反光镜里,刘光跃看见玉香朝车跑过来,看见玉香回头朝那个男孩摇手。那男孩也朝着玉香摇手。

刘光跃没等玉香在车里坐好,车"呜"的一下,开出老远。

车上,他们一路无话。到房间,刘光跃"啪"的关了门,他发疯似的说,结吧,结婚吧。

你说什么?

结婚。我要你跟我结婚。

玉香吃惊地看着他,你怎么突然说这样的话?

不就是离婚吗?我决定离婚。你跟我结婚。

谁要跟你结婚?

你。你跟那小伙子怎么回事啊?你们天天泡在一起干什么啊?

谁泡在一起了?

你。你跟那个小伙子。

你猜对啦,我就是跟那个小伙子好上啦!

玉香说着,把刚脱的外套往床上一扔,也不看刘光跃,扭身坐在床上。

刘光跃坐了一会儿,到底坐不住,走过来,看玉香的脸,碰碰玉香。说你真生气啦?

玉香先是看着刘光跃走过来的脚尖,现在,她把头慢慢抬起来,看着刘光跃靠着她坐下,从口袋里掏出一个长形的纸盒,打开,金色在灯光下,星星一般闪耀。

玉香看一眼,扭过头去。她想起王新亮。她想她不能跟王新亮结婚,更不能跟刘光跃结婚,不管是什么样的理由。玉香这样想着,眼里扑簌簌落下泪来。

我会跟她离婚的。刘光跃握着玉香的手,低低地求着玉香。她会同意的。我跟她早就不在一块儿了。

玉香摇摇头,说,就算离了婚,她也不结婚。她真的不要结婚。

刘光跃看着玉香，从玉香眼里看出她不是在赌气。

刘光跃丧气地放开玉香的手，生气地看一眼玉香，她天天都在想什么！他对她说的这些话，有多少女人想听，有多少女人爱听，有多少女人盼着啊。她怎么会这样呢？

那条项链，在盒子里眨着晶亮的眼睛，像是在挤着眼睛笑话刘光跃。刘光跃用手在打开着的项链盒子上狠狠地拍打，用手在床铺上狠命地拍打，他说算我求求你，你究竟要怎么样才行呢？

玉香双手捂着脸，呜呜地哭。

看着呜呜哭的玉香，刘光跃跟着伤心起来。他靠近玉香坐下来，将她的两只手从脸上拿下来，说他没别的意思，是真心想跟她一块生活。

玉香哭得更加伤心。

刘光跃说那你让我怎么办？

随便怎么办吧。玉香哭着说，这辈子她谁也不想嫁。

那嫁那个小伙子不？

不！

刘光跃苦笑着，苦恼地望着她。

77　回到过去(一)

那杏还没到黄的时候，一树翠绿，摘一颗，咬一口，酸倒牙，只是对孩子们口味。桃是毛桃，个头比杏大，不如杏成熟早，……洋火枪走火，可以打叉手虎口，如果是装在口袋里，可以打烂裤子，露出光屁股。

刘光跃要修一条公路。隔着南村北村的那条沟，沟东有桃树杏树，沟西是大片的芦苇。树林与芦苇林之间，是南北要道。北村住着，上街赶集，除天上飞的鸟儿，全得沿南北道下到沟底，又一步步沿着慢坡儿爬到沟顶。这是南村北村多少辈辈人,走过的道路啊。那年老的男人赶着驴车,女人挪着小脚。女人胳膊肘儿挎着一篮儿鸡蛋,或者背着一摞帽辫儿。她们将这些拿到街上卖掉,买回来油盐火柴。那年轻的后生,迈着大步,从沟底沿着慢坡,很快越过驴车,越过老年女人,走前去了。那年轻的女孩子,一路说笑着从坡上爬上来。

刘光跃焦厂的煤炭,由北山蜿蜒而下,道路盘绕,多走很远的路。刘光跃开车路过这里,总是要打量这条沟。如果运输车辆从山路盘下来,沿沟东西行,是一条快捷道。

刘光跃对这条沟动了心思。

刘光跃几岁时候,常常打这条沟的主意。这条沟犹如生养他的母亲。小时候逃学常常要跑到这里来,沟里有桃树杏树。每年四五月间,这里引诱着孩子们。那杏还没到黄的时候,一树翠绿,摘一颗,咬一口,酸倒牙,只是对孩子们口味。桃是毛桃,个头比杏大,不如杏成熟早,咬在嘴里也不如杏有味道。孩子们偷杏要多一些。沟里住着一户人家,是一对老夫妇,这桃树杏树便有了主人。

这对老夫妇住着的窑洞,背北朝南,悬在半山似的。从窑洞到沟里是一个长长的陡坡。那老汉脊背哈下来,上坡脸都要挨到黄土了。他戴个老花镜,布满皱纹的脸上这里那里是褐色的斑点。老汉好脾气。那老妇人,大个子,缠小脚,挽疙瘩头。她头发花白,脸常常挂下来,从来不曾看见她笑,一双杏眼,看人总像是要打架。她走路是男子的走法,迈大步,走得虎虎生风。她上坡,腰板前倾,走得腾腾地,像是生了气。

窑洞外系着一条大狗。沟里常常听到汪汪汪的叫声。那狗是只四眼狗,长得漂亮极了。它的耳朵梢头是金色的,它的眼睛和鼻头是金色的。它的尾巴尖儿、它的四只蹄子是金色的。孩子们打了麻雀,打了黄鼠狼,带给它吃,为了让它嘴下留情。它受着美色诱惑,一低头,孩子们爬上树了。

这里鸡咯咯咯,鸭呱呱呱。树上的云雀叽叽喳喳。孩子们悄悄摸进来,跟这老两口打游击。那老汉发觉,喊一嗓子,拿拐杖在石头上敲打,骂你们这些龟儿子。孩子们听了嘻嘻笑。那虎虎生风的老妇人,却是不喊话,神不知鬼不觉,她已经站在树下,仰头望着你,杏眼大大地睁着,像要吃人的样子。

刘光跃常被老妇人抓。老妇人看着刘光跃口袋撑得鼓圆，招手让他下来。刘光跃贴着树杈。他不想交出摘得的果实。刘光跃坐在树上搜索他的同伙。他的伙伴们从树下跑开躲藏起来。刘光跃将上衣脱下来，绕口扎紧，尽力扔出去。他高兴地看着伙伴们争抢着拾起，蜂拥着一路往沟外跑。那老妇人也不去追，她拉着狗绳索，系在刘光跃那棵树下，一手叉腰，一手指着刘光跃说你比狗还要跑得快吗？

刘光跃坐在树杈上，正午的太阳从树叶间洒下来。刘光跃光着膀子，风吹来，树叶哗哗作响，只觉得一阵凉快。狗在下面汪汪叫，围着树转圈，用爪子刨着地，将地刨得尘土四溅。刘光跃学狗叫，从树上抓一块树皮，逗狗玩。狗疯狂起来，来回掉转身子，喘着气，吐出长长的舌头。

他玩累了，坐在树上，时而伸手摘一颗杏。杏核一咬便开，里面是一个白色的椭圆的心形。那心形咬它有的是甜，有的是苦。如果用手指揉揉，可以挤到眼睛里，据说眼睛有了杏仁水会更清亮，尤其是女孩子更喜欢这么玩的。刘光跃有点发蔫，特别是那帮孩子们全逃走了，留下他一个孩子王。他不再觉得杏是什么好吃的东西，低下头看树下系的那狗。狗不像刚系过来凶巴巴，它的两只漂亮的耳朵眠着，长长的嘴巴放在前蹄上，像是睡着了。拿树皮砸它，它也只是抖抖耳朵。这让他更觉无聊。日头更毒地照着，他就那样骑在树上，抱着树干，枕着树杈睡着了。

中午过了。他醒来，肚子咕咕叫。那狗看着似乎还在睡觉。刘光跃起身往树梢头走，回头看狗惊醒了，黄色眼睫毛眨动着，像是跟他藏猫猫，专等他落下来。

刘光跃听到有人喊，他惊喜地看见树后面探过的头和扬起的胳膊。刘光跃心里一喜，正要说话，狗汪汪叫起来。一只麻雀扔过来。眨眼间，刘光跃飞雀一般落到地上，夹在一群伙伴们中间，跑出树林。

这是惊险的。但男孩子们着迷这样的游戏。他们玩洋火枪。洋火枪走火，可以打叉手虎口，如果是装在口袋里，可以打烂裤子，露出光屁股。如果对准人，足以能打瞎一只眼睛。在刘光跃幼年，这些事故时有发生。课堂上，老师正讲得热火，"叭"的一声，洋火枪走火了，教室里一片混乱。女孩子们幸灾乐祸地笑成一片。

刘光跃装了一只土枪。那土枪,可以从天空打下一只鸟来,或者能打着一只跑得很欢的兔子。土枪一响,兔子歪倒在地上了。这在小时候的刘光跃是很过瘾的。

也是四五月桃花杏花开,他带着土枪跟孩子们来沟里。他们对准那只漂亮的四眼狗。其实,孩子们都没要打死它。孩子们没那胆量,更没那样凶恶。他们只是不知轻重。孩子们跟这只漂亮的四眼狗有了感情。来这里扔给它麻雀吃,也不仅仅是为了偷吃桃儿杏儿。秋冬时候,孩子们得到麻雀,也会想到它,说带给阿黄吃吧。孩子们给它起了名字,叫它阿黄。

那天,孩子们你挤他他挤你,争相从枪眼里看阿黄。看它好看的黄蹄子黄嘴巴黄耳朵。不知谁不小心碰了枪栓,只听"叭"的一声。老天爷啊,枪口下的阿黄像喝了迷魂汤,趔趄着歪倒地上了。

孩子们知道闯下祸,鸟兽散。那妇人出了窑洞,疯了一般。她连着几天来学校,寻到孩子们家里。抓住一个,就是一串。孩子们不敢看那眼露凶光的老妇人。她像是阿黄附体一般,孩子们怕得浑身乱颤。

孩子们说是刘光跃。

刘光跃也觉得应该是他,他是枪的主人。为着漂亮的阿黄,他伤心的几个晚上都睡不好。他在梦里看见阿黄。它英武的样子,脑袋是黄颜色,四蹄儿、尾巴尖,都是漂亮的黄颜色。阿黄望着他,不像以往汪汪叫,只是望着它,似乎想要对他说出话来。刘光跃醒来,又伤心了好一会。

第二天晚上,他去了老夫妇的窑洞。他将一根棍子顶在头上。学校里,学生犯了错,老师便让顶教鞭。在学校里顶教鞭,刘光跃心里常常不服。但为了阿黄,他觉得自己应该好好挨一顿打。

窑洞里的煤油灯忽忽闪闪,闪得墙头贴着的灶神动起来。那好脾气的老汉正吃饭,他咬一口玉米面馍,一大块掉下去,老汉用手接住,放进嘴巴里。他对老太婆说,孩子来认错,让孩子回去吧,不过是一只狗,死了也就死了。

煤油灯下,老妇人阴沉的脸在灯光下,显得更怕人。她在灶台上切一块酵面。她说让他顶着,顶够一炷香工夫再说。

刘光跃顶着棍子，站在忽明忽暗的窑洞，望着灶锅墙头的灶神。他的腿站得酸疼，但他一动，头上的棍子就要掉。他撑着不动。老妇人忙活完了，也不朝他看，似乎窑洞里除了她和老汉，像往常一样没有外人。但她后来还是朝着刘光跃望了一眼。那是在他站了差不多一炷香工夫后。那晚，她没打他，居然放他回家了。

那以后，刘光跃在桃树杏树花开时节，帮着老夫妇看管果园。他得到老妇人许多奖赏。那奖赏是熟透了的桃杏，偶尔还能吃到老妇人一块白面花馍。说是一块，最多像初上的月牙儿尖。但那馍雪白，上面有一瓣红花，或者半片儿绿叶。刘光跃舍不得吃。他伸出一小点舌头，舔一下，看半天。那清醇的麦香，在舌头上散开。他太想一口放进嘴巴，吞咽下去。

但他的好梦常常要被伙伴们打搅。他们蜂拥而来，扬起的手将那块馍从他手里打掉，他们从地上争抢那块花馍，眨眼间，那块花馍在他们手里撕成馍花儿。馍花儿从他们手里四散，落到地上，成米粒大小。他们又争着将那块土用手撮起来，吹了里面的土，张开嘴巴，吞下去了。

可惜那块带花朵的白面馍，经他们一闹腾消失了。刘光跃为此跟伙伴们翻脸，他后悔没将那块白面馍早早地吃下肚，独自享受一下美味。

78　回到过去（二）

这里的桃花杏花零零落落，桃儿杏儿没长起来就落掉了。当年花果山一般情景，似乎随着岁月飘走了。到底还有小孩子像他小时候一样，在那里淘气。他们稚气的童声，在窑洞门前回荡。但他们听不见老汉的拐杖响，也没福气看见老妇人凶巴巴的模样。这条沟没有了鸡鸣鸭叫，鸟雀似乎也不在这里停留了。

刘光跃每年盼望着沟里的桃花杏花开，不仅要盼着桃儿杏儿，也盼着夏季的暴雨。暴雨过后,轰隆隆的山水,便从这沟里冲刷下来。那山水浩浩荡荡,穿过树林,冲过南北要道,冲进芦苇地。

那是大片芦苇地。自东北而西南,到几里之外。这沟里的芦苇地像刘光跃另一个家。他幼年的时光,大多在这芦苇地里头度过的。春天,芦苇才露尖尖角。那紫色的芦苇,像鹰嘴巴,一个个从地表露出来。不几天,沟底那芦苇,长高了,那鹰的嘴巴分出几片绿叶来了。芦苇长到半人高,一人多高,路过举起胳膊手指头都摸不着它的顶了。这时候,芦苇地里有野生的各样瓜蔓儿落成的小小的果实。孩子们发现了,用瓦片盖住,一天天等它们成熟。它们是绿色的,绛红色的,黑色。那种叫不出名字的黑色小果实,极甜。芦苇地还有柿树桑葚树,运气好一点,还能在芦苇地里碰到几只鸟蛋。芦苇地里也藏狐狸和狼,有叫不出名的奇怪的兽。这里是孩子们神奇所在。

比起夏季的洪水,孩子们暂时将芦苇地的神奇忘却了。看着洪水激荡着从桃树杏树的树林滚滚而来,听着洪水的狂吼,刘光跃和伙伴们小狗一般嗷嗷叫着,胳膊举起来跳着。刘光跃喜欢看山水头。那山水头,像受惊的群马,参差不齐地冲撞过来。那山水头,像天空中疯跑着的云朵一般,变幻。那水先是膝盖深,后来一点一点荡到胸口。站在洪水两边,分别是南村人和北村人。他们拿着竹筐来了,拿着扁担来了。他们要从这洪水里头打捞所能捞取到的。它们是炭,是木椽,还有果子之类。凡是不幸跌进这洪水之中的物件,全成了岸边人的幸运之物。

刘光跃和村里的孩子,身上系着大大小小的葫芦,没在水中。那水像黄色的泥巴水,荡漾起泡沫。泡沫里漂着树枝树叶儿,漂着小木板,或者一只鞋,或者还能是一头小猪一只小羊。小孩子们在水边走来走去。他们看着这洪大的水流,看着卖力在水中捞取的人们。嘈杂声混合着洪水的吼叫,这里乱成一团。水的两岸,已经有了收获,高高低低堆着各自打捞上来的东西。

沟里住着的那对老夫妇,一前一后离开人世。刘光跃对老夫妇怀着一份特殊的感情。听到老妇人去世,刘光跃心里是波动的,好像那年老的妇人是他的一个亲人。

发丧老妇人那天,他去帮忙。老妇人的照片,还是拉着个脸,杏眼圆睁的模样。刘光跃眼前一时腾起一阵热雾来。他将眼睛挪开。这里的桃花杏花零零落落,桃儿杏儿没长起来就落掉了。当年花果山一般情景,似乎随着岁月飘走了。到底还有小孩子像他小时候一样,在那里淘气。他们稚气的童声,在窑洞门前回荡。但他们听不见老汉的拐杖响,也看不见老妇人凶巴巴的模样。这条沟没有了鸡鸣鸭叫,鸟雀似乎也不在这里停留了。刘光跃眼前飞过一只黄蹄子的四眼狗来,那是阿黄。刘光跃一惊,那狗一晃消失无踪了。

这条沟寂寞下来。

沟里好些年不发洪水了。那几里长的芦苇林稀稀疏疏,藏不住瓜藤,更不用说鸟蛋了。一根根芦苇,又细又矮。那草藤一圈一圈缠上来,有点恶狠狠,它与芦苇似在厮杀,芦苇完全败下阵来了。

刘光跃那会儿是有头有脸的人物了,坐着黑光灿亮的桑塔纳从这里经过,看到半人高黄梢头的芦苇林,想起幼年时的芦苇林。寒冬天气,丈把高的芦苇褪却绿色,一节一节着了玉黄色的外衣,一根挨着一根,柱子一般挺立着。梢头的芦花被风吹得向一边倒去。芦苇成熟了。已经是秋冬天气,一行雁呱呱叫着南飞。现在,到哪里去寻那样好的美景呢?

不只是芦苇地里干旱,村子里的井水也一天天从少到无。村里人买水喝。卖水人将电话写在墙头。照电话打过去,便有一辆三轮车,车里装一个大铁皮水罐,长的皮管子从门里拉进来。那拉水人黑黑的脸,穿横道儿休闲装,说是休闲,却紧绷在身上,显出他腰间别着的手机。

水咕嘟咕嘟流进院里的水沼。家里用来装水的瓷瓮,从屋子里搬到院里一个不显眼的角落,还是觉着碍眼,便扔到一个废弃的杂物棚里,或者干脆搬出家门。家户屋里废弃的不只是瓷瓮,犁耧耙耱全用不上。村里人将庄稼看成副业。他们的正务不再是扛着锄头镢头,而是出外打工。他们的工资从五百块涨到一千块,涨到一千多块。

刘光跃厂里部分工人便是周围村的村民。他们下班回家务农,来工厂上班便穿起厂服,是一名工人。刘光跃开车从厂门进进出出,看见厂里的工人,是亲切的。与厂相关的一切,他都觉得亲切。这个厂就像另一个他。厂里的每一片树叶,每一寸土地,都像是他身上的一部分。

刘光跃没想到,多年后他要将这条沟铺成横贯东西一条宽阔大道。这是条快捷道,有了这条大道,煤炭运输方便了,家乡远远近近这些个村落便与外界毫无阻隔。刘光跃为自己能够这样想,觉得高兴。十多年前的他,凭的是胆大和勇气。如今他觉得自己看事情长远了,感觉到自己也拥有了那么一小点智慧。修这条荒芜的深沟,会惊动县里,还会招来分到芦苇地的村户们这样那样絮叨。修路是一件好事,也是一件闹心的事。但他只有将这条大路铺好了,心里才踏实。他要让这条沟更亲密地生长在他的记忆里。

修路一天天排上工作日程。这条路的名字都想好了,叫光明大道。

79 惊心事件

天麻麻亮。刘光跃在巷子里快步走着。小学生揉着眼睛,他们从家里出来,走得东倒西歪。

沟里人声沸沸扬扬,呜呜的装载机,来往穿梭的车辆。这条沟热闹起来,鸟雀飞落到树上,惊讶地拍着翅膀欢叫了。推土机轰隆隆过来,很快有了沓沓的机器声,声音高亢激越。呼啦啦的搅拌机声,泥浆在翻滚。压路机来了,滚动着,在太阳光下,油黑的路面,墨汁一样渗透。那碌子像多年前碾场的碌碡,但比碌碡要大许多。它被机器带着,缓缓碌压,蜗牛般,或者屎壳郎推粪蛋一般。

刘光跃从工地回来,已是夜里十点多钟。他接到村长电话,一个老太婆说她的芦苇地补赔不公平,她家又贫困。村长跟他通了好半天电话。这些日子,像这样的电话,刘光跃每天听很多。他简单擦抹了一把脸,躺下睡着了。

大半夜,手机的叫声,吵醒睡梦中的刘光跃。他接到手机,随手套上衣服,匆忙从门里出来。

厂里出事了,油罐爆炸。油罐紧挨着门房。这件意外的事情,对于一个厂似乎也不是太离奇。

火是半夜烧起来。爆炸声惊醒了全厂职工。他们从各自岗位出来,看着门房腾起来的烈焰。消防车呜呜叫着扑来,长长的水龙交叠喷射,水汽腾上来,滚烫的雾在空中飘扬消散。

刘光跃到厂的时候,火焰弱下来。门房炸成平地,油罐炸得全成碎片。眼前一大片漆黑的废墟。

厂门口一片混乱,人影在晃动的车灯前,蚂蚁般仓皇奔走。

天气凉了,黎明前漆黑的夜,车灯雪亮。刘光跃开车回家。这不是他的习惯。刘光跃看了现场,做了安排。照以往,他要去办公室。发生与人命相关的事情,死者那边很快会有人来。这些问题都得解决。但那天刘光跃想回家。他想起那天回家见到老婆凤贤。刘光跃这样想,不由得出了一身冷汗。刘光跃多少天没回来,他自己也不记得了。玉香去学校念书,刘光跃还是愿意回城里住。实在累了,就睡办公室。他一直想不出好办法来解决他跟玉香相好这件事。玉香对这件事情不闻不问,让刘光跃轻松着也烦恼着。他轻松这不是一件紧手的事情,却也为着玉香迟迟不提心有不甘。

现在,要命的是他想起办公室那封信。这些日子,为修路的事情,那块芦苇地闹得他心烦,有的直接来办公室缠着刘光跃,只管多要钱。他将那封信忘掉了。他记得当时看了那封信还有些堵心呢,可后来,真是给忘了。

车到门前。刘光跃伸手拍拍门,一手拿着钥匙开了锁。

这是刘光跃几年前盖的院子。宽阔的门楼,青绿色石子粒一贴到顶,院子是水磨石,屋地铺着亮亮的瓷砖,窗户整片玻璃透亮。这是半夜,这些个车灯照不见,但它们全在刘光跃脑子里印着。印在刘光跃脑子里的,还有房屋的敞亮。太阳从开阔的玻璃窗照进来,映得老婆那紫色的痣显得更深些。老婆知道这些,她在刘光跃面前低头或者侧脸而过。刘光跃看到了,心里隐隐不安。他们是十多年夫妻,见面却是别扭的。他们之间生出厚厚的隔膜,刘光跃一回到家,有些透不过气来。

这天大半夜,刘光跃奇怪眼前跑着老婆的身影,听见自己的心咚咚直跳。打开屋门,灯光下,屋里像往昔一样整洁。他推开卧室门,吃惊地看见炕头上的被子,叠得齐齐整整。他一步闪进屋子,四周静悄悄,耳朵里血管铮铮地响,像上足发条的钟表。他走出来,到其他各房屋全看一遍,一如他偶尔回家。但这一次,面对空空的家,不妙的感觉如重锤一声一声撞击他的心口。

他在沙发上坐下来。那是两年前新换的一套木沙发,上面摆放着沙发靠垫。刘光跃一只胳膊揽住沙发靠垫。

他想:回娘家了吗?

刘光跃起身拎着衣服,一边穿一边拉开车门。但他又从车里下来。

天麻麻亮,刘光跃在巷子里快步走着。小学生揉着眼睛,他们从家里出来,走得东倒西歪。

刘光跃母亲听见门响喊,谁在外头?

刘光跃叫声妈问,凤贤是回娘家了吗?

刘光跃妈好像不认识刘光跃了,欢喜地说,你是问她吗?哎哟,昨晚上还在我这里坐了一会,那不,送来一大盘饺子,够我今儿吃一天了。

刘光跃支吾着,从门里出来,觉得身子发虚。他走回到家门口,上了车。

车又一次从厂门进来。

他从车里下来的时候,看见几个人在黑漆漆塌成一片的门房那里忙碌。当他隐隐听到门房里死了两个人,有一个女的。刘光跃脸刷白,突然向那几个人紧走过去。他有些站立不稳,脚步踉跄着,从那堆废墟跌跌撞撞走出来。他走得摇摇晃晃,望一眼办公室,似在眼前,却是那么遥远。大清早,额头上的汗渗出来,头像有钢钻嗡嗡嗡嗡地钻。他疼起来,用手使劲掐着太阳穴。

大家只当这是一起火灾事件。但这个事件里,刘光跃老婆死了!这是雷人的事件。村里人瞪大了眼睛,好闲的人七猜八想,话传得有些离谱,这些离谱的话都能编出一本小说。

这件事情对于刘光跃像隔墙挨了一砖头,一下子懵过去,清醒过来,疼痛更觉得厉害。

事情得到尽快处理。门房师傅的家人知道了这件事情,没提什么要求。刘光跃照命价赔偿。他的女人,刘光跃毫不僻讳,在家发丧,像是女人得了什么病或者是任何能说得出口的原因去世了。该报丧的亲戚全请,特别是女人的娘家。发丧那天,娘家来人不多,来的那些个,见到刘光跃嘴巴张张,说不出话。在他们看,刘光跃待他们不薄。他们三姑六姨家的孩子全来厂里上班。娘家人面露难色,觉得他们这个至亲让他们丢了脸,重要的是让刘光跃丢了脸。他们见到刘光跃,有的落下泪来,不知道是为死去的他们的亲人,还是为了心中的愧疚。

80 罪孽

热辣辣的太阳被绿色的窗帘遮蔽了,给屋地上照上一片阴凉。那窗帘受风一吹,小小地飘荡,他的心似乎被风揉了一下。

忙过发丧,院子里寂静了。刘光跃关了门,屋里静静的。他一个人歪倒在屋里的沙发上,望着院外,望天上云卷云舒,突然眼泪哗哗地落下来。他回想她嫁过来,总是低着头,做这做那,好像从来不知道他嫌弃她。她为他生孩子,照顾家和老人。他常常不回家,不曾听到过她的埋怨。他使劲儿想,十多年,似乎不曾看到过她笑。刘光跃想他自己。老天为什么偏就让他和她打成一对死结?现在又让她死得如此难堪?这些都是为什么,是他一个人造的孽吗?

刘光跃的确怀了羞耻心。他真想捂着脸大哭一场,抵了他这么多年来没有好好看待她的过失。可是,完全不像想象的那样轻松。老婆去世后,以前的事情在他眼前时时浮现。刘光跃记起一次他病了。那次的病到底没查出病因,糊里糊涂给好了。那病来得奇怪,他突然眼前一黑,便什么也看不见,跌了下去。那是一个热天,大家七手八脚把他抬上车拉到医院。那时节正是新设备更新上马,刘光跃哪里在医院留得住?药瓶挂在办公室。媳妇来看他。其实媳妇有个好听的名字,叫凤贤。只是刘光跃从不曾叫过,也不给人提起。

刘光跃对她说不要过来了,这里有秘书。

但凤贤每天都来,来时给他带做好的饭菜。

他坐在或者躺在皮制的沙发里,眼睛闭上。

凤贤说吃饭吧。

他不动也不说话。

凤贤想着他是动不了,将一只凳子放到他头侧,饭放上去。

他听见了,知道她想侍候他吃饭。他说先放着吧。

他似乎眯了一会,觉得有人给他拿什么盖脚,想着是秘书,睁开眼看见凤贤忧愁地望着他。

那会儿他还不认识玉香,只在外面乱搞。在外面放任的结果,让他的心里头越加空落落,越加感觉到一种沉重,也更多地为这样的事情苦恼。他不知道这样的日子什么时候是个头。那天,凤贤脸上的忧愁有点打动他。这个世界上,还是有人关心他,将他的安危当作最重要的。热辣辣的太阳被绿色的窗帘遮蔽了,给屋地上照上一片阴凉。那窗帘受风一吹,小小地飘荡,刘光跃的心似乎被风揉了一下。他用手指指凳子上放着饭菜。

凤贤受到惊吓般地,站起来,将饭盒揭开,一只手拿起勺子。

他说他自己吃。

凤贤将勺子递给他,站在一边,双手在一块绞了绞,又很快放下来。

刘光跃感觉到了。这多少让刘光跃也难过起来。但刘光跃又不能违心让凤贤坐在他对面。

那顿饭,他吃得疙里疙瘩,满心里装着委屈抱怨和对自己的责备。

他知道她委曲。他给相好的女人欢笑,却不曾给过她。他给她一个家,让她过富裕生活,来抹平这一切。凤贤是她的媳妇,有了这一点,似乎该得到的全得到了。刘光跃体会不到一个女人不被男人宠爱的滋味。女人生活中另外的一些,凤贤这辈子不会从他这里得到了。这对于刘光跃是没办法的事情。他不愿意看到她,更不愿意看到她一副受委屈的模样。这让他无法忍受。

刘光跃心里别扭着。凤贤再来,他说这里是厂区,你不要来了!

现在,他想他为凤贤的死将要背着良心责备。是的,他一直不打算与凤贤离婚。他也说不清楚这是怎样的情感。他觉得离婚对一个女人是惨痛的,甚至是丢人的。可也正是这样的想法,结果让凤贤落得如此凄惨。随着事故的风波一点点地平静,刘光跃背负着的羞耻在淡化。如果村人的设想是真的,他的设想是真的,他为媳妇也得到过欢喜和爱感到高兴。这多少削减了他身上的罪。

81 跌了一跤

　　她只怨恨自己脸上那块大大的紫红色的"痣"。听说每个人身上都长这样的"痣",大小不同,长的地方不一样。有的人铜钱大小,长在脑袋上,有的人地图状长在脊背上,有的人长在屁股上,偏偏是她,大大的一块,长在了脸上。

正如人们的猜想,凤贤跟看门房的暗地里有私情。并不是凤贤故意要报复刘光跃。刘光跃生病,不要凤贤来厂探望,凤贤的心像开水烫了一般。她从刘光跃房间出来,一路走得风快,到门房出口,脚下一拌,手里的饭菜缸飞出去。

其实,厂门口平光光的。她一边走,一边看着电门徐徐开启,就在她走出厂门的时候,忽然栽倒在地。午休时间,厂门前晒得滚烫,路两边树上的叶子,静静地待着。凤贤觉得有人扶她起来,问她摔着哪里没有?

她回身看到一张脸,慌乱地站定了,连连说没伤着,试着向前跨了一步,不想脚弯发虚,急忙伸胳膊拄在门房的墙头。

门房师傅问用不用到房里歇会儿?

门房里一张床铺。桌子上风扇可着劲在摇。凤贤经这一摔,心里越加的不畅快,不觉得落下泪来。

门房师傅问疼得厉害吗?

凤贤摇摇头。身上倒真是不疼,真正的疼痛,深藏心底。

门房师傅倒一杯水,端给她,说惊着了,喝口水,就没事了。

凤贤接着,目光相对,急忙将眼闪开。她手揭杯子,心热辣辣的。刘光跃什么时候给她倒过一杯水呢？从门房前来来往往，她看门房师傅是一个五十开外的男人，甚至都没认真望过他。在三十出头的凤贤看来，门房师傅已经是个半老头。现在，听见他说话，看见他胸前的半袖衫只扣下面三粒扣，大大敞开着的衣领，露出结实的肌肤。她的目光又一次躲闪了。房间一角有一只精巧的兔笼，笼里两只小兔子，长长的耳朵，像竖着两把箭。那兔子吃着嫩青的草叶儿，在笼子里一跳一跳，时而抬头望望。

凤贤扭过头来，发现门房师傅在望她。她领略过无数人的目光。为着她脸上的那块红紫，相遇的人大多目光只是一瞥。他们心里怀着看稀奇的念头，总怕露馅，目光如飞，一掠而过。凤贤能在一眨眼间，辨认各色看向她的目光。凤贤从那一闪，能看出那目光是嘲弄还是友善，是有意要看她，还是无意观望。

凤贤躲过门房师傅的目光。门房师傅也将头转向窗口。她再看他，门房师傅也将目光转回来。她心内惊讶，从不曾有人这样认真打量她。那目光浸透着友善，甚至是慈爱。这是陌生的目光。凤贤很少看到这样的目光，在娘家也是少有的。小时候看戏是件欢喜的事情。妈妈今天带哥哥明天带姐姐后天带妹妹，可从不曾带她。那会儿她小，不知道是因为她脸上那丑陋的痣。她哭哑了嗓子，紧跟在妈妈和姊妹后头，跑得筋疲力尽，却不曾如愿。后来，她懂得照镜子了，不再与家里的孩子争，也不再哭泣。她常常伤心地望着西去的太阳。就这样，她早早有了忧愁。她怀着这样的忧愁嫁给刘光跃。但她并没有因为嫁给刘光跃，得到善待。男人刘光跃不打骂她，但从不正眼看她。这么多年来，凤贤的心真凉透了。

但她的内心里怪自己总是要比怪刘光跃多一点。她对刘光跃怀感激之心。新婚夜，刘光跃暗自哭泣。她知道暗自哭泣的滋味。穷困害了刘光跃，她想。但也是穷困，让她赢得这么一个家。她一心在这个穷家里待着。不管刘光跃怎么待她，愿不愿意看她。她都不怨。她只怨恨自己脸上那块紫红色的"痣"。听说每个人身上都长这样的"痣"，大小不同，长的地方不一样。有的人铜钱大小，长在脑袋上，有的人地图状长在脊背上，有的痣长在屁股上，偏偏是她，大大的一块，长在了脸上。她想就是刮了这层皮，皮下一定还是紫红。

82 农村人与城里人

在城里买房,在村人眼里是件荣耀的事情。在城里住,是有工作的体面人。现在,只要有钱随便买,买到省城买到北京。

凤贤怀了孩子,她喜极而泣。虽然怀了孩子的她,并没迎来刘光跃对她的热心。但她在这个家不空了。她将手搭在肚子上。这个时候,她的心充满阳光和温暖。

刘光跃有钱了,在外头好女人。听着这个那个有钱人离婚,凤贤心里害怕,她想她在这个家的日子或者也到头了。但并不如她所想。刘光跃对她还像以往,不咸不淡。对于刘光跃在外头好女人这件事,凤贤流了不少眼泪。晚上,她一个人躺在炕上,翻转着,焦躁起来。她揪自己的头发,拿头撞墙。后来,她不再折磨自己。这是挣扎过后的无奈。刘光跃在外头有女人,凤贤却恨不起来。那是她男人。她在电视上看见刘光跃,心里舒坦,带着点儿骄傲。刘光跃不常常回来。但他记得这个家。他盖的房屋是村里最好的,给家里买电视机,买冰箱。时髦物件儿,他们家总是头一家买回来。村里人常来他们家看稀奇,凤贤是光彩的,心里是喜悦的。刘光跃对她娘家人好。因为她,亲戚们想来的都来厂里上班。刘光跃让她在娘家人跟前长脸面。娘家人看她跟她小时候完全变样了,特别是她妈。她妈常盼她回家看望,她是娘家的荣耀。她隔一阵就接妈到家里来住。就是这样,刘光跃虽说不常回家,凤贤的日子是平静的。在别人眼里,凤贤过的是滋润日子。凤贤将家里抹洗一新,电器上盖着绣花布巾,新添的一套木沙发,红绸布包好的沙发坐垫每天像是刚买回来一样鲜亮。院子归置得齐整。以往的家禽多数家户都不再养,家里不差几个鸡蛋钱。凤贤不要说家里不养家禽,庄稼地也让给别人去种了。

刘光跃在城里买了楼房。村子里在城里买楼房,刘光跃是头一家。后来也有几家在城里买房,像是要向刘光跃看齐。在城里买房,在村人眼里是件荣耀的事情。在城里住,是有工作的体面人。现在,只要有钱随便买,买到省城买到北京。刘光跃早早在城里买上楼房,凤贤倒也没觉得多荣耀。跟刘光跃有厂一样,凤贤没觉得跟别的女人有什么不一样。她只知道一件事情:刘光跃是个能干人。

儿子刘海程小学毕业那年,刘光跃要凤贤住到城里陪儿子读书。凤贤在城里没待够一礼拜,跟儿子一路回来。那真得感谢儿子哭着非得要回村里学校。在凤贤看,城里真不是她待的地方。那楼房像座监牢,四面都是墙头,哪里像在村里随处能见到太阳?从楼房下来,宽阔的街道,那么多的行人,却没有一个能跟她说上一句半句。一个楼道里住着的那些个女人,穿裙子,一步一步上楼梯,一步一步下楼梯,裙底蹭着楼台,像一把大扫帚将楼台扫来扫去,真真是个扫地媳妇!可是,穿裙子的女人,她们洋气,眉眼细细的,眼睫毛长长的,脸腮抹着胭脂红。凤贤看着她们,想她们可不像她每天和面蒸馒头,她们过得是神仙般的日子。她望着她们的长裙,她们拿眼望她,真正是眼对眼儿,没话可说。与她住对门的女人更不要提起。来这里第一天,煤气炉打不着火。她用了十二分的力气,打了上百次,炉火就是不开。她过去敲门,想让他们帮帮忙。刚才倒垃圾她看见对门女人回来了。她敲了半天,听见里面说敲什么敲,神经病啊。凤贤傻那儿了。神经病,城里人真会骂!

在城里,她的神经绷紧着,时时戒备。去商店,她常常要站在商店门口看半天,她看商店里头的人,商店里的店员看她。她感到害羞。有时,她明明想要买一件东西,却因为浓重的口音放弃了。她从店员的眼神看出来他们听不明白她的话。她想:一样的中国话,怎么会听不明白呢?城里人说话她觉得就是好听,想到这里,她觉得理缺,最后连上街的勇气也打消了。城里让她觉得无望,拘束和焦虑紧紧抓住她。她发愁地想:什么时候才能盼到儿子刘海程毕业呢?

后来,儿子哭着不在城里待,要回村里学校。凤贤长长地松了一口气,像得到解放,欢天喜地回到村子里。凤贤心里踏实了,她又能跟村里的邻居们一块坐在巷子里谈笑了。凤贤学会打麻将。她家门楼底下一大堆人,有几个在玩,更多的人围着看。凤贤白天的日子在噼噼啪啪麻将的撞击声中度过。

83　长胡子太阳公公

　　太阳慢腾腾从东山头爬上来。那是长胡子太阳公公,总是露着笑脸儿,朝着她哈哈笑。她看见太阳公公的眉毛和欢笑的嘴巴,也欢快地笑了。山坡上,花儿草儿都有了阳光。凤贤跑起来,她跟草儿说话,跟花儿说话,跟活动着的小虫子说话。

　　白天的热闹让漆黑的夜晚越加凄凉寂静。凤贤有说不出来的苦涩。夜深了,窗外的月亮由圆满一天天变成月牙儿,又由月牙儿一天天变得圆满。她的日子却是不变,过一千年都是老样子。冰凉的空荡荡的炕头让她发疯。她努力想儿子刘海程。后来想刘海程也不能奏效,相反,让她丢魂失魄。她想起儿子刘海程就想到那个女人,刘海程的老师。凤贤不知道刘光跃心里装多少女人,但她对刘海程那个叫玉香的老师,有些惊动。她见过玉香,村里人的议论,让她心里害怕。听刘海程给他奶奶讲玉香老师,她心怀怨气。但该来的全都来了。月亮照进孤单单的炕头,她在想玉香和刘光跃。她想刘光跃会怎样亲近玉香?刘光跃回家,晚上不见灯光。这么多年,凤贤守着习惯。夏天,她将窗户大开,月亮照进来。她想不出刘光跃看玉香的眼神。刘光跃从来不曾认真看过她。刘光跃那双眼睛,如果认真看着一个人是什么样子呢?凤贤七想八想,她周身滚烫,翻身从炕头的一个瓶子里摸着安眠药,放进嘴里。她喜欢安眠药的清苦味儿,这味道清空她的脑子。

　　那天,凤贤栽倒在门房前。她回到家,眼前总会出现一双眼睛,目光时时在她眼前闪耀,伴着她做这做那。她为着在门房师傅面前跌了跤不好意思。这样的感觉当时一跤跌下去是没有的。从刘光跃办公室出来,羞愧缠绕着她。她跌下去的时候,恨起自己来,想自己为什么不死掉呢?她的情绪彻头彻尾给败坏掉。可是,有了那个中午,凤贤似乎重新活过来了。她的心里有了一种异样。晚上,她躺在炕头,一寸一寸想她坐在门房的情节。她拿着镜子,细细照。镜子里头的自己不像以往让她厌恶。她认真打量自己,如果不是那片痣,她真的也是一个好看女人。她用手一下一下抹着镜子,将镜子缓缓扣在胸前。

　　家离厂区二里半。凤贤奔走在家和厂之间那条小道。凤贤对厂投入更大的热情。她不会骑自行车。以往家里用什么就给厂里打电话让送来。凤贤最远的路就是上街,如果愿意可以叫厂里的车接送她,但凤贤多是走来走去。厂区到家里那条小道,临着一条涧,那涧三丈来宽,看不到头,不知道有多长。涧一边的庄稼地,像大块绿色宝石,四五月的麦子,绿油油的,绸缎一样随风波浪。涧里隔一段有一节石砌的高台。那石砌的台,一节比一节高。她刚嫁过来时,这里的涧有哗哗的流水。有一次,那水不知从哪里流过来,汪汪洋洋,都要溢到路面。这许多年,涧干了,涧两边的柳树一年一绿,似有以往的繁茂,根部却干巴巴的,嘴巴一样裂开着,显得是那样的饥渴。涧里长年积囤的泥沙和蒿草涨上来。

　　凤贤喜欢这条涧每年的绿,涧两边蒿草和野花兴致勃勃。她一边走一边采摘,手里握着黄的粉的紫的花朵。她回到少女年代。她少女时代,听起来有点悲惨,可走过的路再是坎坷,回想起来,也还是有兴味的。现在,在娘家人看,她过的是好日子,她也就全忘了少女时代种种不美好,只挑好的记忆。这里的涧让她想起幼年,常常被妈妈打发到山坡放羊。大清早,她妈妈打醒她。她蒙眬着双眼,趿着鞋子,从窑洞里赶出羊来。她一个人,坐在山坡。太阳慢腾腾从东山头爬上来。那是长胡子太阳公公,总是露着笑脸儿,朝着她哈哈笑。她看见太阳公公的眉毛和欢笑的嘴巴,也欢快地笑了。山坡上,花儿草儿都有了阳光。凤贤跑起来,她跟草儿说话,跟花儿说话,跟活动着的小虫子说话。但凤贤也有危险的时候。有一次,她叫狼给吓愣了。几步之外,狼瞪着她,她瞪着狼。她不知道喊救命。这个世界在她面前消失了。她像一个纸人儿了。她跟狼就那样盯了不知道多长时间,直到她听到羊群里一只羊发出凄婉的惨叫。

　　现在,凤贤走上这条小道,沿涧走向厂区。她脚步轻便,不时要轻快地跑两步。她有那么点急迫。她想慢一点,但这似乎已经由不得她。蜜蜂在一只粉色花朵上小声地嗡嗡。那轻巧的黄色儿的小蜜蜂,展着两只小翅膀,是那样的匆忙。一只黄鼠狼打了两声哨子,消失了,不知可是钻进自己的洞里? 鸟儿欢叫着,从这棵树挪到那棵树。一只鸟飞过去,又一只鸟跟了去。它们有着自己的语言,它们是在谈情说爱吗?

凤贤手里握着一大把青草,看到厂区那间门房,她觉得浑身出了汗。

离老远,她看见门房师傅站在门外。她慢下来,按着喘息的胸膛。

门房师傅望着她,说有什么要紧的事情吗?

凤贤似乎答不出,将头摇摇。她看他紧张的神色,又一次摇摇头,笑了。

凤贤在门口的兔笼前蹲下来。兔笼揭开了,凤贤将手里的青草放进去。凤贤说多漂亮的兔笼。

喜欢吗? 做一个给你?

你会做?

她伸手摸兔子光滑的身子,感觉到门房师傅的呼吸。她一下子站起来,身上的血流得快一些,嗓子眼儿梗住了。

84 落叶雨一般飘下来

秋风起,落叶雨一般飘下来,在路面翻滚,发出哗哗的响声。太阳下山,阳光的尾巴扫上楼房侧墙,但也只是一瞬间,整个楼房暗下来,一点点模糊了。

秋风起,落叶雨一般飘下来,在路面翻滚,发出哗哗的响声。太阳下山,阳光的尾巴扫上楼房侧墙,但也只是一瞬间,整个楼房暗下来,一点点模糊了。傍晚,天色比以往暗得早些。

门房的灯亮起来。灯光从半遮的窗帘和门里透出来,门房师傅的影子投落门前。

这里那里的暗影中，出现凤贤的身影。门房师傅站在门口，依然穿半袖上衣，衣领松松地敞开着。凤贤又一次看见门房师傅的眼睛，心狠狠地跳着。她站在灯影里说，天凉了。

　　门房师傅说，又一年要过去了。

　　凤贤跟门房师傅这样一说一答，然后静下来。她站在那里，沐浴着门房师傅深情的目光。在门房师傅的热情甚至殷勤的气氛中，凤贤在渐渐融化。多少年来，不曾有人如此看待她，她爸妈也不曾这样看待过她。她人生第一次受到宝贝。凤贤是这样认为。她的感觉里，门房师傅对她的好是个意外。

　　门房师傅突然想起什么，说兔笼做好了。

　　凤贤走进门房，看见桌子上放着一个比门房师傅那只还要漂亮的兔笼，高兴地笑了。

　　门房师傅笑着问，只要个兔笼吗？是不是带一只兔子回去？

　　凤贤看着。

　　门房师傅说还是两只都带走吧，两只兔子好养。凤贤听说要给她兔子，赶紧摇头。她怎么可以要别人的兔子呢？凤贤手伸向兔笼，碰到门房师傅的手。门房师傅将兔笼盖子打开，从他的兔笼里捉那两只兔子放进去。凤贤站在那里，有那么点束手无策。她心怀感激，细细想从来不曾有过这样让她激动的事情。她的幼年，从没有人在乎她。她的爸妈兄弟姊妹，她在他们心中影子一样。因为她脸上的痣，她像没有情感的一块木头。她似乎从不知道要什么，也没有欢乐悲伤。是的，欢笑从来属于别的任何什么人。她一动不动看着，门房师傅的好心打动了她。

　　凤贤看着递过来的兔笼，看着兔笼里洁白的兔子。她想说不能要他的兔子，却是木木地伸出手指。

　　门房师傅说，拿走吧，两只兔子又不值什么钱。

　　凤贤从门房走出来，低头看一眼笼子，看笼子里兔子一只蹲着，一只跳了一下。凤贤的心活起来，与她刚才在门房换了一个人似的，走得轻快一些了，一边走一边探头看笼子里的兔子。涧两边的绿草颜色更深了，这更深的绿过些日子就要变黄。凤贤管不了那么多。她被手里的兔子激动着。原来拥有一样东西这样简单。她有些不相信地将笼子提到眼前晃晃，两只兔子受惊一般跳动，嘴巴擦着笼子底，似乎在吃着什么。凤贤望着涧两边的绿草地。她想兔子一定拘得难受吧？她想象兔子放出来，在田野里跳动的样子。幼年，坐在山坡看羊吃草，看吃得半饱的羊悠闲地咩咩叫。这时，她便能看见一只跳动的兔子，一跳一跳，或者蹲起来一晃不见了。蹲着的兔子逮不住，一跳一跳看着慢的像蜗牛似的兔子，也不会让人近身。一伸手，它便风一样逃掉了。凤贤喜欢看着兔子来她身边，一步步跳动。现在，她想在这涧边放出兔子让它们在草地上自由跑动。她将兔子笼放在草地上，揭开笼盖子，又想兔子如果跑掉怎么办呢？凤贤这样想着，试着伸手到笼子里捉到一个，放在脚边的草地上。她看着兔子先蹲在那里，像一个小孩子到一个陌生的地方。她用手在兔子身后拍打，看见兔子一跳一跳。很快，凤贤看见兔子熟悉了那块草地，看见兔子不只是开始吃青草，它欢快起来了，吃两口抬头望远，跑得有点起劲。凤贤想起笼子里另外一只兔子，回头一看惊住了，兔笼空了，另外的一只已经在四处跑动，很快跑得不见了影子。凤贤急忙拎起笼子，下到半涧搜寻。忽然看到眼前一晃，一只兔子在一棵野生的蓖麻叶子下面。凤贤奔过去，它又跑远了。凤贤撵着追，它像故意跟凤贤逗着玩，又跑得远了。凤贤追一截它跑一截，凤贤跑得跌跌撞撞，出了一身汗。太阳压山了，地面上这里那里模糊起来。凤贤想这两只兔子是不准备跟她回家了。她一边生气，一边又为兔子担忧，如果晚上被狼吃掉呢？

凤贤从涧上爬上来，一身的土，一鞋子的土，她不在意这些。她一步三回头，想看见兔子追着跑回来。家养的狗就是那样，主人不管落它多远，都能撵着追上来。但她没看见那两只兔子。凤贤一路失落落的，她后悔不该放它们出来，那可是门房师傅送的兔子呀。

凤贤从街上买回两只兔子，放进笼子里。凤贤每天玩牌，但她有了要做的事情。院子一角总是有青草根儿，那是兔子吃剩下的陈草根。凤贤的日子过得有些滋味了。她喂兔子，眼前浮现门房师傅的眼神。这眼神印在凤贤心里。

凤贤再见门房师傅，也不说丢了兔子的话。听到他问两只兔子还好吧？养得习惯吗？凤贤答应着。她跟门房师傅能相对一笑了。

门房师傅又送凤贤一只鸟笼,说喜欢什么鸟买来养着,养熟了,它能听懂你说的话。

凤贤感激地望着门房师傅,眼圈一点点热了。以后,她在门房里随便起来了。凤贤从家里拿点吃的用的,作为对门房师傅的兔子和鸟笼的报答。门房师傅时不时会在凤贤肩上拍拍,像是凤贤是他家的亲戚。

85 一次谈话

与她坐着,问了些细小家常事情,这些家常事有些是早过去的事情了。

凤贤来回进出门房,刘光跃开车碰见过。但他不想那么多。凤贤跟他是夫妻,却有那么点像近邻。当然,还是比近邻更要近些,凤贤给他生了儿子,帮他收拾家。现在,凤贤是他什么人,连他自己也说不十分清楚。他一心办厂,看见凤贤进出门房,只当是串门。

刘光跃正想着,听到敲门声。

进来的是总经理。他们谈过话,总经理走出去。刘光跃摆弄着桌上的茶杯。厂里换了新设备,厂里的头绪更加的多起来,资金分配,人员调配,整个儿都得重新来过。这个总经理跟着他六七年了,厂里的事情,他还是有几分把握。刘光跃看着总经理从门里走出去,看着闭严实的房门,忽然想到凤贤。刘光跃还是听到一些风吹草动。有人居然劝他辞掉看门房的。刘光跃这样想,不觉得嘴角又一次有了笑意。他摇了摇头。看门房的是总经理的一个亲戚。再说,凤贤跟一个看门房的会有什么呢?刘光跃也没要与一个看门房的过不去。

桌子上静静的茶杯里,飘溢着浓浓的香味。房间里到处是阳光,红木桌子发着好闻的木头清香。离办公室门口不远,立着一个穿衣镜。刘光跃起身走到镜子跟前。他出门前常常站在这里照照镜子。他喜欢从镜子里看到他齐整的模样。现在,站在这里,想着关于凤贤和看门房的传闻,嘴角又一次微微翘起,就像他从哪里听来一个笑话。那神情似乎在说如果真出现那样的事情,他的事情就好办了。很快,刘光跃为着他有这样的想法难为情。他真那么想吗?让老婆去跟别人?他一点点认真起来,不那么轻松了,甚至有那么点生气。他想怎么可以这样呢?

午后,阳光照在门楼前的胡同。凤贤跟几个女人在摸牌。刘光跃出现在门外,与围坐着的人打过招呼,从门外进来。凤贤在家里用度上,没有特别的节省,也从不拿出有钱人的样子,随意花费,村里女人倒也不觉着凤贤守财。夏日里,在门楼底下玩,从不大赌,每天就是消磨时光。每把牌下来,凤贤会算得很清。该收钱收钱,输了从不拖欠。如果有谁拖欠,凤贤也不恼。拖欠她的迟迟不还,凤贤像是忘记了,凤贤在村里便有好女人名声。凤贤家的门楼里常常聚拢很多人。

鸟叫声吸引了刘光跃。院子里挂衣服的钢丝上挂着一只鸟笼。鸟在笼子里跳跃着,不知道是欢迎刘光跃还是认生。那鸟叽里咕噜,像是喜欢更像是着恼,不停地快速地啰嗦。刘光跃脚步慢了一下,他想走过去,逗鸟儿玩玩,想叽里咕噜跟鸟胡乱说说话。那鸟儿黄色,伶俐的样子,小尾巴一撅一撅,从低处飞高,又从高处忽地飞下来。

刘光跃想她怎么想起养鸟呢?

凤贤坐在麻将桌前,耳朵仔细在听,手摸牌慢了些。围坐着的人看着凤贤,他们记起要忙这忙那,牌场早早地散了。

凤贤收拾了桌子,从门里进来。

刘光跃破天荒看着凤贤坐下来。凤贤看起来比他记忆中显得精神,紫色的痣因了她的好气色清淡了。刘光跃稍加细细看凤贤,觉得她也是有女人味的。刘光跃脸上的平和,是与她这些年夫妻情分的慈爱,并不是心生爱意。就算凤贤脸上没有那块痣,刘光跃的心还是别扭的。人与人有时候只能是这样。

凤贤觉着刘光跃看她,低下头来,脸上的红晕不知是窘,还是惊慌。她不记得什么时候刘光跃像这样跟她一块坐下来说话。

刘光跃脑子出现看门房的影子,现在,他要问她一句话。

可是,刘光跃望着她硬是将话咽回去。他这样问,是在责备她吗?是要撵她出门吗?刘光跃想到玉香,现在,他逮到一个机会吗?这样,对眼前这个女人公平吗?

刘光跃望着眼前的媳妇,她拘谨地坐着,像面对老师的一个小学生。刘光跃有了一点心疼。她在这个家生活了多少年,是个实诚女人。刘光跃如果说了不谨慎的话,她一定会羞愧,如果做出什么事情来呢?

刘光跃与她坐着,问了些细小家常事情,有些家事都是早过去的事情了,他不说凤贤都给忘了。最后,刘光跃留了钱从家里出来。就在他跨出门那当儿,刘光跃说,没事就别去厂里了。

刘光跃知道凤贤紧跟在他后面,这句话像是命令,又像有那么点着恼。

直到坐进车里,刘光跃吁出口气,眼前晃动着玉香,只觉得错过了一个机会。

86 诉说

凤贤想将一些话说给妈。妈说过这些话,像是睡着了,轻微地打着鼾。凤贤在心里叹口气,又长长地舒出来。妈总是挂心这个那个,什么时候替她操过心呢?

送刘光跃出了门,凤贤转回来,一个人呆呆地在炕沿上坐了半个时辰。为着刘光跃这次回来,她激动着。而这激动又被刘光跃出门时候那句话震住了。凤贤看见刘光跃,哪里还会想到门房师傅?但刘光跃最后的话,凤贤听出来了。凤贤想他到底知道她去门房。

凤贤想她一定是糊涂了。她能再这样糊涂下去吗?她想到刘海程,想到这个家,还有她娘家人。她的娘家人第一不要她这样做。不要说离婚是丢人的事情,不要说偷偷好人是丢人的事情,单单在厂子里月月领工资这件事情,她的娘家人就没有一个人向着她说话。还有她的娘家妈。凤贤接妈来家小住,一个月难得见到刘光跃。妈怎么会不知道刘光跃常不回家呢?

妈慢慢学会了玩麻将。邻里叫她老太太,妈乐得合不住嘴巴。晚上,娘俩躺在阔大的炕头,说着他们的亲戚们,拉扯凤贤的姑表姊妹,她们有的卖菜,有的养猪,有的给包工队做饭。说来说去,言语间这些姊妹远远比不得凤贤。

凤贤也乐得听这些个,虽然听得有些乏味,有些个不知道说了多少遍。但有一个人在耳边絮叨,总比清静好。妈时不时给凤贤提要求,比如凤贤的侄子要娶媳妇了,侄女们在家里没事情干。妈并不说要凤贤求刘光跃,但这是明摆着的事情。凤贤不能不接话茬儿,这又不是旁人。厂子里非亲非故那么多的人,也不多嫌一个两个。刘光跃八竿子打不着的亲戚都来找刘光跃,这个凤贤也不是不知道。

可是,凤贤为妈说出这些事情着恼,觉得妈不顾她的死活。妈怎么就不问问她?凤贤快要奔四十的人了,肚子里装了多少话,无处诉说。凤贤想将一些话说给妈。妈说过那些话,像是睡着了,轻微地打着鼾。凤贤在心里叹口气,又长长地舒出来。妈总是挂心这个那个,什么时候替她操过心呢?

可凤贤又不能不给自己打算。刘光跃似乎是随口一说的话,在她耳边不断地炸响。凤贤一个人在家闷头想着,脸烧得像被刘光跃连连打着耳光。凤贤上下左右打量这个她一个人住惯了的屋子,她想就算她能离开刘光跃,离开儿子,她也离不开这间屋子。这里有她年轻的岁月。虽然,她年轻的岁月在刘光跃眼里,在任何一个人眼里像风尘里的沙子。但凤贤觉得自己放不下,她不会不要儿子,不会离开刘光跃。

刘光跃不喜欢她,她恨过刘光跃,可是,她不能离开他。她打量着屋子里灯光下明亮的木器家具,打量着发着钻石光芒的电器,想着自己过习惯了的清闲日子。她每天除了收拾屋子,梳理自己,就是逛逛街打打麻将。收秋打夏,邻家女人裤脚上沾满泥巴,她们扛着锨把,胳膊手晒得黑红黑红的。凤贤不一样,她每天齐头整脚,夏日里守着荫凉,脚上的凉鞋一尘不染。她的手比村里女人的手细致。她有痣的脸,为着不受太阳炙烤得到了保养。冬天,她守着个炉子,热腰暖炕的。她不缺钱,刘光跃每个月给她留足了钱。刘光跃不回来,会让他身边的人送钱回来。那些钱不要说她自个花，连同回娘家打点她的那帮兄弟侄子也足够了。

想着这些，凤贤在心里不住地呻吟。她想她真糊涂，她曾经是多么害怕刘光跃像别的有钱男人提出离婚啊！刘光跃真跟她提离婚，她能怎么样呢？以后的日子该怎么过？后来，凤贤觉得她的担心是多余的。为此，她心里头对刘光跃只有感激。现在，关于门房的事，她不知道刘光跃了解多少。如果刘光跃心里没有她，这不是很好的把柄吗？凤贤这样想觉得刘光跃是贴心的。凤贤一溜想下来，更觉羞愧。她问自己真的喜欢那个门房师傅吗？

凤贤狂乱的心安静了，她不再去门房师傅，那条小道好久没有凤贤的脚印，日子像平常一样一天天打发过去。

87　走出去

她从鸟叫声中听出恼火，心里又是高兴又是不安。这些年憋在心口的话，鸟儿替她叫出来了。

晚上，刮起大风。屋里还不到生火的时候，外面的冷，让人觉得到了冬天。凤贤关了门窗，在屋里听风在厦脊上鞭子一样抽过。凤贤拉开被子坐着。她心里不安生起来，以前的头痛病这两天像是又犯了。安稳了多少日子的心，忽然地烦躁起来。凤贤心里暗暗挣扎，看似平静的日子，其实比她想象的要糟。

在遭遇门房师傅前，凤贤的孤独，是纯净的，最多是难过自怜。那一种痛苦，相比眼下要简单。现在，似乎多了一样东西，而这样东西多出来，像长在心里，拔不出来。开始，她心里为着藏有这么一件事，温暖着。她想起摔倒在门房前的那个中午，想起提着兔笼走在小路上的有趣，还有院子里每天跟她对话的鸟儿。这些都让她的生活变了模样。但越往后，这些都让她心里直痒痒，痒痒得她只想豁出心来在上面挠。她尽力地做这做那，将那念头打发掉。她将兔子连同兔笼拿到街上卖了。她卖了兔子,心里像少了一块。但她觉得轻快些了。她望着鸟笼,望着笼子里的鸟儿,凤贤终是舍不得。每天,太阳出来,凤贤将鸟笼挂在院子里,跟鸟儿说一早上话。她望着鸟的眼睛,鸟儿望着她,转动几下眼珠儿,嗓子里低低地咕噜几声。那咕噜声是与她亲昵,像小猫儿蹲在主人裤角边发出的声音。刘光跃那天回来,凤贤听到鸟刺耳的尖叫,凤贤从鸟叫声中听出恼火,心里又是高兴又是不安。凤贤这些年憋在心口的话,鸟儿替她叫出来了。凤贤望着鸟笼,望着鸟儿咕噜转着的小眼睛,她想如果卖了它,谁又会是它的主人呢?那主人会像她一样善待它吗?她想:要不送给门房师傅吧。啊,凤贤闭闭眼睛,怎么又想到他了呢?

她的手伸向炕边褥子底下的药盒,又缩回来。天刚黑,她想再熬熬,夜长得很。

灯光很暗,屋里每一样物件都带着那么点模糊。凤贤并没有要节省,她只是习惯了,反而觉得强光让她无所适从。在黑暗的屋子里,她没有一天不想刘光跃。她嫁过来,屋子里常常黑漆漆。这黑漆漆在凤贤便有些独特,像专属于她,是上天赏给她的礼物。后来,凤贤整晚都是这模糊的灯光,这样她觉得喜庆些,不像黑漆漆让她感觉到天似乎塌了下来。

凤贤望着黯淡的灯光,越发难过,眼睛红起来,却不像以往落下泪来。她眼睛烧红烧红的,忽然揭开被子,跳下炕。但凤贤只是一脚站在地上,没有动。那脚一半踩在鞋上,一半落到地板,凉气从脚底一下子渗上来,让她的脑子清醒过来。她想下炕做什么?她要去哪里?

凤贤两脚摸着将鞋兜在脚上,在屋地上踅。她将手举在头上,抱住脸,只觉得脸发烫。她走过穿衣镜。从镜子里看到她模糊的头影,自己先吓一跳。她小跑着上床,抖索着拉起被头将自己蒙住。镜子里头的影像让她心速加快,头脑里闪过一个念头:如果她死了呢?她死了,是不是还这样孤单一个人?这样想着,眼里终于有泪像一条爬虫蠕动,弯弯曲曲滴在被头上,嗓子里有了呜咽,这样的啼哭让她的神经得到些舒缓。

外面呜呜的风吼叫得似乎更大一些。凤贤一个姿势躺着,她看上去似乎安静了,但她的心如大海泛着狂浪。一个人如果不能做她想要做的事情,便焦躁得其他任何事情都不放在眼里。凤贤现在正是这样,好几次她紧闭双眼,可是脑子不让她停歇。她是在想门房师傅吗?她要做什么?凤贤自己也不十分清楚。她闷得难受,掀开被子坐起来。她想打开门,透透气,却听得外面的狂风又一次怒吼!

凤贤摸到药吞下去。或者她折腾得乏了,竟然睡到天亮。

凤贤从炕头上爬起来,昨晚在她梦境如一般。她平静地坐起来,想了想,像往常一样将鸟笼挂在太阳的鲜亮处。这天,她没有逗鸟,站在鸟笼前,伸手在鸟的小脑袋上摸摸,在鸟身子上摸摸。鸟迎着太阳吱吱叫了两声,将脑袋弯回来,尾巴一撅一撅,啄它身上的羽毛。

凤贤离开鸟笼在炉灶旁做早饭,她将炉灶抹了再抹。凤贤素来干净,她家的炉灶每天都要擦抹三遍。这天,凤贤显得更为细心。她擦了炉灶,将炉灶周围也仔细打扫过。这天,凤贤像是要迎亲一样,将屋子里里外外清扫一新。这天,她也没耍赌牌,将门楼底一样细细打扫过,将来人坐的板凳轻轻摆放。

中午饭吃过,半下午时辰,邻居看见凤贤穿齐整,锁上门从巷子走出去。

88 家不像以往重要了

夕阳照在巷子里。秋后的阳光照在墙头,像镜子里头那点亮。……涧边的花儿草儿沾了点落日的喜气,有那么点盎然。这安静的落日,让她分不出这是清晨还是傍晚,她迎着柔弱的余晖,脚步轻快地走着。

凤贤去了厂里门房。

大风将天空刮得明朗些,能看见几抹蓝天。凤贤提着鸟笼走在离厂二里半的小路上。凤贤是要还了门房的鸟笼,连同她买的鸟儿一块儿放在门房,这对鸟来说是个好去处。

凤贤这天去,穿了屋里最好的衣裳。凤贤脸上长了痣,却将自己收拾得利索。她穿衣不十分讲究，可是每年都给自己添几件，还留意买两件精致些，贵气点的。亲戚家娶亲嫁女，特别是刘光跃在场，不至于给男人丢脸面。这天午后，凤贤也说不上来为啥，她打开衣柜翻出新买的好衣服穿上，在镜子前细细看了两遍。

从门里出来时候，夕阳照在巷子里。秋后的阳光照在墙头，像镜子里头那点亮。凤贤手提鸟笼走上小道，涧边的花儿草儿沾了点落日的喜气。这安静的落日，让凤贤分不出这是清晨还是傍晚，她迎着柔弱的余晖，脚步轻快地走着。鸟儿叽喳，好奇地在笼子里跳上翻下。凤贤想起她在小路边丢失的兔子，伸长脖子在涧边瞭望，似乎回到那个傍晚。忽然，从涧里跑上来一只白兔，停下来望着凤贤。有那么一瞬间，凤贤以为是幻境。她眨眨眼，只见那只兔子飞跳着过了小路，一径蹿过庄稼地不见了。凤贤站在那里半天没挪步，她想那是她丢的兔子吗？如果不是，它怎么会在小路上驻足仰望她呢？可是，凤贤又失落地想：如果是，它怎么又要跑掉呢？

秋后，庄稼地里的麦子种上了。远处哪里的几株秫秸在微微的秋风里抖动。她做姑娘时候，用秫秸一针一针纳过多少秫节篦，大的小的圆形的方形的，用来拾馍，晾柿饼，或者晒芝麻。好多年不摸秫秸，她想哪家种了这秫秸呢？

离远望见厂门，凤贤脚步慢下来。她突然不明白为什么要来，似乎为着自己跑到这里来，后悔了。道路模糊起来，路边的绿草变成黑色，拉成一线向远方蔓延。

门房灯亮了，透过窗帘看见房里的人影晃动。凤贤的心忽地一下，脚步动起来。鸟笼里的鸟儿叫得乏了，或者是天黑下来的原因，乖巧地不作声卧着了。

凤贤从门口进来，门房师傅的眼睛亮了一下，接着看到凤贤手里提着鸟笼。他等着凤贤说话。

凤贤嘴巴有些发干，她说这两只鸟还是放在门房这里代她喂养。凤贤暗暗赞叹自己想出这些话。她出门时候，还想着要还鸟笼给门房师傅。现在，却说了这么一番话。

门房师傅热情地笑着从她手里接过鸟笼,说喂鸟当然没问题。

凤贤看着门房师傅接过鸟笼,像是完成了一件大任务,她实在想不出再要说的话。看着桌子上放着刚用过的碗筷,想着自己还是走吧。

她向门口扭转身,听到门房师傅问:你吃过了吗?

凤贤回头,看见门房师傅望着她。那目光,这些天凤贤眼前闪现过多少回。现在,就在眼前。隔了这些日子,凤贤以为她在忘记,看来完全走向反面。那人看着她,像看见好久不遇的亲人。那眼神不只是深情,而是喷出一股火来。凤贤突然打了一个冷战,她低下头来,像是要冲向门口,却被人拉住。门房师傅像是一定要问凤贤到底吃过没有。结果,两人贴在了一块。

天将黎明,外面一片漆黑,这里那里亮着的灯光,那么遥远,看着令人安心。凤贤心里亮起一盏灯。她时时要前后看看,做贼一般地心虚。但她是兴奋的,这兴奋是这一晚上的激情,也是因了这心虚,还有这一路走来的匆忙。所有的这些加在一块儿,让她感受到稀奇也感受着愉快。回到屋里,坐在炕头,想起与门房师傅在一起,这让她羞愧,又暗含喜悦。凤贤完全将刘光跃说的话忘在脑后,这个家在凤贤看来也不像以往那样重要了。

89 匿名信

午后的阳光,将桌面分成阴阳两面。

凤贤不知道这样的愉快深处,有一股暗流涌动。

先是刘光跃收到匿名信件。信用 A4 纸打印出来,写得很隐晦,急用钱,却不明数额。

刘光跃很少收到信件。现在,流行手机短信,纸质信件像古董一样少见了。再说,刘光跃与信件无缘分。当在桌子上看到这样一封信,他想什么怪人,打电话发短信都行,写什么信呢?他用手指在信封皮上弹了两下,隔着纸页,弹击的声响变得沉闷。他好奇地撕开信封。说实话,撕信的感觉让他觉得有一种美妙感觉。午后的阳光,将桌面分成阴阳两面。刘光跃站在半明半暗的桌前看完信,将纸页撂到一旁,想天底下想钱的人闲得没事干,这玩笑开得也太了。

这些年,刘光跃见多了离奇怪事,有些事情完全是反着来。他觉得这只是个游戏,将信页随便往桌子上一放。他坐下来。那纸页在桌子一旁,静静地张开。刘光跃望着,忽然眉头皱了一下,重新拾起来又看了一遍。

秘书敲门进来,走向茶几准备给刘光跃倒茶。刘光跃快速折起信页,用桌上的一本书遮住信,看秘书忙完了,朝她挥了一下手。秘书退出去。

办公室静得能听见阳光走动。刘光跃在椅子上转了转,忽然停下来,在地板上走动。他想这无聊的信件一定是某位员工,或者他是真急着等钱用?刘光跃帮过无数急用钱的人,但如此下作的手段,让刘光跃心里不痛快。他伸手将衣领拉拉,不由骂了句:什么东西!

刘光跃越想越觉得事情的重要,这样的信件跟一个玩笑或者游戏不相关。蓦然,刘光跃想到媳妇,她真的像流言,跑去跟一个人私会?她要丢刘光跃的丑吗?刘光跃这样一想倒也不觉得是什么丢丑的事情。认识他的人都知道刘光跃愿意跟天底下任何一个女人好,就是不跟媳妇好。刘光跃这样想着,心里反而恨不起凤贤,只是觉得有点怪她,像是对待一个跟他相关的任何一个亲人。他后悔那天回家没跟凤贤挑明了说。如果他那样说,凤贤或者会说出她心底里的话,或者也就不会闹到这样。现在,刘光跃再要说这起事情,是他害怕了吗?想到这里,刘光跃生气的脸上露出一抹微笑。那微笑说不上来,是轻视和嘲弄,或者还有一点等着瞧的意思。

90 哆嗦

外面黑漆漆的,这是她走熟悉的道路,天边挂着一颗星星,崭新的,发着钻石的光,她看过多少遍,不知道是不是同一颗。

有了那个晚上,夜幕成了凤贤最好的掩饰,那门房就像空旷的田间野地里一个草棚,半夜时分,便会有一个女人悄然而至。凤贤整个人跟以往看起来完全两样。三十多岁的女人,有了情感的滋润,更见风采。

村里人看凤贤大变样。她的好衣服多起来,头发变换着样式,几次三番地问其他女人她梳的样式好不好看,似乎要挽回她黯淡的童年。她的话多起来,不只是脸上有了笑,还笑出了声。她还特地买了一个扩放机,请人帮她下载了歌曲。下午,她家门前成了小小的健身广场。村里的女人们先是三五个,后来七八个,越来越多的女人在凤贤门前唱歌,跟着节拍跳舞。凤贤跳得最欢。村里人奇怪地看着凤贤,说她以往不这样啊,她变得疯疯癫癫起来,是不是精神有那么点不正常?

凤贤为着每天晚上不为人知的秘密,兴奋着。她完全被黑暗蒙住了眼睛,即便是走到悬崖边她也还是一直往前。

天气一天比一天冷。凤贤捂着被子,他们要说的话,不知道重复了多少遍。他们安静着,门房师傅似乎在等凤贤说话,凤贤想不起来再说什么。门房师傅突然说:你怎么不跟他离婚?

凤贤听门房师傅这样说,用被子将自己捂严,望着他像是没听懂。

门房师傅重复了他的话。

凤贤将头低下来,再次抬起头,看他。

门房师傅说你跟他离婚,这个厂你分一半儿。

凤贤眼前亮了一下。

门房师傅看见凤贤眼睛闪过一丝光亮,脸上荡起着笑意。

凤贤望着门房师傅脸上怪异的笑容问:然后呢?

然后,你就有钱了,你也可以做老板。

我?我做老板?

你真傻。你看刘光跃……

凤贤将脸沉下来,收回话头。门房师傅说:我说这些是为你好。

那天,凤贤从门房走出来。外面黑漆漆的,这是她走熟悉的道路,天边挂着一颗星星,崭新的,发着钻石的光芒,她看过多少遍,不知道是不是同一颗。她回头望一眼门房窗口的灯光,这些天第一次觉得凉意从心底里爬上来。一股冷风吹来,她猛得哆嗦了一下。

凤贤一路走,门房师傅怪模怪样的话时断时续地响在耳边。她可没想要离婚。离婚对于她是可怕的事情。凤贤似乎刚从睡梦中清醒过来,感觉到身上越加寒冷,连连打着冷战。

自从在门房前跌倒以来,凤贤头一次对门房里这个人产生不愉快。他怎么会劝她做离婚的打算呢?门房师傅提起刘光跃那眼神,让凤贤大受刺激。刘光跃名字从这个人嘴巴里说出来,在凤贤听来刺耳,让她生出一种说不出来的厌恶。刘光跃在凤贤心里是一座神。这样贬低刘光跃,凤贤是不愿意的,也是不允可的。可是,她又做了些什么呢?

凤贤站住了,她又一次大大地打了一个冷战。这天,凤贤走在小路上,心里再也不是温情和甜蜜,她心里装着更多的忧虑和担心。她想起上次刘光跃回来给她说的话。这些日子,她将刘光跃说给她的话完全忘掉了。凤贤恼恨着。她说不清楚到底是怎么了,就像她要医病,碰巧这样能减轻她的苦难,让那漫漫长夜打发得快一些。

91 讹钱

　　心像一块石头落到深井里,好半天才听见"咚"的那声响。

　　凤贤好几天没去门房,倒是那看门房的找上门来。

　　大冬天,门楼底没有麻将摊。凤贤正往出晾棉被,一眼看见那人走进来。她的心像一块石头落到深井里,好半天才听见"咚"的那声响。

　　那人从门里进来,手里提一篮菜,脸上堆着笑,眼睛左右观望。凤贤看着完全不是心里头记得的模样,有那么点低三下四。她想那个给她编兔笼鸟笼的男人,原来就是这副模样吗?凤贤心里直是叫苦。他怎么居然到家里来了呢?

　　她放下被子,走上前。

　　那人说他来看看,一边说一边觑着屋门。

　　凤贤看他更觉得不入眼,回身往屋里走。那人后头紧跟,没想到凤贤站在门外将半开的屋门关上,回转身。那人不得不退后一步,他示意手里的菜蓝子。

　　凤贤没搭理,她说:说吧,什么事?

　　那人回头,看了一眼大门口,他说还是回屋吧。

　　凤贤说屋里不方便,就在这里说。

　　那人近前,用胳膊肘碰了一下凤贤。

　　凤贤像吃了苍蝇般,从院子的晾衣绳上抽下一条毛巾,在身上打打,说她要上街。

　　那人将笑堆在脸上,说他只说一句话就走。

　　凤贤等着看门房的说话。

　　那人往凤贤跟前凑凑,说他家里有急事,需用钱。让凤贤是不是给老板说

213

说借他些?

凤贤睁大眼睛望着他。

那人笑笑,将胳膊挂着的菜篮子就地放下,说过两天他再来送菜。

望着那人从门里出去,凤贤真正清醒过来。她挪动脚步,关了院门,推开屋门,坐在炕沿上。冬天的太阳从门里照进来,挂在红色木质沙发的一角,落在地上,窄窄的一绺,只是一片红光,显得屋里愈加清冷。凤贤呆呆地坐着,缩着肩,两条胳膊交错,抱住自己。那人的话像鞭子,一下下在脑子里炸响。再想他那张脸,凤贤有点蒙着眼睛走路,不知不觉踩在狗屎上的感觉。

那天晚上,凤贤听到要她跟刘光跃离婚的话,心里猜度这个人。她想这句话怎么就被门房说出来了呢?是不是大家都觉得她应该跟刘光跃离婚?离婚是不是真像门房说得那样,会有一半厂归她?

凤贤并没心思要半个厂,她也不知道半个厂有多少。凤贤也知道钱多的好处。听说刘光跃好这个那个女人,凤贤也积攒钱,她攒钱为了儿子。凤贤以泪洗面,为了自己和儿子的将来攒钱。但看门人的话在凤贤听来,完全不是味道。从山里头走出来的凤贤怎么会想着与男人离婚?她惊讶那看门人提起刘光跃。刘光跃三个字从他嘴巴里说出来,凤贤直觉得将好好的名字污染了。凤贤替刘光跃感到耻辱。她再想起那人,就像一层面纱揭开,原来的那点神秘失去美好想象的光环。

可是,现在,那人竟然直接找上门来了,还急着用钱。凤贤想她怎么会去惊动刘光跃呢?她积攒的那些个,足够他用的了。

屋里静静的,凤贤可劲儿动着脑筋。她为那人到家里来窝火,他哪里是那天在厂门口扶她起来的门房师傅呢?他进到院子里左顾右盼,偷鸡摸狗的样子,凤贤想起来浑身直起鸡皮疙瘩。他半睁着眼看她,那目光里的东西太多,凤贤觉得那样的目光上上下下扒光了她,直让她觉得恶心。

那人急着用钱做什么呢?

凤贤突然惊心地从炕沿一下子站起来,心颤抖着,身子也颤抖起来。难道……凤贤手在膝盖上拍拍,她想难道看门房这人是在讹钱?

92　摊上一个"穷人"

嘻嘻笑着露出嘴巴里镶着一颗银白色的牙齿。

没等凤贤想明白,那看门人像是练出了轻功,神出鬼摸跟在凤贤身后,回到屋里。凤贤正在窗口缠毛线,猛回身吓得差点跌倒。那看门人笑着,笑得阴阳怪气。凤贤吓了这一跳,反而镇定些。她说怎么又来了呢?

那人说给你送菜呀。他说着将菜篮放在脚边。

凤贤因为惊乱撂开手的毛线团骨碌着滚到炕里了。

那人原是坐在炕沿上,不觉像那团线,一骨碌朝炕里躺下去。

凤贤说你这样我喊人了。

那人似笑不笑,你喊人做什么,不想我吗?

凤贤只想干呕。她看一眼门口,哀求说,你不要来我家里,村里人看见怎么好呢?

那人说,你每天晚上来门房以为没人看见吗?

凤贤直觉得血往头上直撞,她说你真要这样逼我吗?

那人怪怪地笑了,怎么把话说得这样难听,我来你这里与你到我那里有什么不一样吗?

凤贤看见那人皮笑肉不笑充满邪恶的目光,有一股冷气,直透凤贤心底。那寒冷的目光像一把钢刀,凤贤的心在滴血。她清楚自己摊上一个恶人。

凤贤慌了神,却又坚定下来。她像什么也没察觉,脸上堆起僵硬的笑。她说怎么能这样说,以后还是不要来,家里有专人送菜。

那人坐起来,他说吩咐那送菜的以后不要来了,你家的菜我送。

那怎么能行呢?厂里的安排。

厂里刘光跃说了算,家里还是你说了算!

啊，又一次从这张嘴里听到刘光跃。凤贤眼里的火腾地上来，但这股蹿上来的火焰，被伸过来的那张油滑的脸压下去。凤贤内心一阵翻腾。原来，一个人竟然有如此多变的嘴脸。凤贤不知道他还会有怎样让她不入眼的举动，她真想伸手抽他一个耳光。

凤贤笑了，她说那不是她能管得了的。每天专车都来一趟，不只是菜，还有其他。凤贤看客厅里的摆钟，说车就快来了。

那人冷笑了，你这样说我会害怕吗？

凤贤心里一凉。

你准备好的钱呢？

凤贤也冷着眼：你跟我好原来是看上钱？

那人仰着脖子哈哈笑，眯着眼睛伸手要摸凤贤，说这些日子没来我那里，你脸上那痣都乌青了。

凤贤挥手挡，心里挣扎着叹息。她是遇见那种沾着肉就拔不掉，只有往肉里头钻的蚂蟥了。

你不方便也行，我去找刘老板求情。刘老板支助穷人可是大方得很，他那里或者还能多给两个。谁让你摊上我这么一个穷人呢？

凤贤听见，凉了半截的身子朝后闪了一下，伸出手想扶着什么，却是空的。她牙齿格当当响，不知道是生气还是害怕。她直直看着那人说：你一定不要去他那里，我给你送去。

那人满眼的贼光，嘻嘻笑着，露出嘴巴里镶着的一颗银白色的牙齿。他盯住凤贤：真是这话？

93 飘动的幽灵

　　她的心胸偏又有了一丝温暖，尽管那是毒药挥散出来的香气。

　　凤贤眼望看门房人从门里消失，觉得后背心湿了，一时凉透心肺，又惊又气落坐炕沿，发了半会呆。她意识渐渐回来，想到她的兄弟姊妹，她的父亲母亲，摇摇头。她想到儿子，不觉得泪如雨下。凤贤突然感觉到她活到头了。

　　凤贤想到刘光跃，她脸上露出笑模样。但那笑模样有些怕人。现在，她将心里全部的仇恨全洒向这个人。是他，是刘光跃害了她。她想起那天刘光跃出门时候扔给她的那句话。那句话最多就像刘光跃无意间注意到家里的一只猫或者一只狗不要给弄丢了。凤贤可恨地想，刘光跃为什么不甩手打她的脸呢？为什么不说要跟她离婚呢？如果刘光跃提出要跟她离婚，那也算刘光跃知道有她这么个人。她忽然想如果她死了刘光跃会苦痛吗？或者她的死，能让刘光跃有一丝丝伤心？不只是刘光跃伤心，她的父亲母亲兄弟姊妹都会为着她的死哭一场吧？

　　凤贤想着，一个人在屋里大声笑起来。

　　她想象刘光跃知道这件事情的样子。刘光跃会生气吗？他生气的样子是什么样呢？不，刘光跃不会生气。他不在意她，更不会心疼她。他外面不是有女人吗？凤贤笑得声音更大了。她想不管刘光跃生气还是不生气，她也这么做了，虽然这不是凤贤的初衷。但说这些有什么用呢？

　　凤贤想起刚才走掉的那人，她拧紧眉头，极力要将那人从头脑里除去。她从不曾像这样嫌恶一个人。她又怀疑地想她也在嫌恶一个人吗？可是，凤贤不只是嫌恶这个人，她真正害怕起来，头脑里出现看门人走进刘光跃办公室……是的，这个人会做出这样事情来的。这个假设一次又一次在她的头脑里头打转。她想那人或者已经在这样盘算了，或者已经在走向刘光跃办公室

217

……终于,她头脑里动了一个念头。

冬天的傍晚,西边有一块晴亮,但那块晴亮很快被周边的乌云包裹着,迅速压在山后。风有些刺骨,隔着衣服往骨头里头渗。凤贤将手袖起来。这天她像往常一样从柜子里头挑了件上好的衣服,慢慢穿好,细细在穿衣镜前左右照着,将一绺头发捃在耳后。这个似乎不是凤贤的习惯,是她小时候看见母亲的动作。母亲走亲戚,出门前对着镜子有这样一个动作。凤贤这天,特地这样动作了一下,像是做一件必备的功课。她收拾好自己,将屋里看了一遍。炕头窗台灶台桌子柜子沙发。凤贤突然舍不得,双眼涌满泪水。早起刚抹过屋里的毛巾还湿着。那是她刚换没几天的擦屋子毛巾,白底蓝色的图像。她从屋门出来,反身将门锁好,又将院门锁了,径直走过胡同,走上熟悉的小道。

凤贤走着,这条小道似乎成了她一个人的。望着西边一点点沉下去的那点光亮,想起这些日子走在这里的情景。那欢快的日子像被风吹干净的这条小道,一片光洁。小路两边的青草干缩成黄的细条,贴着地皮,那干旱的涧成了土黄色。涧两边的树,一棵棵干缩着,枯光的枝条以各样的姿态伸展在半空,被风一下一下摇动。

凤贤走得很快。但她的脚步不是轻松,是急切,急切中透着紧张。远处朦胧的山脉挂上一层黑幕,像凤贤的内心。凤贤走在路上,似乎在想又似乎没什么可想。她只顾往前走,任由着自己一直这么走下去。她看见厂门,看见门房亮着的灯光。凤贤觉得自己走得热了一身汗。她放缓脚步,背靠厂院墙头,喘了一口气。那远处的山脉线完全看不见,零星的灯光,远远近近。恍惚之间,凤贤觉得这是清晨前的黑暗。这样想,凤贤只觉得悲愤,但她的心胸偏又有了一丝温暖,尽管那是毒药挥散出来的香气。凤贤看见窗口的影子晃动了一下,凤贤一看见,心里还是动了一下,很快这一点心动被另外的情感替代了。凤贤憎恶地望一眼那影子,慢慢照着门房的灯光走过去。这时,她走得轻快,像一个飘动的幽灵。

94　如果那有关名誉

他觉得自己面前有了一堵高墙,以前想着凤贤是挡在他与玉香之间的障碍,现在想来,不完全是这样。

阳光大道铺成,北村那些个村落,似乎一下子离城近了。摩托车小车在路上飞跑,重吨位的拉炭车,呜呜叫着一眨眼跑过去了。刘光跃开着车,也飞跑在这条大道上。是的,这是阳光大道。路旁栽着一块大石头上,刻着几个字。

但刘光跃的思绪从这条公路上飞远了。自从厂里发生爆炸事件,他眉头不曾舒展,越发不愿意回家,害怕看见那里的一切。工作之余,偶有想念玉香,也只是一瞬间。他对玉香像是失去往日的热情。他对玉香的淡漠,完全不是出自情感,而是被什么冲散了。

他又一次明显感觉到自身有了一种变化。他像对待一个陌生人,审视自己。他觉得自己不对劲,像一个生了病的人,浑身不自在,但说不清楚究竟怎么了。他并不为着厂里的事故关系着凤贤的死,觉得难堪。在村人看,在认识他的人看,刘光跃在这件事情上得到了惩罚。刘光跃背地里受到村人议论,甚至嘲笑挖苦。刘光跃妈妈要刘光跃想开些,哭诉当年的穷困,娶了这个败坏家风的女人。刘光跃想替媳妇辩白,却无从张口。他怎么能说出那封匿名信件,说出来又有什么意思呢? 火灾当晚,究竟发生了什么,刘光跃想不出来。但他对媳妇凤贤还是有新看法。不管媳妇做了什么,都是他刘光跃亏欠着她。

办完丧事,他回到屋里,空空的屋子,冷冷的家居,让他眼泪滚滚。那眼泪多半为这个女人。村里有人居然说刘光跃在外头好女人,害死了媳妇。这完全是怀着一种恶毒。不论是挖苦还是恶毒,不能让刘光跃减去一丝苦痛,只会让刘光跃增加更多的忧伤。

媳妇凤贤的死他是有责任的。他忽然觉得名誉其实并不像想象的那么重要。如果媳妇凤贤的死有关名誉的话。要紧的是凤贤对于他的夫妻情义。如果他的想象真实，他心里留有终生的悔恨。他宁可相信事实是凤贤背叛他痛恨他，为了世俗牵绊，与看门房人徇情，终以死泄愤。但这样显然歪曲了事实。刘光跃不住地在内心呻吟，他觉得自己面前有了一堵高墙。他被困住了，喘不上气来。以前想着凤贤是挡在他与玉香之间的障碍，现在想来，不完全是这样。相反，这件事情似乎拉远了他跟玉香之间距离。他甚至没告诉玉香厂里发生的这件事故。他不知道玉香知道这件事情，会怎样看待他。

第三部

95 纯真的向往

  向往是纯真的,像向往每一件他今生不会得到也无意要争取的东西一样,并不记在心里,也不受到影响。

  王新亮从玉香教书的小学校出来,心里疼痛郁闷。这次见到玉香,她好像长高了一截,显得更苗条。脚上穿一双高跟鞋,从穿戴完全看不出她过去的影子。她脸上的光彩和天生的优雅,让她身上的那点乡气荡然无存。王新亮真正感受到生活彻头彻尾发生了改变。

  坐上火车,王新亮头脑里头不停地闪现那个手机,然后是玉香表情复杂的脸。玉香说那人给她买房,想来也是真的。几年光景,人们吃穿用连同人的思想完全变了样。万元户已经不像一开始引人注目,人们的目标向着十万元户,百万元户。家乡开煤矿的老板,说他们腰缠万贯,是实在话,一家家的焦化厂,少说也上千万资产,买楼房只是伸一指头的事情。有钱人到处买房。王新亮就不能比了。王新亮跟赵小亭又有了一个女孩,之前一直租住别人的房子,后来总算有了自己房子,只有两室一厅。学校老师比王新亮也好不了多少。王新亮婚姻这么一折腾,多出一个孩子来,更不比人家。日子过得不说穷酸,总是紧巴巴。以前,王新亮不在意这些。他的内心是富足的,他有他的世界,不被打扰,沉醉在书本里面。大学校园让他身心安然。每天从家里出来,走在校园茂密的树荫下,走向自己的讲堂。对于议论有钱人,他听到了,心里不免向往一下。那向往是纯真的,像向往每一件他今生不会得到也无意要争取的东西一样,并不记在心里,也不受到影响。

现在看来,并不是他想象的那样。那感觉并不美妙。他觉得有什么在心底里藏了多少年,现在被人一掏而空。他感觉到受挫。这是少有的感觉。他从小是好学生,被老师捧在手心里,被家长捧在手心里。他知道村里人怎么看他。他喜欢那样的感觉,觉得是他应得的。他用自己的勤奋,为自己,为家人争得荣誉。可是,这样的感觉似乎是一眨眼,消失了。如果说王新亮在校园里过着比别人不宽裕的日子,从前觉得能忍受的话,现在,他觉得憋屈。赵小亭为着学校哪家老师有好房有好车唠叨,他以前觉得那是女人家好嫉妒。现在,他心里燃起熊熊烈火。王新亮从来觉得自己是一个心底敞亮的人,甚至觉得自己有着一个读书人的胸怀。可是,现在,嫉妒牢牢地掐住他。他的眼睛烧得彤红。

咣当咣当的火车,带着他一路飞跑。王新亮这样想那样想,忽然有些心烦,脚在地上很响地踢踏一下。他感觉到周围的人朝他看过来的目光。他眼前出现了儿子,出现了女儿,出现了赵小亭。王新亮把眼睛闭上,深深地吐出一口气来,酸楚地想自己有什么呢?除了一双儿女,什么都没有。大学老师。王新亮想到这里,苦笑了。

王新亮在学校里喝酒渐渐有了名气,不是他喝得比别人多,是一喝就醉。醉了的王新亮又是哭又是笑。王新亮喝醉酒真的都不是王新亮,不像一个读书人了。

媳妇赵小亭最生气王新亮喝醉酒。王新亮一喝醉酒,赵小亭就骂。赵小亭说总是在外面喝喝喝,喝得跟个死人似的。赵小亭一边拽着王新亮,一边说这日子过到头了,真是一天也不能过了。赵小亭有儿有女,不过是嘴上说说气话。赵小亭看出来了,比起儿子,王新亮更喜欢女儿,常常被他抱着放在腿上,低头看女儿的脸,小声小气地跟女儿说话。这些让赵小亭忘了王新亮气人的喝酒了。赵小亭心里,王新亮其实是个不错的男人。对于王新亮跟玉香的事情,赵小亭想开了,照赵小亭寻思,玉香不过是自讨苦吃。赵小亭一想这事,嘴一撇,露出轻易看不出来的微笑。

96　恍然是当年的场景

雨水湿透的街面上,灯光照上去,镜子一样,闪着光亮。

　　王新亮从姐姐那里不意听到玉香上学的事情,在他心头沉寂下来的玉香的影子,又一次在他眼前闪动。他想起与玉香在一起的日子,想起给玉香说过的每句话,想玉香的哭泣和她满脸的笑容。即便跟赵小亭一起走路,他的思绪是跟玉香在一起。直到有一天,他从车上下来,站在玉香所在的大学门外。
　　这陌生的街道,他看着亲切起来。这是玉香每天走的街道。街道两旁是新盖起的店面,还有一两处店面,搭着支架,几个人在上面忙碌。
　　王新亮踏进校园是熟悉的。校园气氛到处一个样。一样是花草,路两边的树木一棵挨着一棵。学生模样的年轻人,三三两两从学校门出去进来。他们松松垮垮地背着书包,或者手里握着一本书,在走。高大的教学楼,绿色玻璃闪耀,熠熠发光。一座旧的教学楼,墙面斑驳,但门前很多的台阶,让旧的教学楼显出往日的威严。
　　王新亮抖抖肩,他知道怎样找到玉香。
　　王新亮看到玉香的时候,她正跟一伙的女同学拎着暖瓶走回来。王新亮站在楼梯口,恍然还是当年的场景。他离远静静地望着。
　　玉香拎着暖瓶走到拐角,一下子看见王新亮。
　　玉香再次意外地看见王新亮,脸上的表情一下子变得怒气冲冲。她像是没看到他,提着暖瓶跟着一伙的同学踏踏踏上楼了。
　　玉香下来的时候,王新亮爬了一层楼梯,皱着眉站在那里,满脸愁苦望着走下来的玉香。
　　玉香的心,疼了一下。她从楼梯跑下来,拉着他走下楼梯。

王新亮的住处，让玉香想到她去看望他的日子。王新亮何尝不曾记得。玉香进了门，门咔嗒锁上。他们心里都是一惊。王新亮抱玉香的手抖索着，玉香攀住王新亮的肩，泪眼婆娑。玉香感受到王新亮的气息。她好像盼望着，一点点迷醉着。可是，玉香到底不是当年，她回过神来，推开他。

　　王新亮退败地坐在床上。他又一次站起来，被玉香又一次推开了。这次，王新亮没起来。他拍着一边的床铺让玉香坐下。

　　从窗口望出去，天气居然阴下来，一滴雨点叭的一声，打在窗上。王新亮将目光从窗外收回来，望着玉香，伸手拉住玉香一只手。

　　上大学失望吧？其实大学也没什么好奇，好多人进了大学觉得都不像想象中那般好。

　　玉香望着他眼里闪过一线光亮。

　　孩子在姐姐家很好。

　　玉香噎了一口。

　　你安心学习，这里很好。

　　……

　　你跟他……

　　玉香将手抽出来，怀着孩子的日月全回来了。她站起来，走到窗口，看外面飘落的雨。雨点打在玻璃上，像一滴滴泪珠。玉香将手伸出来，隔着玻璃，一个个摸着雨滴。

　　王新亮站在玉香背后。他将玉香的手从窗口玻璃上挪开，握着，将玉香扳回来，面对他。他问，他对你好吗？你要嫁给他？

　　"啪"的一声，玉香伸手打在他脸上。玉香突然清醒过来似的，从王新亮眼前退开，打开门冲出去。

　　她听到王新亮从门里追出来，一路到楼梯口。玉香踏踏踏从楼梯跑下去。雨下大着。她冲到雨里。

　　夜深了。街灯像眨动的眼睛，亮闪闪照着路人。玉香在王新亮住处不远的道路上徘徊。雨水湿透的街面上，灯光照上去，镜子一样，闪着光亮。她抬头望王新亮的房间。窗口的灯光，让她想到当年他学校那间宿舍。玉香流着泪，望见窗口不时有人影晃动。

终于,她看到窗口的灯光黑下来。

97　新盖一座院子

风中的太阳,泛着白,像着了一层雾气。

刘光跃在日复一日的琐碎繁杂中安静下来。如果说事故后,刘光跃对玉香情绪稍有低沉,那么,现在,刘光跃对玉香的情感,比事故前明显变得更加热切。他对玉香的渴望,不只是生活上,更是精神的需要。

天气阴沉沉。风中的太阳,泛着白,像着了一层雾气。刘光跃坐在办公室。白太阳的影子从窗口进来,落在桌子上,落在桌子一侧的书皮上。刘光跃手里转动着一支铅笔。销售厂长刚从房间出去。刘光跃放下铅笔,伸手在头上捋一把,站起来从窗口望出去。光秃秃的树杈朝天支棱着。年到了,玉香该回来了。他这样想,心情激动。玉香在他心里远远不是以往的玉香。她在他心里的身份大有改变。他要重新盖一座院子,将婚礼准备停当。

他到商店给玉香选了一款适合玉香的大衣,开车到学校,在附近住下来给玉香打手机,说他来接她。

听到楼道里玉香的脚步声。刘光跃打开门,看见脸色红润的玉香站在他面前。玉香回到她美好的青春岁月。刘光跃看得有点发呆。小学校代课的玉香,虽是美貌,但脸上藏不住苍白和憔悴。那时候的玉香是清瘦的,下巴不像现在这样圆满。眼前的玉香胖了,身体饱满丰实。刘光跃双手伸在玉香的腮下,他为真正要娶玉香又一次产生怀疑,觉得那真是遥不可及。很快,他又怪自己多虑。玉香不是接到电话急匆匆赶到这里吗?她不是紧紧被他抱着吗?

刘光跃放开玉香。他说,那个男孩呢?

玉香看着刘光跃,她问,哪个男孩?

刘光跃说就是上次与她相跟的男孩。

玉香看着刘光跃,手指往楼下点点,说他在楼下等。

刘光跃赶紧爬到窗口往外望,说他在哪里,在哪里呢?

玉香看刘光跃的样子,捂着嘴巴,笑得猫下腰。

刘光跃看见玉香笑,神态一下子放松了,他哈哈大笑起来。

清晨,打开窗帘,太阳铺满整个窗户。玉香熟睡着,如玉的脸颊,眼睫毛在眼睑隐隐约约落下一溜儿薄薄的影子。刘光跃静静地看着。玉香睁开眼睛,看见刘光跃,笑了,一下子坐起来。刘光跃坐过去,半抱着她,说什么时候回呢?

玉香说她想女儿了,她想到二哥家去看女儿。

刘光跃说还是先回家,过了年去好不好?他说她离开时间太长了,他都像一个光棍了。

玉香望着刘光跃滑稽的模样笑开了。

刘光跃高兴起来,看着玉香,想要对她说些什么。但刘光跃压住要说的话。他望着窗外的太阳,这是多好的一天。

玉香又想起什么,皱了一下眉头。

刘光跃问,怎么了?

玉香在刘光跃身上捶打。刘光跃看半天玉香,终于明白仰长脖子笑了。他想起昨晚,知道玉香又在怨他。他欢喜地逗玉香,说他也在害怕,玉香真怀上孩子,该怎么办呢?

玉香一下子哭起来了。

刘光跃没想到玉香如此激动。他过去拉玉香的手,也能说是在一下一下抚摸,说他在说着玩。他怎么会没办法呢?

玉香抬起头,望着刘光跃。她回到怀女儿的日日夜夜,她想起当年的王新亮。一时间,她看眼前的刘光跃与她是分开着的两个人。玉香不听刘光跃说话,挣开他,一下子扑在床上哭得更加伤心。

刘光跃想一定是说到玉香的痛处。玉香一直不愿意说给他的话,现在用眼泪来告诉他。刘光跃坐在床上,苦涩的脸上,也像是要落下泪来。他把手轻轻放在玉香哭得抖索的背上,他说你不要这样哭,你不会有担心的事情,我们会一辈子生活在一起的。

玉香爬在床上,歪过头来,脸上滚着泪珠。

刘光跃看着玉香,他说海程妈……她去世了。

玉香一个激灵,坐起来。

刘光跃伸手将她脸上的泪珠抹去,靠玉香近一些,看着玉香。

玉香从床上跳起来,着急地问,怎么回事?是不是在骗我?

刘光跃热切的心一下子凉透了。他惊讶地望着玉香,生气地对玉香说他能连这个也说谎吗?

刘光跃在地上来回走。他的眼睛慢慢地热起来了,泪水从眼眶溢出来。他或者是着急,或者是生气,或者这对刘光跃也是一件痛心的事情。

玉香挨近刘光跃,抱住他,脸贴在刘光跃背上。

刘光跃转过身来,看着玉香。他说:"嫁给我吧"。

玉香的眼睛挪开了。

刘光跃说他为她新盖一座院子。

玉香摇摇头。

她头脑里是海程妈妈的影子。玉香想,这样的一个女人,真的就那样死掉了吗?玉香这样想着,沉思着。

98　闺女像一朵花

心里有多少个线头弯弯曲曲缠绕着。

年后,玉香回家看望爸爸。玉香想念爸爸。玉香怎么能忘记去世的妈妈和年老的爸爸呢?爸爸的头发全白了,走路不像以前轻快。玉香望着爸爸心疼地想:爸爸真的老了。

爸爸说话的气力都像是弱下来。他拿起玉香给他买的点心递给大哥的女儿。

玉香看着眼前的侄女,想起她小时候,难过地想起妈妈,含泪望妈妈的照片。

爸爸长长叹了一口气,说你大哥这个女儿,常常来我这里,陪我说话……

玉香听爸爸这样说,知道爸爸很想她,心里又一阵难过。

玉香离开爸爸去二哥家里,终于见到女儿。

女儿穿着过年的新衣服,新衣服膨松着,像个小胖子。玉香一见女儿把女儿搂在怀里。看着玉香抱着孩子哭,王新美为这个闺女不是她的心疼。王新美带玉香女儿出来,路人见了问女儿多大了,他们看看玉香的女儿,看看王新美,把王新美当作这个小女孩的妈妈了。王新美用镜子照着闺女,照着她,她们多像啊,只是闺女比她长得好看。闺女要多好看有多好看,闺女真是一朵花儿。她爱死这个闺女了。她想,如果玉香将这个女儿给她和李天成呢?她甚至跟丈夫商量给玉香说把这个闺女留在他们身边。

玉香二哥不说话。王新亮跟玉香的事情浮出水面,王新美在丈夫跟前不提弟弟王新亮。她也不拿闺女跟她相像说事。可是王新美能够感觉到丈夫跟她一个意思。只要玉香愿意把女儿给他们,丈夫会很高兴。玉香二哥从外面回来第一句话总是:闺女呢?咋看不见闺女呢?

小女孩一听有人叫她,从里屋跑出来,或者从沙发后面站起来。她会玩积木了。她吃完饭把空着的碗抱着送到洗碗池里去了。王新美害怕真有一天玉香要抱走这孩子。现在,看着玉香抱着孩子,王新美眼圈不觉红了,她的心里有多少个线头弯弯曲曲缠绕着。

女儿认生,哭着不让玉香抱,推搡着她,扑到二嫂怀里了。

玉香心里感激二嫂,觉得欠二哥二嫂太多了。玉香念大学,二哥给她寄信寄钱。信上说那钱是她上班时候交给二嫂的。二哥还给她寄过一次钱,说那是在玉香上高中时候,他们给玉香攒的,现在总算派上用场了。玉香对二哥常常挂念她,很感动。二哥的信和钱让玉香心里温暖,同时也让玉香的心事变得重重的。她把二哥汇来的钱,存到银行,存折藏起来。她想刘光跃看见存的那点钱,该怎样笑话她啊。

玉香美美地跟女儿玩了几天。女儿好像记得她是妈妈了,也要玉香抱。玉香让她叫妈妈。女儿就把头低下去,抬起来的时候,看着二嫂。二嫂说这是你妈妈。女儿看着二嫂叫一声妈妈,叫完后看着玉香。

　　玉香指着二嫂说叫舅妈,舅——妈。女儿看着二嫂,嘴里还是叫着妈妈。

　　二嫂去洗碗,二嫂说闺女不会绕着弯叫。二嫂说着又对女儿说,是不是,闺女?

　　二哥问玉香怎么去上的学。看玉香不说话,二哥说,没有钱就吱声,还要念一年吗?念完书做什么呢?

　　玉香说念完再说,说不准她还要多念一两年。

　　二哥看着她,说,你是不是在学校有男朋友了?

　　玉香不看二哥,她说你说什么呢。

　　他们的话被二嫂打断了,二嫂说,闺女今年是不是该上幼儿园呢?

99　断线的风筝

　　从窗口望着焦炉冒出的火苗。原来,那里是一排的火苗,欢腾着。现在,只有很少的几朵在跳跃。

　　新盖的房屋,即将完工。就在刘光跃的精神又一次抖擞起来的时候。乌云悄无声息从天边而起,瞬间,遮蔽整个天空。

　　焦厂生意似乎到了一个平缓地带。刘光跃刚上的年产一百多万吨的焦炉,投产使用不到两年光景,焦价大幅下跌。刘光跃厂子里堆着的山一般的焦炭一夜之间,损失上千万。偌大的焦场积压的焦炭,山一般乌压压堆放得场子小了许多。以往拉焦车一辆排着一辆的境况看不见了。刘光跃没敢要囤焦,他哪里囤积得起呢?眼下,他倒是急着要将焦炭卖出去,焦价却连成本也收不回来。

刘光跃没想到会是这样。年后,他努力上了一批化工原料,生产出一种黄绒绒晶灿灿的东西来。这些是焦化的副产品。经济快速发展,社会在猛力发生着改变。刘光跃可着劲要跟上时代,壮大企业。不想,现实让刘光跃不断升温的思绪一下子拉回地面,就像风筝上了半天空,却意外断了线。他有点手足无措。虽然,困顿对于一个厂难以避免。问题是焦炭经过这次大跌以后,不像往日往好的方向转变,而是迟滞不前。银行又有了新政策,要求月贷月还。刘光跃每个月初将钱贷出来,月底得将贷款还回去。刘光跃的资金全部投入焦厂,炼出的焦炭堆在厂子里,用什么来还月贷呢?

银行不管这些,收回的贷款再难发放。

刘光跃觉得自己有点冒失,可他又觉得自己做得没错,完全是市场跟他捣鬼。刘光跃损失就像泼出去的水,无能复收。不管怎么说,现在,他的资金链有了大大的缺口。眼下只有靠拆东墙来补西墙。他知道这样维持不了多长时间。想象中的美好,成了泡影。前两天还信心十足的刘光跃,两眼发灰。痛心的是,焦炭价格继续下滑,煤价一天天上涨。一下子,刘光跃困住了,不要说扩大生产,维持厂子经营都成问题。

问题刚露头的时候,如果说刘光跃手足无措,现在的局面,让他全身发冷。但焦厂的生产不能停,那是他刘光跃的命。

焦炭市场运营不利,各家企业情况不差多少。刘光跃厂里遇到的麻烦,各焦厂不同程度都遇到了。刘光跃觉得自己还是有底气的,凭这些年与同行的交往,与各家银行的交往,他还是能想出办法来。但并不像刘光跃想象的那样乐观,跟二十年前他刚出道那会完全不同。

刘光跃去找交往深厚的朋友帮忙。这些朋友们看见刘光跃,还像以前笑嘻嘻模样,哥们弟兄相互招手,攀着肩,相互在身上拍打。一说到借钱,他们沉默了。银行朋友看到他,一副欢喜模样,眨着眼睛,问他近来忙什么呢。一提贷款的事情,脸上的笑容收敛了,轻轻地摇头。这一摇头将他们隔开了距离,也能说他们之间一下子不像往日那么友好。这让刘光跃心里头不痛快。但刘光跃不得不几次三番在他们面前提这个话。他们就有些烦,到最后,完全失去往日的交情。

刘光跃把解决问题叫摆平。这么多年,他摆平了多少大大小小多少事情啊。现在,他面前矗立着一座大山。这个弯,他转不过去。他心惊地想起前头那些厂关闭的情形。他真的也要关掉厂吗?他望着扩建到二三百亩大的焦厂,望着刚上的新焦炉,十多年,似乎一挥手之间。厂子一次又一次的扩建,他是有记忆的。眼前这个厂,让他想起起步时的焦窝子,想起建的高烟囱,想起建起来的旧焦炉。现在,那些个完全没有影子。新上的焦炉和刚配备的化产设备,才投产却像霜打的茄子。刘光跃坐不住了。如果不尽快运作,真能要了他的命。他从窗口望着焦炉冒出的火苗。原来,那里是一排的火苗,欢腾着;现在,只有很少的几朵在跳跃。刘光跃知道他已经是在喘息了。他不能想象将有一天,这里是静寂的。如果这里的焦炉没有一丝烟冒出来,他的心脏便会停止跳动。刘光跃打了个激灵,将头摇摇。他想不会的,一定还能想出办法来。

刘光跃咬咬牙,开始高息借贷。刘光跃以前也高息借贷。那时候,刘光跃底气十足,那些钱,刘光跃是还得起的。借贷在刘光跃像玩一样,像好好走着路,使那么一小点坏。但刘光跃对于借贷心里是一万个戒备。他知道高息借贷的下场,照土话说那是印子钱,利滚利。稍有脑子的人都不会触那样的霉头。周围有几个闲钱的都奔向他,想从他这里捞点好处。刘光跃跟他们打哈哈。刘光跃心里清醒得很,他可不上他们的当。少有几家托人送过来,刘光跃才收下来,全当送人情。

现在,刘光跃真的也要借贷。他不露声色,将风放出去,很快零碎的钱送上门来。那零碎借贷,少则几十万,多则上百万。这些钱让刘光跃暂时渡过难关。开了这个例,刘光跃如法炮制,接二连三,似乎也只有这个办法。刘光跃也还没有完全沉迷于此,他鼓着劲暗地里等市场好转,焦价回升。只要厂里有焦炭,只要有煤,高息借贷比这再多些,也难不倒刘光跃。可是一个月,两个月,半年过去了,焦价低迷,煤价高抬,刘光跃只有吸纳更多的民间资本,靠借贷煎熬度日。风气一点点传出去,刘光跃的借贷利息不断地提高,再这样下去,他真要垮掉了。刘光跃想到钱串,想到刚倒闭的两家厂主,他坐立不安。他真会跟他们一样吗?不会的。刘光跃对自己说。他还是那句话:总是会想出办法来的。

刘光跃请大家吃饭，还像往常排场。那些哥们兄弟和银行里干事的伙计，接到他吃请的电话，推辞着，答复的不像往日利索。最后，他们还是来了。饭桌上刘光跃还像以往红光满面，照以往的情分，这些人跟刘光跃情同手足。刘光跃借着酒劲提起贷款的事，有两个起身上洗手间，其他几个在打哈哈，他们说刘总赚的钱都是一个小银行，哪里还想着要贷款？

吃饭归吃饭，刘光跃贷款的事情还是没着落。刘光跃知道他们耍滑头，但他拿他们有什么办法呢？他又不能穷追烂打，只能撑撑看。借高利贷有了开头，刘光跃管不了那么多，只要能解决眼前的饥渴。这些天，刘光跃不想说话，他盯着电视，其实什么也没看。头脑里想些什么，他也不知道。他觉得自己的脑子不时会停滞。

100　冷遇

手机通话，到底不如面对面讲话实在。一个铁砣子，真是一点温暖都没有。

刘光跃每天像热锅上的蚂蚁，甚至都不顾得想玉香。厂里工人大量裁员。工人工资不像往年发得及时，先是两个月一发放，后来推到三四个月，到处能听到工人的埋怨。工人迟到早退，厂里不像往日整洁，东西经常丢失。外出培训的学员在学校失去了供应，一个个回来了。

玉香跟那些工人不在一处，甚至不认识他们。她知道刘光跃厂子出问题是在饭厅里不经意听到一句话。饭厅吃饭的同学一个挤着一个。玉香在一个角落里吃饭，听到一个家乡口音说他们那里有个叫刘光跃的老板，很有钱，给学校送来几十名学员，里头有一个是他亲戚。前两天，听说厂子要倒闭，那些人一个不剩全回了家。他的亲戚也回家去了。

玉香听愣了，难道家乡有一个跟刘光跃同名同姓的人吗？这个同名同姓的刘老板也送技术工来这里学校培训吗?她看不远处一伙男女同学围在一起吃饭,玉香看他们,那个说话的同学似乎也朝玉香看过来。

玉香没心思吃饭了。她细细回想刘光跃,回想他们在一起他脸上的表情。玉香想来想去,没有一丁点关于刘光跃生意败落的迹象。刘光跃真像那个同学说的,厂子要关闭吗?

经打听,刘光跃送来的那批学员,果然一个不剩全回家了。玉香真正感觉到味同嚼蜡的滋味儿。刘光跃遇到什么麻烦事情了呢?

就在玉香魂不守舍的时候,她收到刘光跃寄来的钱。看着寄款人一栏写着刘光跃的字样,玉香又是高兴,又是担心。她给刘光跃打电话,那头是忙音。玉香给刘光跃打电话,就害怕这样。这让玉香的感情经受波动,像遭受到冷遇。

可这次不一样。刘光跃那边越是忙音,玉香越是要拨。玉香拨了三次,终于听到刘光跃声音。她想刘光跃听见她的声音多高兴啊。但玉香没有听出刘光跃声色里的激动,她听到刘光跃声音很急,问出了什么事情吗?

玉香问他好吗?问厂子好吗?

刘光跃那头停顿了一下,很快,刘光跃说他很好,厂子也好。刘光跃说厂里今年人手不够,暂时把学员调回去了。刘光跃问玉香他汇到的钱收到了吗?他让玉香专心学习。

刘光跃一说上话,玉香难插得上嘴。说到最后,玉香听到刘光跃说好了,我这里忙。接着,玉香听到"吧嗒"一声。

玉香觉得别扭极了。刘光跃很急地说话,好像玉香占了他很长时间。他有多忙呢?手机通话,到底不如面对面讲话实在。他关手机的那声"叭嗒",透着冷漠,让玉香伤心。一个铁砣子,真是一点温暖都没有。但玉香提着的心放下来,想起那个男同学的话,笑他胡说。刘光跃忙得都顾不上说话,那么大的厂,哪里会出什么问题,哪里能说关就关闭呢?

101 人初生模样

她走过来走过去,步子迈得一会儿比一会儿快。后来,她的步子不像是在闲荡,而是走乱了,乱得像是她要寻找一个东西。

玉香心里刚刚放下这件事情,一件惊心的事情发生了。年后离开刘光跃,玉香心里害怕着,她在心里祈祷,祈祷这个月她的那几天顺顺当当地来。

玉香看着试纸上那两抹鲜红,心哆嗦着。她感到祸事临头。玉香恨得不行。刘光跃多可恶,他怎么就不为她想想。现在……玉香都不敢想。啊,医院,产床……

玉香想她该去哪家诊所。玉香摸了摸手机,她想是不是告诉刘光跃。她有一秒钟想到要跟刘光跃结婚。她怀着的是生命,他应该会要这个孩子。她不能让这个孩子像女儿一样……啊,玉香的双眼含着泪珠。

可玉香不想跟刘光跃说她怀了孩子,怎么办呢?她害怕手术台。那是手术台吗?对于女人,那是酷刑架!当冰凉的铁器钳进下身的时候,心揪得紧紧的。如果能够透视,心在那一刻,由红一点点变黑。很静。能听到金属碰撞的细微声响,有点像金玉之音,但这只是想象。真实情况,那惨痛的场面,躺在那里,永远也看不到,也不要看。那是非常感觉,下坠着,那不叫疼,是一种撕扯,那撕扯触动着身体各处敏感的神经,只是一瞬间,面无血色,热汗淋漓,大病一场。

玉香最终还是去了诊所。橘红色的铁椅子,一个挨着一个。玉香看见椅子上坐着一男一女两个年轻人。那年轻女人凸出来的肚子从衣服下面涨上来,她坐在椅子上,身子倾斜,一只手掌向后撑在椅子上,一只手抚着肚皮,脸上堆出难看的表情,发出阵阵呻吟。年轻男人的腰弯下去,望着女人扭曲的脸。那男人的脸也像是扭曲了。男人的手一会儿搭在年轻女人的肩头,一会儿搭在年轻女人的腰上,但这些,丝毫不能减轻年轻女人即将生产的痛苦和难熬的折磨!玉香望着年轻女人一额头的汗珠,产生了同情心。望着她身边的丈夫,玉香又羡慕起这个年轻女人来了。

玉香扭过头。她身边坐过来一个中年妇女。这女人四十岁开外,头发里夹着一两根白发。玉香看中年妇女左看右看,然后盯着玉香。

玉香离开座位,她似乎要站一站,或者要走动走动。玉香边走边看医院墙头的画面。那是一个胎儿,由小一点点变大。胎儿粉色,胳膊弯曲着,腿儿弯曲着,小脑袋抵在胳膊间,抵在两腿间。啊,那是人初生模样。

医院的过道里,人来人往。玉香却像一个人在游荡。她走过来走过去,步子迈得一会儿比一会儿快。后来,她的步子不像是在闲荡,而是走乱了,乱得像是她要寻找一个东西。

玉香听到有人叫她的名字。她的名字回荡在过道上空。玉香惊着了一样,她小跑着向着医院的出口,一闪,不见了。

玉香不能打掉孩子,不只是害怕手术台,她从画报上看到一个生命,从年轻女人的肚腹看到一个生命。是的,玉香刚才看着那个年轻临产的女人,似乎感觉到一个小东西在她的腹部开始蠕动。玉香怀着女儿时候,在临产前几天,小孩儿在肚子里左撑右撑,玉香的肚子一会儿扯这边,一会儿扯那边,那是小孩儿扭动着的屁股,是小孩儿伸展着的胳膊腿儿。那时候,玉香嫁到那家人家,跟着那样一个人,她的每一天都是苦闷的,是肚子里的孩子陪着玉香,让她的每一天充满着好奇。

玉香一边想,一边走在马路边上。过年的喜气这里那里荡漾在行人的脸上。一个男人和一个女人中间,走着一个四五岁的男孩子。那个小男孩,一只手拉着爸爸,一只手拉着妈妈,他走两步,就要被爸爸妈妈高高地提起来,三个人哈哈大笑。玉香看着,想起寄托在二哥家的女儿,想起眼下她肚子里怀着的孩子。玉香的心酸透了,走在这嚷嚷吵吵的大街,觉得自己真是个多余。

可是,她的女儿和肚子里怀着的这个孩子,是需要她的呀。

玉香对母亲的死似乎又多了一层理解。她抑制着就要涌出眼眶的泪水。玉香得学着将眼泪咽下,涌出来的眼泪,慢慢从眼眶渗下去。

102 大变故

茶几上,烟灰缸里满满一缸烟灰,衣架上胡乱挂着衣服裤子,一件叠着一件。

玉香眼巴巴等着磨难的到来。她想让时间走得慢点,再慢点。她不能想象自己大着肚子站在校园里。可是,日子总是不多一分不少一秒地走着。一个星期过去了,一个月过去了,玉香一天比一天觉得不舒服。这个不舒服,玉香是有准备的,她已经有过一次了。但玉香感觉自己非常不好,要死不活。她实在是吃不下饭。玉香硬撑着,端着饭盒去打饭,只打一点饭菜,就是那点饭菜她也没动两筷头。她看着眼前的饭,不想往嘴里头送,勉强咬在嘴里,又实在难以咽下。

玉香从饭厅出来,懒懒地走着,看着校园里跑着跳着的男女同学,玉香想他们多愉快,精力是多么旺盛。玉香像抽穗的麦苗儿,像地里蔫搭搭的菜叶儿,玉香真是走的力气都没有了。玉香觉得怀着的这一个比女儿那时候要难受得多。玉香瘦了,脸色苍白,胳膊腕儿瘦成一小把。她觉得自己像麦田里割倒的麦秸秆,风一吹,都要跑。

快要放暑假了。玉香想刘光跃该来了吧?玉香熬过了最难受的日子,虽然心力不支,但感觉比前些日子好多了。玉香的功课因为身体的变故多少受点影响。但她像以前一样对书怀有一种热爱,她没有忘记心中缥缈的追求。那看不清的美好,在玉香的感觉里尽管越来越不现实,但玉香总是不愿意放弃。玉香想起高中时候,自己背铺盖卷回家的情景。玉香不想那样了,她当然想不到在以后的日子里,还要遭受什么。眼下她有刘光跃。她坚持着,她想这次自己会得到一个结果。

玉香一天天摸着手机,想给刘光跃打电话。一个女人怀孕,真是太想跟孩子爸爸说话了。玉香想刘光跃真是忙啊,他多长日子没给她打手机了呢?玉香盼着刘光跃的电话。她将刘光跃的手机号码一遍遍在手机上打出来,消掉,又打出来,又消掉。

一天,玉香拨了刘光跃的号码。她有一肚子的话要对刘光跃说。看着手机忙碌地传递着,她想刘光跃千万别是忙音啊。

玉香没想到刘光跃手机停机了。玉香拿着电话,重新拨打,还是停机。玉香有点不相信,连续拨打好几遍,那手机里除了说停机,还呜呜拉拉说一串的英语。

玉香关掉手机。

手机哑巴了。

玉香也哑巴了。

玉香想刘光跃那么忙的人,手机怎么会停机呢?不祥的感觉,想起年后厂子关闭的消息,她心跳起来,顾不得身心疲惫,买了回家的票。

再次怀孕和一直联系不上刘光跃,让玉香一下子回到过去,回到那些个不安的日夜。

屋里完全不像样子了。玉香从门里跨进来,怀疑自己走错了房门。茶几上,烟灰缸里满满一缸烟灰,衣架上胡乱挂着衣服裤子,一件叠着一件。这可不是刘光跃的做派,以往每天都有服务生上门送来熨烫好的衣服,顺便带走该熨烫的衣服。

厨房里更是乱七八糟,到处是方便面塑料袋,筷子这里一根那里一根。玉香细看刘光跃,大吃一惊,刘光跃从来是齐整的,可眼前的刘光跃像是跟谁刚刚打完架,他的头发支棱着,衣服前胸后背起着皱,他两个黑眼圈,脸瘦成一条,看着都像是一个半老头。

刘光跃没想到玉香突然回来,站在他面前。他头脑里想了多少回,玉香回来会什么样的情景。现在,玉香回来了。家里的一切,玉香全看在眼里,说什么也不能瞒过玉香。

刘光跃怔怔望着。玉香的变化也是越来越大啊。玉香现在是一个文化人,是刘光跃羡慕的文化人。刘光跃把眼光藏起来,他本来是想靠近玉香,可他扭头走远了,抱着头,颓然坐在沙发上,神情呆滞,眼睛一眨不眨。

玉香被眼前的情景着实吓着了。她看着刘光跃,这还是那个人吗?她就是再想着刘光跃会这样那样,也不会想到他这么快成了这个样子。如果不是玉香亲眼看到,她怎么会相信?

玉香一下子全明白了。她想起第一次看到这个人的模样,想起自从认得这个人以来的这些日子。眼前的这个半老头,在她眼里亲切起来了。

她一点点走近刘光跃,在他膝前蹲下来,仰头看他一脸黑茬胡须,眼泪流出来。她抚摸着刘光跃的手,眼泪滴到刘光跃手上。刘光跃突然一把推开玉香,两只手捂着脸。玉香看到眼泪顺着刘光跃的手指潺潺流动。

103　一枚胸针

下雨了,大街上伞头晃动。这样的景色,玉香在这里看见过的,但这一次跟往常的任何一次都不同。她是最后一次站在这里看这样的雨景了。

刘光跃欲说不说的表情,深深刺伤玉香的心。刘光跃这些日子躲在这里,门都不敢出。他怕有人跟踪。他实在是没办法。他说如果没有这房子,他都不知道该往哪里躲。他真不想活了。

玉香抱着刘光跃,想用她的怀抱,温暖这个人已经冰凉的心。

下雨了,大街上伞头晃动。这样的景色,玉香在这里看见过的,但这一次跟往常的任何一次都不同。玉香想她是最后一次站在这里看这样的雨景了,望着窗外,酸涩的眼泪,很快地流下来。这泪水不是为她,不是为她怀着的孩子,她为着一下子被打倒的这个人!

这天晚上,刘光跃让玉香把一个小抽屉的锁打开。在这里,玉香与刘光跃的东西分开着。刘光跃锁着的抽屉,玉香是不碰的,不管它里头放着什么,值不值钱。她是自觉的。玉香记得妈妈的话。啊,玉香总是能常常想起妈妈。

拉开抽屉,里头有一个红本子。

刘光跃说就是它,把它拿来。

玉香看到是房产证。她拿着,递给刘光跃。

刘光跃说还是你自己看吧。

玉香打开,她惊讶地看到上面写着户主:李玉香。

她一眼看见,心里激动了一小下,有一瞬间觉得欢喜。她当然知道有些东西的好处。比如,这房子。房子多好啊。这么些年,玉香是一个旅居的人。现在,这房屋是她的了。玉香细细看着房产证上面的日期,望着刘光跃,双眼滚动的泪水雨帘一样。

刘光跃说你不要哭。我现在只有这个了,我原是想……现在,不说了。我只剩这个了。

玉香抱住刘光跃,放声哭出来。

玉香把房产证还给刘光跃。她说卖了吧。刘光跃看着玉香。当他看出来玉香是实心实意要卖掉房子,帮他来还债的时候,刘光跃眼睛亮了一下,随即又暗下来了。他说房子能卖多少钱呢?房子卖了,我们躲哪儿呢?

玉香拿出首饰盒。刘光跃躲闪着。他看着玉香打开首饰盒,张张发干的嘴唇,他说他拿了盒子里一枚胸针。

玉香眼前闪出刘光跃外出回来,从包里掏出那枚胸针的情景。那枚蝴蝶胸针,很漂亮,展翅欲飞的样子。

刘光跃说他原是不舍得动它的,可是他一点钱都没有了。

玉香难过地看着他,嗓子眼堵塞着。她轻轻笑了一下,笑得极不自然。望盒子里明光灿亮的首饰,她想这里头的每一件,都比那枚胸针值钱啊!

玉香的眼泪像骤雨从房顶瓦片上飞流而下的雨行。

刘光跃没想到玉香会这样难过。他想说以后会把那只胸针补回来。但他像被什么压迫着,一句话也说不出来。

玉香一件一件从柜子里收拾自己的衣服。刘光跃疯了一样拦住玉香,他说房子不能卖。卖了房子,也远远不能还清债务。玉香也像是一下子被打倒。

她瘫坐在床上,望着刘光跃。玉香又一次站起来,她说卖不卖房是刘光跃的事情,她不能在这里住下去。

刘光跃拦住玉香,他说要走,是他走。他走好了。

玉香看着刘光跃衣衫不整,慌乱地将脚套进皮鞋。那皮鞋也不再是光亮了,这里那里布着灰尘。她扑下来,抱住刘光跃的双腿。

刘光跃热泪盈眶。他抱玉香起来。他说不怕,这房子写着你名字,没人会从你手里拿走它。我也不会再来这儿,真的不来了。

玉香只管流着眼泪,说不上话来。她想到怀着的孩子,悲痛哽住她的喉咙了。她扑在刘光跃怀里又一次放声痛哭。

房屋如玉香所愿,卖掉了。玉香太想留着这房屋,哪怕是为着将出生的孩子。可是看着眼前这个人,她怎么能安心在这个房子里住下去呢?她不能想象这个男人从这里走出去,会是什么样子。她不能失去他。

他们租住到小一点便宜些的房子里了。

104　混乱的人群

往日热腾腾的气象消失散尽。设备像冻僵的巨兽,冰冷地卧着。厂子里往日遍地跑的工人不见了。整个厂子,像一个黑沙滩。

厂子里一点煤都没了的时候,刘光跃急得发狂。煤矿要现钱,不赊账。刘光跃亲自去矿上,话说过去说过来,一圈又一圈,说破嘴皮,他们还是两个字,认钱。有一家,实在拂不开情面,答应了。第二天变了卦。刘光跃懵了,似乎彻底清醒过来,他到底支撑不下去。

焦炉停业,一下子摧垮了刘光跃。

刘光跃什么都没了。那冷静静的厂子便是他全部家当。债务来了,上亿万元的亏空压垮了刘光跃。除银行贷款,还有民间高息揭贷。只要厂子运行,再多的债也会用时间慢慢抹平。一直以来,刘光跃都是怀着乐观的向往,照此一直往下走。他没想到忽然有一天,他走不动了。这是刘光跃做梦也梦不到的事情。

刘光跃眼前一片发灰。在刘光跃一点点接受这个事实的时候,他开车进厂,哪怕是到了最后,他想来看看。

厂里,往日热腾腾的气象消失散尽。设备像冻僵的巨兽,冰冷地卧着。厂子里往日遍地跑的工人不见了。整个厂子,像一个空旷的黑沙滩。

刘光跃转过身,他看到一伙人朝他涌来。那是厂里的工人们。他们身上穿着蓝色厂服,厂服左边胸衣上,打着厂名,红色的字样。他们朝他涌来,队伍在壮大。工人们脸上不见了往日看见他谦卑的甚至是讨好的笑。现在,这些工人们,他们随着设备的沉默,一块凉下来。他们冰冷的脸上满是愤怒了。

这让刘光跃寒心。他忽然感到从来没有过的恐惧。以往那些个随他进进出出的人,他一个也没看见。刘光跃寒着的心,在颤抖,身子跟着也抖起来。他不知道自己是真的害怕,还是生着气。刘光跃几步走到车前,上了车,方向盘在他手里飞快地拨了两拨,小车从门里跌撞着飞出去。

反光镜里,刘光跃看见那伙混乱的人群跟在车后跑,有几块砖头朝车飞过来。

三天过去了,五天过去了,刘光跃感到从没有过的丧气和绝望。他想起年轻时娶不到媳妇,也没让他像现在这样。他娶了脸上有疤的女人,觉得老天不公平,放声大哭也不像这般绝望。

刘光跃真切感受到生命受到威胁。

他的厂很快被封,新盖的准备与玉香结婚的院子,被一家高利贷占有了。城里的房子抵了债。车开在半路,被别人开走了。那辆轿车买回来,是他亲自抓的号,尾数是"088"。多好的牌号。他在路上碰到过"088"两次,司机隔着玻璃窗对着他笑。他的心像蜂蜇一样,"088"已经是别人的了。他剩有的只有给玉香买的房子。他暗自庆幸,那是他最后一站。他可不想回家种地。他可不是种地好把式,回村里他能做什么呢?跟农活只沾一小点边,最多跟着大家在地里锄锄草,秋收了抱玉米秆子,远远谈不上会种庄稼。就算会种庄稼,也不能指望着还欠的这些债。再说村里那些庄稼种得好的人,都靠出去打工养家糊口。刘光跃脑子里想着东山再起,他得有一个新的支点,让他又一次站起来。

听到他停产的消息,债主们一个个来围他的家门,三个五个守在他家里。

刘光跃说他实在没钱了,看家里有什么就搬走吧。

母亲又开始为他发愁落泪。刘光跃迟迟不给玉香打电话,不让她知道厂子停产。他凑够下一年的学费,汇给玉香。厂里那一班去培训的工人,他不用给他们凑学费了。他们风闻刘光跃厂子停产,几乎是争先恐后地跑回来。尽管他们还懂些技术,各厂纷纷裁员,他们只能失业。他们骂刘光跃害了他们,忘了去年学习的时候,是怎么说刘光跃做老板有眼光,忘了他们上学前那些日子的激动,和踏进大学门的兴奋了。

105 甜的苦涩

别看他说起书本来一套一套的,打饭的时候,他慌里慌张,不是递错了盆子,就是忘记带饭票。他不知道自己要吃什么,打饭的师傅问他,他十次有九次说随便。

租城里最便宜的房子住,刘光跃出出进进不怕有人跟踪他了。

刘光跃每天跑出去。他似乎对停产的焦厂,死心了。刘光跃在瞄机会,他拿出年轻时候的勇气来。卖掉房屋的那点钱,他到处打听,想着一定会有生意做。刚结婚那年头,人人争当万元户,只有他刘光跃实现了梦想。刘光跃是村里第一个烧焦炭,又是第一个把土焦改成机焦。那些年,一提他村,有人说刘光跃的村吗?刘光跃就是那个村的。

刘光跃重新收拾起来。玉香回来的这些日子,把刘光跃过去的日子召唤回来了。刘光跃的心情好了很多,脸上偶尔能露出笑模样来,有时恍惚觉得他跟玉香真成了夫妻。这样的感觉在玉香也是活泼泼的感受。

玉香怀上孩子的事情，瞒不过刘光跃。现在，玉香也没有要瞒他。刘光跃因为孩子，精神上振奋了。但他不免忧虑，怪玉香卖房。在刘光跃看，玉香跟平常人想法不同，冒着傻气。这点傻气让刘光跃看着玉香常常要感动。他不能想象玉香真的怀上他刘光跃的孩子。刘光跃甚至跟玉香逗趣说这个孩子是不是那个叫什么方刚……玉香捶打刘光跃。这个时候，只有说到孩子，刘光跃是快乐的。开过玩笑，刘光跃心里酸痛。如果是前两年，就是去年，他刘光跃也还是说话响当当的一个人呢，可现在，他能给玉香什么呢？刘光跃心酸地偷偷看玉香。他想会有好日子的，玉香怀着孩子会给他带来好运。

说起方刚，刘光跃表面上逗趣，内心里对这个小伙子心怀戒备，刘光跃从他身上，感受到一种威胁。

玉香听到刘光跃提起方刚，心里也不是一点味道也没有。玉香跟方刚认识以后，看到方刚向她投来别样的目光。这让她感到既好笑又为难。

夏天的夜晚，凉风吹送。玉香跟方刚两人从阅览室出来。学校马路两边昏黄的灯光，只照亮一块，远一点地方就像旮旯暗角。玉香从耀眼的灯光下走出来，下台阶的时候，一脚踩到第二个台阶上，惊呼一声，趔趄着。方刚拉住她，一直拉她下了八九个台阶。方刚的手先是握在玉香的胳膊上，接着拉住玉香手。在这以前，方刚会时不时碰一下玉香。比如到吃饭时候，方刚会在玉香肩上轻轻一拍。如果是下楼梯，他会有意无意抚一下玉香的背。但都是一瞬间的事情。玉香不会想很多。眼前这个年轻人，读了很多书。他读起书来真是把世界都忘了。玉香喜爱他的傻乎乎，这些在玉香眼里多么可爱。偶尔，他们在一起吃饭。打饭的时候，玉香常常帮他。别看他说起书本来一套一套的，打饭的时候，他慌里慌张，不是递错了盆子，就是忘记带饭票。他不知道自己要吃什么，打饭的师傅问他，他十次就有九次说随便。一听他说"随便"，玉香暗地里直乐。

但玉香对方刚的喜爱不像对王新亮，不像对刘光跃。玉香对方刚更多的是爱护。玉香跟方刚年龄相当，但玉香觉得方刚需要照顾。玉香想她是一个有孩子的人，她爱着刘光跃。她小心地不要这个憨气的年轻人受到伤害。

现在，刘光跃提起方刚，玉香想这些天的忙乱让她几乎要把这个小伙子忘记了。

106 灵光的脑瓜子怎么也使不上劲

礼堂前围着很多人。他们一堆一伙高兴地谈论着,没人会注意他。有几个他觉得面熟。他们目光看过来,从他的头顶掠过了。

玉香回来发现刘光跃破败的境况,着实为怀上刘光跃的孩子害怕。但这并没有损伤玉香对怀着的孩子的感情。她想难道自己是为着刘光跃的钱,才怀上这个孩子吗?不管这个孩子的父亲是谁,遭遇到了什么,她都是这个孩子的母亲。对于刘光跃逗趣说东道西,玉香也很快乐。她想起自己怀女儿的那时候,想起挨那个人的打……玉香不能想下去,她的心被泪水淹住了。现在,看到刘光跃为怀着的孩子精神振奋,她感动了。看着眼前的这个人,玉香刚开始怀上孩子的震惊和所受的艰苦,像轻烟一般,消散了。玉香觉得自己很满足。她不准备将当时一肚子抱怨的话说出来,怕刘光跃听了,想到别处去。

刘光跃出去,每天到天黑才回来。时间不长,他回来得一天比一天早。暑假过去一个月了,刘光跃每天拖着不出去。

街上那么多的人似乎个个忙碌着。刘光跃被车来车往的大街嚷糊涂了,跑了那么些天,根本没有他要做的生意。他看着一个挨一个的店铺。十多年前的店铺,是一小间房,又低又暗。现在不同了,一个个宽畅明亮。那是一些卖粮油的,卖杂货,卖文具的,卖电器的。店铺的门张在那里,似乎也只有两三个顾客。但那店铺每天只管开着。刘光跃想这些店铺每天能赚多少钱呢?街上的酒店一个个比赛似的,拔着节往上长,三层或者五层。刘光跃也看见关于酒店转手的告示。刘光跃想酒店或者也不是很好开。

乡村来城里住的人越来越多,将来城里住当作生活目标似的,一个个在城里买房或者租住,在城里打工开店铺。城里店铺多起来了,一家挨着一家,拥挤着,恨不得将店铺吊在半空。

刘光跃每天东跑西蹿。十多年前,刘光跃靠东跑西蹿,赚大了一份家业。刘光跃发家那时候,村里人说刘光跃小时候虽说淘气,他猴精,脑瓜好使。刘光跃喜欢听这样的话。那些年,刘光跃感到自己的脑瓜还真是灵光。

可这些天,刘光跃的灵光脑瓜子怎么也使不上劲。他总想着会有生意可做,有两次他觉得是好时机,折腾几天,又放弃了。这样折腾过两次,手里那点钱,一天比一天少。他想这日子真是过到头了。

刘海程要上高中。玉香从银行取出二哥寄给她的钱,给海程交学费。玉香想起海程的妈妈,她这样做,心里觉得舒坦些。

玉香从银行取回来钱,交给刘光跃。刘光跃问哪来的这些钱呢?玉香说她变卖了些首饰。

刘光跃"唔"了一声,不再问。他似乎不要想这么多。

刘海程见到玉香,称玉香老师,话明显少了。刘海程长成一个小伙子了,或者有了一个小伙子的羞涩。玉香看见刘海程想起他妈妈。她像是有好多话,却是说什么都觉得不合适,这样尴尬半天,只得说再见。

刘光跃挖空心思,他能做什么呢?他问过几家批发店,觉得那是稳妥生意,可少说也得投资五十万。如果是以往,五十万在刘光跃算什么呢?他送那批工人到大学里当学员,学费一下子交出去十多万元。可是,现在,这对于刘光跃是一大笔款项了。

刘光跃在街上游荡。他看见开会的礼堂,想到自己披红戴花的情景。现在,这里像是又要举行会议。礼堂前围着很多人。他们一堆一伙高兴地谈论着,没人会注意他。有几个他觉得面熟,还看见几个老相识。他们看见他,目光一晃从他的头顶掠过了。刘光跃肩膀上似乎还感受到他们曾经的轻拍,现在,他们不认识他了。啊,这些人。

刘光跃似乎也不为这些人的举动难过。之前,他在街上也碰到过相识的人,他们躲着眼神,迎面撞上,打着哈哈,说几句无足轻重的话。他们不问刘光跃的厂子搞得怎么样,这样的话提都不提,似乎刘光跃从来没搞过什么厂,刘光跃的厂他们压根不知道似的。这真正让刘光跃痛苦。就连刘光跃扶助过的那些人,也不拿刘光跃当回事。他们满脸红光地说着话,明明看见刘光跃像没看见一样。他们装作不认识刘光跃,碰个照面连个笑脸也没有,看刘光跃是一个陌生的路人。他们忘记曾经是怎么七弯八绕认识刘光跃并向他借钱的了。刘光跃心里酸酸的,但刘光跃能去怪谁呢?刘光跃将这些人看作一类人,这些人似乎不想碰到刘光跃,刘光跃也尽力躲着,走路常常靠到街边。

刘光跃鼓起勇气,又一次去找银行里的熟人。尽管他知道跟他们说话跟说空话差不多。那几个熟人离远看见他,一个个要躲。就算他逮住他们,除了说华新永福几家焦化厂老板跟他一样困窘,刘光跃听不出对他有用的话。但他还是想要跟他们回旋。这是他最后一条路了。他挣扎着拿出往日的风度请他们喝一顿。刘光跃倾尽口袋里所有,摆好一桌饭菜。灯光依旧照得酒杯晶亮。一碟碟菜用薄的塑料封好着,静静地等着开揭。刘光跃似乎看见昔日朋友们走来的身影,似乎听见朋友们划拳猜令声势浩大的音波。刘光跃高兴了。倾尽所有跟朋友再这样聚拢一次,他觉得是值得的。刘光跃左等右等,饭点都要过了,桌边空空,连同这个小房间也变得冷静凄凉。刘光跃心情一阵比一阵糟,到最后彻底绝望了。面对封好着的菜肴,刘光跃一碟碟撕开,一个人坐着疯子似的往嘴巴里塞,哑然哭泣,泪吞到嗓子里,呛了一口,吐出来,放下筷子,疯了似的下楼从饭店里一阵风卷了出来。他也不知道要去哪里,只是一股劲无头无脑地走着。

107 桥头

桥头底下那股河水几近断流,那凝滞在河道里的水被染成黑色。河道两旁,裸露着一梁一梁的河道,像记忆着什么。

刘光跃晃荡着走在一条街道的十字路口。不远的拐角,有一个桥头。清晨,这里站满着人,像赶一个小小的集会。

这里的桥头,在刘光跃记忆中是一个土场。刘光跃和伙伴们搭往城里送粮食的胶皮车、送棉花的胶皮大车，来城里逛。他们十一二岁，带着那么一点贪玩。望着桥头一张桌子上面摆着一杯又一杯带色汽水，他们嘴巴里干得直冒火。那是淡红色的水，在鲜亮的太阳底下，红色薄薄的，透明。盛汽水的玻璃杯上面，各自盖着一小方玻璃。伙伴的手指在口袋里抠，有的抠出一个壹分，有的抠出一个贰分，合伙儿喝一杯或者两杯汽水，舌头尖伸出来在嘴唇周围撩。那红汽水用糖精做出来，是刘光跃这辈子觉得最好喝最甜的汽水。桥头下有缓缓的河流。刘光跃和伙伴们爬在桥头看河里照出的头影，往河里扔石块，吐唾沫。从桥头下去，有耍猴的，有杂技。玩杂技的，嘴里吹出的火苗腾腾升天。

这里的桥头，由土路变成柏油路。原来看起来偌大的土场的街边，开起各样店铺。又几年，原来的街阔出来，原来的土场阔到街心去了，中间有了一个转盘，红绿灯闪闪烁烁。

一阵风吹过来，刘光跃眼前的灯光，变成记忆里那玻璃杯里头淡薄透明的红色汽水。那红色汽水，刘光跃跟朋友念叨过不知多少遍。不知道从哪年开始，清晨路过桥头，这里挤着一伙的人。他们在这里打零工。现在，桥头底下那股河水几近断流，那凝滞在河道里的水被染成黑色。河道两旁，裸着一梁一梁的河道，像记忆着什么。黑的夜，这里全模糊了，尤如他模糊的头脑。刘光跃游荡在这里，久久不想离去。这是城里能留给他稍有温馨的记忆。

清晨，太阳还没爬上山头，桥头已经来了不少人。这群人头发毛糙，脸似乎也洗不大干净。他们上衣褶皱，裤子这里那里有划痕，或者干脆破一两个小洞。他们有的肩膀上搭一件衣褂，像是怕扛东西伤了膀子。他们挤挤挨挨，双手插在衣袋里，两条腿哆哆嗦嗦。八月天气，不像是冷，只是下意识有那么点无所事事。他们偶尔相互说笑两声，似乎也没有多的话，只将眼睛望到一个不知道的什么地方。这些人每天站在这里找活干。如果有活项，一伙人抢前去，仅只有三五个跟着去做工。

街两边有高大的楼房。那楼房似乎要高到天上去，显得桥头一角的这群人更低矮些了。街上一辆辆油光漆亮的轿车开过去，红绿灯暗了又明亮起来。各样的店面一个个打开，早餐的摊点，锅炉上冒着热气，几张桌子，桌前的板凳空在那里等着来客。

刘光跃离这群人不远不近，看上去像一个早起散步的人。刘光跃站在对面望过来，慢慢地踅着。他像是观察，做着一个研究。

这天，刘光跃看见一个人向他招手，问他有活干不干？

刘光跃愣了一下，嘴巴半张，被吓着一样，或者觉得喊错了人。当他发现是对他发出的信号，他又傻了半响。喊他的那人提高嗓门，他像猛然醒悟一般，像被一只手推着，犹疑着卷进一个四人小组，成了组里的成员。

刘光跃机械地跟着这几个人到车前，有点手足无措，不知道他究竟在做什么。但他的脚拽着身子，两眼直愣愣地或者有点痴呆地跟着那一小组人往前。他跟一个肩上搭着一件破旧衣服的年轻人一组。刘光跃西装里头穿着衬衫。那年轻人光脊背，抬手给他扔过绳头。看他傻呆呆的，那年轻人说拿着上车啊。

坐在三轮车上，一路扇风。刘光跃站在车厢，手把住车前头的栏杆，还是震动得胸腔跟着三轮车一样咚咚地响，五脏六腑像要从嘴巴里巅簸出来。他握紧栏杆的双手再紧了紧，颠簸却丝毫未减。三轮车离开桥头朝着市区中心一路开。刘光跃看见街上更多的人，仰着的脸低下去，到后来，额头抵住胳膊，整张脸藏进胳膊肘里，模样儿像闹肚子疼。他害怕街上人看见他，像是他在做一件见不得人的事情。三轮车侧边的座位上，一层的灰土，明显有两个脚印，刘光跃看见了，想也没想便坐下去。他的裤子是一家品牌，一千多块钱。现在，刘光跃顾不得了。他跳跃在三轮车上，这个轰轰隆隆的三轮车将带他到一个地方。

柜子、电器、家具一样一样，上楼下楼。刘光跃看见过多少搬家工人，想起给玉香装潢房子，买这样那样家具，看着他们抬着往上搬。没想到有一天，他来做这些。以刘光跃的体力，这些对他来说稀松平常。但刘光跃上下两回楼，额头的汗如雨滴，心跳得他自己也怕了。每听到上楼下楼的脚步声，他的心剧烈地跳动，他心里祈求不要让他碰到人，不管认识或者不认识。他说不上来是紧张还是激动，喘得话也说不出来。他要歇一歇。他朝与他搭伙的人挥挥手，意思让他缓缓。那人不高兴，说没想到搭上他这么个人，这样子窝工，一天下来少赚多少钱。他听到那人小声嘟囔,看见那人一脸的不满,刘光跃要说的话咽下了肚。他不想惹麻烦。

他们正抬着一顶柜子,拐弯时候,刘光跃的头在墙头上狠狠磕了一下,因为他的个子高,还因为那柜子太笨重了,把他的头逼上墙头。这一磕,他眼里直冒火星儿,泪花盈满眼眶,眼前一片白雾。

活干完了,刘光跃全身淘洗了一般,居然有一股小小的清爽。是的,虽然像做贼一样有那么点心虚,身子舒适了的缘故,心里的负担稍稍减轻了。但很快,阴影又一次爬上眉头,他身上的西装,这里那里有了污渍,肩膀上居然挂了一个窟窿。

刘光跃不像往日在街上游荡,每天大清早来到桥头。他看别人肩上搭着旧衣服,给自己也准备了一件。玉香问起衣服上挂出窟窿的事情,刘光跃说了谎。他找不出好的理由。他像回到小时候觉得说谎话有些过瘾。刘光跃居然觉得有几分快活,他能赚钱回来,哪怕是很少的钱。

这天,他跟另外几个揽下一宗活。他庆幸这个大清早的好运气。这宗活能干好几天。那是一家上下五层的楼房,看样子要办酒店什么的,买得上百套桌椅。这天,刘光跃拿到比同伙要高许多的报酬。刘光跃很高兴,一连几天,都是这样。他没想到会有这样的好事情。他甚至想生命里头的好运又一次来到了,眼前一片曙光。他期盼着奇迹发生。又过了几天,他一样每天有活干,每天都比同伙拿高许多的报酬。他心生蹊跷,心中的兴奋低落了,似乎知道是怎么回事,又害怕问明白,像做了一件不光彩的事情。当他这样想的时候,他逃一样地躲藏了,再没在桥头露面。

108 "不要卖了它"

这个偌大的水泥包被电动提到高高的半空,那水泥包像一只黑鸟越飞越高,成了太阳里头的影子。

时间悄悄流逝,刘光跃一天比一天消瘦。他脸上的皮肉都有些松弛了。玉香怀着的孩子似乎也不能让刘光跃振奋一些。

玉香看首饰盒里就剩一根项链了,暗暗叹着气。她看到一家衣服店玻璃门上贴着招收服务员的广告,到里头问过,试用期一个月工资五百块。

玉香说她想试试。那店员看看玉香,让她明天过来。

这大大伤了刘光跃的心。刘光跃看着玉香就要凸出来的肚子,说他还没死呢,等他死了,玉香要做这做那只管去。

玉香只想跟刘光跃大吵一顿,可想着还是不要惹他生气吧。刘光跃问玉香的首饰盒,他说拿给他看。

刘光跃打开,吃惊地看着盒子里孤零零地躺着一根项链。这根白金项链,在透进屋里的一抹阳光下,兀自发着光。

刘光跃看了半天。他让玉香转身,把项链戴在玉香脖子上。

"不要卖了它。"

刘光跃说完,嘴巴扭了扭,喉咙咕噜一声把后面的话咽下去了。

玉香看着刘光跃,心在打战。她把手放在刘光跃的胳膊上,把头倚在刘光跃的肩膀,听到刘光跃的泪水在胸腔里咕咕涌动的声音……

从玉香要出去打工以后,刘光跃又开始在外头跑动了。这天,玉香把仅有的一点钱买了两包方便面。这些日子,他们也只有吃方便面。他们有方便面吃,已经很不错了。玉香把自己只穿过很少几次的衣服,托衣服店给代卖。那些衣服,一件一件全是刘光跃给她买回来的。玉香看出来衣服店老板心里的喜悦。但老板的目光很快冰冷下来,将玉香放在柜台上的衣服,挪到一边,好像玉香的衣服压根是冒牌货。但他们最终还是同意衣服挂在他们店里,好像是看在玉香的面子上,或者是当作可怜玉香。

玉香心疼挂在别人店里自己的衣服。这些衣服,玉香只收衣服的半价,有的只收三成。玉香背着刘光跃偷偷这样做。不这样,他们天天吃什么呢?她看见店老板瞧她那不屑的眼神了。

刘光跃起了个大早,吃过饭,出了门。

他出门走到城东头。那里在建楼房。钢筋竖起着,指向天空。刘光跃盯着干活的工人。他们脚上穿长筒雨鞋。太阳火辣辣地照在当头,穿这么一双长筒鞋是可笑的。但刘光跃笑不出来。他看那穿着长筒鞋的工人在搅拌机旁边忙碌。湿答答的水泥混着石子儿,用大包儿裹起被升降机拎着一次又一次提上去。刘光跃似乎被水泥包迷住了。刘光跃熟悉这个。小时候,村里头盖泥瓦房,也是这样的提包。但那是泥包或者洋灰包,小方块,四角用绳子提起来。那里头湿泥和着麦穰,那泥包被站在房顶的人用绳子提上去,翻倒在泥盆里。洋灰包里装的是裹墙头的白洋灰。裹墙头的时候,被提上去翻进灰盆里。空了的泥包或者洋灰包从空中"啪"得扔下来,泥点子或者洋灰点子溅到干活人的腿上,鞋子上。盖房屋,三两个泥包上上下下,真是一个景观。

现在,刘光跃看着这些工人们。这个偌大的水泥包被电动提到高高的半空,那水泥包像一只黑鸟越飞越高,成了太阳里头的影子。刘光跃像一个吃饱饭撑得发慌的人,站在那里长时间都不要挪动一下,直到有人问刘光跃是不是想加入?

刘光跃就这样跟这些人混在一起。刘光跃似乎着迷地看着那硕大的挂钩下来,将庞大的水泥包挂在钩上,然后仰脸看那水泥包悠晃着徐徐往上。刘光跃就那样在工人当中,别人跟他说话,他心不在焉。那班工人看刘光跃神神怪怪的。

刘光跃又一次将装满的水泥包,往徐徐落下的挂钩上挂的时候,那挂勾躲闪了一下,或者是刘光跃身子没站稳,他的头撞上那硕大的挂勾,刘光跃像一捆麦秸秆儿被人撞了一下,一头栽了下去。几个工人惊呼着上前,扶起刘光跃,看见刘光跃头上擦破了皮,血要流不流。一个小工头模样也没看刘光跃碰得要不要紧,他横着眼说不长眼睛吗?挂钩也敢往上撞?谁叫的这个人?也不看他能不能干这个活?!

刘光跃用手在头上捂捂,谁也不看,只顾从工地走出来。他又一次走到街上。白的太阳照着他,他眼前昏花,沿路走着,似乎也不要分清道路,也没想着要走向哪里。他就这样走在大街上,两只脚沾满着泥只是走。街上的人看他,他也不去看。他的两只手抖索着,像是浑身发热,又像是冷得受不住在哆嗦。

109　盼

一条狗在走。它的一条腿瘸着,一跛一跛看上去有些悲哀。它低低地呜咽着,像是为自己的悲惨鸣不平。

直到天黑,直到半夜,玉香不见刘光跃回来。

玉香坐立不安。很晚了,她糊里糊涂倚在桌子一角睡着了,梦中刘光跃高兴地向她走来。他像从前那样齐整,手里提着大包小包,全是生活用品,忽儿又变成衣服鞋子。刘光跃笑容满面,屋里来了好多人,乱哄哄地又说又笑。玉香好像很急很忙,她在人群里这里那里走。玉香看见刘光跃媳妇,刘光跃媳妇忽然恶声恶气地骂起她来了,她脸上那片丑陋的痣不见了……惊疑之间,她醒了。

玉香忽地爬起来,看床上空空的。半夜,灯光乏力地亮着,屋里只她一个人。玉香望着屋门,站起身来,腿压着了,有点发麻。她跛着走到门口想打开门到外面瞅瞅。她拉住门把手,到底没打开屋门。深更半夜,去哪里找刘光跃?

他回家了吗?刘海程妈去世了呀。玉香的脑子里闪过一个形象来。那个女人去世,玉香并不知详情。不管怎么说,玉香对于刘海程妈妈怀有同情,有那么点同病相怜。玉香将头摇摇,她想刘光跃是回家去看他妈吗?玉香的脑子嗡嗡嗡,不妙的感觉撞着她的胸口。

天蒙蒙亮,玉香从门里走出来。望着街头的人流,望着四通八达的道路。她无目标胡乱地走着。经过一溜汽车配件部,那些年轻小伙子,脸上这里那里蹭着油黑。他们的一双手被油污沾满着,双手握着轮胎,或者头低在一台小型机器上在修理。一条狗在走。它的一条腿瘸着,一跛一跛看上去有些悲哀。它低低地呜咽着,像是为自己的悲惨鸣不平。一个女人坐在店门口,好奇地看着东张西望的玉香。玉香彻底被命运击昏了头,心神不安,像无根芦絮在街上漂荡。

玉香看着拐角处一辆公交车慢慢停下来,从车上下来两个人朝着拐角口的店里走。那是一家照相馆,艺术照相。玻璃门上,贴着夸张的头像。几个小青年在照相馆门外叽叽喳喳说着什么。他们一边说一边用手一下一下捋自己头上的发梢。一个男孩子额前的头发染了一绺红颜色,一个女孩子额前的头发染了一绺黄颜色。

响午过了。玉香又累又渴,不像刚出来时候走得轻松。她失望地往回返。她想或者刘光跃已经在家里了。心中燃起的希望,让玉香一阵欢喜,脚步轻快些了。

玉香回到家门口。门像她出来时候,紧紧关着。她打开门,里头空荡荡的。玉香满天的欢喜成了泡影。她愣还着坐在只有她一个人的出租房里,好像使完了全部的劲,一下子瘫软了。时间在一秒一秒中度过,玉香听到自己的呼吸声。她睁着双眼,望着窗外,一分一秒盼着天黑。

玉香不知道什么时候,晕乎乎睡过去。她醒来的时候,外面的天漆黑了。乌鸦的叫声,刺破这黑的夜,让玉香胆战心惊。刘光跃到底怎么样了呢?她在头脑里一阵胡思乱想。一点钟,两点钟了,玉香在屋地上转着圈。她的头开始发晕,想象自己跌倒在地,再也爬不起来。她头上渗出冷汗来了。坐在床上,睁大眼睛,盼着响起突然的敲门声。

110 在哪里

　　星星出现了。有一颗特别亮,一眨一眨,像是跟玉香开着玩笑,玉香试着笑一下,笑着笑着,呜呜地趴在窗口哭了。

　天终于有了一点点蓝。刘光跃该回来了吧?
　　街上的人多起来了。载蔬菜的三轮车突突突从窗口经过。三轮车上坐着两口子,那女的晒黑着脸,身上披着一件男人的褂子,歪在男人的肩上似乎睡着了。对面店铺的门哗啦打开,只穿背心的男人大大地打了个哈欠,将昨晚收回去的卖品,一件一件照原样摆出来。上学的孩子背着书包坐在家长摩托车后,风一样地过去了。远远过来一个人,玉香一激动,她离开窗前,跑到门口。那个人不知拐向那里,分明不是刘光跃。
　　太阳出来了,照在路上一个光脑门的老大爷头上。那老大爷迟缓地走着,腿似乎不大利落。他站下来,与他走成对面的人打招呼,手一举一举,两人交错而过。很快,街上不再是清晨的寂静,每天听习惯了的噪音一会儿比一会儿大。玉香肚子饿着,却不想动。她想刘光跃就要回来了。
　　玉香就这样爬在窗口。她想刘光跃一定是在哪里找到事情做,耽搁了回家。她想刘光跃这时候一定在回家的路上。
　　天色一点点变暗的时候,玉香想刘光跃每天出去这时候便该回来了。星星出现了。有一颗特别亮,一眨一眨,像是跟玉香开着玩笑,玉香试着笑一下,笑着笑着,呜呜地趴在窗口哭了。
　　刘光跃真的不回来了吗?当这个想法一点点变成事实的时候,玉香看着某个地方,像完全失去意识。她不曾想到会这样突然跟刘光跃不能相见。她真的不能再看他一眼了吗?夜空中的星星模糊不见了,泪水一次又一次打湿玉香的脸。

现在,这个城里跟她还有什么关系呢?

玉香双手抱着肚子,她想她这样回去看父亲吗?她想她再去二哥家吗?

玉香不能在这里待下去。她退了跟刘光跃一起租住的房子。这是凌晨。玉香站在街上,左右看看,似乎在等人。她的确是想能不能再一次看见刘光跃。玉香想到刘海程,她想如果刘海程这时候匆匆忙忙跑来呢?

玉香一个人站在街上,想起跟着刘光跃在城里住的光景,想起她和女儿第一次跟刘光跃来到城里……宽阔的街道两边,街灯亮着。玉香看着街上这里那里的七彩灯光,这跟几年前,有什么不同吗?玉香想起刘光跃买给她的楼房。那是他们在一起的岁月。现在,楼房的主人又是谁呢?

玉香硬着心肠,向车站走,在候车室总比她一个人绝望地站在大街上强啊!她身上只有寄卖衣服店家折给她的钱。她将过冬的衣服,几乎是全送给店里,才得到这很少的几百块。刚才买了票,这点钱就又少了。

玉香从来没有像现在把钱看得重要。玉香不会为房子转眼化为烟云感到悲伤。她想起刘光跃买给她的一件一件首饰。她以前真是太不把它们当一回事儿了。现在想起它们来,玉香觉得很宝贝。刘光跃每拿回一件,都要她试一试。刘光跃把它们戴在玉香的手指上,戴在玉香的手腕上。玉香把它们从手指上摘下来,从手腕上摘下来。她想多俗气啊。玉香把它们统统放进盒子里,不想让人看到她手指头或者手腕上有金光闪亮。现在,那一件又一件可是戴在谁的手指,谁的手腕?玉香心疼了。那些首饰一件一件是她试戴过的,那里面渗着她身体的温度。当玉香想到正是它们支撑着她跟刘光跃在一起的宝贵时光,她的心一下子又平和了。房子和首饰怎么比得了跟刘光跃在一起的光阴?

玉香心酸地想不知道她被刘光跃遗弃了,还是她遗弃了刘光跃。

玉香坐在轰隆、轰隆隆一路前跑的火车上,心里像塞了一把稻草。在跟刘光跃的交往中,开始玉香时时提防他。可是,玉香感觉到推拒刘光跃的力量一次次削减,她总是在无望中跟他一次比一次贴得更近。

玉香身心疲惫,用手摸着项链。那是条白金项链,是刘光跃最后系在她身上,对她说:不要卖了它。

现在,这个人在哪里呢?

玉香不顾旁人看过来的目光,眼泪如麻。她从包里掏出刘光跃给她的手机袋。袋子里空空的,玉香把手机卖了。手机就像玉香的每件首饰一样,现在被另外一个人拥有。

车厢里昏暗的灯光,让一切暗下来。玉香用手摸着手机袋,一遍遍摸着手机袋上丝线的光滑。

111 不知道该说谁

画上是一颗小树苗,是一只大公鸡,是一家屋舍。线条扭扭歪歪,色彩涂抹得很喜庆。

玉香回到学校,不想见人,不想说话,常常一个人待着。玉香开始一点一点恨刘光跃。她想男人真的都这般自私?她双手捶打怀着的孩子。想起在医院候着要做掉孩子的情形,她想为什么当时不做掉呢?

平静下来,玉香想刘光跃的模样,记起刘光跃待她的温和了。玉香心酸地想她怎么会责怪刘光跃呢?他一定是没办法,要不怎么会丢下她和孩子呢?玉香在心里呼喊:刘光跃,你到底去哪儿了?

玉香将头无力地放在铁的篮球杆上,无声的眼泪从心里咕咕地往上涌。她感到自己在一个空旷无人的岛上,感觉到自己一点点变木……又感觉到自己一点点在下沉,不知道要沉向哪里。

操场这里那里走着人,这在玉香寂静无声。是的,玉香觉得一切都停了下来!玉香的耳朵里钻进一阵细风,她听见了,抬起头来,头发梳得齐整整的刘光跃向她走来了,像以前那样高兴地望着她,用车来接她。玉香想她跟刘光跃怕是像那断线的风筝,生生死死,天各一方……玉香不敢想下去。她有点不能忍受,特别需要一份感情来填充它。她想到女儿。

玉香半夜吵醒二哥二嫂,他们几乎同时问玉香出了什么事?二哥看玉香憔悴的样子，着实吓了一跳。

玉香见到二哥，见到二嫂，先是扑簌簌地落泪，接着抽泣起来。他们三人吵醒了闺女。闺女喊着妈妈，从床上坐起来了。玉香听到叫声，奔向女儿。玉香在慌乱中以为女儿听见她说话的声音。她忙乱地把被子给女儿掖在身上，说天没亮呢，快睡吧。

女儿看见她，推她一把，仍妈妈、妈妈地哭喊。玉香看到二嫂难为情地张开胳膊，连带被子抱起闺女。

玉香看呆了。二哥拉着玉香从房里出来，接着刚才的话题问玉香出了什么事。玉香摇摇头，说她只是想女儿。

二哥看了一会儿玉香，走进卧室，披了一件衣服又走出来。

玉香说她太想女儿了，她身边不能没有女儿。

二哥看着玉香，说你不是念着书吗？你念着书，怎么照管闺女？二哥说明年你不是就毕业吗？明年……

玉香说她等不到明年，她现在就要女儿。

玉香说出这样的话，连她自己也没有想到。她是突然下了这样的决心。她得从二嫂手里要回自己的女儿。

二哥生气了。二哥说哪有这样半夜打上门来要闺女呢？就是要，你也通个电话，让我们有个准备吧？好吧，你的女儿，只要你不心疼她受罪，领走好了。明天带你女儿走吧。

玉香腾地站起来，说她现在就领女儿走。

二嫂急得不知道该说谁。二嫂说你俩别吵了，这样大嗓门，闺女要不要睡觉了！

"人家的女儿，让人家带走好了。"

二嫂看玉香。玉香站着，头扭在一边，默默流眼泪。二嫂看丈夫一眼，把玉香拉到她住过的屋子，慢慢看着玉香，她说你这次来是真的想女儿？

玉香默默地流泪。

二嫂沉默半晌，她说这样也好，让闺女跟你在一块儿亲热亲热，别让闺女把你给忘了。二嫂高兴地拿来闺女的画，一张一张揭给玉香看。画上是一棵小树苗,是一只大公鸡,是一家屋舍。线条扭扭歪歪,色彩涂抹得很喜庆。二嫂说闺女每天得吃两次炖鸡蛋,闺女喜欢吃米饭……闺女都知道要新衣裳穿了……二嫂说着闺女这样,闺女那样……说到最后,二嫂眼圈红了。她问玉香什么时候走,她好收拾。

玉香哭着一把拉住二嫂,慢慢给二嫂说起刘光跃,说他对闺女的好,对她的好,说起他生意的变故,说到他们在一块过了最后一个暑假,最后说到刘光跃失踪。二嫂听得震住了,她把玉香的头挪到她肩上,耳边是玉香长久深沉地呜咽。

玉香在二哥家住了一个星期。离开的时候,她没带女儿一起走。这几天,女儿又认她是妈妈了。女儿越来越长得像她,分明又像着一个人。她知道二哥二嫂把她的女儿当作他们的闺女了。玉香想起肚子里的孩子,心酸得不能再想。玉香没说她怀着孩子,就让孩子安安宁宁在她身上生长吧。

112　最后的念想

一抹太阳光从窗户的上半截透过来,给这个房间带来一顶点儿的亮色。但透过来的这抹阳光,在这个房间里忽而就不见了踪影,像仓促间扑上窗棂的一只小鸟,晃一下飞走了。

玉香从二哥家回到学校,像一个芦苇人儿,无心无肺。为了把这一年的书读下去,玉香想到打工。希望对于玉香,就是她自己的影子,只要有光,影子就来陪伴她。有时候,玉香自以为自己抓到了,待她扑下身子,用手掌摁住自己的影子的时候,那影子不听话地动起来。

学校对于玉香不仅仅是读书的地方,也是僻难所。她要留在这里,直到孩子生下来,直到她有办法养活自己和孩子。这让玉香回到刚离婚的那些日子,回到抱着孩子连夜逃离二哥家里的光景。玉香想到刘光跃,想起刘光跃出现在教室窗口。那当儿,刘光跃是多阔气,多排场的一个人。他的头发黑又亮,身上的衣服一个褶子也没有,腰板要多挺有多挺……玉香这样想只觉得时光快如穿梭,不等回过神来,眼前完全变了一个模样。

玉香到处寻工作,跑了十几天,一家住宿部老板答应让玉香来。玉香看着他打量自己的眼神,心里厌恶。可她再也无力四处打听,无奈地答应下来。

这是家"聚仙楼"。

玉香白天在学校,晚上来这家住宿部打工。读书如往常一样,藏在玉香心里,像一块被温暖着的玉,滋润着她。一次又一次的磨难,让她加倍珍惜给她的这次读书机会。

玉香像是又一次坚强地为着一个目标奋斗。玉香的目标一直不很清晰,她只是傻傻地盼望着,奔着那个方向去追。玉香看着校园这里那里的男生女生,愿望就像一个头裹面纱的新娘,一路走来。

玉香在住宿部,临休在一小间库房。这间房子的窗户,被一摞摞被罩床单遮了大半,房间里的光太暗了,整个儿像阴雨天。如果是下午,一抹太阳光从窗的上半截透过来,给这个房间带来一丁点儿的亮色。但透过来的这抹阳光,在这个房间里忽而就不见了踪影,像仓促间扑上窗棂的一只小鸟,晃一下飞走了。这些被罩床单儿,白色,但不是崭新的绚白,那白是被水浸了不知道多少遍,颜色暗下来,像秋冬谢了的枯枝败叶。

玉香每天做完工,然后看书。学校里年轻的男生女生,感染着她。她模模糊糊感觉到读书让她有了主心骨。她迷上设计,越来越迷。当她听讲课的老师说谁谁去美国去加拿大做着一个什么项目的时候。玉香人坐在教室里,心飞到天外。

玉香感觉好些了,虽然怀着孕,年轻的原因,脸色恢复了健康的血色。她的身材胖起来,但穿着还是能将她的腰身,遮得恰到好处。看见玉香的人,都会多看她几眼。玉香在聚仙楼,一点儿不夸张地说,这个店因为玉香亮堂了许多。

玉香将是两个孩子的母亲,但她刚过二十五岁。让一个二十五岁的女子,像一个中年女人一样老成,还是有点距离。有时候玉香也能暂且忘记她的悲苦。

住宿部每天来的大多是小商小贩,最多是一般的公职出差。玉香想如果刘光跃带她,一定不会来这里住宿。玉香当然不知道刘光跃那会儿到底有多少钱,但在玉香心里,刘光跃花钱那真像渠里的水,整天哗哗哗流。可是,刘光跃到底被钱所困,悄寂无声了。

晚上,住宿部人来人往,过道里说话的声音,走动的声音,唱歌的,打口哨的,大声叫喊,咚咚咚地跑。这些纷扰,如果不是玉香当班,会被玉香紧紧地关在门外。一个人待在那间整天不见日头的房间,她是安静的,甚至感觉到一种幸福。她松开白天勒得很紧的肚带,让肚里的孩子展展手脚。这时候,玉香安静地停在个人的记忆里。她会想起跟刘光跃在一起的任何时候。

刘光跃究竟去哪里了呢?玉香想着,辛酸汇成一股奔流,让她不能自抑,轻轻啼哭一会儿。

113　这是怎么一回事

看你也不是干这活的料。你又不聋不哑,也不看看这里的姑娘们每天都怎么工作。你一来就是看书,真是笨货!

暑期后,方刚很少见到玉香。她好像不大来阅览室。偶尔在阅览室看到她,玉香也不像往日安静,坐在那里,时时看一眼手表。玉香手腕上的手表,借方刚的,戴在玉香手腕上松垮垮。方刚为玉香忽然想起来要戴手表,感到有意思。现在的女孩子手腕上都是这样那样银亮的圈,晶亮闪烁。

玉香以前不是这样的。她跟方刚坐阅览室看书,总得方刚催着,才合住书,兴致未尽地站起来。现在,玉香常常急匆匆收拾了书本,心火缭乱的样子,甚至都不顾得跟方刚说再见,便离开了。

一天晚上,方刚追着玉香,看她走进"聚仙楼"。

这是一栋五层小楼。"聚仙楼"三个字,红红绿绿,闪闪烁烁。方刚觉得自己心口发紧。他想玉香怎么会到这里来呢?

方刚跟玉香后面走进去。

一楼登记处坐着一个弓着腰的老头。方刚不顾得看。他听见玉香跟一个女孩说话。很快,一个女孩跑着下楼来了。

方刚转过楼角,这是个低矮的楼层,楼道里只有一点点灯光。楼梯这里那里已经被踩坏了,坑坑洼洼。方刚转过拐角,一仰头,看见玉香。玉香站在二楼拐角处的柜台里,用抹布抹着柜台,很快又拿着扫帚在扫。玉香把扫帚放下来,两手提了三只空暖瓶,往楼道里走。

玉香很快又出现了。方刚看见玉香坐在柜台里,看见她从包里拿出一本书。

方刚看不清玉香读的是什么书。一个旅客背着包越过方刚,上了楼。他看见玉香接过那人手里的纸条,然后拿了钥匙,哗啦哗啦去开门。

"住店吗?"

方刚吓了一跳,转过头,看见登记处老头站在楼道拐弯处,脖子前倾,仰脸瞪着他。

方刚不说话,腾腾腾飞身下楼。

方刚没走远,他细细想玉香。方刚见过刘光跃,他想那个看着有钱的男人是玉香的哥哥吗?

方刚处过女朋友,到最后分手了。她们赶时髦,太娇气。她们漂亮,但她们也太在乎脸蛋了,天天想着怎么样能更漂亮。二十岁刚出头儿,做起面膜,整天为衰老发愁。玉香跟她们不一样。玉香喜欢看书。方刚喜欢玉香看书的模样。跟玉香在一块,方刚轻松愉快。只要看看玉香啃书的劲头,方刚觉得很受鼓舞。那是对生活的一种态度,他想玉香会很有前途的。

可是,玉香又怎么会出现在这里?

夜深了,街上行人很少。凉风吹来,天上星星也是冷冷的。方刚折回聚仙楼,他被登记处的老头叫住了。

方刚说进去看一个人。

方刚几步跨上台阶,到拐角口把步子慢下来,看见玉香爬在书上。

方刚想起了什么,退回去,走到登记的窗口,看那弓着背的老头,他说想问个事。

那老头瞪着眼问方刚:什么事?

方刚说玉香什么时候下班?

老头将头歪了一下,眼光手电筒一样上上下下在方刚脸上扫射,老头说:你是她什么人呢?

"我是他……哥。我来接她。"

"她明天八点钟下班。"

"她什么时候来你这里的?一个月多少钱?"

老头睁着死鱼眼疑惑地望着他,突然变得不耐烦。他朝方刚挥了一下手,他说:"不住店,走,走,要关门了。"

方刚说家里有点事,真的有点事。他接她回家。

方刚说着仰头大声喊玉香。老头说有事也不行,今晚谁来顶她的班呢?

方刚不听他说,一边喊着,就上了楼,拉着慌乱的玉香,出了聚仙楼的店门。

玉香有点喘不上气,她说:"方刚,什么事呢?"

"你怎么会在这里?"

方刚盯她的哨。玉香不想跟他说,转身往店里走。

方刚拉住她。

玉香说有什么话,明天回学校说,不行吗?

方刚说这不是你工作的地方,我去帮你辞掉。

玉香又紧紧拉着方刚。那天晚上,她跟方刚回学校了。

第二天,玉香去聚仙楼,见到老板,她说实在对不起,昨晚家里有事。

那个老头看也不看玉香,有气无力地说玉香的位子有人了,她不用再来。

玉香说求求老板,昨晚的事情不会再发生了。

老头拿眼痴呆呆地瞪着她。老头说像你这样哪里还敢有下次。来我们这个店做服务生的排着队呢。你回去,这里不用你了!

玉香看着他厌恶地连连朝自己摆手的样子,好像在撵一只可恶的苍蝇。

玉香知道说什么也不管用,说那就把这些天的工钱算给她吧。

工钱?什么工钱?自己不干了,还要工钱?!你的工钱还不够补贴昨晚给你替班的呢!看你也不是干这活的料。你又不聋不哑,也不看看这里的姑娘们每天怎么做事。你一来就是看书,真是笨货!走、走、走!

玉香哭了。她说你怎么骂人呢?我在你这里干活,这么些天了,你为什么不给工钱?我该得的工钱,为什么不给我?

一个女人过来,推着玉香从店里出来。她是聚仙楼旁边一个开杂货店的老板。她怜惜地看着玉香说这里真不是你待的地方,你还是重新找活干吧。

玉香一路想着那个可恶老头。她真是可恨死了。玉香想到方刚,她再也不想理他了。玉香仰起脸,呆呆地望着天空。她把眼里的泪水,让眼睛再吞回去。

玉香收到二哥的来信。二哥说给她寄了两千元。玉香接到信,双手合住,指头对着苍天。两千。这是多大的数目啊。玉香特别珍惜二哥这次寄钱。跟刘光跃在一起的时候,二哥寄来的一千两千,玉香还怕刘光跃知道呢。现在,玉香算算,如果她在聚仙楼待下去,是她两三个月的工钱呢。玉香的眼泪出来了,说不清的心酸喜悦。

114 新的希望

农耕像是远古了,远古得都像说童话一样。可是……土地在,农耕就在。粮食是从土地里生长出来的,棉花是从土地里生长出来的。不管什么时代,都离不开土地。

方刚知道玉香生气了。不管他怎么跟玉香说话,玉香不听,也不吭声。直到有一天,方刚高兴地说他给玉香找了工作了。

玉香不相信地看着他。

方刚说他怎么会拿这样的话骗玉香。

玉香感激地笑了。

方刚说他认识一个老师,搞设计的,有点小活常要找学生帮忙。他给这位老师推荐玉香,这位老师答应让玉香试试。

玉香听说,心里又激动又害怕。她激动是因为她正是学这个的,总是要走到这一步。她听到这个那个同学一个个开始搞设计,心里急,想着什么时候也能试一试呢?现在,机会来了。玉香激动得筷子都要捏不住了,她迷惑地望着方刚,又无端地畏缩。她说:真要试一试吗?

"第一次都这样。以后就好了。"

"跟着这个老师做设计,他们都是大学生?"

"是研究生。"

玉香吃不下了,忧愁地坐着。

方刚说,你不比研究生差,你读的那些书已经是一个研究生在读的书了。

玉香认真地看着方刚:"真的吗?"

"你怎么这样瞧不起自己呢?要不,我也不敢推荐你。试试吧……你行的。就算做不好,你也要试试。"

玉香很快接到第一份作业。她看看,头脑里还是有一点点思路的。她照着自己的想法,作业通过方刚递上去。

难熬的等待。玉香一会儿安宁,一会儿焦心。有了这第一次作业,玉香发现自己有了新眼光,听课的方式也有了转变。她觉得自己像是爬上一座山,看得比以前远了,开阔了。

玉香想她该有自己的电脑。学校里这个那个同学,手提一个黑的皮匣子,她知道那里头装的是电脑。方刚也有电脑。她的作业便是用方刚电脑完成的。玉香感觉到拥有电脑的好处。她想如果作业成功,她一定要有自己的电脑。

玉香听到方刚带回来的不妙消息,作业不能令老师满意。这个消息打消了玉香的兴奋,她眉头皱起来,硬着头皮请求方刚再拿一份作业给她做。

方刚给她要了第二份作业。

作业又一次交上去。玉香一天天挨着,日子真难过啊!她望着天上的太阳,望着天空中的月亮。他们走得是那么慢!玉香有些躲着方刚,害怕他开口说的每一句话。一天，方刚找到玉香，他告诉玉香说她的这次作业通过了！

玉香高兴得两手合住拍了好几下，激动得满脸通红。方刚也很激动。他们俩兴奋地站在学校落满树叶的马路上，听清风呼呼呼从耳边吹过。

方刚把钱交给玉香。他说以后她会赚更多的钱。

玉香看着手里一沓钞票，呆住了。她说在电脑上真能赚到这些钱吗？

方刚笑嘻嘻地看着玉香，他说可不是，现在还是农耕时代吗？

玉香看看方刚。她说你看见过在农田劳动的场面吗？玉香想起妈妈，想起妈妈在劳动的人群中的模样。妈妈那时候多年轻，玉香妈妈当年是一个非常漂亮的妈妈。妈妈的影子还在，妈妈劳动的场景也还在。听方刚的话，农耕像是远古了，远古得像说童话一般。可是，这些，玉香忘不了。在玉香的心里，土地在，农耕就在。粮食是从土地里生长出来的，棉花是从土地里生长出来的。不管什么时代，都离不开土地。没有土地，我们能够把技术填在肚子里头吗？

方刚的话打断了玉香。他说你不给自己买手机吗？有手机多方便。

方刚的话，翻起玉香心头的波浪。她摇摇头。

方刚说走吧，看看去。他指着要售货员从柜台里取一款出来。玉香拦住，她说用这些钱买电脑吧。

方刚说要紧的是手机，他的电脑不是一样用吗？

玉香坚持地看着方刚，说还是买电脑吧。

玉香的电脑买回来了，手提式，银色。玉香拎着电脑，心花怒放。这些日子，她从不曾这样高兴过。

115　说出来想说的话

　　这里有两排树。可这两排树,也像一块稀薄的树林子。

一个周末。方刚问玉香是不是有空,他要带她见一个人。
玉香说:"有事吗?"
方刚沉思着,他说有人想见见她。
玉香听了,问这个人是谁?
方刚说:"一个老师。"
"是那个设计老师吗?"
方刚说:"不是。是另外一个老师。"
"又不认识,见他做什么呢?"
方刚说:"见了就认识了。"
"这个老师家远吗?"
方刚说:"不远。"
方刚的话说得玉香心里七上八下。
"咱俩一块去?"
方刚说:"那当然。"
方刚领着玉香,一路向右,把玉香带到一座家属楼前,从一个门里进去,三楼,左手,一扇铁门打开着。
方刚让玉香进去,他跟进来。
房里,靠门的一面墙,贴着一排沙发。面对沙发,是一架钢琴。
一个老师模样的人走出来了,接着,又走出一个穿长裙的阿姨。老师模样的人,头发花白、清瘦、戴着眼镜。阿姨稍稍发胖,白白的脸,眉目清秀的样子。阿姨的手多白多细啊。玉香看着,想起她妈妈来了。这双手跟她妈妈的手多不一样啊。

老师招呼玉香坐,他看着玉香。阿姨也看着玉香。老师说方刚回来常常提起你,说你读书勤奋,又有爱好,年轻人好好学,还是很有前途的。

玉香从小功课好,老师的夸奖听了不知多少遍了。但玉香还从来没听到像这样温和的话。这些话像春天的溪流,缓缓流进玉香的心田。

屋子里静了好一会,玉香感觉到目光像多架照相机在她的脸上刷刷刷。这个老师又说话了,他看着玉香,问:你家里几口人啊?

玉香一时反应过来,咽了一口,说两口人。

老师惊奇地看着玉香。老师有点支吾地说:"你跟……"

"我和女儿。"

玉香话出口,她看到老师模样的人嘴巴张那儿了,阿姨嘴也张那儿了。老师模样的人,哑巴了。阿姨的脸一下子拉下来。玉香看方刚。方刚万分惊讶地望着她,脸一点点憋得通红。

玉香望着他们。好半天,他们不说一句话。玉香感觉到什么,缓缓地站起来,总算没忘记说告别的话,匆忙从他们家里出来。

玉香走出来,头脑也还是不能一下子清醒过来。啊,这是怎么了?

方刚跟后面出来,一边下楼,一边喊玉香。

玉香的双脚走得快一些,如果不是怀着孩子,玉香想她的两只脚一定像裹了风,像踩上风火轮。可是,玉香不敢快走。她眼前一片迷雾,什么也看不见。

玉香觉得自己被拉了一下,停下来。这里有两排树。可这两排树,也像一块稀薄的树林子。

玉香恨恨地看着方刚。

方刚两手摊了一下,把头摇着。方刚不知道是太急,还是生着气,他的嗓子哑着,说,你胡说什么,你在我爸妈面前胡说什么?你怎么说你有女儿?你有女儿吗?

"有有有。我有女儿!"

"你胡说。你骗人。"

玉香不想多说,往前走。

方刚望着玉香恼怒的背影,一直望着她从他的视线里消失。

玉香没有猜错,那是方刚的家。那天,方刚怎么会知道爸爸问着话,问出麻烦来了。方刚没想到会发生这样不愉快的事情,他一边责怪自己糊涂,一边生气。他在生玉香气吗?在生爸妈的气吗?

方刚糊里糊涂搞不明白。但他的确生着气。这真让人气恼。他想玉香一定是不愿意他,才编出来这样的瞎话。玉香那样年轻,怎么会结过婚,怎么会有女儿呢?方刚见过刘光跃,但他想当然地把他当成是玉香的哥哥或者一个顺便来看望她的一个亲戚。

116　一小片泥土地

　　夜色像一面轻纱,荡漾在校园的操场上,罩上道路旁的那几颗杨树,罩上从教室里洒出来的昏黄灯光。

方刚走在校园里,远远看见玉香,把头扭过去。他要让她尝到受惩罚的滋味。

越是这样,方刚心里越加地不安和难过,眼前到处是玉香的影子。

又是一个星期天,吃中午饭时候,方刚爸爸忽然念叨起这件事情来了,他说那个姑娘看着不错呢。

方刚妈妈不让提那件事,把方刚骂了好几次,说那是个怀着孩子的女人呢,带她回来做什么?!

方刚听了妈妈的话,跌入冰窖一般了。

入秋以来,玉香天天穿着半长的衣服,腹部缠了一圈又一圈,紧了一匝又一匝,却还是被方刚妈妈看出来了。

玉香好几天没看见方刚。她将事情发生的前前后后想了好几遍,想明白了。玉香的心放下来,倒觉得这是件好事情。玉香不计较前天遭遇的尴尬,原谅了方刚的冒失,心里平静下来。

玉香又看见方刚。好几回,玉香看见方刚碰见她,把头别过去走他的路。现在,玉香心里一点也不怪方刚,相反,她觉着宽慰。方刚应该有自己的感情。如果方刚身旁走着一个与他相当的姑娘,玉香心里头只有祝福。

玉香把头扭向别处,只顾走她的路。

可是,方刚走近玉香,在玉香的胳膊上轻轻一拉,说:

"你还好吗?"

玉香原本是要笑着抬头看着方刚,回答他。可是,她抬起头来,笑着的眼里蓄着泪水。

她说她很好。

玉香的心激动起来了,不是为了男女之情,只为了他那一问。她多么需要听到这样关切的话语啊!

夜色像一面轻纱,荡漾在校园的操场上,罩上道路旁那几颗杨树,罩上从教室里洒出来昏黄的灯光。这里是玉香喜欢来的地方,是那一小片泥土地,也是她和方刚常来的地方。这里的小树,比他们第一次相见时候壮实了,叶儿繁盛。

方刚坐下来,他拉玉香也坐下来。

他们好半天没有说话。

天一会儿比一会儿黑,树上的叶子已经看不清了。这里那里的灯光,落在这里的土地上。

"是真的吗?"方刚看着她。

玉香烧着一样,一下子抬起头来,盯着方刚。某处的一点灯光,打照在方刚的脸上。为着方刚这样直接地问她,玉香感到轻松而又难过。

她干咽一口。她说:"是真的……"

尽管嗓子生涩,她觉得应该说得更清楚一些。但话说出口,却是完全不同的心境,体会到一件事情想说出来跟真正说出来的完全不同。

丝丝微风,吹过来。玉香的身子大大地打了一个寒战,天到底是凉了啊。

她在等着方刚暴跳起来,摇动着她的胳膊,说她为什么要骗他?或者方刚会呆愣愣地看着玉香,嘴唇哆嗦着面对她说"怎么会?"或者,方刚慢慢地一点一点站起来,看玉香一眼,默默地背过玉香,消失在长长的黑夜里。

但玉香听见方刚说,他会帮她。

玉香愣住了,清冷的月光下,她看到方刚明亮的眼睛。

117 城里人

听的人都笑,说城里哪里会有泥巴,我们这里有泥巴还差不多。

玉香爸爸去世了。

玉香又一次回到家乡。进门,看见爸爸的相框,像框里头,爸爸朝着她笑。玉香扑倒在爸爸的灵前恸哭了。

家里人围着玉香。玉香见到大哥大嫂,见到她的侄子侄女儿,见到大姐。二哥二嫂抱着闺女也回来了。玉香看见一个个亲人,真是又高兴,又悲伤。

出殡那天,村里人站在过道两边,看从他们跟前走过一个个送殡的。他们说这个是李家的老二,一看就是大城市里的人。他们说你看,那不是李家二儿媳妇吗?看人家就是不一样。他们说二儿媳妇怀里抱着一个女孩子,他们结婚估摸着都十多年了吧?孩子还抱在怀里呢。旁边的人插话说不对的,那是李家小女儿的孩子。不记得吗?就是那个……玉香。你听说了吗?李家小女儿在外头念书,说她在大学里头学会了什么设计。她在外头结婚了吧?你看,这不是过来了吗?怀着孩子呢,看样子快要生产了吧?就是哭着的这个。

她们歇了嘴,看玉香满面泪水从她们跟前走过去。她们望着玉香走过去的身影,说李家这个小女儿哪里像生养过孩子的女人呢?脸细皮嫩肉,真像是一朵花呢。

村里人说,城里就是好啊。那天那地那水,那地上的泥巴都滋养人。

听的人都笑,说城里哪里会有泥巴,我们这里有泥巴还差不多。

又有人说你又没在城里住过,怎么能知道?

旁的人笑她们抬杠,说享福的是人家,你们俩抬杠不怕抬饿了你们。

玉香这次回来,找到刘海程的学校。她都不敢相信眼前是几年前那个小学生刘海程。他长得比玉香高出一头,模样越来越像他爸爸刘光跃。玉香激动地拉着刘海程的手。刘海程看见玉香来,也非常高兴,只是又多了一层羞涩。

玉香看着刘海程,问他的学习,问海程要不要她去见他的老师们。

刘海程说不用。他说他学习很好。

玉香望着他说,这就对了,盼着你上大学呢。

玉香说着,从包里拿出一个盒子,打开。迎着太阳,盒子里金光灿亮。玉香眼睛润湿了。她摸摸那亮闪闪的项链,轻轻将盒子盖上,将盒子双手交给刘海程。玉香说这是你爸爸最后留下的一点东西,还是你保管的好。

刘海程说:爸爸,他……

玉香望着刘海程,她把目光抬了抬,天变蓝了,也更高了。

118　一个传奇

刘光跃手里抱着一支枪,坐在窑顶看天上的飞雁。那飞雁嘎嘎叫了两声,人字行飞远了。窑顶上面,铺满着青草。深秋,那墨绿的草梢头这里那里有着黄色的斑痕。

从阳光大道路过,离远看见半山腰老夫妇曾经住过的窑洞。窑洞顶上站着一个人。那人每天站到窑洞顶,往下看。路上一辆辆汽车蚂蚁般奔跑。他常常要哈哈哈大笑,喊着大家听不懂的怪话。他举着双手,在拍,两只脚在舞动。

村人说那是刘光跃。村人们说起刘光跃,再不说刘光跃的脑瓜灵光的话。他们说刘光跃那些年的好运玩完了,说刘光跃的家像以前那样穷。他们说刘光跃,像说一个传奇,又像说一个笑话。

村里人看见那窑洞的陡坡上,走着刘光跃妈妈,肘弯里挎着个篮子。

玉香跟刘海程爬上窑洞顶的时候,血红的太阳染上树梢头。刘光跃手里抱着一支枪,坐在窑顶看天上的飞雁。那飞雁嘎嘎叫了两声,人字行飞远了。窑顶上面,铺满着青草。深秋,那墨绿的草梢头这里那里有着黄色的斑痕。刘光跃转过头,漠然地看着走近的两个人。

玉香含泪望着眼前的刘光跃。他是刘光跃吗?他的头发那样长,脸脏得眉眼都有些看不清,仍旧宽阔的背,弯曲着。他身上披着一件半长的褂子,袖肘已经磨出洞……

刘光跃忽然站起身来,他啊啊着将枪举起来。刘海程拉着玉香的手,他说,爸,这是玉香老师。

刘光跃"啊"的一声,手里的枪一下子掉在草丛中了。他的双手举到空中,像是恐怖又像是暴怒了。看着越来越近的玉香,他鬼怪一样嚎叫起来,突然从草丛中拣起枪来,将枪头收回到他的喉咙。一声枪响,一个黑影鸟一般从窑顶翻腾而下。

玉香身子一软,双膝倒地,两手抖索着往沟边爬。她头脑糊涂了,像是在梦中,不管怎么使劲,两条胳膊面条一样,没爬到沟边,晕过去了。

医院的产房里,医生忙成一团。从出事地方抬到医院,玉香已经是大出血。玉香流着泪哀求医生,帮帮她,让她将这个孩子生下来。她说她能生,一定要将孩子生下来。

太阳初升,一声嘹亮的婴儿啼哭声,从窗口飞出。

玉香合上眼睛,一滴眼泪滚落下来。